玉茗魁

往事

刘文瀚 著

吉林出版集团股份有限公司
全国百佳图书出版单位

图书在版编目（CIP）数据

玉茗魁往事 / 刘文瀚著. -- 长春：吉林出版集团股份有限公司, 2025.1. -- ISBN 978-7-5731-5546-7

Ⅰ . I247.5

中国国家版本馆CIP数据核字第2024UK8266号

YUMINGKUI WANGSHI

玉茗魁往事

著　　者	刘文瀚
责任编辑	石榆淼　李　鑫
装帧设计	裴凤江

出　　版	吉林出版集团股份有限公司
发　　行	吉林出版集团社科图书有限公司
地　　址	吉林省长春市南关区福祉大路5788号　邮编：130118
印　　刷	长春第二新华印刷有限责任公司
电　　话	0431-81629711（总编办）
抖 音 号	吉林出版集团社科图书有限公司　37009026326

开　　本	710 毫米 × 1000 毫米　1 / 16
印　　张	23.25
字　　数	320 千字
插　　图	5 幅
版　　次	2025 年 1 月第 1 版
印　　次	2025 年 1 月第 1 次印刷

书　　号	ISBN 978-7-5731-5546-7
定　　价	68.00 元

如有印装质量问题，请与市场营销中心联系调换。0431-81629729

目 录

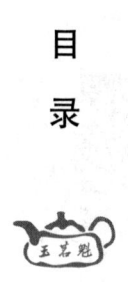

微信扫码
⦿ 长春历史变迁
⦿ 商业传奇往事

第一章　此地·玉茗魁·*001*

第二章　早春·*047*

第三章　天变·*105*

第四章　新京·*175*

第五章　远航·*241*

后记·*361*

玉茗魁

第一章 此地・玉茗魁

一

光绪二十六年
1900
庚子鼠年，正月
陈锡三入城前一日

大年刚过不久，北国之地尚在寒风中挣扎，虽是天朗气清，但林间的雪并未有半分消融的迹象，倒是这官道上，想是因为常有行人车辆往来，还能看得出几分黑色土地的模样。

道上，陈锡三背着不大的行囊快步前进，看样子是想趁着好天气多赶几里路，早点儿到目的地。他眯缝着眼，沿着脚下车辙闷头往前走。风又急又烈，饶是他戴着毡帽，光裸的前额还是被吹得生疼。

陈锡三行走间又时不时抬头看看前路，他虽走得快，却也步步稳健。官道两旁的树一棵一棵从他身边掠过，仿佛夹道欢迎着这个北上的少年。然而，这些树列队在此已经有些年月，它们根本不好奇，也不愿意去打听路过之人的前程，除非这个人日后能像走商的车马队一样经常往来于此，不然，谁又能记得他呢？

官道拐弯处一个背风的坳子里有一间不大的大车店，这间店

第一章 此地·玉茗魁

虽不大，设施却齐全，入眼三间茅草顶的土房，前头松树枝和苞米秆子制成的栅栏围出一个还算敞亮的院子。院子没门，冲着官道，原本应该是门的位置只用较粗的松木做了一个大门框子，门框子边上竖着幌子，冲南那面上书两个字——打尖。北风一卷，幌子翻起，就见背面也写着两个字——住店。

院内三间房大小不一，大的两间烟囱飘着白烟，远远还能听见屋里偶尔传出醒木拍桌的脆响跟此起彼伏的叫好声。小的那间眼瞅着屋里没有生火，门口却并排支着两口大灶，黝黑的铁锅没有扣盖，里边咕嘟嘟煮着什么，蒸汽裹挟着肉和粮食的香味儿，在寒冷的天气里肆意飘散，引诱着官道上往来的各色人等不得不走进去犒劳一下辘辘饥肠的自己。

陈锡三正站在官道拐弯处，隔着篱墙，眼巴巴地瞅着院里出神。不怪陈锡三馋嘴，实在是旅途艰苦，他不敢耽搁行程，清早天刚亮就出发，过了晌午还粒米未进，任凭多坚强的意志也难抵挡腹中饥饿。但他依然只是在路口站着，摸摸早就瘪了的口袋。母亲疼爱自己，念叨着穷家富路，临行前多给他塞了些盘缠，但架不住路途遥远，也不知道还得走上几天，盘缠还是省着点儿好。念及此，陈锡三不免惆怅，自己背井离乡远赴关东，也不知道路途还有多远，还是啃点儿干粮再赶些路程吧。

想到赶路，陈锡三眉头又是一皱，临行前母亲交代，自己此番北上，投奔的是早年间闯关东过来的朱家，据说朱家人在宽城子落户，开了间茶食店"玉茗斋"，算是在此地站稳了脚跟。经营数十年后又开了个百货分号"玉茗魁"，自己这一路虽然历尽辛苦，但沿途打听着估摸也应该快到了。奈何二月份的关东白天太短，过了晌午用不了多久天就得黑下来，自己一个人再往前走的话，天黑之前万一落个前不着村后不着店的处境就危险了。想到此处，陈锡三摇头苦笑，看来不管是为打听路程，还是只进去歇个脚，眼前这家店都是不得不进了。

小店院里，伙计正站在栅栏后偷瞄着官道上的少年，本来见少年在路口驻足，他正要出门迎客，却见这个少年站在那犹豫了。伙计在这大车店见的往来各色人物也不少，自是有些眼力，看少年的穿着打扮不像穷人家的孩子，风尘仆仆的，又背着个不大的包袱，应是外乡来投奔的。这样的人啊，保不齐走了多远的路，到了这地界，身上盘缠也花得差不离了，站在店门口犹犹豫豫也是自然。伙计心底清楚，这样的过客他愿意来就来了，他不来出去请也没用，整不好自己主动出门，反倒把客人惊跑了。所以伙计就只在门柱子后头站着，斜眼有一搭没一搭地瞄着这少年，忽见少年迈步朝店门走来，便满面堆笑地迎出门去，伸手就要接过少年肩头的行囊。

"哎哟，小兄弟路途辛苦啊，来，包袱给我，您里边请。"说话间，伙计不顾少年一脸诧异，夺过行囊，引着少年就朝院里走。

"哎，你这是干什么？"陈锡三见包袱被夺，先是一惊，旋即抓住包袱带子质问伙计，"你放手，怎的就抢我包袱？"

伙计听到这话，再回头看看这少年瞪眼的模样，顿觉有趣，"哎呀，我说小兄弟，咱这也不是黑店，你怕个啥呀？"说着话，伙计也没松开手，却见他转身来到少年身边，一手扶住少年的胳膊，暗地里一用劲儿，推着少年就往里间最大的屋子走。

少年半推半就跟着走到屋门前，伙计上前一步，用没抓包袱的手掀开厚厚的门帘子，一股热气猛地从屋里冲出，热气里混杂着浓厚的烟味儿和酒味儿，熏得陈锡三不由得偏头一躲。见状，老练的伙计可不会给少年喘息的机会，只见他趁着少年分神的工夫一拽包袱带子，把少年往前一带，顺势就进到了屋中。

进到屋中，陈锡三咳嗽了两声方才能睁眼观瞧，只见这屋子靠北墙正中有一个半人高的柜台，柜台后头没人，左边却有一个小门，小门上的厚帘子下半截满是油渍，对比之下上半部分倒是能看出靛蓝的底色。环顾四周，屋里沿着墙根砌了一圈凳子一般高的火墙，这火墙陈锡三来到关东后在其他的大车店里也见过，跟火炕类似。火墙中空，一头连着烟囱，一头连着后屋的灶坑，后屋一烧火，热气顺着火墙在屋里走上一圈，屋里就暖和起来了。被火墙围着的是五六张桌子，桌子大小不一，一看就是用山上松树破的板子拼出来的。桌子上也没有桌布，松木桌板被浸润得油渍麻花的，别说，远看还真跟包了浆一样。

伙计领着陈锡三寻了靠东边最后一张空桌落座，见他坐定，方才松开攥着包袱的手，拿起桌上的空碗，熟练地用袖口抹了一下碗底灰尘，抄起水壶倒了一碗热水。

见伙计放开了包袱，陈锡三心神稍定，对着伙计问道："小哥，我先跟你打听一下，从这到宽城子还有多远？"

伙计闻言，把倒满热水的碗推到少年面前："哎呀，小兄弟，你要到宽城子啊，那你今晚上怕是得在这住一宿了。"

"还有很远吗？"陈锡三急切道，"不应该呀，前天我搭车那老板子还跟我说没多远了呀。"

"哎呀，你瞅你，别着急呀，我这不没说完呢吗。"伙计看他有意思，也愿意跟他多聊两句，"从咱这到宽城子确实没多远，顺着官道往北再走个三十多里就到了，但这都啥时辰了，眼瞅着再过一阵儿天就黑了，天黑之前咋的你也走不到地方啊。"

听到今日不能抵达目的地，陈锡三不免失落，但随即他就定下心神，这不比城里，荒山野岭的谁知道林子里都有啥，从老家出发前他就听说关东地界土匪横行，白天行走都不保证安全，赶夜路更是不成。再说，自己是投奔东家给人当学徒的，就算他今晚到了宽城子，自己这灰头土脸的模样，也不能给东家留下好印象，倒不如今晚在这住上一夜，明天起来梳洗妥当了再去，还更体面些。

陈锡三摸摸贴身的口袋，算算明天就能到的话盘缠也还够用，便松了一口气，对伙计说道："这样的话我就在这住一晚，你再给我上一碗热吃食。"

伙计闻言咧嘴一笑："好嘞，小兄弟稍等，我这就给你安排。"说着，他又押脖对着门外大喊："大楂子粥给整一碗！"喊完，伙计扯下肩头的毛巾，一边抹着少年面前的桌子一边殷勤地问道："小兄弟，饽饽饼子啥的来点不？"

陈锡三连忙摆手道："不了不了，我随身带了干粮，正好配粥。"

见状，伙计嘿嘿一笑："得嘞，兄弟，你先喝点儿热水暖和暖和，我去给你瞧瞧粥好了没。"言罢，伙计将毛巾重新搭在肩头转身离去。可刚走两步，又转身对陈锡三道："兄弟，那个热水不要钱，你喝完了自己倒哈。"说完，他也不看陈锡三尴尬的表情自顾自掀门帘走出屋去。

陈锡三原本已经缓过来的脸颊又浮上了一层红晕，他甚至觉得自己耳根都一阵阵发烫。陈锡三并非心性脆弱之人，正相反，他骨子里好像有股从祖辈传下来的韧劲儿，他孤身一人艰难行路至此本就说明了他的心智坚毅。但铁打的罗汉也有站累的时候，陈锡三一路跋涉北上，沿途吃尽了艰辛，眼看着就要到东家门前，再坚韧的性子也难免放松下来。

陈锡三红着脸，叹了口气，饶是被人嗤笑也得先把饭吃了不是。想到此处，他苦笑着抬起头，却发现屋里一众食客根本没人理会他与伙计的对话，大家好像都有意无意地瞄着北边墙角的那张桌子，就连端起酒碗喝酒时也不由得将眼神瞟向那个方向。

陈锡三顺势望去，就见北墙角那张小桌边坐着一个中年男人，他不顾全场人的目光，自顾自地饮酒。少年奇怪，细看那男人，见他身穿絮了棉花的黑色长衫，身形看起来有些臃肿，但从面相上看，男人脸形瘦长，似乎并不壮硕，下巴上留着一小撮山羊胡，两颊青虚虚，似乎刚刮没过两天，辫子也是黑亮亮，好像也才洗过没多久，干净得和整个环境都不太协调，若是再配上一副眼镜，那活脱脱就是城里教书先生的样子。

陈锡三正打量着男人出神，没发现伙计已经端着托盘来到桌前，直至盛着热粥的大碗被推到面前他方才回过神来。看着眼前的热粥，陈锡三顿觉腹中一阵咕咕响动，正要拿起勺子开吃，伙计却出声打断道："哎，小兄弟别着急，这粥刚上来，你凉一凉再吃啊！"

闻言，陈锡三也觉得自己有些急切，刚欲与伙计搭话，却见到一个盛满咸菜条的小碟被推到粥碗旁边。

也不等他反应，伙计便开口道："这个粥啊，得配咸菜吃，要不烧心。"

听闻此言，陈锡三连忙叫住转身欲走的伙计："哎，小哥，我没点这个，你看……"

"哎呀，这个也不要钱，我自个儿在缸里给你乘出来的，放心吃吧，东家是我二舅。"

伙计说完也没着急离去，而是直接坐在火墙上，皱着眉头对陈锡三说："小兄弟，咱俩年纪也差不多，瞅这样我也大不了你两岁，你一个人出门在外不容易，我也不能瞅着你干喝粥啊。"

言语至此，陈锡三只觉心底一暖，起身便要对伙计拱手作揖。伙计见状赶忙扶住他："哎，咱这儿可不兴这个，你这么客气我都不好意思了。"言罢，两人对视一眼，哈哈大笑，陈锡三也不再客气，坐回座位拿起勺子搅和搅和粥，便一口楂子粥一口咸菜条吃了起来。

伙计见他吃得喷儿香，呵呵一笑道："兄弟，还没请教你贵姓呢？"

正在吃饭的陈锡三嘴里的食物还未下咽，含混不清地说道："免贵……免贵姓陈，大名陈锡三。"

伙计听完一愣，笑道："兄弟咱俩还真有缘分，我姓林，家里排第四，大家都叫我林四。"

陈锡三听言转头看向林四，笑着说道："那确实有缘分，我这不都是叫四哥生拉硬拽进的店吗！"

"哎呀，这都是做生意的小手段吗，再说了，我把三弟你拽进来，这不也是为你好吗！"

说完这话，林四和陈锡三都愣住了，两人互相看着对方，话卡在嘴边又说不出口。愣了半晌，还是陈锡三打破了尴尬，他面部僵硬地说道："我管你叫四哥，你管我叫三弟，这咋听着这么乱呢？"

"你还别说，刚叫出口给我也整蒙圈了。"林四也表情僵硬地说道。

正在两人尴尬之际，忽听"啪嗒"一声脆响，全屋人的目光瞬间被吸引过去，陈锡三也是一惊，转头一看，那坐在北墙角教书先生模样的男人突然站起身，左手压着一方黑黢黢的木头块子，刚才的声音就是来源于此。

二

一个上去一个来
鸟为食水人为财
鸟为食水离巢去
人为财帛
——啪嗒——
抛家舍业往外来

一首定场诗罢了，这留着山羊胡子的先生冲面前三方一拱手："诸位明公、老少先生，莫嫌我拙口笨腮、胡蒙熏耳、笨口乱崩、咬字不真。你们大家就稳坐排行，看说书的在下，推开那牛皮蒙的小鼓，磕开那漂江过海的三块木板，给大家说唱一段，消愁解闷一回。不用包头，不用画脸，不用上台，不用蹬板。傻小子办蠢事多，咱扭头就说。"

开场至此，那先生转身刷了个身段，架势摆好，也不急着开口，屋内众人心领神会，齐声鼓掌叫好。就连刚刚陷入尴尬的林四也从火墙上站起身来，兴奋地踮起脚尖拍手叫好。

见此场面陈锡三一愣，此前他也没少住沿途大车店，但店里有说书先生的倒是第一次见。他随即拉住林四问道："我说四哥，这说书先生是你们店里请的？"

林四正在兴头上，回头对陈锡三道："我们这小店哪请得起刘二爷，人家是路过，吃饭的时候被大伙儿认出来了。"说到这，林四一皱眉："按说刚才刘二爷都给大伙儿说了一段儿了，这咋还又整上了呢？"

正说话间，只听得刘二爷再次开口："老少明公，诸位先生，你且留心慢慢地听，你要吵吵听不准，倒怪俺说书的咬字不清。"旋即他又一次拍下那方黑色木块，再次讨得满场喝彩。

刘二爷不慌不忙，待到喝彩声稍歇，环顾四周，才开口："从来说书先说个小段儿，小段儿说完再开整篇。但今天啊，咱也是行色匆匆，正赶着路呢，没承想被各位给逮着了，手头儿也是没什么准备。刚才给各位说了一个小段儿，我眼瞧着各位是听也没听够，索性，咱就舍了脸皮，借店家一方宝地再给大伙儿说上一段这'南城风云'。"

听到此处，陈锡三心下暗忖，这刘二爷怕不是跟老家天桥下打把式卖艺那群人一个路数，像这样的艺人，好一点儿的有个固定的场子，混得差的，也就只能走街串巷讨口饭吃。心思至此，陈锡三又泛起嘀咕，在老家那会说书唱戏的也听了不少，可这"南城风云"是个什么玩意儿？听着也不像是老本子，且看周遭众人听到要讲"南城风云"，都一脸兴致勃勃，顿觉心下奇怪，就问身边的林四：

"哎，四哥，打听一下，这'南城风云'是个什么段儿？"

林四正兴冲冲地等刘二爷开讲，听陈锡三这么一问，回头道："这你就不知道了吧，'南城风云'讲的是咱南城地界有名的大掌柜刘永年的故事，嘿，精彩着呢！"

"刘永年？"陈锡三一愣，指着北墙角的那位，"又是姓刘的？"

林四被陈锡三问乐了，反问道："咋的，天下就不许第二个人姓刘？"

这话噎得陈锡三一愣，却也没说什么。

二人说话间，北墙角的刘二爷已然开讲：

"要说咱这南城的商界啊，精英巨子那是数不胜数，可谓是人才辈出啊。但在这些人中，有这么一位刘掌柜，那可以说是不同凡响。这刘掌柜本名刘永年，传说他出生那日天降祥瑞，林子里的喜鹊扑棱棱飞出来得有上百只，正落在这刘家房顶。待到刘永年一出生，只听一声洪亮的啼哭声，房顶这群喜鹊就呼啦一下飞上了天，就在老刘家院上空飞。"

刚听了这么几句，陈锡三便忍俊不禁，对旁边林四说："这什么玩意儿啊，不'南城风云'吗，咋还神神道道的呢？"

林四不以为然地说道："'南城风云'不也得一点一点地讲吗，再说了，这才哪到哪呀，刘大掌柜身上玄乎事多着呢！"

话不投机，陈锡三只得撇撇嘴继续听书。

要说这刘二爷说书也真是细致，打从降生开始算是把刘掌柜的生平仔仔细细地介绍了一遍。什么一岁出头就能开口说话呀，五岁能识文断字，反正吹的是神乎其神。

渐渐地，陈锡三也觉得这刘二爷讲得有趣，越听越入神，竟也和屋里其他人一样，听得津津有味。

关东二月的夜晚来得忒早，这才刚过了晌午没多会儿，天就已擦黑儿了。

黑纱笼罩下的官道终于摆脱了人来车往的打扰，回归了自身静谧优雅的本来面目。路两旁的行道树也似乎受到了感召，站得更加笔直，随风摆动的树梢就像哨兵逡巡四顾的眼睛，扫视着路旁的一切风吹草动。

大车店里掌上了灯,屋里喧嚣依旧,只不过再听不见说书先生的惊堂木声,只剩下男人们临睡前纵情饮酒的肆意豪情。

此时陈锡三和林四正坐在大车店后山的半坡上,俩人拢了一堆火,火苗跳动得有些扭捏,正像抓着鸡腿的陈锡三此刻的心情。

"我说四哥,这关东地界真就这么……"

林四不等陈锡三说完,打断他:"这么啥呀?这野鸡不香是咋的?"

陈锡三手握着鸡腿,一脸的别扭,他与林四虽兄弟相称,但俩人今天才头一次见面。半天的交情,谁承想天一擦黑,林四就拉着他来了后山,在雪壳子里刨出半只野鸡来,说啥要一起烤了吃。这让陈锡三大为尴尬,林四过分的热情给他造成了不小的压力。

"四哥,这……"

"哎呀,大晚上你这一声一声的,不知道的还寻思叫魂呢!"林四抓着正滴着油的大块鸡胸脯刚要下嘴,就听到陈锡三又支吾上了,心下全是不耐烦,"我跟你说,你就放心吃,这玩意儿在咱这儿多得是。"

林四话未说完,对着手里的肉就吭哧一口,鸡肉进嘴,他方才露出满足的表情,含混不清地继续说道:"过了山海关往北走,那真是吃的喝的全都有。就这野鸡,咱这后山哪儿哪儿都是,还有鱼,你要是不着急走,明天我领你随便找个有水的地方,凿开冰面,那鱼就跟白捡一样。"

可能是说到了兴奋处,也可能是这一口肉给顶的,陈锡三只觉得眼前的林四腰杆挺直了,脸上泛起一抹类似于酒后的红晕。

不等陈锡三搭话,林四又说:"我跟你说老弟,我以前都没寻思咱这儿这么好,后来在我二舅这儿干活儿,听他们来来往往走商的说,那关里是啥地方啊,有钱人多,穷人更多,有钱人天天吃肉,那穷人都吃不上饭了……"

说着话，林四又用嘴从半扇鸡胸脯上扯下一块肉猛嚼："要我说，还是咱这儿好，饿了出门溜达一圈咋的都能混个差不离儿，再不济找棵松树踹一脚整点儿松子也垫补垫补了。"

听林四絮絮叨叨，陈锡三觉得好笑，内心的尴尬也消弭了不少。眼前这兄弟心眼儿倒还挺好。

想到这里，陈锡三接着林四的话茬道："四哥，我就是从关里来的，其实关里不至于像你说的那样。"

"哪样？"林四一瞪眼，"我说的哪样？别看你是关里来的，我跟你说，瞅你这穿着打扮家里条件应该还行，没吃过啥苦吧？"

陈锡三听闻此言低头看了眼自己的穿着，再瞅瞅眼前的林四，自己虽然赶路至此风尘仆仆，但对比林四一身油污的短打造型，自己俨然跟个富家少爷一样了，不由得一撇嘴，对林四的说法不置可否。

"四哥，你说咱俩萍水相逢，你咋对我这么好呢？"陈锡三轻咳了一声不好意思道。

"对你好还不行？"林四闻言抬头不解地打量陈锡三，但看到陈锡三的眼神，他一怔，本以为打个哈哈的事，但见陈锡三眼里的真诚，便也正色道："其实也没啥，我就是觉得你跟别人不一样。"

"啊？"这一句话，听得陈锡三有些发蒙，他上下打量自己一番，实在是没看出哪有异样，就疑惑地问道："我哪不一样？"

"你的心气儿不一样，"林四没有和陈锡三打趣的意思，他严肃地开口说道，"我不知道具体是咋，但我能看出来，你有明确的目标，知道自己该做什么事，该往哪走。"说到这，林四神情一黯，又小声说道："这也是我羡慕你的地方。"

听到林四这样说，陈锡三一时语塞，他没想到这个刚认识一天不到的精明小伙计竟然会对他吐露心声，而林四对陈锡三的评价也让他一时竟不知如何开口。

二人沉默好半晌，陈锡三才缓缓说道："四哥，我虽然知道要

去哪，但我还是迷茫，我不知道我要去的那个地方会不会接受我，我头一遭来到关外的地界上，甚至不知道这里会不会接受我，毕竟这里不是我的家乡。"说到这里，陈锡三情绪有些激动，也说不好是被林四的真诚感染还是感慨自己的身事，话到嘴边竟有些哽咽起来："四哥，我，我不……"

"你不熟悉这里？"林四看他难受反安慰起他来，"没有谁是生下来就啥都知道的，尤其现在这世道谁也说不准明天会咋样，怕没有用，干才是正事，不管是你要去的地方还是咱脚下踩着的这片土地，天下哪都一样，只要咱干得好，就没有不被接受的道理，所以担心啊，迷茫啊，这些都没啥用，就跟说书的说的那些故事一样，厉害的人走到哪都不怕，四海为家。"

"说得好！"

就在此时，半山腰并不茂密的林子里传出一声高喝，伴随雪壳子破裂的声响，分明是有人踏雪前来。声音由远及近，还没等陈锡三看清楚，那人先开了口：

"哟，这不今儿下午的小伙儿吗？哎哟，林四你也在这儿呢？我还当是谁在这讲大道理。"

说着话，一个人影从林子里慢慢走了出来，陈锡三定睛一看，来人正是下午在屋里说书的刘二爷。此时的刘二爷在原本的厚长衫外头又套了一个反穿的羊皮袄子，脚下踩着一双大号乌拉[①]。走到火堆近前，伸手在火上暖和了一下，又瞥了眼仍然眼圈泛红的陈锡三，嗤笑道：

"这小伙儿是咋的了，不跑后山偷摸吃小鸡儿来了吗，咋还一脸正经呢？"说着话，刘二爷看了一眼陈锡三，对他说道："咋回

[①] 中国东北地区特有的一种传统防寒鞋。以皮作为鞋帮和底部，以布料制成勒部，内部则通常填充乌拉草以达到保暖效果。这种鞋子因其在寒冷天气下的保暖性而广受欢迎。

事，那小鸡儿在他嘴里咬他了？"

陈锡三被刘二爷这话逗得扑哧一声笑了出来。

"刘二爷，您可别拿我们找乐了，您是什么人呐，我咋回事儿您还能不知道吗？"

"哎，这话说对了，在这地界上，我刘某人不知道的事还真是少。"

听刘二爷的语气，林四这臭脚捧得还真是见了效。只见刘二爷摇头晃脑地说道："想我刘某人在这关东地界行走多年，靠的是什么？还不是咱一双眼，目光如炬，这一对耳朵，那是闻风千里。想当年……"

想来刘二爷的确是被捧到了开心处，眼见着就要滔滔不绝地讲起来，林四忙打断道："打住打住，刘二爷在这一堆一块的本事不用说，十里八乡的谁不知道。"林四说完，又看了刘二爷一眼，陈锡三顺着眼神望去，只见刘二爷看着火堆里还剩下的一块鸡肉促狭一笑。

一阵风掠过，火苗随之扭动，照得三人的影子摇摇晃晃，林四在刘二爷的眼神逼迫下万分不舍地将鸡肉分了出去，刘二爷也不矫情，抓了一把雪搓搓手，就接过鸡肉大嚼起来。

见状，陈锡三也不再拘谨。他一路走来人见了不少，但放在以前怎么也想不到自己竟会跟两个刚认识的人坐在夜晚的雪地里烤鸡吃，这等体验着实新奇，也着实有趣。想罢，陈锡三挪了挪屁股，用一个舒服的姿势坐好，把手里已经快凉了的鸡腿塞进嘴里，学着林四的样子狠狠撕咬一口。

刘二爷看到这一幕觉得好笑："这关里的小娃娃还行，不拘束，挺好。"说罢，又爽朗地笑了起来，陈锡三和林四也跟着哈哈大笑。

大车店有起夜的旅客睡眼惺忪地来到屋后头山根底下"放

水",就听得身后山上猛然传出男人们的笑声,顿时被吓得魂不守舍。恰在此时西北风呜咽着掠过,旅客不禁打了个寒战,困意全无,他战战兢兢地向后山传出笑声的地方看去,只见笑声传来的方向,一簇火苗正跳得欢愉。

三

玉茗魁门前，陈锡三迈着有些迟疑的步子，朝着离自己最近的第一间门面房走去，进门时他甚至都没敢与笑脸迎客的伙计对视，只紧拽着肩膀上的包袱带子低头往里走。可没走上两步，一个带着笑的声音就传进陈锡三的耳朵里："来来来，小兄弟里边请，挑啥选啥随便看，咱家货全，吃的喝的用的啥都有。会抽烟不？来个人给小兄弟点根烟卷。"

出声这主儿公鸭嗓，声音却甚是高亢，突如其来的热情招呼给低头往里走的陈锡三吓了一跳。他抬眼一看，面前站着的是一个矮个男人，看样子二十七八岁，穿着一身洗得略有褪色的黑色长衫，外边还套了一个小坎肩，满脸堆着笑朝陈锡三走来，他脑后辫子跟着一甩一甩的，像是跟陈锡三多熟一样伸出胳膊就要将他揽住。

这架势有些过于热情了，陈锡三略显局促，往后退了一步，说道："这位大哥，我不是来买货的。"

谁知这人热情不减反增，跟进一步就揽住陈锡三的肩膀："不买货，那小兄弟是来进货的？咱往里边走，那个年轻的，快点儿给人上烟卷啊！"

说着话，男人就揽着陈锡三往里间走，一旁又跑来一个伙计，一手拿着烟卷，一手掐着一盒洋火递到陈锡三的面前。

陈锡三被男人揽着感觉有些别扭，他一扭身挣脱出来，又后退

了两步，确认男人没有再跟上来才再次开口："大哥，我也不是来进货的。"

闻听此言，矮个男人先是一愣，而后按下伙计递上烟卷的手，歪头上下打量一番，语气变得有些揶揄："瞅小兄弟你这穿着打扮还背个包袱，远道来的吧，不买货也不进货，来咱这店有何贵干啊？"

陈锡三看眼前这人不再对他过分热情，也舒了一口气："那个，大哥，我是打昌黎来，到咱们这做学徒的。"

陈锡三说得客气，可面前这人却是眉头一挑，挥退了递烟的小伙计后又瞥了陈锡三几眼。

"看你穿这一身儿，我还当是哪个走远道的少东家，没承想是来做学徒的，走吧，咱里边去。"

说着话，男人背着手往里间走去，陈锡三赶忙跟上，这人看着像是管事的，能在这么大的店里管事，一定不一般。

思索间，陈锡三跟着男人转到后院，二人走到一个小屋前，推门而入，入眼左右两排通铺，中间放了一条长桌，原来是员工住的宿舍。

走进屋内，男人自顾自在桌旁拉了一条凳子坐下，看着眼前有些不知所措的陈锡三开口道："小伙儿打哪儿来呀？"

"从直隶昌黎来。"陈锡三有些忐忑地回答。

"那来咱们这当学徒，可有人给你引荐啊？"男人眼也不抬，只是翘着二郎腿，一边用小指留的长指甲掏耳朵，一边用沙哑又尖锐的嗓音向陈锡三问话。

"有的有的。"陈锡三赶忙将包袱从肩头摘下，自里边拿出一封信函，双手恭敬地呈递过去，看男人接下，便开口说道："介绍我来的是郭研秋郭先生，早年间郭先生跟东家朱老先生一起来的关东，后来回乡置的产业，我跟咱东家也是同乡，得知咱东家在这边买卖做得红火，郭先生就举荐我过来跟着学学本事，谋个出路。"

男人接过信函没拆开，听陈锡三说完，也不讲话，只眯缝着眼睛盯着陈锡三看。

屋子里的气氛有些尴尬，陈锡三被看得发毛，实在忍不住，便继续开口道："不知道您贵姓，怎么称呼？"

"我姓占，是咱这的站堂掌柜①。"男人答道。

一听此人是站堂掌柜，陈锡三更加拘谨，看占掌柜这副模样，脸拉得老长，也不清楚是不是自己哪里做得不好惹到了这位，只得客客气气地拱手弯腰："占掌柜好，小弟我初来乍到，有礼数不周的地方还请占掌柜见谅。"

占掌柜听这话嗤笑了一声："别跟我称兄道弟的，差辈儿了。"说到这，他停了一下，放下跷起的二郎腿，双手扶住膝盖往前微微探着身子，继续说道：

"要说礼数不周的话，你倒是真的不太懂规矩，远来投奔，就没准备点儿见面的礼？"

说完话，占掌柜双手交叉，身子往后一仰。靠在椅子上又重新跷起二郎腿，晃着脚等待陈锡三的回应。

陈锡三虽然年少，也明白其中的意思，看这架势，眼前的占掌柜在此间应该是说了算数的，自己前来投奔，竟让人家主动开口要打点，实在是自己办事不周，想起离家前母亲给准备的两瓶好酒，也该派上用场了，陈锡三赶忙从包袱里取出酒，再一次双手恭敬地呈递上去，又赔着笑脸开口道：

"占掌柜您见谅，我这打从老家背来两瓶好酒，想着孝敬给您，但不知道您饮不饮酒，怕唐突了，刚才就没敢拿出来。"说着话，陈锡三抹了下额头刚出的汗珠儿，"这两瓶酒先孝敬占掌柜，您喝着要是顺口，我就给家里去信，让那边给您多备着点儿托人捎过来。"

---

① 站堂掌柜类似于现在酒店的大堂经理和领班的结合。

说完话，陈锡三垂手站在原地，等着占掌柜的反应。占掌柜接过酒，瞥了陈锡三一眼，而后打开一瓶的封口，仔仔细细地闻了闻，又抿了一小口，咂摸了一下滋味，这才心满意足，神情缓和了些许说道：

"也算你有心，我也不是乐意挑理的人，你要是能进来咱们玉茗魁呀，就跟着我混，往后亏不着你。"

陈锡三刚想接茬，忽觉这话有些不对劲，什么叫"要是"能进玉茗魁？自己引荐信函也递了，两瓶好酒也拿了，进店当伙计的事还不保准吗？抑或是眼前这占掌柜根本管不了这事，自己被他给蒙了？

陈锡三有点纳闷儿，便要询问眼前的占掌柜究竟是什么意思，可他刚要开口，身后屋门便被人推开，陈锡三回头一看，一个穿土黄色工装的伙计站在门口对占掌柜说道：

"占掌柜，大掌柜要这位小哥去前头东屋一趟，大少爷也在，说要见这小哥一面。"

陈锡三听闻此言心下更是一团乱麻，这眼前的占掌柜还没整明白，又出来一个大掌柜，还有一个大少爷，听这意思身份比占掌柜还高。

就在陈锡三思索之际，占掌柜已经站起身来，他抱着两瓶酒，把没拆封的引荐信函塞回到陈锡三的手里，似笑非笑地说："这两位还要见你，身份不一般啊！"说着话，占掌柜看看手里的酒，又看了看陈锡三："去吧，要是真进来了，就跟我混吧，这两瓶酒就当是你孝敬我的了。"说完话，占掌柜笑了两声出门去了。

前院东屋，平常摆着桌椅，是供刘掌柜和大少爷吃饭喝酒的小屋。这刘掌柜正是玉茗魁的"领东掌柜"——刘永年，坐在他对面的就是玉茗魁的少东家朱润亭。

这领东掌柜刘永年在长春地界名声在外，是本地响当当的生意人，年少时读书落榜后从学徒做起，凭借脑子活泛、为人踏实，一步步做到今天，入玉茗魁前就在两家大店当过掌柜。

当年朱家老太爷开号玉茗魁时便相中刘掌柜，花了大价钱才把人挖到店里，这事在长春城曾轰动一时，同行商号都在心里盘算朱家这钱花得值不值当，饶是这刘永年本事再大，朱家给出的佣钱和承诺的份额都着实有些过了。

其实最初朱老太爷心里也不太落底，他相中刘永年，请他来当这新号玉茗魁的掌柜，就是相中了其待人接物宽厚仁义，且做买卖的手段干净。朱家来东北之后，从一个小茶食铺发展到开分号，全程由朱家人自己经营打理。而在这玉茗魁百货号，朱家只入钱股，为"东方"，领东掌柜和各柜台聘请的掌柜共属"西方"，东家基本不参与柜上事宜，只为买卖提供资金，一应管理与经营业务则全权交由领东掌柜带领其下属掌柜及伙计打理。每年年底结算时，东西双方以东六西四的比例进行分配，东家收走自己份额后再由领东掌柜将西方份额按事先商定分给各位掌柜。在这样的经营模式下，领东掌柜一手牵两头，一面把控着商号生意的兴衰，一面也得为东家做足考虑。

领东掌柜责任重大，不是谁都担当得起的。刘永年自然不是那一般人物，自打他掌管玉茗魁，玉茗魁的生意是一天比一天好，从最早南大街把头一间门面房开始，时至今日已经发展到六间的规模，业务范围也从最早的杂货小物售卖拓展到现在以布匹为核心，一应百货商品批发零售全覆盖的格局。可以说，玉茗魁在刘永年的手中已然有成为长春地界第一大百货商号的势头。

且说陈锡三进到屋内，也没人招呼他，桌上二人甚至都没正眼瞧他一下，只是自顾自吃着饭，仿佛他根本不存在一般。刘永年叫陈锡三过来也是因为看到他站在路口发呆，觉得有趣。旁的学徒奔

波几百甚至上千里路终于到了地方，心中绷着的弦一松，都巴不得赶紧进店递交引荐信函，马上安顿下来再说旁的。而眼前这个小伙儿看起来却一点儿也不着急进店，反而在路口表情复杂地往里瞅。刘永年觉得这小伙儿有点意思，想亲自看一看他，于是便让伙计叫他过来。

刘永年有意试探新来的小学徒，大少爷便也配合着大掌柜，二人默契地自顾自吃饭，谁也不出声。这可让陈锡三为难了，自己直愣愣地站在这也不是个事儿，犹豫片刻，他心一横，反正杵在这也是尴尬，莫不如自己先开口跟刘掌柜问个安，也全了自己作为小辈的礼数。

想到此处，陈锡三冲着眼前二人拱手施了一礼，朗声说道："晚辈陈锡三，见过刘掌柜、大少爷！"

刘永年听这少年人对着自己施礼，便停下了手中的筷子，转过头似笑非笑地看向陈锡三：

"既然知道我俩是谁，那你说说，我俩谁是刘掌柜，谁是大少爷？"

闻听此言，陈锡三深吸一口气，仔细想了一下对着刘永年说道：

"晚辈斗胆，您对坐这位想必就是大少爷，而您应该就是这玉茗魁的大掌柜吧？"

陈锡三说完话也是心下发紧，又想自己就算是猜错了，初来乍到的，这两位也应该不会怪罪。

却见一直没停筷子的大少爷搭茬道："咋的，我就这么不像个掌柜的吗？"说完，大少爷看向陈锡三，皱着眉头问道："小伙儿，我问你，你咋知道我是大少爷，他是掌柜的？"

陈锡三听这话，心下落了底，想来自己是说对了，既然都说对了，那大少爷的问题自己怎么捧着怎么来就行了。想到此处，陈锡三拱手对大少爷说道："大少爷，您一看就是贵人之相，刘掌柜看着则是满腹韬略,您二人坐在这都是气度不凡,晚辈也就是斗胆揣测一下。"

"拉倒吧!"刘永年听到陈锡三的话忍不住出声,"就我俩这扮相你再看不出来,你也就不用进玉茗魁当学徒了。"

话落,刘永年就转身正对着陈锡三,一脸严肃地说道:"做买卖不是一手进一手出这么简单,察言观色是最基础的本事,今天咱这一面也没白见,这算是先教给你点儿东西。"

陈锡三赶忙点头称谢,刘掌柜能说这话,说明人家对自己的印象还算不差,前辈有心提点两句,自己当然是求之不得。

陈锡三心里高兴,从怀里一掏,将之前占掌柜没拆封的引荐信函递给刘掌柜。刘掌柜接过信函也没有打开查看,而是把信递给一旁的朱大少爷,就继续问陈锡三:

"是谁引荐你来玉茗魁的?"

"是郭研秋郭先生。"陈锡三答道。

此时,一旁的朱大少已经拆开了信封,他一边展开信纸一边跟刘永年说道:"郭先生跟我们家是同乡,当年一起来的关东,后来说是又回老家干买卖去了。"

得到朱大少的确认,陈锡三对着朱大少爷又施了一礼。

"今年多大了?"

"今年虚岁十六。"陈锡三恭敬地回答。

听到陈锡三才十六,刘掌柜和朱大少却是有些意外,与此同时,刘永年对陈锡三的好感又增添了几分,十六岁的小伙子,站在自己跟朱大少面前说话不打怵,开口还能不急不躁的,是块儿好材料。

刘永年又问:"你家里几口人,做啥营生的?"

"晚辈家里五口人,兄弟三个,在老家有几垧地,请了几个长工帮忙打理。"

"瞅你这穿着打扮也看出个大概,想来在家里你也不愁活不下

去，咋就寻思这大老远的来玉茗魁当学徒呢？"

关于这个问题陈锡三在来的路上就想过，眼看着刘永年眯缝着眼睛盯着自己，陈锡三开口道："不敢瞒刘掌柜，家里虽有几垧田地，但如果在家里守着现成的土地过日子，晚辈实在是不情愿，在老家的时候就总听人说朱家在关东地界买卖做得好，所以晚辈就求着家里人让自己过来当学徒，寻思着换个新活法。"

见陈锡三说得真诚，刘永年咧嘴一笑："小小年纪你知道个什么活法，我问你，来这当学徒，想没想过以后走哪条路？"

"我想当掌柜。"这回陈锡三没有犹豫，斩钉截铁地对刘永年说道。

"嗯，有点儿意思，可这掌柜不是说当就当的，玉茗魁现在学徒伙计加起来没有三百也有二百大多，这群人个个都想着有一天能当上掌柜，你觉得你凭啥就比他们强啊？"

"晚辈不觉得自己比别人强，但是我想当掌柜，就得先勤勤恳恳地多学本事，再比别人多努力干，剩下的就不是晚辈我能决定的了。"

听陈锡三这么说，刘永年点了点头，不管这小伙儿说的是真是假，反正话是放在这了。对于陈锡三的表现，刘永年还算满意，本来考较新学徒不应该在这种场合，但打从他看到陈锡三开始，就对这个少年有种不太一样的感觉，可能是这少年来到店前不冒失进门、而是先观察的行为给刘永年留下了比较好的第一印象，也可能是因为他能够控制自己的情绪，没有像其他学徒一样将来到这的欣喜溢于言表。总之，对眼前这个少年，刘永年是心存好感的，这种好感也让陈锡三有所察觉，但不论是陈锡三还是刘永年心里都清楚，这好感并不会对陈锡三正式进入玉茗魁当学徒这件事产生什么影响，此事是否能成还得日后另说。

前院东屋里，刘永年与朱大少对陈锡三的考较没有持续太久。在朱大少确认引荐信函之后，刘永年又询问了一些陈锡三的基本信息，便吩咐门口的小伙计带着陈锡三先回学徒的通铺安顿下来，明天跟着学徒们一起报到上工。

跟着伙计走出小屋，陈锡三长出了一口气，虽然面上看起来镇定自若，但要说一点儿不紧张那是假的，但不管怎么样，自己总归是见到了刘掌柜和朱大少，留给他们的第一印象应该也不差，想到这，陈锡三心下稍定。

往学徒通铺走的路上，陈锡三把自己一路来到玉茗魁所经历的事情梳理了一遍。从家里出发时，母亲便交代自己出门在外一定要谨言慎行，虽然听关东回去的人说这里民风淳朴，大多数人都直爽好客，但终究是人生地不熟，还是谨慎些好。

从家出发，陈锡三先抵达奉天①，而后直奔长春，一路艰辛自不必说。就快到长春的时候，在大车店遇到了林四和说书的刘二爷，这一段经历算是陈锡三在路途中最为深刻的记忆，不论是热情的林四，还是把自己个儿吹得神乎其神的刘二爷，他都时常想起。

进了长春城，陈锡三怀着对本地风土人情的好奇观察路人，心里大概有数之后前往玉茗魁。

回想迈进玉茗魁大门到现在所经历的人和事，陈锡三更觉得自己有必要好好地消化一下。来到玉茗魁后，第一个接触的人是占掌柜，陈锡三被他白白地忽悠去了两瓶好酒；相比之下，陈锡三觉得刘掌柜作为这玉茗魁的大掌柜才是有真本事的；至于那位朱家大少，虽然看起来只是一个对柜事不管不问的富家少爷，但他能感觉到此人绝不会那么简单。

---

① 民国时期沈阳的旧称。

"到了,这就是学徒通铺。"

陈锡三的思绪被带路伙计的声音打断,他一抬头才发觉自己已经被带到了后院一排东厢房前,房间门口挂着个小牌,上面写着"学徒"二字。

"学徒期间你就住在这里,今晚早点收拾休息,明天一早跟着一起上工。"带路的伙计对陈锡三说道,"这屋里现在算上你住俩人,比你早来的那个现在在前头忙活着呢,亥时收工了你俩就能见到面,有啥不懂的问他就行。"

陈锡三点头称是,那伙计又说:"咱们这卯时上工,你提早点儿起来收拾,第一天别晚了。"伙计说完冲陈锡三点了下头便转身离去,待他转过拐角,陈锡三方才推开眼前的房门走进屋内。

这屋子不大,就是一开敞的房间,没有隔断。屋子西头摆了一张桌子和两把条凳,桌上除了一个蜡烛台和上边的半根蜡烛之外空无一物,靠东头是一张顶着两边墙头的大火炕,炕上五床铺盖有四套是卷好的,只有最靠里的一套铺开着。这间屋子里没有炉子,炕底下也没有灶眼,但屋子里却是暖和的,想来这一联排的厢房应该是走的一个灶坑,每个屋里火炕互相连通,这样虽然不如单独烧火来得暖和,但胜在方便,而且由人统一烧炕的话也不会出现上工一天回来炕上冰凉的情况。

不用细看,左右扫一眼,这小屋就被陈锡三看了个通透,也着实是没什么陈设,能摆出来的都摆在了明面上。看完大致情况,陈锡三来到炕边,挑了一套靠外的铺盖便躺了上去。

沾了枕头,陈锡三便觉得困意上涌,一路走来疲乏得紧,且自打进了长春城后就绷着心神,这一刻终于可以放松一下,他现在什么都不想考虑,闭上眼就天旋地转,三个呼吸都没到便昏沉地睡了过去。

四

"嘿，醒醒，醒醒！"

一阵剧烈的晃动将陈锡三从噩梦中惊醒，他缓缓睁开眼，发现自己还躺在炕上，眼前正有一个小黑胖子疯狂地摇晃着自己。

"嘿，你谁呀，咋还睡着了呢？"看见炕上的人醒了，小黑胖子不再摇晃，退后一步皱着眉头问道。

陈锡三睡着后便一直在噩梦中挣扎，这会儿又被人强行叫醒，他只感觉自己的心脏一阵狂跳，后背也已经让冷汗湿透，此刻他尚不能分清自己是否还在梦境之中，喘了几口大气，他坐起身迷迷瞪瞪地看向窗外，只见窗外已然漆黑一片。

"现在什么时辰了？"陈锡三转过头问小黑胖子。

"亥时刚过。"小黑胖子顺嘴回答，又皱起眉头装作一脸凶相，"嘿，你这人，我问你话你还没回答我呢，你到底是谁呀，咋还睡我炕上了呢？"

"我叫陈锡三，是新来的学徒。"陈锡三醒了醒神，对小黑胖子说道，"这是你的炕？你也是新来的学徒？"

"嗯呢，"小黑胖子一脸骄傲地冲陈锡三猛点了下头，"算你有点儿眼力哈，你叫啥来着？"

"我叫陈锡三。"听到他又问自己的名字，陈锡三一脸无奈，这小黑胖子怕是健忘，怎么刚说完就给忘了。

"啊，陈锡三是吧，我叫牛大宝，比你来得早，以后你叫我大哥就行了。"这小黑胖子好像全然没有看出陈锡三的想法，自顾自摇头晃脑地说道。

陈锡三瞅着眼前自称牛大宝的小黑胖子心中觉得好笑，这人长得又矮又黑，脑袋圆咕隆咚，脖子也粗，还非要学人家干活儿的把式那样，把辫子缠在脖子上。光看肩膀以上，活脱脱像是土豆成了精，虽说他说话不是很中听吧，但陈锡三能听出来这应该不是个有坏心思的人，说出刚刚那番话估计也只是想在自己这个新来的面前逞个威风罢了。

且说这牛大宝，作为最基层的学徒，亥时准点下了工之后本来应该留在柜前帮忙收拾整理的，但今天赶巧有老学徒犯了错误，被罚下工后独自收拾前屋。这可就便宜了牛大宝，他欢天喜地地回到自己的学徒通铺，本要躺在热炕上好好歇一歇，可谁承想一推门看见一个不认识的半大小子躺在本该自己独享的大炕上睡觉，没脱衣服不说，手里还死死抓着一个灰不拉叽的布包，弓着个腰睡得一抽一抽的，好像在梦里跟谁打仗似的。

进屋之前，牛大宝以为自己今天的美好时光就要开始了，可进了屋之后看到炕上躺着个陌生人，说了两句话之后竟然还瞅着自己笑，正在他要大发雷霆，让眼前这个臭小子好好认识下自己的时候，他突然意识到一个非常严重的问题：

"那个，我问你，你笑啥呢？"

陈锡三本来只是刚醒有点发蒙，看牛大宝长得有意思所以发笑，但被牛大宝这么一问，陈锡三倒想诈他一下了，于是他一挑眉毛，冲着牛大宝故作神秘地说道："我笑，当然是因为我发现了好玩儿的事呗。"

一听这话，牛大宝顿时就没了刚才的硬气，只见他倒吸了一口凉气之后又确认了一遍：

"那个，你真看到了？"

"嗯，我都看到了。"

得到了肯定的答复，牛大宝就像一只泄了气的皮球一样瘫在那儿，但很快，又像是叫什么玩意儿给上身了一样猛地来了精神，就看那本来萎靡的小黑胖子一个激灵爬到炕上，抱着陈锡三的胳膊就不放手，用几近哭腔的声音说道："我说兄弟，这事可不中说出去呀，要是让店里旁的人知道我偷偷藏了那种话本，我这脸可就没地方搁了。"

本来牛大宝跟抽了风一样爬上炕又抱住自己的胳膊让陈锡三大感别扭，但听到牛大宝后来说的话陈锡三差点儿被气笑了，之前听口风他就感觉牛大宝干了什么心虚的事，就故意顺着他说，寻思着诈他一下，可牛大宝竟然这么不禁诈，一句话就把自己偷藏香艳话本的事给交代了出来。

"坦诚"的牛大宝让陈锡三彻底从刚才的噩梦中摆脱了出来，心神稍定的陈锡三觉得牛大宝有趣，寻思着再逗一逗这个小胖子，于是他清了清嗓子，正色道："那个，除了我看到的那个话本，你还偷藏了什么东西啊？"

"没了没了，藏这一个都提心吊胆的，哪里还藏得了别的呀？"牛大宝疯狂摇头道。

见牛大宝的样子，陈锡三又来了一句："你没骗我？要是让我找到其他的我就把这事说给全商号的人听。"

要说这牛大宝属实不禁吓唬，听陈锡三说要把这事宣扬出去吓得差点儿尿了裤子，他连滚带爬地从炕里自己枕头底下掏出来一个线装小本递给陈锡三，带着哭腔说道："兄弟，我真没骗你，就这一个，再没有藏货了。"

见牛大宝都快哭出来了，陈锡三觉得再逗下去就过火了，于是接过牛大宝递给他的话本，发现封皮上赫然写着三个大字"鸾凤倒"。这小黑胖子竟然还真的藏了香艳话本，再看眼前紧张的牛大宝，陈锡三是觉得又好气又好笑。

见陈锡三接过话本，牛大宝心中忐忑，开口说道："那个，你看这藏的赃货兄弟都交给你了，念在咱俩今后还得在同一个屋檐下过活，你就别往外说这个事了呗。"

"刚才还让我叫你大哥，咋的，现在就叫兄弟了？"陈锡三晃晃手里的话本说道。

"你看我刚才这不是头脑发昏了吗，兄弟你信我，只要你不把这个事说出去，以后我叫你大哥都行。"说话间牛大宝眼睛一直盯着陈锡三手里的话本。

"想要我不说出去也行，我问你几个问题，你回答得好这事就算过去了。"陈锡三说道。

牛大宝立马把头点得跟捣蒜一样，并明确表示自己一定知无不言，言无不尽。

见他这么说，陈锡三点了点头，吩咐牛大宝从炕上下去，到条凳上坐好，就开口问道："我问你，你家是哪里的？"

"就宽城子的。"

"你来这多久了？"

"腊月初三来的，在这过的年，到现在一共不到两个月。"牛大宝在条凳上正襟危坐，双腿并在一起，两只手放在膝盖上，活脱脱像一个被审讯的犯人。

"为啥不在家过了年再来？"

"本来是要年后来的，可我爹说店里过年给包白面的饺子，还给炒菜，我就寻思提前过来了。"

听到这个回答陈锡三感到一阵无语，看牛大宝生得肥粗扁胖，不出所料真是个吃货。跟这样的一个家伙也没什么好聊的，倒不如问些实际的，陈锡三清了清嗓子，整理了一下思路继续问道："你来了之后有没有人考过你？"

"有的有的，当时是占掌柜考的我。"

"占掌柜？他给你出的什么题儿啊？"

"哦，没出题，我跟占掌柜沾点儿远亲，我得叫他一声二叔，他也就没为难我，敷衍一下就过去了。"

听了这话，陈锡三心底一阵叹息，本来还想从牛大宝身上问出点儿经验来，可谁知道他竟然是个走后门的，提起占掌柜，陈锡三又开始心疼自己大老远背的那两瓶好酒。

平复了一下心情，陈锡三还是觉得自己不能放过眼前这个盘问牛大宝的机会，不然等这家伙醒过味儿来再想套话就不容易了。想到这，他继续问牛大宝道："牛大宝，我问你，你每天都干什么活儿？"

"那可多了，"说到这个牛大宝脸上写满了委屈，"早上我得提早半个时辰起来给当伙计的抱柴火，然后卯时去前边门脸报到，报完到就在卖荷包绣品的第二间门脸里帮忙，什么给客人倒水、递烟、拿凳子啊，帮门口喊堂的送水呀，擦架子扫地啥的，这还好说，最累的是搬货，每次货一回来，搬得我腰都要断了。"

"就这些了？"陈锡三疑惑。

"不止呢，亥时下了工，我们一帮学徒还得负责把门脸收拾干净，柜台我们不能碰，但是除了柜台都是我们的活儿，必须收拾得溜干净我们才能回来休息。"牛大宝皱着眉头说。

听牛大宝这么说陈锡三才觉得对劲，想来商号里杂活累活就应该是留给学徒们做的，但他心里还是有些疑惑，学徒学徒，来了是学本事的，牛大宝说的日程里咋没有"教"的环节呢？陈锡三不解："你不是学徒吗，咋没说谁教你点儿啥了呢？"

听陈锡三这么问，牛大宝也是一脸的疑惑："就刚来的时候掌柜们晚上给讲讲店里的规矩，剩下的就是跟着干活儿，能学到多少全凭自己本事。"

这个回答有点出乎陈锡三的意料，他是来当学徒学本事的，当然是希望有个师父带着自己，就又追问了牛大宝一句："平时没有人带你们吗？"

"哦，这个我忘说了，干活儿归干活儿，店里会安排老人儿带我们这些新学徒，一边干活儿一边教我们，遇到啥问题，都可以问他们，他们都会给支招。"

牛大宝这么一说，陈锡三提着的心总归是放了下来，这吃货对别的果然没兴趣，连自己来店里该干啥都迷迷糊糊的，看样子也不像是啥有抱负的人。

"咱不说跟谁学的事了，我问你，你来这一个多月，有没有了解到这玉茗魁有哪些不成文的规矩？"

"这个有，"陈锡三的这个问题倒是问到了牛大宝的专长，他眉飞色舞地说道，"咱这卯时报到之后放早饭，午时放中饭，酉时准点放晚饭，要是赶上夜里卸车的活儿，玉茗斋那头还会给做热汤面吃，我跟你说啊，那小味儿才好呢。"

一说到吃，牛大宝两眼放光，可听得陈锡三鼻子都要气歪了，他心说这人怎么就满脑子都是吃，于是赶忙打断："停、停、停，我问的不是几点放饭，是这儿有没有啥不说出来但是大家都要执行的规定？"

"不说出来但大家还都执行的规定？"牛大宝思考了一下说道，"还真有。"

"啥规定？"陈锡三预感牛大宝这次应该会说点真格的了。

"就是在玉茗魁上到掌柜下到学徒，不管是谁，不能主动惹事，但也不能怕事，"说到这牛大宝停顿了一下，"进了玉茗魁就是自己人，啥时候商号都不会卖自己人的。"

"后边这句是你二叔说的吧？"陈锡三盯着牛大宝的眼睛问。

"嗯！"

听到牛大宝肯定的回答，陈锡三撇撇嘴，这话听着暖和，但没遇到事的时候谁都会说，等真有事了才知道这话是真是假。

"还没完呢。"陈锡三撇出去的嘴还没收回来，就听牛大宝当啷又是一句。

"还有？"陈锡三问道。

"我二叔还说了，只要咱占理，惹了谁咱都不怵，但是唯独不能跟那些东洋人绊上，咱跟那帮玩意儿讲不出道理，也整不过人家。"牛大宝像背课文一样说道，"这也是我二叔的原话。"

听到这话，陈锡三犯起了嘀咕，要说玉茗魁在关东地界开门做买卖，人来人往的难免会跟这些人有接触，这个世道别惹日本人谁都知道，但要是牛大宝说的是占掌柜的原话，那玉茗魁怕不是在东洋人手里吃过亏，不然占掌柜也不会说"跟东洋人讲不出道理"这种话。

陈锡三就问牛大宝："之前玉茗魁跟东洋人起过冲突？"

"这几年多了去了。"牛大宝一脸天真，"我也才来，但听他们说日本人总来找碴，尤其城东头的那个三中井，他们店里没一个好玩意儿，看咱生意好，就成天琢磨着给咱找点事儿。"

"三中井？"陈锡三疑惑，"这也是个商号？"

"嗯呢。"牛大宝点头肯定，"他们日本人开的不叫商号，叫商店，听说店面不大点儿，里边那帮子店员也跟大爷似的，成烦人了。"

"那小店不大的话玉茗魁咋还怕了它呢？"陈锡三还没寻思过味儿来。

"不告诉你了吗，那是日本人开的，那帮玩意儿谁敢惹呀，他店是小，可人家也不跟咱正常做买卖上的竞争啊，净整些下三滥的手段。"说到这，牛大宝也撇着嘴，一脸的愤恨。

陈锡三也没再接茬，只是心里默默记下了三中井这事。牛大宝的这番话算是给陈锡三提了个醒，虽说自己才刚到玉茗魁，但未来在这里的日子还很长，既然知道了这些事情往后还是注意些为好。

咚——咚！咚！

外头传来了三声更点，学徒通铺的厢房紧挨着后巷，跟更夫敲点儿之处只隔着一面墙，这声响传来刺耳非常，吓得陈锡三一个激灵。

"哎呀，都子时了，得赶紧睡觉了，明天还得早起抱柴火呢。"

听到锣声，牛大宝突然站了起来，陈锡三还没从三声更鼓响里缓过来，又被牛大宝给吓了一跳。

陈锡三也不想再跟牛大宝继续这场"审讯"，于是重新躺回自己的被窝里。

子时更声已经敲过，牛大宝钻进被窝翻了个身后就鼾声如雷。

而陈锡三却久久不能入睡，可能是刚才的噩梦让他心有余悸，也可能是新换的环境不太适应，当然，还可能是牛大宝的鼾声实在吵人，总之，这一夜，陈锡三失眠了。

这一晚，月儿不明，风儿不静，陈锡三迟迟没有闭上眼睛，这个比同龄人高大些的少年终于在他的目的地度过了第一个夜晚，然而他自己清楚，明天清晨，才是崭新生活的开始，一切，都未可知。

五

鸡叫头遍，天还没有一点儿开亮的意思，陈锡三便已从炕上爬起。无心睡眠的陈锡三披好衣服来到院中，他抬头漫无目的地仰望，不知怎么才能抚平自己内心的焦虑情绪。就在此时，身后传来一男子的声音："这人跟人真是不太一样。"

声音来得突然，吓了陈锡三一跳，他猛地转头望去，身后不知何时出现一位穿着长衫马褂的男子，刚才那句话显然是从这人口中说出的。

男人见陈锡三受惊，扑哧一乐，随即继续说道："这人跟人确实不太一样啊，你这学徒新来第一天，咋就能起得比别人都早呢。"

"我换了地方睡得不习惯，就起来出门看看。"陈锡三恭敬地应答。

"哦？我看不是吧。"这男子挑着眉毛斜愣着陈锡三，明显一副不相信的样子，"我看你刚才又是望天又是叹气的，咋的，换了个地方给你愁成这样？"

闻听此言，陈锡三一皱眉，这男人显然在暗处盯了自己半天，这个时间能出现在院里，说明他也是玉茗魁的人，就是不知道这人犯的什么毛病，大清早偷窥自己做甚。

来不及细想，眼前的男人便一跨步走到陈锡三面前，上下打量一番后说道："我看肯定事出有因，我想想啊，睡不着觉是不是想

媳妇了？"

陈锡三直接"啊"了一声，这都哪儿跟哪儿呀，他都知道自己是新来的学徒，什么想家了、担忧啊这些都还靠谱，怎么突然来了一句想媳妇了。

见陈锡三的反应，这人似乎觉得自己猜得没错，拍拍陈锡三的肩膀说道："别害羞嘛，人之常情，看你也得十八大九了吧，能理解。"

这下陈锡三更加无语，他一耸肩膀将男子伸来的手躲了过去，皱着眉说道："这位兄台，我真是因为初来此地不太习惯才睡不着觉，而且我年岁尚小，家里还没给张罗这回事。"接着，他又转头问："咱们初次见面，还未请教怎么称呼？"

"我叫田瑞亭，你是第一次见我，但我可听说过你了。"

"哦？瑞亭兄这话从何说起？"陈锡三不解。

"可别整那洋事了，你就叫我田哥就行。"田瑞亭似乎对陈锡三的称呼很是不习惯，"你昨天下午刚到就让大掌柜跟大少爷找了过去，这什么路数，现在后院都知道有一个新来的学徒叫陈锡三，门子硬着呢。"

陈锡三只觉得无奈。

田瑞亭见陈锡三不说话，更觉得自己说到了点子上，继续刨根问底："我说陈老弟，你跟那两位老爷啥关系？昨天他俩是不是许给你啥了？"

"许给我什么呀？"陈锡三无奈，"我跟那俩老爷没什么关系，昨天偶然叫我过去的。"

"哎呀，这年头有点子关系咋了嘛，也不是啥丢人事儿。"田瑞亭说着话斜眼看陈锡三的反应，见他依旧皱着眉不愿意搭腔，只悻悻地说："不愿意说拉倒。"

就在陈锡三想要继续辩解的时候，厢房那边传来了开门声响，陈锡三与田瑞亭转头一看，正是睡眼惺忪的牛大宝从屋里走了出来。

牛大宝披着衣裳，一边揉眼一边打着哈欠走出房门，一抬头，正瞧见陈锡三站在当院，忙一抬手，冲陈锡三招呼："哎，陈兄弟，你咋起得这么早呢？"

牛大宝边说边往陈锡三这边走，还没等陈锡三答话，就看见他身后站的田瑞亭，赶忙换了一副恭敬的表情，点头哈腰地说道："哎哟，田哥您也在呀，您老人家咋也起这么早呢？"

田瑞亭见到牛大宝这副形象撇嘴一笑："昨晚水喝得多了，早上让尿憋醒了，正巧看见这个小陈兄弟站在这感慨，就过来唠几句。"

牛大宝一听这话也不多言，跟田瑞亭打声招呼转身就要去抱柴火生火，陈锡三见状连忙跟着一起去。

见二人要走，田瑞亭也说自己再回屋眯一小会儿，临走时还交代陈锡三和牛大宝把炕烧热乎点儿，别让轮休的兄弟们凉着了。

且说二人把火烧旺之后天还没亮，就听见当院传来三声梆子响，牛大宝一激灵，告诉陈锡三这是要上工的信号，拉着陈锡三就往前面门脸奔。

穿过当院，沿着回廊走上半圈，二人从后门进入门脸房中，此时来上工的伙计、学徒还没到齐，来了的也都三三两两聚在一起闲谈。

陈锡三放眼望去，从衣着打扮上，这群人大致分为伙计和学徒两种，伙计穿着一水儿的土黄色缎褂，而学徒打扮也很好识别，往牛大宝身上一看，靛蓝色粗布短褂子，下边穿着绑腿的灯笼裤，这身标配一看就是干粗活儿穿的。但不管是短褂还是粗布衣裳，都有一个共同点，就是衣服和裤子上都没兜儿，据说是防止伙计私吞银两的。

陈锡三打量着屋内众人，众人也在偷瞄陈锡三。自打头天陈锡三被大掌柜和朱大少单独召见后，他就成了后院伙计与学徒们夜晚的谈资，这群人中绝大多数对陈锡三没什么想法，只当他可能是个走了后门的关系户，这种事在玉茗魁这种大店在所难免，况且人家有关系是人家的本事，也无可厚非。但也不乏有人对陈锡三这个可能的"关系户"嗤之以鼻，甚至还有几个"头脑灵光"的盯上了陈锡三，想着探一探他的底细，保不齐人家在刘掌柜或者东家面前美言几句，自己就能跟着沾点光。

卯时整，当天上工的伙计和学徒都在屋内集合完毕，通往后院的门帘再次被掀起，各门脸掌柜和站柜走入屋中，走在最前面的正是玉茗魁领东掌柜刘永年。

只见刘永年底子还穿着昨天的长衫，外头却换了一件缎子面的毛马褂，显得整个人气场十足。在进来的一众掌柜和站柜中，陈锡三倒是认得两个，一个是刚进店就坑他的占掌柜，另外一个就是今早在院中碰见的田瑞亭。虽是同一批进到屋内，但二人身份地位明显不同，田瑞亭跟同排众人笔挺地站在后面，一人手里抱着一个大账本，而占掌柜就站在刘永年的身后次位，大咧咧杵在那，显得特别放松。

随着刘永年带众人到位，屋内瞬间安静下来，伙计与学徒默契地排成了一个不甚整齐，却能让掌柜们一眼看到所有人的队伍。陈锡三头一次见识这场面，就跟着牛大宝有样学样地站在了队伍的最后排。待所有人站定，刘掌柜清了清嗓子，上前一步，用洪亮的嗓音说道："大早上出工，各位辛苦，今天没什么特别的安排，一到五号铺面正常开张，之前分出来的伙计跟我接着收拾六号铺，争取三天时间开业，伙计、跑堂都跟各自的掌柜回到铺上，卯时三刻准时开张。"

大掌柜言简意赅，话音刚落就见队伍中穿土黄色短褂的伙计跟跑堂纷纷出列，跟随刘掌柜身后走出的几位掌柜回到各自的铺面做开张前的准备，原地只留下十几个伙计等待一会儿随大掌柜收拾新开的铺面，剩下二十几个学徒打扮的小伙子也在原地听候今天的安排。

一众伙计跑堂离开，屋内不再像刚才那般拥挤，刘掌柜环视剩下的学徒，面色冷峻，学徒们也个个噤若寒蝉，不敢出声。

沉默半晌，刘掌柜开口："你们这批学徒来得早的已两月有余，最晚的昨天才到，新人先不谈，老学徒也应该有个差不多的样子了。那个，曹小山，没记错的话你应该是这批里最先到的，你说说，这两个多月都学着啥了。"

刘掌柜话音刚落，就见学徒队伍中走出一个约莫二十岁的小伙儿，这人头顶似乎好久没刮，头发已经长出快有半指长，脑后辫子也疏于打理，几乎要甩出油来，但这人体格生得高大魁梧，往前迈一步就跟一堵墙似的横在刘永年与众学徒当间。

曹小山看着块头大，回答刘掌柜的问话却是彬彬有礼，只见他迈步上前对刘掌柜一拱手，瓮声瓮气地说道："回大掌柜的话，咱自打来到店里就一直跟在占掌柜左右，平时受占掌柜照顾，学着待客的门道，有闲暇也上后院跟库房帮忙卸车装货，这一膀子力气也没闲着。"

说完话，曹小山还冲着刘永年身后的占掌柜嘿嘿一笑。

"嗯，挺好。"刘掌柜点点头，对曹小山的回答表示肯定，"小山打从进店到现在干活儿还是挺踏实的，也听占掌柜夸奖过你，好好干。"

说完话，他也不再看一脸欣喜的曹小山，又在学徒中环视一圈，开口道："那个，昨天来的陈锡三，你出来！"

陈锡三听到刘掌柜叫自己，忙从最后排走到刘永年面前，一拱手说道："大掌柜您吩咐！"

"你昨晚睡得可还安生?"刘掌柜开口问道。

"回刘掌柜的话,昨晚睡得还好。"

陈锡三刚说完,只听刘掌柜身后的田瑞亭直接笑出了声,他这一笑刘掌柜可是纳了闷儿了。他转身皱着眉问道:"瑞亭,你笑什么?"

田瑞亭这才意识到自己失态,但脸上还是藏不住笑意回答道:"掌柜的,这小孩儿骗你。"

"哦?他咋骗我了?"刘永年不解。

"我今天早起,看见这小子站在当院望天,他根本就没睡好。"跟刘掌柜告完状,田瑞亭又是憋不住笑着看向陈锡三。

听到田瑞亭拆穿自己,陈锡三不由得皱眉,刚要开口辩解,就听刘掌柜说道:"还有这种事?你说你没睡好就说没睡好呗,咋还不说实话呢?"

刘掌柜虽是质问,却也一脸笑意,陈锡三明白他并没有怪罪的意思,尴尬之下只得挠挠头赔笑着说道:"我这也是一时不知道怎么说好,这才……"

不等陈锡三说完,刘掌柜便哈哈大笑着一摆手:"你也不用过分拘谨,来了咱玉茗魁,不管是学徒还是掌柜,咱都是一家人,虽然说店里有店里的规矩,该咋办事还是得咋办事,但是也不用老整得假假咕咕的,你难受,我们看着也难受。"

听到刘掌柜说这话,陈锡三挠着脑袋的手更加无处安放,一时间竟然真的不知道该说点什么才好应对眼前的尴尬局面。

就在陈锡三尴尬之际,田瑞亭再次开口说道:"刘掌柜,陈锡三他才刚到店,也不知道具体情况,说话办事有点差池也在所难免,我看他还没分人带,要不您把他交给我,我先领着他?"

刘掌柜一听田瑞亭的话,阴阳怪气地说道:"平时往你这塞个学徒都恨不得我这掌柜亲自求你,咋的今天转性了?还主动上了呢?"

"嘿嘿,之前我年轻不懂事,现在我不是想替您和大伙儿分担分担吗。"田瑞亭顺杆往上爬,嬉皮笑脸地答道。

听到这话,刘掌柜撇嘴不屑:"整那没用的干啥,要人可以,但有一点咱可得说好,我看这小子将来是个人才,你可得给我带明白了。"

刘掌柜挖苦田瑞亭,惹得一众掌柜、站柜哈哈大笑,对面的伙计跟学徒不敢出声,只能低头憋笑,屋内气氛照比刚刚轻松了不少,陈锡三也从刚刚的尴尬中解脱出来。

笑了两声之后,刘掌柜轻咳一声,又对陈锡三说道:"陈锡三,打今天起,你就跟着田瑞亭,他在一号铺站柜,你就在一号铺里听他差使。"

陈锡三赶忙答应,又冲田瑞亭拱手示意。

紧接着,刘掌柜话锋一转:"此外,陈锡三,我还得安排给你一个任务。"

一听还有安排,陈锡三正色恭听。

"给你一天时间熟悉一下铺面情况和学徒上工流程,明天开始,这一批二十八个学徒早上报到、晚上收工、请假调休等事宜由你记录,各位掌柜,包括我在内关于学徒的事宜都直接找你,你可得把这个事整明白了。"

这一番话说完,陈锡三只感觉应接不暇,自己的学徒生涯才开始第一天,就被安排做学徒的上工记录,虽说只是记录,但谁都知道这权力可不小,陈锡三一时间也没想明白刘永年这样安排是何用意。

不仅陈锡三不明白,身后其他二十几个学徒和站在他身边的曹小山也都眉头紧锁,本来对于陈锡三是否真的有后台这件事大家还都只是猜测,但现在刘掌柜的安排算是把陈锡三关系户的身份彻底坐实了。这样一来,众学徒对陈锡三的种种想法被激化,之前想"攀附"他关系户身份的现在都仔细琢磨着怎么跟他处好关系,而之前就瞧不起关系户的学徒则是有些气愤。

这些学徒的表现刘掌柜早就预想了个大概，包括曹小山看向陈锡三的眼神，刘掌柜也尽数看在眼里，但他并没有多做表示，又讲了几句细节之后便带着之前留下的十几个伙计赶去收拾六号铺面了。

刘掌柜带人走后，众学徒也跟随带自己的伙计离去，而陈锡三自然被田瑞亭领着来到一号铺面，开始自己第一天的学徒生活。

说起这一号铺面，它可是整个玉茗魁产业的重中之重，此间以售卖各色布匹为主，里间还有刺绣、缝纫、制衣等衍生业务。一号铺面在玉茗魁创办之初便被盘下来，说它是玉茗魁的支柱也毫不为过，饶是现在铺面发展到了六间，一号铺面也仍然是所有铺面中回头客最多的一间。

陈锡三跟随田瑞亭走进一号铺面屋内，只见之前出来的伙计和跑堂已经在掌柜的指挥下开始忙碌了。

田瑞亭带着陈锡三边走边给他讲解："在咱们玉茗魁呀，每间铺面售卖的货品种类不同，每间铺面也都有一位掌柜，负责掌管屋里的一应大小事宜。"说到这，田瑞亭向屋子正中间看去，陈锡三顺着方向看见一个留着山羊胡的小老头端坐在接待客人的椅子上，正在指挥伙计们把货架上的布匹摆正。

"那位就是咱一号铺的海掌柜了，一会儿等他忙完我带你跟他打个招呼。"田瑞亭说道。

"田哥，你是啥掌柜呀？"

"我是个啥的掌柜，我是站柜，就是站柜台的，专管买卖成交，每天柜台上的收入账房先生得跟我对。"田瑞亭话说一半，看陈锡三依然似懂非懂，便继续讲解道，"每间铺面都有一个掌柜，掌柜的下边是站穿堂的掌柜，掌柜接待重要客户和大宗买卖，站穿堂的掌柜负责日常顾客的迎来送往并帮顾客选购货品或安排送货，站柜则专管成交跟账目，再往下就是伙计跟跑堂，伙计按管货的种类分工，跑堂就负责招待进店的顾客,把顾客引进门之后交给站穿堂的掌柜,除了这些还有喊堂的伙计,一个铺面配俩,就站门口喊客迎客。"

说话间,田瑞亭带着陈锡三走到柜台前,说是柜台,玉茗魁的柜台跟陈锡三以往在百货号或者洋行看到的柜台都不一样,旁的店面柜台都修得老高,讲究点儿的还得在柜台上安整块的玻璃,只开一个小窗口以便买卖双方交流。玉茗魁的柜台则不是这样,这里的柜台更像茶食店那种,就一圈小栏柜,一面用两个合页钉着个小木门,田瑞亭打开木门走进去,柜台也就比他的腰高点儿。

除了柜台不同,陈锡三发现玉茗魁铺面在货物摆放上也甚是奇怪。其他百货号一进门就是柜台,柜台后的货架上摆着各式商品,顾客想要买货直接说明,伙计就会拿来指定的商品,顾客再给站柜的交钱即可。而玉茗魁完全不是这样,在这里,柜台设置在最里侧靠近后门的位置,从门口往里都是一排排摆好的货架,顾客一进店看不到柜台,入眼全是各式各样的商品,每排货架的堵头还都放着一个铺垫的墩子,想来是给顾客休息用的。

这样的设计让陈锡三觉得新奇。很显然,相比其他百货号,玉茗魁的顾客能够直接接触到货物,进店直接选,身边有站穿堂的掌柜或伙计跟着帮忙推荐,看累了还能在墩子上坐下歇息,渴了马上有人端上一杯水。这样的购买体验显然优于其他店铺,也难怪玉茗魁能够在长春地界的百货号里独树一帜,每一处细节都是下足了功夫的。

"开张!营业!"

随着海掌柜一声吆喝,伙计抽出门闩,卸下门板。刚刚露头的太阳把第一缕阳光洒进屋内,把门前第一排货架上摆的缎子照得闪闪发亮。

陈锡三一时看得痴迷,这景象甚至让他觉得有些耀眼。

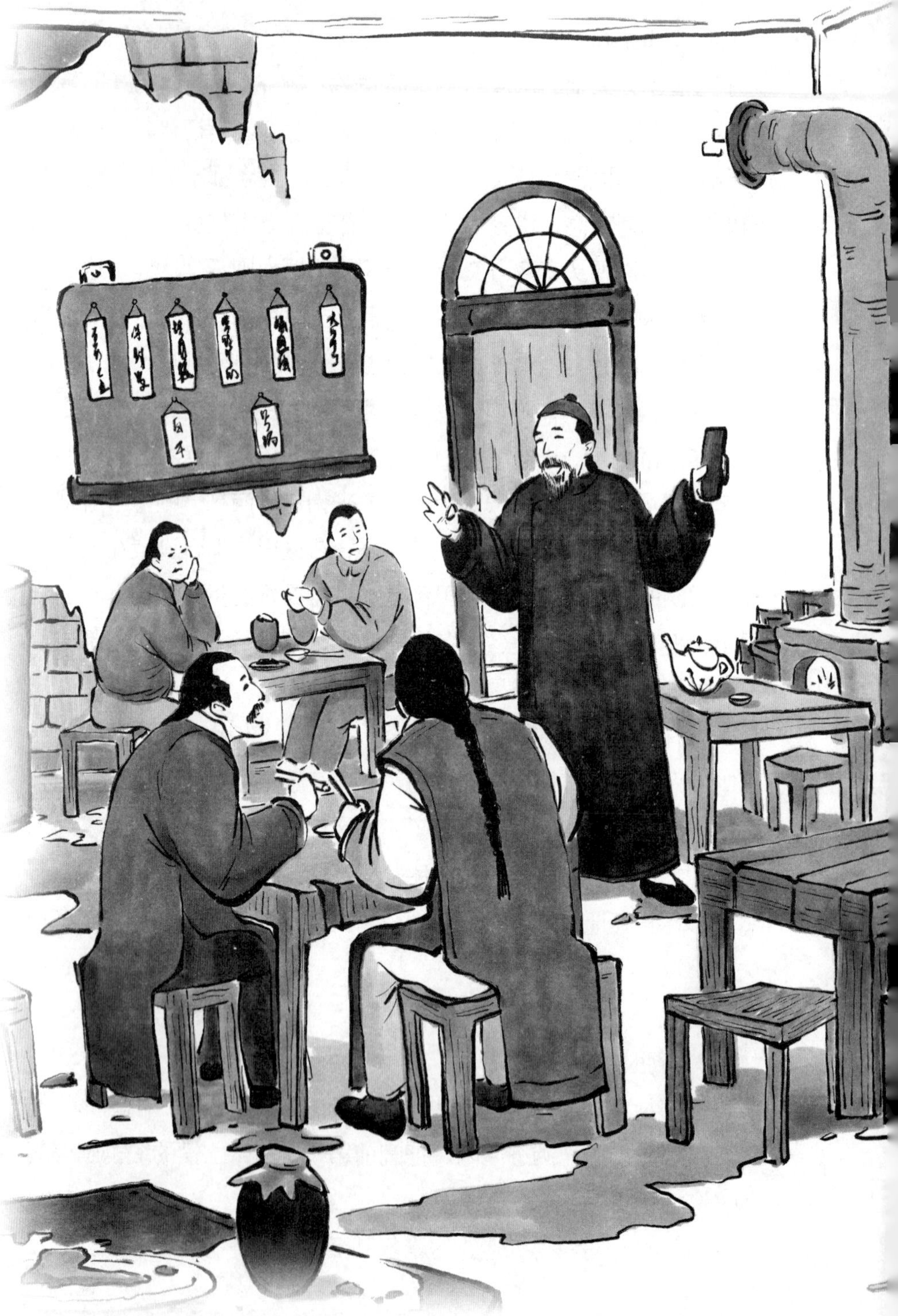

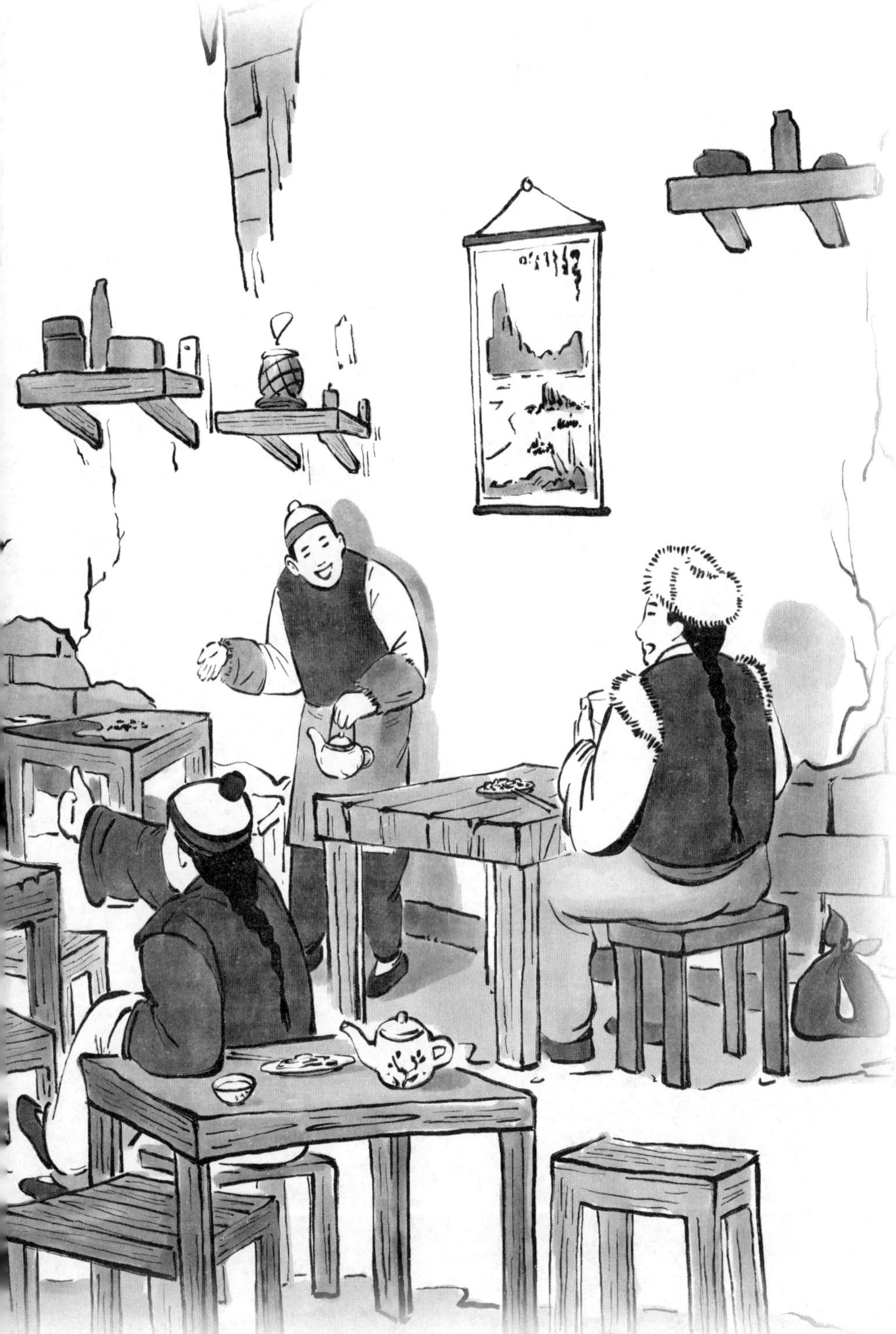

玉茗魁

第二章

早春

玉茗魁往事

一

正月
上午
长春城

南大街上，说书人刘二爷慢悠悠地走着，他依旧穿着那一身絮了棉花的黑色长衫，显得整个人格外臃肿，但他对自己的形象似乎一点都不在意，只是自顾自走着，向着玉茗魁的方向。

天刚蒙蒙亮，街道上已然人来人往，不时有人认出刘二爷，不免还要打个招呼。一路走过，刘二爷也不知和人招呼了多少次，但他依然乐此不疲，脸上始终挂着微笑，好像巴不得要把整座长春城的人都招呼一遍才好。

一路招呼过来，刘二爷已然站在玉茗魁一号铺面的门前，算算时间，这个点儿应该才开张没多久，但一号铺面已经有不少人进进出出。

刘二爷就在门前站着，却并不看身边往来的人们一眼，只因为他心里惦记着一个人，那个叫陈锡三的小子，不知道他进了玉茗魁没有，如若让他知道自己跟这玉茗魁的关系会不会吃上一惊。

陈锡三此时正站在柜台旁边，柜台里站着田瑞亭，由于柜台在最靠里边的位置，陈锡三并未发现站在门口的刘二爷，他还沉浸在第一天当学徒的兴奋中。

开始营业之后，田瑞亭领着陈锡三跟一号铺掌柜海元奎见了一面，海掌柜留着山羊胡，看相貌四十多岁，瞅谁都一副笑模样，对陈锡三也没多说什么，只是笑呵呵地嘱咐他在这好好干。但田瑞亭偷偷告诉陈锡三，别看海掌柜现在这副样子，他年轻时在山上给胡子当过军师，听说手上还沾过人命，而且这海掌柜跟刘掌柜是至交好友，是跟着刘掌柜一起把玉茗魁经营成今天这样的，不论店里店外都不是个好惹的主。

对于海掌柜的过往经历，陈锡三听得新奇，田瑞亭的忠告他也牢牢记在心里。

实话来讲，打开张陈锡三便陷入了无所事事的状态，门板一撤，店门外就有客人进来，田瑞亭站在柜台中一个接一个地结账找零，也不给陈锡三安排其他的活计，就让他站在一旁看着，搞得陈锡三好生无趣，只得默默跟田瑞亭一起给客人算账。田瑞亭用算盘算，陈锡三就站在旁边心算，最后二人算出来的数字竟然不差分毫，这倒是让田瑞亭长了见识，也对陈锡三刮目相看。

要说这心算，是陈锡三打小就有的本事，只要家里出去采买或涉及账目类的事情，都把他带在身边，因为他算得又快又准，比打算盘的先生还要快几分。

这田瑞亭也跟个神算子一样，不管客人有多少，算得有多急，他都没有把账目算错过一丁点儿，这让陈锡三直呼佩服。二人相互称赞，相互欣赏，第一天认识的两个人竟默契得像认识了许久。

也不知这样过了多久，陈锡三猛然发现货架间闪过一个黑色身影，这身影好生熟悉，黑色长衫，窝窝囊囊，挺高的个子，这不是前日在大车店遇到的说书人刘二爷吗。

陈锡三仿佛一下子回过神来般冲着田瑞亭说:"田哥田哥,我好像看到个熟人。"

刚给一位客人算完账的田瑞亭眉头一皱,问道:

"你家不是昌黎的吗,在这还有熟人?"

"前几天在来的路上结识的一位说书先生,田哥,我能上前面瞅一眼不?"

田瑞亭听后眉头皱得更紧了:"我说,你是在这学站柜来了还是在这卖闲呆来了,见到个熟人就要走,我给你放假让你回家探个亲得了呗。"

"说得好!"

陈锡三还没答话,就听身后传来声音,回头看去,正是说书人刘二爷。刘二爷走到陈锡三身边,拿眼斜了他一下,继续说道:"小田说得对,你在这是干啥的心里没点数吗?站柜的都像你这德行可完了,人家拿了货全都得撒丫子跑了,你一个都看不住。"

听了刘二爷这话,陈锡三脸上一红,也发觉自己刚刚说错了话,不由得低下头去,重遇刘二爷的喜悦也一扫而空。

见到陈锡三这副模样,刘二爷也是于心不忍,之前觉得这孩子是个挺知道分寸的人,想来也是见到自己一时高兴才慌了神。心念至此,刘二爷冲田瑞亭使了个眼色,一旁的田瑞亭连忙开口说道:"行了行了,我问你,你不才到这吗,咋认识的刘二爷呢?"

听到田瑞亭发问,陈锡三抬头答道:"我到店头一天,在官道旁边大车店里遇到的刘二爷。"

"那是,我俩当时是一见如故,这孩子还给我整了个好活儿呢。"刘二爷在一旁插言道。

听到这话,田瑞亭完全没明白其中的意思,只有陈锡三明白这是刘二爷在挖苦自己,只得尴尬地嘿嘿直笑。

陈锡三突然想起什么,问道:"对了刘二爷,您咋来这了呢?"

"我咋不能上这来,这玉茗魁开门做买卖还不让我进啊?"刘二爷语调夸张地大声说道。

"啊,不是不是。"陈锡三赶忙往回找补,"刘二爷您是来买布啊,还是看看整点儿别的?"

还没等刘二爷答话,一旁的田瑞亭突然插言:"我说你到底认不认识刘二爷啊,你搁这说啥呢?"

"啊?哪不对吗?"陈锡三不解。

"刘二爷是咱玉茗魁商号自己人,跟掌柜同级,人家来这买啥布啊。"

"啊,也不一定。"刘二爷接过话茬,"我说陈锡三呐,之前我没跟你讲过我究竟是干啥的吧?"

陈锡三不解:"没讲过呀,先生您不是说书的吗?"

"那纯是个人爱好,"刘二爷笑道,"我问你,这儿的大掌柜姓啥?"

"姓海。"陈锡三不假思索地回答。

"屁!我说的不是海元奎那个老瘪犊子!"一提到海掌柜,刘二爷突然暴躁起来,"我问你领东掌柜姓啥?"

"啊,姓刘,刘永年掌柜嘛。"陈锡三幡然醒悟刘二爷问的究竟是谁。

"对呗,"见陈锡三终于说到点儿上,刘二爷继续问道,"我姓刘,玉茗魁大掌柜也姓刘,你明白啥意思没?"

"都姓刘?"陈锡三眼珠一转,"啊,你也是关系户!"

话一出口,陈锡三顿觉不对,什么叫"也是关系户"?怎么就把自己给算上了,这让他不知该如何找补,愣在原地张着嘴,一时语塞。

听到陈锡三说出这话,田瑞亭哈哈大笑,这回轮到刘二爷一头

雾水。

"什么玩意儿我也是关系户，说啥呢？"

刘二爷瞥了一眼还在笑的田瑞亭继续说道："跟你直说了吧，我叫刘永丰，玉茗魁领东掌柜叫刘永年，是我叔伯哥哥，我在这不算职位，但跟掌柜的同级，专管对外宣传，这回明白了没？"

"您跟刘掌柜这层关系，不还是关系户吗？"陈锡三还在纠结是不是关系户的问题。"我昨天被刘掌柜叫过去见了一面，店里人都说我是关系户呢。"说完他皱着眉头看向田瑞亭。

听到这里刘二爷明白了个大概，再看陈锡三的模样觉得好笑。

"哎哟哎哟，还给你委屈够呛！"刘二爷撇着嘴逗陈锡三，"当关系户有啥不好的呀？"

"好啥好啊，我要是真有关系还行，关键是咱也不认识谁呀。"说罢，陈锡三偷瞟着刘二爷，观察着他的反应。

此时田瑞亭突然插话："你咋不认识呢，刘二爷不就在这呢吗？"

刘二爷听这话也是一脸无奈："我哥说得真没错，顺竿往上爬的本事谁也不如你田瑞亭，还有你陈锡三，别以为我听不出你话里话外啥意思，我告诉你，想在玉茗魁混，靠关系啥用没有，就是在哪，没有真本事也是白扯，你就好好学你的本事吧。"

说罢，刘二爷白了陈锡三一眼，掀开后门的门帘走了出去，只留下陈锡三跟田瑞亭相视一笑。

刘二爷显然是看好陈锡三这个少年的，而陈锡三也并未想从刘二爷这走什么捷径，不用刘二爷嘱咐，陈锡三也早就下定决心要在这学到真本事。至于田瑞亭，他比陈锡三年长近一轮，目前看起来这人虽然有时说话不着调，但就凭他是玉茗魁最年轻的站柜这一点，陈锡三就能够确认这是一个有本事的人，跟着他准能学到东西。

送走了刘二爷，陈锡三继续跟着田瑞亭站柜直到亥时收工，这一天除了轮班吃饭之外，陈锡三一直站在柜边，待到收工他只觉得两条腿已然不是自己的一般，步子都几乎迈不动。

海掌柜体谅陈锡三头一天站柜的辛苦，收工后便没有再让陈锡三留下参与打扫，这不免又惹得其他学徒一阵叽叽喳喳。但此时的陈锡三已经顾不得这群人的闲言碎语，他只想赶紧回到后院厢房好好躺下休息，除此之外一切都与自己无关。

不知什么时候，一轮明月已高高挂上了天空，它散发出的银色光芒倾泻在大地上，把大地照得如同白昼。

这一夜，陈锡三睡得格外香甜，没有梦魇，也没有失眠。或许是站了一天让他太过劳累，或许是第一天成为学徒的兴奋耗费了他太多精力，也或许是在这里见到了"熟人"刘二爷让他心里感到温暖。总之，这一夜，他没有回忆过去，也没有畅想未来，只是简单地、安静地睡觉。

二

出了正月，街道上的年味儿方才渐渐淡去，人们回归了往常平淡的生活。

城里的男人们早早地从温暖的被窝里爬起，试图在出工前扫清门前的积雪。女人们如若被丈夫起床的动作惊醒也不责怪，只是给孩子掖好被角便会穿好衣裳，去院里抱点柴火把灶坑引燃，给屋里添点热乎气，再把早饭焖在锅里。

早春清晨的南门，天不亮就已经人来人往，住在乡下的农民不管是进城摆摊还是送货，都得赶在整个城市清醒之前通过这道关卡。

进城的农民有的肩挑扁担，更多的则是赶着牛或马拉的大车。关东的粮食一年只有一茬，早春时节送往城里的基本都是山上采摘的山货，这些东西天生地养，只需费些人力寻觅便能在城里卖个好价钱，这使得进城的农民个个喜气洋洋。

陈锡三来到玉茗魁已经一月有余，现在的他已经不用每天全程陪着田瑞亭站柜，只是在人多时过去搭把手。但作为学徒，他在上工期间也没有偷懒的权利，不需要陪同站柜时，他得帮着伙计们上货，帮着跑堂递烟递水，有时赶上后院卸货，只要一声招呼他就得颠颠地跑过去帮忙搬运。

这样的生活虽然辛苦，但陈锡三干得津津有味。

除了每天干活儿外，刘掌柜还亲自带领掌柜们给这批学徒传授本领。传授的内容固定，但时间上就看各个掌柜的具体排班，各位掌柜如果有时间，就在每天收工后抽出半个时辰，把学徒们召集在后院，讲解玉茗魁的经营规矩，教一些待人接物、察言观色的技巧，还教碰到一些刁蛮的顾客怎么处理。至于每个铺面不同货品的情况和经营细节，这些得由各铺面的掌柜分别进行教导。

要说这玉茗魁对学徒的传授那是相当细致，这样的安排跟传统商号对学徒的教育有明显区别——别家带学徒，那都是师父做，徒弟看，也会碰到师父留一手的，毕竟"教会徒弟，饿死师父"。

这些事情其实陈锡三一早就知道，临来关东之前家里人也讲过这些道理，让他到了玉茗魁之后一定多学多看，自己长些心眼儿。可到了这之后，陈锡三发现关东地界跟他出发之前听到想到的有许多不同。就拿培训来说，各铺面的掌柜讲得事无巨细，要是有哪个学徒不解发问，老掌柜们也从不拒绝，都乐呵呵地给出解答，这让陈锡三觉得十分佩服，看来玉茗魁能经营得这么好，跟掌柜们的心胸有很大关系。

各铺面掌柜讲授的内容不尽相同，多是长春城中各字号买卖的细节，再就是这些老掌柜们做了一辈子买卖总结的经验。

陈锡三非常重视学习这些传授内容，每次有掌柜来讲授，他都努力抢上前排，仔仔细细地把讲授的内容记好。除了各铺面掌柜讲授的商业知识外，还有刘掌柜亲自讲授的玉茗魁店规，陈锡三皆牢记于心。对于这些，与陈锡三同住一室的牛大宝却颇不以为意，他觉得玉茗魁的店规要求伙计和跑堂对进店的客人过于热情了些，这使得他们工作压力巨大。

"兄弟，你不觉得咱们店对客人有点过分热情了吗？"

在一个受训后的夜晚，牛大宝还是忍不住，对陈锡三提出了这个存在心里很久的疑问。

"咋，有啥过分的？"

经过一个多月的洗礼，陈锡三的东北话越发纯熟。

"你看哈，店规第一条，不看客人衣着打扮，进店一律热情接待，这话没毛病吧。"

陈锡三一挑眉毛："没毛病啊。"

"那你看第二条，来人进店，先递烟再递茶，这一条是不是就整过劲儿了？"牛大宝继续说道。

"嗯，我感觉挺好的呀，让人觉得热情、受重视、舒服。"陈锡三答道。

见想法存在分歧，牛大宝像是突然来了争辩的兴致，瞪大眼睛说道："你看城里谁家店这么干啊！再说了，咱玉茗魁把着南门，不像商埠里那些号子，进进出出都是城里人。咱这可倒好，来往的净是来送货的农民，他们本来就买不了啥，再给递烟递茶，我觉得整不好都得干赔本了。"

听到这话，陈锡三一挑眉："谁说进城的农民就买不了多少东西了？大宝，你这么长时间都没上柜台边上站过吗？"

这话问得牛大宝一愣："站柜台，那还真没有。"

"你就是没去站过也应该瞅见过吧。"陈锡三无奈地撇撇嘴，"来咱玉茗魁买得多的净是这些农民，人家送完货拿着钱，回去时候给家里人置办东西可是一点儿都不心疼。"

见牛大宝一脸迷茫，好像没理解，陈锡三继续讲道："住城外的农民不比城里人，他们买东西不方便，一般都愿意多买点囤着，我跟田大哥站柜，天天看见他们大包小裹地买东西。"

"那就算买得多，也没必要递烟递茶吧？"

见牛大宝还是没有想通其中的重点，陈锡三只好继续给他解释："一瞅你就没好好听刘掌柜讲，这咋能没必要呢，这叫尊重！"陈锡三翻了个白眼，继续说道："别的有些店，一进门整老大一个柜台，那店里的伙计心高气傲的，一看来买货的是老农，更是恨不得一个个鼻子眼都要撅天上去了，你说人家买货的能乐意吗？你再看咱这，一进店也看不着柜台，货架子上全是各式各样的货，在整个买东西的流程安排上咱就占了优势，再者说人家不管穿着打扮啥样，只要是一进店咱就先给递烟递茶，一对比，还得是来咱们这买货舒坦吧。这一来二去，谁不愿意上咱这来呀？"

听陈锡三这么一说，牛大宝皱眉低头，寻思了半天，深吸一口气点了点头，好像终于领悟到了一样连连称是。

对牛大宝的反应，陈锡三早就习以为常，随着刚才给牛大宝的那一番解释，陈锡三发现自己也好像更加明白了店规这样设定的良苦用心，对玉茗魁的经营之道和把握人心的本事也更加佩服。

回想这一个多月以来，玉茗魁形形色色的掌柜们着实给陈锡三留下了深刻的印象。刘掌柜的厉害自不必说，除了他之外，田瑞亭、海掌柜，包括之前坑了自己一把的占掌柜都展现出了自己工作范畴之内的高超本领，让陈锡三佩服不已。

此外，还有一个人，他的工作让陈锡三感到惊奇，这人就是他最早结识的说书人刘二爷。

陈锡三第一天站柜遇到刘二爷，知道刘二爷跟刘掌柜之间的关系后细打听才发现，这位刘永丰先生在玉茗魁深受大家的尊敬。

据田瑞亭说，刘永丰基本不在店里常待，平日里就以说书人的身份在长春城外围的茶棚、大车店里给过路的人说书，他的书说得好，还不讨赏钱，这些店的老板们都乐意让他来讲。刘二爷讲的书也跟旁的先生不一样，他讲的书基本都是自己编的，内容都是他堂哥刘永年的光辉事迹。

刘二爷的书陈锡三倒还真听过，内容确实像田瑞亭讲的那样，都围绕着刘永年展开，但其中的真实程度嘛，陈锡三觉得还有待考量。至于为何一个说书先生能在玉茗魁领掌柜待遇，田瑞亭告诉陈锡三，这正是刘掌柜的高明手段。

刘掌柜安排刘二爷在周边大车店、茶棚讲自己的故事，最重要的目的就是要宣传玉茗魁，笼络人气。听到这里陈锡三还不理解，为何给玉茗魁做宣传不直接讲玉茗魁，而是绕了个圈讲刘掌柜？

对此，田瑞亭直说他脑子不会转弯，听书的也不是傻子，要是直接讲玉茗魁，大伙就都明白说书的目的了，人家明知道你在宣传，那效果还能好吗？而说刘掌柜的故事，是因为刘永年本就有些名气，是长春地界的人物，而且当年朱老爷子请刘永年的事传得沸沸扬扬，谁都知道他现在在玉茗魁做大掌柜，给他宣传好了，那也就相当于给玉茗魁添了块儿活招牌。

这么个宣传方法陈锡三还是头一次听说，但从其他掌柜对刘二爷的态度来看，宣传效果应该是不错的。这就让陈锡三对刘掌柜和刘二爷这对兄弟更加佩服，这二人着实是不一般，自己一定要跟着二位多讨教。

就这样，带着对掌柜们的崇拜，陈锡三每天清早上工前会起床跟牛大宝一起给厢房的通炕烧火，上工时他会提前到达铺面，记录学徒们的上工情况，晚上收工后他都是最后一个离开，做好出勤记录、关好门，才回到后院休息。他还会让牛大宝把二号铺一天发生的趣事讲给自己听，直到夜里更声响起才会上炕睡觉。

日子似乎天天都一个样，但陈锡三却并不厌倦，因为除了每天的工作能让他感到充实之外，牛大宝这个每天傻乐呵的活宝也给他的生活增添了不少乐趣。

第二章 早春

就在陈锡三以为学徒生活会一直这样过下去的时候，一次意外打破了原有的平静。

这天晌午，陈锡三刚刚吃过饭回到铺面，就见原本应该人来人往的店里一个客人也没有，就连伙计和跑堂都不知去向了。陈锡三疑惑地看向柜台，发现屋里就只剩下田瑞亭还站在柜台里，而他正皱着眉头，朝二号铺面的方向张望。

陈锡三不明所以，走到田瑞亭跟前问道："田哥，出啥事了，人都哪去啦？"

田瑞亭被突然的问话声吓了一跳，转头看到是陈锡三方才说道："好像是二号铺，跟你住一屋的大宝和人吵起来了。"

"啊！"陈锡三吃了一惊，"牛大宝咋会跟人吵架呢？"

"具体的我也不知道，哎呀，我不能离柜，你快去，看看那边到底咋回事。"

听到这话陈锡三赶忙往二号铺子走去，而此时的二号铺门前已经里三层外三层围了许多看热闹的人。陈锡三费了好大劲才拨开人群，挤到前边一看，发现牛大宝正一脸委屈地站在屋中，站穿堂占掌柜挡在他的身前，对面则站着一个约莫二十岁，穿着和服的日本男人。

此人手里拿着精美的钱包，对着占掌柜高声吵嚷。

"你们玉茗魁的伙计都是小偷吗？让你们的大掌柜出来，我要问问他是怎么教育下属的！"说着话，男人抬手扬了扬那个钱包，气焰十分嚣张。

"我没偷。"听到这个日本男人的话，牛大宝瞪大双眼，豆大的泪珠瞬间从眼眶里滚落下来，咬着牙喊道，"我没拿你东西，你凭啥冤枉我！"

见牛大宝流眼泪，日本男人露出不屑的笑容，说道："哭？你在试图博取大家的同情吗？刚刚就在这间店里，你要来偷我的钱包，要不是我警觉，就被你得逞了，当时好多人都看着，你还想狡辩吗？"

"我没有！"牛大宝大喊，"刚刚明明是你说自己崴了脚，我一过去扶你你就说我偷你东西。"

"行了。"牛大宝话没说完就被中间的占掌柜厉声打断，只见占掌柜面色阴沉，盯着眼前的日本男人说道，"来了店里就是客人，如果伙计真的偷了你的东西我们绝不姑息，但在这之前我得确认一下这件事是不是真的像你说的一样。"

"这还有假？"日本男人趾高气扬，一副得理不饶人的模样，"证据就在我手里，你们还想抵赖吗？"

"钱包在你手上，做不成证据。"占掌柜面不改色，"他偷你东西的时候，可有其他人看见？"

还没等这日本男人说话，牛大宝就着急抢先道："当时他在货柜后面，我路过，就听见他……"

"啪！"

牛大宝话说一半，占掌柜回头一巴掌抽在他的脸上。

"你给我闭嘴，事儿还没整明白，没有你说话的份儿。"

占掌柜给了牛大宝一巴掌之后便紧紧盯着日本男人，而这人似乎被占掌柜抽冷子的一下给吓到了，嚣张的气焰消去了一大半。

"第一时间……第一时间确实没人看到，但他偷了我的东西是不争的事实。"

"既然没人看到，凭什么你的一面之词就成了不争的事实？"

说完话，占掌柜嘴角微挑，略带一丝讥讽地看着日本男人，而男人明显没有对占掌柜如此强硬的态度做好准备，一时语塞竟愣在原地。

陈锡三站在人群中把事也听了个大概，以陈锡三对牛大宝的了解，说他能做出偷东西的事那是绝不可能的，此人品性可以说是单纯至极。陈锡三虽然年龄不大，但在父母良好的教育下从小便善于察言观色，对身边人、事、物能够有自己清晰的判断。这憨憨的牛大宝与陈锡三一直共处一室，每天除了吃饭睡觉就是勤勤恳恳地干活儿打杂，一段时间以来，陈锡三除了发现他私藏香艳话本之外，愣是没能在他身上找到其他毛病。所以对于眼前这个日本男人对牛大宝的指控，陈锡三深表怀疑。

再看屋中，日本男人依然杵在那，皱着眉头不再言语。而看占掌柜越发戏谑的态度，显然他对待此等下作之人没有半点儿怜悯之心。

只见占掌柜背过手，迈着方步缓缓走向日本男人，沉稳地说道："这位先生，我给你提个建议，下次再来我们玉茗魁找事的时候，把脚上那双三中井店员的制式鞋换了，你们这帮人不是挺在意细节的吗，咋能在这地方出差错呢？"

说着话，占掌柜低头看向日本男人的脚面，围观的众人也顺着看去，发现这人脚上穿着一双圆头小皮鞋，鞋帮上一个樱花图案的铆钉异常醒目。

见再也演不下去，日本男人恼羞成怒，咬牙切齿地留下一句"卑鄙的支那人"后便拨开人群，逃也似的离去了。

见日本男人慌张离开，占掌柜撇了撇嘴，围观人群还没缓过神儿，只听他高声喊道："我相信诸位的心里肯定跟明镜似的，对的肯定错不了，也别让咱家这不成才的伙计影响了您选货的兴致，大家该买买，现在进店，结算时一律抹去一个大子儿，账头就算我占某人的了，诸位进屋放开了买啊！"

围观群众见日本男人狼狈遁走，本来就暗中给占掌柜叫好，现在一听占掌柜还要给大家抹零一文，更是情不自禁对他竖起大拇指。

别看一个大子儿事小，可人家不给是本分，给了是情分，哪有给了不要的道理。于是，人群乌泱乌泱地往玉茗魁店里涌去，占掌柜带着一众伙计赶忙招呼。

占掌柜不仅瓦解了日本人的无理取闹，顺水推舟的一句话更是把围观的客人全都拢进了屋。陈锡三看在眼里，心底对占掌柜的印象也实实在在地改观了不少。

三

"占穿堂就是个王八蛋!"

夜里,厢房炕上,牛大宝裹着被子大骂。

"你这是抽什么风,人家白天刚替你解了围,连叔都不叫了?"陈锡三疑惑不解。

且说午后事毕,一众学徒伙计在店面里接待完那一拨客人后,再没人提起那日本人的事,除了陈锡三搬货时遇到牛大宝,问了他一句脸疼不疼之外,大家就像往常一样各忙各的,仿佛什么都没有发生过。

然而亥时收工之后,陈锡三忙完铺子里的活儿回到厢房通铺,却没有看到牛大宝回来。他想白天闹这么一出,再怎么着掌柜们也会说牛大宝几句,也就没太在意。可谁承想牛大宝一回屋,还没等陈锡三开口,他就气呼呼地坐在炕上,围着被子开始骂街。

"我还叫他叔?有这么当叔的吗?!"骂了一句之后,牛大宝还是不过瘾。

"你还懂不懂点儿事了,人家打你一巴掌那是形势所迫,谁让你点子背摊上这事呢。"陈锡三劝道。

听陈锡三这话,牛大宝更是气得直咧嘴:"不是他打我的事,

这一巴掌不算啥。"

"那还有啥事,再咋的占掌柜也是你叔,因为这事人家还搭钱了呢。"

"就是钱的事。"

不提还好,一提到钱,牛大宝气得差点儿从炕上蹦起来。

"你知不知道下了工占掌柜找我说啥了?"牛大宝竖着眉毛,气喘如牛。

"不知道啊。"陈锡三不解。

"占掌柜告诉我,今天下午进店客人抹零的那一个大子儿全算在我头上!白天他不还说算他的吗,咋好人都让他做了呢,这些钱我一个学徒得干到啥时候能还清啊,还让不让人活了?"

牛大宝显然让占掌柜给气得不行,扯着嗓子几乎号叫一般把心里的委屈全抖搂出来。陈锡三听到占掌柜把今天折扣的一文钱全算在牛大宝头上,心底也是一惊,算算下午店里的客人,这钱整不好得有个二三两之多,以牛大宝的月钱,就算在不支账的情况下他也得在铺里白干两年。

但再一细想,陈锡三又觉得事情仿佛不那么简单,不管白天牛大宝是不是被冤枉的,他终究跟日本人扯上了瓜葛,虽是占掌柜处理得漂亮,但牛大宝也对店面造成了影响,众家掌柜嘴上不说,心里难免犯硌硬。

但如今占掌柜把今天的让利算在了牛大宝的头上,他可就欠了玉茗魁的账了,虽说得让他白干两年还账,但等还完了账谁还会记得这个破事,至少两年内牛大宝在玉茗魁的学徒身份是正经保住了,跟这两年学徒期的月钱比起来,能在玉茗魁站住可重要多了。

"占掌柜这一手,够大气。"想通了这些问题的陈锡三点了点头,打心底里对占掌柜处理问题的方式佩服不已。

陈锡三这一声打断了牛大宝对占掌柜喋喋不休的咒骂，一时间竟将他噎在那里不知道说什么好。

牛大宝皱着眉头看了陈锡三半晌，愣是没憋出一个字来。陈锡三这个反应也让他再也骂不下去，只得重重地哼了一声转头倒下，把被蒙在头上，不再理会陈锡三。

转眼间离日本人闹事已经过去十余日，玉茗魁的每一个人都回到了平静的生活中，牛大宝在连骂了占掌柜三个夜晚之后终于听懂了陈锡三的分析。虽说还是对自己的倒霉遭遇愤愤不平，但也无计可施，只能比以往更加勤恳地打杂干活儿。

这天，陈锡三按照田瑞亭的吩咐将一号铺倒腾下来的货架搬到五号铺后门，就在他费劲巴力终于将架子杵在五号铺后门墙边时，一个人影腾的一下撞破门帘，"嘭"的一声直挺挺摔落在地上。

这一下着实把陈锡三吓了一大跳，可还没等他看清倒地之人到底是谁，就见门帘掀起，占掌柜龇牙咧嘴地冲出门来，一脚踏在倒地之人的胸口上破口大骂：

"兔崽子，今天你要是不把事儿给我说清楚，老子送你去见阎王。"

过完年已有一段日子，但关东依旧天寒地冻，不见有开化的迹象，大家还都穿着乌拉鞋保暖，尤其占掌柜脚底下这双更是厚底百纳，一脚踏在胸口，顿时让地上之人把闷哼声憋回了腔子里。

陈锡三见此情景不由得愣在一旁，手扶着刚搬来的货架子不知如何是好。转眼瞧着占掌柜脚底下的人，陈锡三见过几次，是五号铺子里的跑堂，印象里这人有个诨号叫"溜溜"。

溜溜被占掌柜踩在脚下，脸憋得通红，一时发不出声来。占掌柜见此情景怒气更盛，举起沙包大的拳头，照着溜溜的脸就要抡下去。陈锡三见状本能地想要上前做点儿什么，可还没等他动，门帘

后就冲出来两个中年男人，一个抱腰，一个抓手，硬生生将占掌柜拦了下来。

出来的不是别人，正是刘掌柜和五号铺的孙掌柜。两人将占掌柜从溜溜身边拉开，刘永年看见陈锡三站在一旁，给他递了个眼色，陈锡三会意，将地上的溜溜扶起拉到一旁。

溜溜似乎被吓得不轻，陈锡三使了好大的力气才扶着他站起来，把他拉到一旁，拍了拍他的后背，这才让他把气顺了过来。可陈锡三发现溜溜还是低着头两腿发颤，显然没有缓过神来。

再看占掌柜那边，刘永年与孙掌柜两人合力将他按下，仍难消其怒火："你俩放开我，今天我要活扒了这小子的皮！"

"行了！"刘永年一声厉喝打断了占掌柜的声音，"有啥事咱后院里说，别在铺面里丢人现眼。"说完话，刘永年看向陈锡三："陈锡三，你扶着这小子跟我过来。"

后院正房，这是陈锡三来到玉茗魁至今头一回踏足的地方。

此时屋内五人，刘掌柜、孙掌柜与占掌柜三位端坐桌前，占掌柜被其余两人夹在正中，正怒不可遏地喘着粗气。

三位掌柜眼神齐刷刷地看向堂屋正中跪着的溜溜。就在从铺面到后院堂屋这一小段路上，占掌柜难以抑制心中怒火，挣脱孙掌柜的手给了溜溜结结实实一个大嘴巴。看溜溜高高肿起的脸和止不住淌血的嘴角，陈锡三发觉当日占掌柜抽牛大宝真是手下留了情，应该连一半的力气都没用上。

"说吧，小子，占掌柜这事，你参与了多少？"

刘永年语速不快，却好似一声惊雷，吓得陈锡三都不由得一哆嗦。

……

午夜，微凉。

陈锡三躺在炕上辗转不能入眠，倒不是因为牛大宝的呼噜声吵，而是下午在堂屋里听到的事让他觉得有些不可思议。

下午在堂屋中，陈锡三经溜溜之口了解了占掌柜发怒的缘由。

几日前，溜溜找到占掌柜，说有一个发财的门道，问他要不要沾手。要是旁人说这事，占掌柜估计会警惕几分，但溜溜作为店里的老伙计，从十七八岁学徒那会儿起就跟在占掌柜身边。这孩子有股聪明劲儿，深受占掌柜赏识。现在做了跑堂，二人平日里也经常一起偷闲喝点儿小酒，颇为熟络。

所以溜溜找上门来说有个发财的门道，占掌柜就来了兴趣。细问之下得知是溜溜的一个堂兄，祖上有人在宫里当过侍卫，传下来一颗乾隆爷赏赐的夜明珠，价值不菲，而今这位堂兄抽上了大烟，以致家道中落，不得已要卖掉这颗珠子，打算干点儿买卖重振家业。奈何如今这个世道叫他实在不敢去当铺明目张胆地典当，就怕钱到手还没焐热乎就让强人惦记上。所以才托表弟溜溜给问一下，看谁有财力能把这珠子收了去。堂兄着急出手，价钱好谈，谁收都能稳赚一笔。

占掌柜听说这等事心下也是犯嘀咕，按说现在这个世道，不少顽主们要么沾赌，要么抽大烟，家里败得不行了翻箱倒柜拿出些宝贝来换钱的事也不新鲜，自己身边也有些人倒买倒卖挣到了钱。可当这事就这么巧地砸到了自己头上，占掌柜还是觉得应该小心为妙。于是，他便提出要见见这位堂兄，当面看看人和宝贝是不是都靠谱。

转过天，占掌柜跟着溜溜见过堂兄便直接找到刘掌柜，将此事来龙去脉讲给他听，还直言这颗珠子的确是货真价实的宝贝，自己绝不会看走眼，想要从柜上支出自己的份子钱，再找刘掌柜借些银钱，把这珠子赶紧拿下。

刘永年听到占掌柜的描述心里也犯嘀咕，劝占掌柜要不要请人再鉴定一下，可占掌柜一再肯定自己绝不会看走眼，刘掌柜也不好

多劝，只能由着他将钱取了，又借了他些银两。

　　事情进展得很顺利，第二天两人就完成了交易，占掌柜以八十两的价钱拿走珠子，双方也签下合约，一年期限，堂兄带一百二十两银子来赎，期满不来，珠子归占掌柜所有。

　　交易达成，占掌柜暗自得意，溜溜也私下里跟他说，堂兄必定拿不出这一百二十两来赎，到时候一年期满，将宝贝转手一卖，赚他个百八十两绝计不成问题，就算堂兄真的走了狗屎运能来赎宝贝，他也能净赚四十两，里外里怎么算都亏不着……

　　听到这，陈锡三也觉得只要占掌柜没看走眼，宝贝是真的，这笔买卖怎么算都不亏，可事情的发展完全出乎了所有人的预期。

　　就在宝贝买回来第三天，这位堂兄竟然真的带着一百二十两纹银登门找占掌柜赎珠，占掌柜虽是惊疑，不知道此人从哪里变出的钱财，却也只得将珠子交还。可等占掌柜掀开床板，拿出藏在底下的盒子打开，却发现里边只剩下一张合约，珠子竟然不翼而飞。

　　这一下急坏了占掌柜，如今人家找上门来，藏得好好的珠子竟然消失不见，这可如何是好？

　　然而占掌柜毕竟是久经商场的老手，冷静下来便发觉此事蹊跷，一来这堂兄三天就能带着钱上门，事出反常；二来这交易宝贝的事除了自己，就只有溜溜和刘掌柜知道，再一细想溜溜与眼前不依不饶的堂兄之间的关系，占掌柜方才恍然大悟自己竟然中了圈套。

　　随后便有了占掌柜怒打溜溜这事。面对三位掌柜的审问，溜溜也如实交代，确实是自己找机会盗走了夜明珠。随着刘掌柜的继续追问，溜溜更是供出了整件事情的幕后黑手，竟然是三中井百货的经理井上智言。那颗夜明珠的确是堂兄家传的宝贝，但在去年已经被井上智言收了去，整个计划全都是此人设计，他许给了堂兄和溜溜三中井的职位，目的就是给玉茗魁一个教训。

至此，几位掌柜和在场的陈锡三已经对事件的真相了然，但对于如何解决这事却都是一筹莫展。

现在宝贝、合约都在那个叫井上智言的日本人手里，对方只派一个堂兄出面不依不饶、胡搅蛮缠，不接受赔偿，要占掌柜三天内将夜明珠交还。他还扬言不交出宝贝他也不会报官，而是要大张旗鼓地把玉茗魁穿堂掌柜见财起意，私吞他家宝贝的事宣扬出去，不仅要让占掌柜在长春地界上混不下去，更要让所有人知道他背后的玉茗魁都是一帮什么样的人在经营。

事已至此，刘永年一时间也没什么好办法，只能在长叹一声后叫众人先行散去，各自想想看有没有什么解决的办法。在众人离去前，刘永年吩咐孙掌柜将溜溜秘密关在后院柴房，还嘱咐陈锡三切莫将此事传扬出去。

夜已深，陈锡三还是无心睡眠，他担心的倒不是这件事如何解决，再怎样火也烧不到他一个小学徒身上。真正让陈锡三在意的，是他隐约觉得自己仿佛接触到了核心事件，或者说一场危机的中心，和刘大掌柜共同保守一个秘密这件事让他兴奋，如果自己能够做点儿什么，或许真的能够改变事情的走向呢？

翻来覆去，陈锡三实在无法安睡，与其辗转难眠，倒不如起来试上一试。

想到此处，陈锡三披上外衣，朝着院里依然亮灯的堂屋走去。

四

翌日，开张没过一个时辰，刚接待完最早的一拨客人，铺子里稍显清闲，伙计们有的收拾货品，有的指挥着学徒们收拾卫生。客人少了，跑堂们也不用紧着招呼，忙里偷闲，有人还能三两个聚在一起唠上两句。但出奇的是，这些人交谈的内容里并没有昨天占掌柜暴打溜溜的事。

今日的风稍大，吹得垂柳条群魔乱舞，也吹乱了一位公子爷的发辫。

这位乱了发辫的公子爷不是别人，正是溜溜的堂兄，今日前来也正是为了那夜明珠之事。

且说这位堂兄大摇大摆地走进店中，扬着下巴环顾四周，却没有发现占掌柜的身影，柜后只有五号铺的孙掌柜端坐其中。没寻着人，堂兄轻蔑一笑，走到孙掌柜面前，将上半身都压在柜上，挑着眉毛说道：

"怎么着，占穿堂呢，他找着我那颗珠子没有呢？"

"呦，这不钱少爷吗。"等堂兄说完话，孙掌柜才故意做出惊讶的表情，"占掌柜说是一股急火躺炕了，这不，我在这盯着呢。"

被称呼钱少爷的堂兄一听占掌柜躺炕了，不由得咧嘴笑了起来，但刚笑了两声，他马上又露出一副愤怒的表情，说道："老孙头，我跟他的事上回你也看到了，咱也不是不讲理的人，你领我上他那去，这事我还得再跟他细唠一唠。"

被叫了声老孙头，孙掌柜也不恼，反而笑呵呵地说道："这事跟我老头子可没啥关系，我还得看铺子呢，而且呀，听说占掌柜这一下病得不轻，这事大掌柜也知道了，说今天钱少爷你来了之后上他那谈谈。"

钱少爷一听刘永年要找他谈，心下还是有点儿虚，但转念一想自己这边占着理，也就没怕什么，挺起了胸膛说道："甭管是占掌柜还是你们刘大掌柜，反正我见着能管事的人就成，谁能解决我就跟谁谈。"

见钱少爷这么说，孙掌柜也没再多言语，对旁边一挥手："那啥，那边那个年轻的，你领着这位少爷上后院大掌柜那去一趟。"

"来嘞。"

随着一声答应，陈锡三从旁边的货柜后闪身走出，跟钱少爷问了声好便引着他往后院走去。

且说二人走出后门七拐八拐便走到了大掌柜办事的堂屋，刘永年此时正端坐正中，皱着眉头一口接一口地抽着烟卷。屋中还有一人，正是号啕大哭的牛大宝，只见他站在刘永年面前大放悲声，几乎背过气去。

钱少爷被陈锡三引着进屋，也没客气，大咧咧地坐在刘永年旁边的椅子上，掸了掸褂子上的浮尘，开口说道："我说刘大掌柜这是唱的哪一出啊？整个孩子在这儿，哭丧呢！"

钱少爷说完话，刘掌柜掐灭烟头，呵斥了牛大宝一句，让他滚一边号去，转而才皱着眉头看向一旁的钱少爷。

"钱少爷，"刘永年语气深沉，"想必此次登门是为了夜明珠的事吧？"

"不为了珠子我上你这干啥？"钱少爷声音又高又尖，"你甭跟我整那些弯弯绕绕，不是说占掌柜拉了胯了吗，咋的，你能替他还珠子啊？"

听到钱少爷说这话，刘永年又是一声长叹："唉，让钱少爷见笑了，刚才哭的那孩子就是占掌柜的侄子，大夫说占掌柜是一股急火中了风，现在躺炕上起不来，我作为玉茗魁的大掌柜，来替他跟你说和说和。"

"还说和说和，"钱少爷不屑，"这事儿没得说和，你也不用跟我扯那些没用的，三天时间，要么拿出珠子来，要么我就让整个长春城都知道知道你们玉茗魁的人都是些啥玩意儿。"

"钱少爷，你也别动那么大的气，珠子丢了确实是占掌柜的责任，现在找也没找到，铺子里愿意照价赔偿，你看这样成不？"

"想都别想。"钱少爷语气坚定，声音更加高亢，"那珠子是乾隆爷赏赐给咱家先祖的宝贝，这是啥？这是传承，是你说赔就赔得起的吗？要是你们实在拿不出珠子也行，把你们玉茗魁这六间铺子统统过给我，也就当你们赔偿了。"

说完话，钱少爷冷眼看着刘永年，俨然一副不依不饶的架势。

"钱少爷，你这可让我咋办，拿六间铺子赔你一颗珠子，这不可能。"

"那这事就没得谈，我明告诉你刘大掌柜，后天拿不出珠子，你们玉茗魁就等着千夫所指，关门歇业吧。"

说完话，钱少爷一挥袍袖，起身便走，任由身后刘永年唤他名字也没有回头。

刘永年这边暂且按下不表，单说这钱少爷出了玉茗魁大门，刚拐过一个弯便被一少年拦住去路。

刚在刘掌柜面前做足姿态的钱少爷还没调整好情绪，被这突然出现的少年吓了一跳，定睛观瞧，竟然是刚才引自己到后院堂屋的那个小伙计。他顿时心生疑惑，本以为是刘永年安排的人在此埋伏自己，但细一看这少年只身一人，还左顾右盼一副做贼似的模样，心下不解，但仍然防备着开口问道：

"你是谁，你干啥？"

钱少爷才一出声，陈锡三赶忙摆手叫他不要声张，贼兮兮地说："钱少爷，是溜溜让我来的，我跟他是拜把子兄弟，叫陈锡三。"

听到陈锡三的话，钱少爷疑惑地皱起眉头："啥玩意儿，我咋不知道溜溜有个拜把子兄弟，你要干啥？"

"溜溜把你们这事都跟我说了，店里掌柜的现在盯他盯得紧，他脱不开身，让我过来跟你说下后边的情况。"

陈锡三还没说完，钱少爷差点儿惊叫出声来："溜溜跟你说啥了？"

"哎呀，这事打一开始他就都告诉我了，珠子还是我帮他从占掌柜床底下拿出来的呢。"陈锡三继续说道。

"我凭啥信你？"

"钱少爷你认得这个不？"

说罢，陈锡三环顾四下，从怀里掏出一个系着红绳桃核雕的长命锁交到钱少爷手中。

钱少爷接过长命锁端详，脸上表情惊疑不定，半晌，抬头低声说道："你从哪弄来的？"

陈锡三见状也压低了声音回道："这个当然是溜溜给我的，他说这是他打小儿一直戴着的玩意儿，他爹当时做了俩，你俩一人一个，他怕你信不过我，才让我拿这个来见你。"

"当真？"钱少爷似乎疑虑稍减。

"千真万确！"陈锡三一脸坚定，"钱少爷，这不是说话的地方，你随我来，我跟你说下后边的情况。"

距玉茗魁店铺两条街，城中商埠街边的一茶食铺子里，钱少爷与陈锡三对坐。二人面前放着两碗素汤面，钱少爷没动筷，陈锡三大口吸溜着面条，吃得不亦乐乎。

"我说，你别光吃，溜溜让你找我到底要说啥？"

看陈锡三的模样钱少爷就气不打一处来，本来说要找个方便说话之处，谁承想陈锡三七拐八拐把他领到这个茶食铺子，叫了两碗素面就大吃特吃起来。

不光是陈锡三只顾吃面不说正事让他气恼，这茶食铺子的位置也相当尴尬，斜对过就是三中井商号的门脸儿，旁人不知道，可钱少爷心里犯硌硬，终究是做了亏心事，在这跟陈锡三谈事总觉得别扭。

正在吃面的陈锡三听到钱少爷不耐烦的问话后也没停嘴，把最后一口面条扒拉进嘴，拿袖子一抹，含混不清地说道："钱少爷别急，这不是到饭点了吗，属实饿了。"

钱少爷无奈，把自己没动的面往陈锡三面前一推："这碗也给你，你赶紧说正事，到底咋的了？"

陈锡三眼瞅着这碗新面憨憨一笑："钱少爷，占掌柜中风这事您知道吧？"

"我知道啊，"钱少爷皱眉，"别告诉我你找我就为了说这事。"

"就是这事啊。"陈锡三一歪头。

钱少爷鼻子差点气歪掉，愤然起身："这破事我早都知道了，用你说！"

钱少爷转身便要走，陈锡三赶忙阻拦，"钱少爷等等。"

"还要干啥？这面我可没吃，你自己付钱。"

"不是不是。"陈锡三摆手，"你坐下，不光是占掌柜中风的事。"

钱少爷此时只觉得天灵盖被气得一阵阵发麻，但后续的情况他不得不听，只得又坐回到桌前，咬牙切齿地说道："你有屁快放，别大喘气。"

陈锡三听他这话也不恼，呵呵笑着说道："是这回事，您昨天走后占掌柜直接就拉了胯了，现在都还只能在炕上躺着，对外说是中风，但其实根本不是这么回事。"

"嗯？"钱少爷似乎抓到了重点，"这老小子怕不是装的？"

"那不能够。"陈锡三笃定，"他这病估计比中风严重多了，昨天大夫来的时候都吐血了，这事儿院里人基本都不知道，但当时溜溜在屋里，真真地看见了。"

听闻此言，钱少爷略一沉思："他是中风还是吐血都关系不大，反正他拿不出珠子这事没完。"

"但是咱能给他来点儿更狠的呀。"陈锡三突然夸张地做出一副阴险的表情，"整好了直接气死他，反手让玉茗魁背着个珠子的黑锅，这不是更好？"

钱少爷没有接话，反而一直审视着陈锡三，陈锡三也没有继续往下讲，二人就这么对视。

"这么干对你有啥好处？"终究还是钱少爷先没忍住。

"首先一点，我刚进店的时候占掌柜坑过我,这仇我得报回来。"陈锡三小声说道，"再一个，我其实是振兴合那头的人，那边让我来，本就是为了探听消息，再找机会使绊子的。"

钱少爷听闻此言瞪大了眼睛，一脸难以置信，但思来想去陈锡三的说辞好像也没啥漏洞，长春城里叫得上名号的商铺就那么几家，振兴合跟玉茗魁，包括三中井，这几家之间的竞争也不是一天两天了，想来派一个探子也不是啥离奇的事。

想着这些,钱少爷还不自觉回头看了一眼斜对过的三中井门面，稍加思索便问陈锡三道："你说说，这绊子得咋使？"

见钱少爷终于问出这话，陈锡三咧嘴一笑，反问道：

"钱少爷可曾听过说书人讲的'诸葛亮三气周瑜'的故事？"

……

三中井商铺后院有一间日式小屋。小屋装修素雅，西山墙打了满墙的书柜，整整齐齐地摆满了各式书籍，就连屋中案头的香炉旁都还摞着几摞书。

三中井经理井上智言身穿和服，伏案练字，钱少爷恭恭敬敬地站在条案对面，不敢发出半点声响。

"诸葛亮三气周瑜？"井上智言操着一口直舌头的中国话不紧不慢地开口。

"井上先生，这小子提出的计划您是不是再斟酌一下？"此时的钱少爷一改面对旁人的跋扈，每说句话都要谨小慎微地思索半响。

"这是个有趣的小朋友。"井上智言仍未放下毛笔，"你们中午的谈话我的人已经转述给我，他是不是振兴合的人还需要时间来验证，但只要他想对玉茗魁不利，那就可以合作。"

"可他说占掌柜病入膏肓，这事未必可信呀。"钱少爷还是不能打消疑惑。

"哈哈哈，我们难道还会被一个小孩子愚弄吗？"井上智言抬眼看向钱少爷，"钱君，自信一些，我们的计划并没有漏洞，况且宝珠就在我们手上，三天的时间，他们还能再找到一颗不成？"

说着话，井上智言踱步到钱少爷身前，拍着他的肩膀继续说："钱君，明天还要麻烦你再去玉茗魁一趟，要亲眼看看可怜的占掌柜到底病到了什么地步，如果真的像那个孩子说的那样，我们再帮他一把，又有何不可呢？"

"哈依！"钱少爷一脸严肃，抿嘴低头，用他仅会的一句日语恭敬地答复。

"去吧钱君，等事件解决，你会得到更多。"

钱少爷离去后，井上智言又回到条案后，抄起的毛笔却没有落下，似乎在思索着什么。

"诸葛亮三气周公瑾，有趣的中国故事，有趣的小朋友。"

井上智言喃喃自语，嘴角浮现一抹自信的微笑。

五

　　关东地界一入深秋便刮大风，赶上特殊年景，风能一直刮到第二年春天。就如今年，时节虽已过了清明，但依然见天儿地刮风，且冷得刺骨，吹得街上行人不得不低着头加快脚步，仿佛快走几步就能逃过冷风的追逐。

　　当然，啥时候也不能一竿子打翻一船人，街上也有人走得犹犹豫豫、不紧不慢，就比如溜溜的堂兄钱少爷。

　　钱少爷此时正在走向玉茗魁的路上，走得犹犹豫豫是因为他心里还是对昨天陈锡三说的话犯嘀咕。昨天晌午在茶食铺子，陈锡三对他讲了占掌柜的身体情况，听那描述好像要命不久矣了，按说好好的一个大活人咋就能突然拉了胯，就算急火攻心也太快了。

　　此外，陈锡三还跟他讲了后续的计划，按他所言，昨晚事情就会传到玉茗魁的东家老朱家人耳朵里，听他讲朱家人向来对占掌柜的品行为人不是很满意，一直以来都是看在刘掌柜的面子上才睁一只眼闭一只眼。而如今出了这么一档子事儿，必然要影响到玉茗魁的经营，朱家人怕是得新账老账一块儿算了。

　　今日前去，井上智言给他安排了两个任务：一个是看看占掌柜的病情是不是真有那么严重；一个是确认一下朱家人对此事的态度。除此之外，钱少爷还多留了个心眼儿，陈锡三虽然是拿到了溜溜的贴身玩意儿当信物，但他对这个没见过几面的小兄弟还是放心不下。

今天前往玉茗魁，怎的也要见上溜溜一面，确认好情况，后续计划才可实施。

心下想着，钱少爷已走到了玉茗魁门前，抬眼观瞧，玉茗魁各间铺子一如往日，瞧不出什么异样。他定了定心神，便朝五号铺子走去。

走进店中，钱少爷环顾四周，屋里能说得上话的也只有孙掌柜。

孙掌柜见钱少爷来了，依旧是笑脸相迎，更没有拒绝钱少爷见占掌柜的意思，挥挥手让小伙计给钱少爷带路，便又坐回柜后。

过来带路的人还是陈锡三，他过来时还趁别人不注意给钱少爷悄悄递了个眼色，钱少爷假装没看见，只是跟着他往后院走去。

一路无话，二人转到后院，绕过昨天去的堂屋，一转身便来到一间厢房门前，还未走近，陈锡三突然停住脚步，转身冲钱少爷说道："钱少爷，老朱家那边已经知道这事了，大少爷大发雷霆，现在正在屋里发着火呢。"

"当真？"钱少爷仍不放下戒心。

"咱俩一条道上的我忽悠你干啥。"陈锡三一副无奈的表情，"刘掌柜本来想压着，消息是我偷偷传出去的，你进屋看看就知道了。"

钱少爷一想也是，旋即快步走到厢房门前，清了清嗓子，一把推开门就闯了进去。

且说屋内，占掌柜躺在东边炕上，盖着大被，额头上敷了块白手巾，牛大宝正坐在炕沿上抹眼泪，朱家大少朱润亭坐在桌边上首一脸阴沉，下首坐着刘永年，也是皱着眉头一言不发，小伙计溜溜站在桌前，两手搓着衣角，挺紧张的样子，屋内气氛严肃异常，除了大少爷朱润亭粗重的喘息声没人发出任何动静。

钱少爷的突然闯入打破了屋内的安静。

方一进屋，钱少爷环顾四周，其他人都还好，唯独溜溜也在这

出乎他的意料。

"哟，今儿人挺全啊，珠子找到没有？"钱少爷也不管屋子里是谁，一开口就是质询的语气。

"钱少爷，珠子的确是失踪了，今天大少爷也在，咱商量个解决办法呗。"开口的是刘永年。

"办法我早就给你们了，拿不出珠子，你们玉茗魁就等着名誉扫地吧。"对于刘永年说的话，钱少爷不屑一顾，言语中尽是轻蔑。转而，他又看向溜溜，见溜溜唯唯诺诺的模样，钱少爷一皱眉："溜溜，你在这干啥呢？"

打从钱少爷进屋，溜溜始终没抬头，但听见堂兄与自己说话，他吓得一激灵，可还没等他答话，刘永年便接过话茬："钱少爷，你和占掌柜之间的事是溜溜从中介绍的，如今事情闹到这个地步，我叫他来问几句话没啥毛病吧？"

"叫他问啥？"不等钱少爷说话，坐在上首的朱润亭猛地一拍桌子，怒气冲冲地指着刘永年，"这事跟这孩子有啥关系？不是你平时惯着占掌柜才整出今天的毛病吗？以前我说过没有，占掌柜品行不端，你听过吗？你有把我老朱家放在眼里吗？这玉茗魁是姓朱还是姓刘？"

朱润亭叨叨这一番话反倒给钱少爷震惊得够呛，他没想到朱润亭会如此大发雷霆。坊间传言朱家老太爷高价聘请刘永年，又把玉茗魁全权托付，惹得朱家后辈人对其大为不满，朱家年轻一辈对刘永年手上的权柄早就虎视眈眈。可没想到，因为占掌柜一事，竟把两相的矛盾激化到如此地步，这回不光是搞垮占掌柜、搞臭玉茗魁这么简单了，若是再努努力，保不齐刘永年都得被拉下水去。

想到此处，钱少爷对陈锡三昨天晌午提出的计划认同了不少，没想到这少年看起来傻愣傻愣的，坑人害人的功夫竟然如此狠厉。

再说刘永年，他听到朱润亭的一番话心下不爽快，但也没言语，又瞥了一眼钱少爷，说道："少东家，珠子不见了确实是占掌柜的过错，可万一这里有点儿啥蹊跷呢，咱是不是得查明白了？"说着话，刘永年伸手一指炕上躺着的占掌柜："而且您看他人现在都已经这样了，钱少爷还上门苦苦相逼，是不是有些不合适了？"

听到这话，钱少爷心底一凛，井上智言给钱少爷安排计划的时候讲过，这个计划本身谈不上天衣无缝，玉茗魁的人有所察觉是必然的。溜溜其实是这场阴谋中的牺牲品，不管最终结果如何，玉茗魁都不会放过这个孩子。钱少爷当初也是被逼无奈，虽然他顶着个少爷的名声，但认识他的人都知道，他早已家道中落，祖上还算殷实的产业几年前就被他抽大烟败得七七八八，所剩无几的家产也根本无法维持他继续过吃喝嫖赌的生活。

井上智言答应过他，只要此事办成，城东的烟馆就每日供他随便去抽，再给他一笔钱，足够给桃园路那个他心仪已久的窑姐儿赎身。为了这些，钱少爷也是下了狠心，哪怕舍了自己这个堂弟也要搏他一把。

可如今站在刘永年跟前儿，面对这个满长春城都认识的商业大佬，钱少爷仍旧心里没底，更何况现在刘永年说话与他针锋相对，他显然已经意识到了事情不对。这下搞得钱少爷越发慌张，甚至连话都几乎说不利索："刘永年我告诉你，你别血口喷人啊。"

见钱少爷如此神态，刘永年变本加厉："我血口喷人？你倒是跟我说说，你这一百二十两银子从哪这么快得来的？"

"够了！"没等钱少爷答话，朱润亭又是一拍桌子，"刘永年我告诉你，你没管好自己的人就别把脏水往外泼，人家钱少爷哪来的钱用得着你问？宝贝交不出来你还有脸问人家？"

朱润亭这番话呛得刘永年顿时气焰全无，钱少爷眼瞧着他不敢跟朱大少爷争辩，只把脸憋得通红也说不出话来。

恰在此时，炕上躺着的占掌柜猛地咳嗽了一声，紧接着又是牛

大宝一声喊把全屋人的注意力都吸引了过去。

大少爷朱润亭依旧坐在原位，只冷哼了一声，刘永年则是起身查看，钱少爷也跟着来到炕边。只见炕上的占掌柜脸憋得通红，随着又一声更加剧烈的咳嗽，竟喷出一口鲜血，直吐了刘永年一身。

见此情景钱少爷忙后退数步，占掌柜竟病成这样，眼看着像随时要爬了烟囱①了。钱少爷心里盘算，不觉倒吸了一口气，屋子里好大的血腥味儿，异常难闻，朱润亭也坐不下去，冲钱少爷一招呼，示意他跟自己走，两人换个屋子议事。

后院东屋，朱润亭与钱少爷对坐。

"朱少爷，我想你是个明白人。"

"我当然是个明白人。我不光明白你跟溜溜合伙算计占掌柜，更明白你背后之人想搞垮玉茗魁的伎俩。"

"啊？"钱少爷被朱润亭的话吓到了，他不明白此人刚刚还帮着自己教训刘永年，咋就转头跟自己说这个。

"我不知道你背后的人是谁，但不管他是谁，"朱润亭没理会钱少爷的惊讶，自顾自说道，"搞出这么一档子事也算是帮了我，正愁没理由弄走刘永年，谁承想机会就送上门来了。"

钱少爷疑惑："朱少爷您说这话是怎么个意思？"

朱润亭转过头直勾勾地盯着钱少爷："你回去转告你背后的人，现在的玉茗魁任由他来搞，占掌柜也好，刘永年也罢，把他们俩搞臭搞垮甚至搞死了我都无所谓，只要别把玉茗魁搞垮了，搭上些声誉我认了。我要的是弄走刘永年，这样玉茗魁才又能回到我朱家手里，至于到时候玉茗魁咋样我也不在乎，咋的也比现在买卖攥在别人手里强。"

---

① 爬烟囱：东北话，意思是人去世了。

朱润亭这一番话彻彻底底打乱了钱少爷之前的所有安排，没想到，朱润亭和刘永年之间的矛盾远比外面传得更大，而朱润亭此人也着实狠厉，为了达到目的竟不惜败坏家里商号的声誉。虽然朱家人的做法完全在井上智言当初的计划之外，但却给他们搞臭玉茗魁的计划加了一把柴。

三中井商铺后院的日式小屋中，井上智言今天晌午没有练字，而是坐在条案后悠然地翻看一本精致的线装《三国演义》。案上的小香炉燃着，青烟袅袅，他手边茶碗的盖子留了一道缝隙，雾气蒙蒙。

案后的井上智言津津有味地看着书，正看得入神，却听"哗"的一声，紧接着又"嘭"一声响，日式小屋柏木的移门被人推开了。井上智言眉头一皱，对来人的打扰颇为不悦，抬眼观瞧，竟是早上派出去的钱少爷闯进门来。

想着此人眼下还有用处，井上智言也没发怒，只是深吸一口气，平复一下心神，挑着眉毛对刚进屋子的钱少爷说道："钱君，我说过很多次了，进我的屋子之前要敲一敲门，你为什么总是不能记住呢？"

"呦，您瞧我这记性。"钱少爷走进门来刚要汇报情况，谁承想还触了井上智言的霉头，心下也是无语，又不敢得罪眼前这位大爷，只得赔着笑脸忍气吞声。

"我这刚得了不少消息，也是急着跟您汇报，下次注意，下次注意。"

井上智言显然没心思跟钱少爷在敲门的事情上扯皮，直接打断了他的话。

"说吧钱君，你又有了什么新的发现？"

"玉茗魁那边看出来这个事是咱下的套了。"

"嗯？"井上智言一愣，"他们知道你背后的人是我了？"

"那倒没有，"钱少爷忙摆手，"他们就是觉得事有蹊跷，我没说我身后是您出的主意。"

闻言，井上智言捏着下巴思索一阵后露出自信的微笑："刘永年大概是知道这次事件肯定会与我有关的。前几天秀夫在玉茗魁闹事，他们应该会和这次事件联系起来的。"

秀夫这个人钱少爷是知道的，此人在三中井柜台做售货员，似乎是井上智言的亲信。

"他们倒是没提我背后的人，但玉茗魁的东家朱家大少爷的态度却很有意思。"

井上智言一挑眉毛："嗯？朱家人也出面了？"

一提到这个钱少爷顿时来了兴致："何止是出面，朱家大少爷当着不少人的面给刘永年好一顿训，完后还跟我单聊了一段。"

"哦！聊了什么？"井上智言坐在椅子上往前探身。

"朱大少爷说了，他不管是谁安排的这档子事，但只要是能帮他把刘永年从玉茗魁赶出去，哪怕是折损了玉茗魁在本地的名誉也在所不惜。"

这一番话着实出乎井上智言的意料，他没想到事件能够发展到如此程度，在原本的计划中，他只是想给竞争对手玉茗魁一些教训，先是派出秀夫闹事，只想看看玉茗魁对日本人的态度，而随后安排钱少爷闹这一出事才是重头戏，为的就是让给店员出头的占掌柜吃个大亏，再挫挫刘永年的锐气。

对于朱家人和刘永年之间的矛盾他也有所耳闻，但只当是坊间传言，并未当真，可没想到这一手竟引得朱润亭出来借势要搞走刘永年，这等意外之喜虽然出乎井上智言意料，却也让他对自己的计划大感得意。

"钱君，看来朱少爷对刘大掌柜已经忍耐了很久，不如我们就帮他一把，也当送了个顺水人情。"

井上智言一副志得意满的样子，对钱少爷少有地露出微笑，这一笑可让钱少爷受宠若惊，连忙奉承："还是井上先生神机妙算。"

"当然，我的算计能成功主要还是因为我对你们这个民族的了解。"井上智言对这种溜须拍马极为受用，神采奕奕地继续说道，"你们的祖先有很多优点，也创造了很多经典，就比如这《三国》，真是让人欲罢不能。"说着话，井上智言晃了晃手中的书本，话锋一转道："可是现在的你们，却只想着为一点儿自己的利益争来争去，只会和自己人斗，实在是辱没了祖上的光辉。"

听着井上智言大放厥词，钱少爷心里也不是滋味，但一想自己现在的处境，还得靠着人家，也就没多言语什么，只是没接他的下茬，继续说道：

"井上先生，今日我看到了占掌柜的情况，眼瞅着病得不轻，当着我的面都吐了血了，看来那个陈锡三昨天说的情况属实。"

"嗯,中风病是不会吐血的,看来那位占掌柜也是急火攻心了。"

"明天是最后期限，我再过去的时候……"

"明天早上，我跟你一起过去。"井上智言打断钱少爷的话，"那个三气周瑜的故事很有趣，你已经气了他两次，这第三次就由我来完成吧。"

"可是……"

"没什么可是的了。"井上智言不耐烦，"既然朱家少爷已经表明态度，我们还有什么好犹豫的呢？或许占掌柜和刘掌柜也想见一见我呢。"

说完话，井上智言露出阴森森的微笑，他似乎已经提前体验到羞辱这两位掌柜的快感。

六

翌日上午，天朗气清，难得没有刮风，太阳暖融融地照在街面上，带来了久违的暖意。

可井上智言不喜欢这样的天气，他喜欢待在那间日式小屋中，哪怕是作为三中井的经理他也几乎不去店面，前院发生的一切事情秀夫都会向他汇报，有什么难以处理的事情他也只是在屋中给出解决办法。

这样的方式能让井上智言充分体验到"运筹帷幄"的快感，这是他最喜欢的中国成语。

跟在井上智言身后的钱少爷此时昂首挺胸，从三中井到玉茗魁这段路他这几天走了好几个来回，可今天这趟他走得完全没有一点儿心理负担。前几次进入玉茗魁，他虽然做出一副得理不饶人的姿态，可心里还是有些没底，毕竟玉茗魁家大业大，自己只身前去闹事，就算是再占理也还是心里发虚。但今天不同，井上智言亲自出面，玉茗魁也不敢对他怎么样。而且今天过后，井上智言之前答应给他的奖赏就会一一兑现，想到此处，钱少爷嘴角不由得浮现一抹微笑。

路程不远，转眼二人便来到了玉茗魁铺面前，井上智言停下脚步，而身后的钱少爷却因为想着事没搂住，直愣愣地就要往铺面里去。

"钱君，"井上智言一伸手拦住往前冲的钱少爷，"你这是急什么？"

"井上先生，咱不进去吗？"

"当然是要进去的，"井上智言不紧不慢地说，"可是你的状态怎么那么急迫，现在着急的应该是他们呀。"

却见井上智言正了正自己衬衫领口的小领结，说道："钱君，我们要时刻注意自己的仪态，不能浮躁，慢慢地走进去，自信一些。"

说完，井上智言也不管摸不着头脑的钱少爷，迈着方步径自向店铺中走去。

二人一进门，孙掌柜便迎上前来，待到走近，看到走在钱少爷身前的井上智言，孙掌柜便立马收起了挂在脸上的职业微笑。

"没认错的话，这位先生是三中井商行的经理井上先生吧？"孙掌柜平日里见谁都一副笑眯眯的模样，可见到井上智言却板起脸来。

"孙掌柜真是贵人多忘事，我们之前不是见过很多次了吗？"井上智言仿佛没注意到孙掌柜的表情，微笑着说道。

"井上先生今天来小店有何贵干啊？"

"我最好的朋友钱君前几天和贵店的占掌柜之间好像发生了一些误会，我今天就是陪同钱君来解决这个事情的。"

"哦？想不到钱少爷和井上先生之间竟然还有这等关系。"孙掌柜看向钱少爷，"占掌柜就在后院，你愿意去找他，请自便。"

说完话，孙掌柜不理二人，转身回到柜台后坐下，自顾自喝茶。

且说这钱少爷和井上智言二人也没把孙掌柜的态度当回事，因为之前陈锡三带过路，钱少爷也还记得，便带着井上智言穿过后门，径直朝着占掌柜住的厢房走去。

今日的厢房不像昨天那般人多，钱少爷与井上智言进入屋中，

就见到躺在炕上的占掌柜和坐在炕沿伺候的牛大宝。

时隔一天，占掌柜的病情似乎更重了，钱少爷瞅着他脸上不像昨天那样涨红，而是变成了纸片一样惨白的颜色，口中的气息也似乎时有时无，就连二人走进屋中占掌柜也依旧闭着眼，没有反应。

"占掌柜，占掌柜？"钱少爷走到炕边，试探着叫了两声。

"你干啥？"牛大宝起身一把推开钱少爷，"没看我二叔病着呢，你叫他干啥？"

别看牛大宝年纪小，可他生得又矮又壮，这一把差点儿给钱少爷推一个趔趄。

"你个小屁孩在这多什么事！"钱少爷好不容易站稳，却自觉丢了面子，恼羞成怒下大喊，"我告诉你占掌柜，你别在这给我装死，今天你要是拿不出珠子，老子立马让全长春城的人都知道你占穿堂是啥德行。"

一听钱少爷大喊大叫，牛大宝怒不可遏，捏紧了拳头就要上前给他一点儿颜色瞧瞧，却听身后传来占穿堂虚弱的声音。

"大宝。"

"你醒了二叔！"一听到占掌柜的声音，牛大宝立马转身趴到炕边，"二叔，你咋样？"

"大宝你先出去，这事跟你无关，我和钱少爷解决。"占掌柜声音微弱，身体似乎已至弥留。

"二叔。"牛大宝又叫一声，身子却并未动弹。

"出去，小孩伢子别在这裹乱。"占掌柜气急，使出全身的力气却也只发出一声低吼。

这下牛大宝也不再言语，站起身来，经过钱少爷身边时恶狠狠地朝他脚边啐了一口，也无视他身后的井上智言，向着屋外走去。

待到牛大宝关上房门，钱少爷和井上智言便在屋里的桌子边坐下了，炕上的占掌柜也极度吃力地翻了个身，似乎想要坐起来，但并未成功，最终只能半倚着枕头，气喘吁吁地看向屋中二人。

"我说占掌柜，珠子到底找到没有？"钱少爷用揶揄的语气问道。

饶是虚弱无比，占掌柜看向钱少爷的眼神里也藏不住怒气："姓钱的，别以为我不知道咋回事，这根本就是你给我下的套。"

"嘿嘿。"钱少爷一听占掌柜说这话，不由得笑出了声，"反正这屋里也没有外人，跟你明说了也无妨，这就是个套，但不是我下的，你好好看看这位是谁！"

说着话，钱少爷往后一侧身，露出坐在上首位的井上智言。

"狗东西，是你！"看清此人，占掌柜顿时怒目圆睁。

井上智言依旧是那副彬彬有礼的模样，他面露微笑道："占掌柜，别来无恙啊。"

反观占掌柜此时似乎已然气急，倚在枕头上不住地喘着粗气。

"你看我像别来无恙吗？"占掌柜从牙缝里挤出几个字来。

"自从上次一别，咱们可有一年多没见过面了，昨天听钱君说起占掌柜身体近况不佳，我今天特地过来探望的。"嘴上如此说，可井上智言脸上却没有半点关切，嘴角的笑意分明满是嘲弄。

听到井上智言的话，占掌柜气息更加不畅，喘了半天终于平复一些后，他质问钱少爷：

"姓钱的，你跟这个日本人搅和在一起？"

"你这是咋说话呢？"钱少爷对占掌柜的用词甚是不满，"人家井上先生跟我是好朋友，愿意资助我的事业，啥叫搅和在一起呀。"

"放你娘的狗屁！"占掌柜越喘越急，"你是不是跟这日本人合起伙来坑的我？"

钱少爷被骂娘，顿感气血上涌，抬手指着占掌柜的鼻子就要开骂。可还没等他开口，就听见井上智言出声道：

"占掌柜，你也别生气，主意的确是我出的，但我也是一片好

心，想着让占掌柜赚点外快嘛。可谁承想你竟然把珠子弄丢了，不然也不能闹成今天的局面嘛。"

占掌柜眼看着已经被气得说不出话来，只能大口喘着粗气，胸膛剧烈起伏。

井上智言见状脸上的笑意更甚，继续说道："占掌柜，咱们也是老朋友了，一年前三中井和你们玉茗魁店员之间的冲突你不会是忘了吧？这一年以来咱们之间似乎还有好多账得算呢，我记得前几天你还羞辱了我的店员，做了这么多事，我想你今天躺在这里，是不是遭报应呢？"

说着话，井上智言缓缓起身，走到炕边笑着坐到占掌柜身前。

眼瞅着井上智言靠近，占掌柜用尽全身力气想要再次起身，无奈身体太过虚弱最终又趴在了炕上。

井上智言看着占掌柜的模样也不再掩饰，笑得更加猖狂，他居高临下俯视着占掌柜继续说道："占掌柜，你可要坚持住啊，我还想看到玉茗魁名誉扫地那一天你脸上的表情呢。"说完话，便自顾自哈哈大笑起来。

"狗东西，我就是做鬼也不会放过你！"占掌柜说完这句话一口气没捯上来，竟趴在炕上身体抽搐，张着嘴眼瞅着是有进气没出气了。

看到占掌柜狼狈的模样，井上智言脸上的表情更加狂妄，他在上衣里怀一阵摸索，掏出一个小木盒子来，当着占掌柜的面打开，里面赫然是占掌柜丢失的那颗夜明珠。

看到将自己害到如此田地的夜明珠就这样出现在井上智言的手里，占掌柜的气愤已至极限，他抽搐更加剧烈，口鼻呼吸已然不再，只剩下两片嘴唇一张一合，仿佛在进行无声的诅咒。

"占掌柜，好好看看吧，最后给你加把劲，看到珠子你是不是也能瞑目了呀，哈哈哈……"

井上智言此时几乎控制不住自己的表情，看着自己的布局将竞争对手逼到如此境地，他感觉今天出门实在是大赚特赚，再瞧瞧眼前占掌柜将死的模样，这快感刺激得他身体都止不住颤抖。

大笑间，井上智言将夜明珠递到弥留的占掌柜面前，想再看看这个将死之人还能气愤成什么样。

就在井上智言将珠子往前递上的一刹那，本来已经痛苦到抽搐，马上就要断气的占掌柜突然一把抓住了他的手腕。井上智言只觉得自己整条胳膊被拧向侧面，瞬间失去了知觉。

占掌柜力气极大，擒住井上智言的手腕后从炕上跃起，顺势一脚便将其踹到地上，而那颗夜明珠已经连着盒子一起被占掌柜抓在手中。

"啊呀！"从井上智言递上珠子到占掌柜暴起不过短短一瞬，钱少爷惊吓之余只来得及发出一声叫喊，指着炕上已经站起来的占掌柜不住"你……你……你"地说不出一句完整的话来。

而在地上的井上智言被占掌柜一脚踹得背过了气，此时正用手扶着胸口，脸憋得通红，全身扭曲，一如方才占掌柜的模样。

"你……你……你不是快死了吗？"钱少爷大惊之下犯了结巴的毛病。

站在炕上手里握着珠子的占掌柜冷笑一声："你看我像是快死的模样吗？"

"那你之前吐……吐……"

"吐的是含在嘴里的猪血。"提起这事，占掌柜眉头一皱，"后来吐是因为含了猪血恶心的。"

"那你脸色通红……"

"你嘴里含着猪血脸也得憋得通红。"

"那今天又脸色煞白……"

"老子在屋里躺了三天，三天没见着太阳咋就不煞白。"

"啊——"钱少爷惨叫一声,也学井上智言扶着胸口,"占掌柜,你、你、你……"

恰在此时,只听"吱扭"一声响,紧闭的房门被人推开,一声厉喝传来:"你可闭嘴吧!"

屋中三人望向门口,只见刘永年、朱润亭走了进来,陈锡三和牛大宝押着背负双手的溜溜紧跟在二人身后。

见到自己人进屋,占掌柜长出一口气,冲刘永年晃晃手里的夜明珠,开口道:"大掌柜,珠子拿回来了。"

见珠子在占掌柜手中,刘永年点了点头。

地上井上智言刚刚缓过气来,没等他起身,朱润亭就走到他跟前,自上而下地俯视观瞧。

"这位就是你总说的井上先生了吧?"朱润亭回头问刘永年。

"嗯,就是他。"刘永年似乎不是很乐意搭理地上的井上智言。

见刘永年确认此人,朱润亭嘿嘿一笑,蹲下身子对井上智言笑眯眯地说道:

"我说,你是不是总听到外边传我朱家后辈跟刘掌柜不和?"

井上智言皱着眉头,没有答话。

"这种坊间传言也能信?要是真事我还能让它传到你的耳朵里?"

井上依然不言语。

"我告诉你,我爹信任刘掌柜,我们当后辈的更是对他佩服得五体投地,我玉茗魁能有今天哪件事上没有刘爷的功劳?"

"哎呀,行了。"朱润亭还想继续,却被刘永年出声打断,"你这是说给他听还是说给我听的?"

见刘永年点破,朱润亭又是嘿嘿一笑,走到桌旁空着的上首位坐下,猛然对一旁呆坐的钱少爷呵斥道:"你,站起来!"

钱少爷被这一声吓了一跳，却也缓过神来，踉跄着站起身扶住也才堪堪站起的井上智言。

"我说钱少爷啊，"刘永年一边走到桌旁坐下，一边对屋中互相搀扶的钱少爷和井上智言缓缓开口，"现在珠子就在占掌柜的手里，你的钱带够了没有啊？"

钱少爷这一小会儿受了太多的刺激，哑口无言，只能嘎巴几下嘴，但没能成功发出声音，反倒是刚被踹过一脚的井上智言喘着粗气出了声。

"这珠子是你们抢过去的！"

"那当初不是你们的人给偷出去的？"刘永年反问。

"你血口喷人！"

"人我都抓到了，你还争辩啥呀？"说着话，刘永年冲仍被陈锡三和牛大宝押着的溜溜一努嘴。

"你有什么证据证明是他偷的？"

"那你有什么证据证明珠子是我们抢的呢？"刘永年依旧用轻慢的语气反问。

几句话下来，井上智言似乎恢复了一些理智，他摇了摇头，继续说道："这个少年是你玉茗魁的伙计，他偷的珠子，跟我有什么关系？"

"那好，"刘永年坐在椅子上挺直了腰杆，"既然井上老弟这么说，我就还问钱少爷，珠子找回来了，你的钱带够了没有？"

"啊这……"钱少爷听到问题又回到自己头上，腿几乎软了。这珠子一年前就已经卖给了井上智言，不论是占掌柜付给他的八十两纹银还是后来井上智言给他拿来赎珠子的钱，都只是过他的手而已，这时刘永年问钱准备好了没有，着实让他这个过路财神犯了难。

"姓钱的，问你话呢，珠子你赎是不赎？你要是没钱，一年之后我可就卖了。"见钱少爷支支吾吾发不出言语，仍然站在炕上的占掌柜大声喝问。

眼前的事态于钱少爷已然无路可退，他转头看向依靠在自己身上的井上智言，被他这一看，井上智言也恨得咬牙切齿。这珠子少说价值二百多两，自己早就买下了，要是就这么让占掌柜得了去，那自己可真就亏得兜裆布都不剩了。

想到此处，井上智言粗重地喘了两口气，说道：

"今天出门没有带银两，珠子先放在这，明天我叫人带着钱过来。"

说完话，他一把甩开钱少爷的手，头也不回地离开了。钱少爷愣了一下，也没管自己的堂弟溜溜，灰头土脸地追随井上智言的脚步逃也似的离去了。

目送二人走远，刘永年长舒一口气，从大褂口袋里掏出一盒烟卷儿，取出三支烟，分给朱润亭一支，转头正要分给占掌柜时，却见他仍旧站在炕上，手里握着木盒，梗着脖子，还在冲门外井上二人离去的方向嘬牙花子。

看占掌柜的模样，刘永年又好气又好笑，

"行了，人都走远了，你坐下吧。"他点上烟，"这么些人因为这破事陪你演了一溜十三遭，让你白赚了四十两白银，你说说，是不得表示表示啊？"

听到这话，占掌柜才从愤怒的余温中回过神来，"哼"了一声后，他接过刘永年手里的烟卷，也没点上，就转头看向屋内一直没出声的陈锡三说道：

"这回还真是得亏了这孩子，要不是那天晚上他过来找我出了这么个主意，整不好我还真得气出个好歹来。"

说完话，占掌柜才点上烟，可还不等陈锡三答话，一旁的牛大宝就迫不及待地举手。

"二叔，我呢，我呢，我这些天也跟着出力来着。"

"你？"占掌柜看着牛大宝露出了一丝笑模样，"你这几天净给我号丧来着，瞅你我就来气。"

"二叔，你看我号得多像啊，整得跟你真快要没了似的。"

出奇地，这一次占掌柜没有因为牛大宝不时冒出的虎气发火，他只是忍着笑一撇嘴。

"少不了你的，说吧，你俩小子想要点啥，明天钱一送到，我给你俩圆个梦。"

七

　　赎珠子的银两在第二天晌午就被井上智言差人送到了,当然,他本人并未出面,来人也不是钱少爷,而是一个态度相当和气的生面孔。

　　与之交接的自然是占掌柜,在确认好字据之后占掌柜交还珠子,一脸春风得意地收下一百二十两白银。之后也没犹豫,直接往城中心的商铺而去。占掌柜这回可是长了心眼,一百二十两白花花的银子可不中放在屋里,刨除之前朝刘掌柜借的二十两,再留下五两随身备用,剩下的尽数存到银号里去,免得再有丢东西这事。

　　井上智言差人交钱赎珠,事情得以解决,刘永年就写信派人通知了溜溜的家人,将事情经过大致做了描述。信一大早送出,晌午溜溜他爹连着当初进店的保人就一起到了店里,人到时占掌柜存银子未归,这苦主也懒得理会此等事宜,刘永年便代他和溜溜爹交代一番,表示玉茗魁容不下这等吃里扒外之人,让他将溜溜带回家。

　　从溜溜爹和保人进店到带走溜溜,陈锡三和牛大宝全程目睹。不是他俩偷闲,而是在整个事件中二人有功,刘永年准了他俩三天假期作为奖励。

　　三天假期说长不长,但对二人来说却是难得的休息。虽说玉茗魁对学徒并不严苛,但平日里杂活儿累活儿也都得这帮子学徒做,轮休、放假是正式伙计及以上身份才有的权利。在陈锡三的记忆中,自己从来到玉茗魁也就休息过一天，还是因为搬货扭了脚，田瑞亭嫌他一瘸一拐在铺子里碍眼才准的假。

所以当陈锡三和牛大宝得知可以连休三天时真真是兴奋得够呛，当晚牛大宝甚至到了点儿都没准时睡觉，拉着陈锡三讨论了半宿得咋挥霍这来之不易的三天假期。

可二人研究半宿的三天计划在假期第一天就破了产。

假期第一天，陈锡三和牛大宝被上工的锣声惊醒，两人条件反射一般睡眼惺忪地起床穿衣，可刚推门走出屋子，便被春风吹醒，猛然想起来自己的假期特权，便回到屋子里倒头继续睡。

这一觉便睡到了晌午，清醒之后陈锡三与牛大宝洗漱出门，本打算由牛大宝带着陈锡三到城中逛上一逛，以弥补他来到长春城几个月还没好好逛过的缺憾。可二人刚走到院中，便见到了溜溜爹来接人的大场面。

说这是大场面一点儿不为过，原本陈锡三觉得自己长这么大见过打人最狠的应该就是占掌柜，想当日他打溜溜时可谓拳拳到肉，可这跟溜溜他爹打儿子相比，那真就是小巫见大巫了。溜溜他爹下手拳拳直奔要害，要不是刘永年实在看不过去，和保人一起拉住溜溜爹，这老庄稼汉子怕就要扛着自己儿子的尸体走出玉茗魁了。

溜溜爹和保人带走溜溜之后，陈锡三和牛大宝花了好一会儿才缓过神来，恰在此时占掌柜也存完银子回到了店中。方一进院儿，占掌柜看到陈锡三和牛大宝二人，便咧着大嘴拉着他俩往外走，说要给他俩一人添一套新衣裳以表感谢。

添新衣裳是占掌柜主动提出来的，头天赶走井上智言和钱少爷后，占掌柜问他俩有啥愿望，自己肯定尽力满足。牛大宝表示要狠狠吃一顿肉，而陈锡三则表示自己啥也不要，一来陈锡三觉得自己只是一个学徒，说话办事还是得注意点分寸，二来他也留了个心眼儿，往后保不齐就有用得上这个穿堂掌柜的时候，人情就先让他欠着，也算给自己留个保障。

眼下占掌柜说啥都要给俩孩子量尺做衣裳，陈锡三也没过分推辞，被占掌柜领着上前院铺子里抱了两匹布就去了裁缝铺。

假期第二天，由于头天逛城里的安排耽搁了，陈锡三和牛大宝一大早就爬起了炕，计划着在铺子里吃过早饭就出去。可谁承想俩人一到铺子里就又撞见了占掌柜，占掌柜看见他俩依旧咧着嘴大笑不停，都不等他俩问好就说今天晌午自己会在城东真不同摆一桌席，要陈锡三和牛大宝过来吃这里有名的熏酱。当然，这一桌酒席不是专为了俩孩子摆的，据占掌柜自己说，他邀请了朱润亭、刘永年和孙掌柜一起，给俩孩子一个和长辈一起上桌的机会。

话说到这，就连憨傻的牛大宝都知道要是不去就真的太不懂事，俩人也就又一次没能出去逛成。

刚到晌午，陈锡三和牛大宝就被孙掌柜领着来到了真不同。占掌柜早就安排了菜式，席上果真有真不同出名的熏酱猪八件，除了一盘时蔬之外，竟都是大盘肉菜，只看一眼便馋得牛大宝和陈锡三口水直流。

等陈锡三几人来到时，刘永年和朱润亭已经落座，占掌柜正陪着两人喝茶。

席间，占掌柜将借刘永年的二十两白银如数奉还后，话题就逐渐转移到了陈锡三的身上。原因无他，占掌柜这件事能圆满解决，说到底还都源于占掌柜暴打溜溜那一晚陈锡三的深夜来访。

那一晚陈锡三辗转反侧难以入睡，心里有了一定打算之后便起身前往占掌柜住的厢房，正赶上刘永年和占掌柜在屋中商量对策。陈锡三的到来让二人大感诧异，听到陈锡三说想要献计的时候，占掌柜更是直言小屁孩少掺和这事。

可刘永年却想听听陈锡三的想法。占掌柜没招，只得让陈锡三畅所欲言。随后就有了陈锡三接近钱少爷，占掌柜卧床装病，引诱其带珠子前来妄图逼死占掌柜的计划。其实本来听完陈锡三提出的法子，占掌柜觉得并不可行，但这一下打开了刘永年的思路，经过这位老狐狸的细节补充后，占掌柜才终于觉得此事可行。后来事情的发展甚至比预想的还要顺利，最终不仅解决了占掌柜的危机，甚至还让他反赚一笔。

事件平息，占掌柜心里高兴，席间不住地夸赞陈锡三机灵，还叮嘱牛大宝跟陈锡三好好学学，别整天就知道吃。刘永年和朱润亭也对陈锡三表示了肯定，甚至刘永年还让他和牛大宝明日去堂屋，有事情向他俩交代。

陈锡三和牛大宝不由得一声叹息，这三天假期做好的安排看来是打了水漂了，但听刘永年的语气，明天找他俩准是好事，这让二人有了些期待。

席间，占掌柜张罗喝酒，刘永年滴酒不沾，孙掌柜也说自己不喝，陈锡三和牛大宝俩小辈儿占掌柜连问都没问，好在大少爷朱润亭没有拒绝，和占掌柜喝得是你来我往，好不快意。

男人的饭局，一旦喝上酒，时间就失去了约束力，不喝到位，就没人能够停下来。陈锡三和牛大宝早已吃饱，但占掌柜和朱润亭显然还没喝好。陈锡三估摸着，两人少说得各喝了一斤了，现在都是醉眼蒙眬。这要是放在平常，刘掌柜肯定不能由着占掌柜这样喝酒，但今日一个是心情不错，再一个跟占掌柜喝酒的是东家大少，刘永年也就没拦着，由着两人畅饮。

这顿饭持续了近两个时辰，终于在太阳快要落山之前由占掌柜打着酒嗝结了账才算完事。

假期第三天，陈锡三和牛大宝起床后依然是去前院吃早饭，饭后俩人便按照刘永年的吩咐过去堂屋。

二人来到堂屋时刘永年正在喝粥，看到二人前来便吩咐他们坐下。

"你俩吃过早饭了？"刘永年边喝粥边问话。

"刚在前院吃完过来的。"陈锡三和牛大宝对这位玉茗魁的领东掌柜充满了敬畏，敬畏中甚至还夹带着一些恐惧，答话时老老实实地坐在椅子上，双手扶腿，并不敢有什么多余的动作。

"这回这事，你俩有功。"刘永年喝完了粥，放下碗转过身正对着二人，"陈锡三献了个计，牛大宝也配合得挺好，你俩小子做得不错。"

"刘掌柜过奖，我也没干啥。"听到夸奖，陈锡三本能地说道。

听到陈锡三这么说，刘永年倒是一撇嘴："瞎谦虚啥，做得好就是做得好。"

刘永年说完话拿起旁边的茶碗喝了一口，漱了漱嘴后继续说道："有功就得赏，那个溜溜走了，占掌柜身边缺个伙计，牛大宝，你明天上工就去找占掌柜报到吧。陈锡三，还在一号铺，转正当跑堂，以后按月发薪，年底还有份子钱，至于住处嘛，你俩就还住现在的屋子。"

听到这话，陈锡三和牛大宝当真是又惊又喜。按说学徒至少得在店一年不出啥差错才能转正，俩人来店里都还没到一年，陈锡三更是来了半年不到就当上了跑堂，这在原来是想都不曾想过的。

"给你俩转正这事也不单是因为占掌柜这事，"刘永年说道，"你俩平日里的表现我都看在眼里，在咱玉茗魁，只要踏踏实实好好干事，就绝亏不着你。"

话说到这，陈锡三才反应过来，赶忙拉着牛大宝对刘永年道谢："多谢大掌柜提携，我俩往后肯定更努力，绝不辜负掌柜的。"牛大宝没出声，陈锡三站起身一拱手，直接替他把话讲了出来。

"你俩转正了也行事低调些,毕竟还有不少比你俩来得早的还在当学徒。"刘永年继续嘱咐道。

"谨记大掌柜教诲。"陈锡三再次拱手。

"行了,也不是啥大事,不过是提前转正了而已,往后的道儿还得你们自己走,好好干吧。"

从堂屋出来后,陈锡三抬头看天长出了一口气。回想自己从老家昌黎一路至此,在这么短时间竟成了玉茗魁的跑堂,其中付出的辛苦自不必多说,转正之后便算真正在玉茗魁扎下了根。

时至今日,陈锡三才终于对玉茗魁产生了真正的归属感,他也终于放下心来,打心底接受了玉茗魁。

想到此处,陈锡三不禁又是一声感叹,忽然想起一直没出声的牛大宝。转头看向他时,却发现牛大宝竟眼含热泪,抿着嘴几乎要哭出来。

"大宝,你至于这么激动吗?"陈锡三皱着眉,一脸疑惑。

"兄弟,我不是激动,我怕。"牛大宝瞪大了双眼,言语中竟充满了委屈。

"怕?你怕啥?"陈锡三不解。

"明天起,我就要跟我二叔干活儿了,我怕他。"终于,牛大宝的眼泪落了下来。

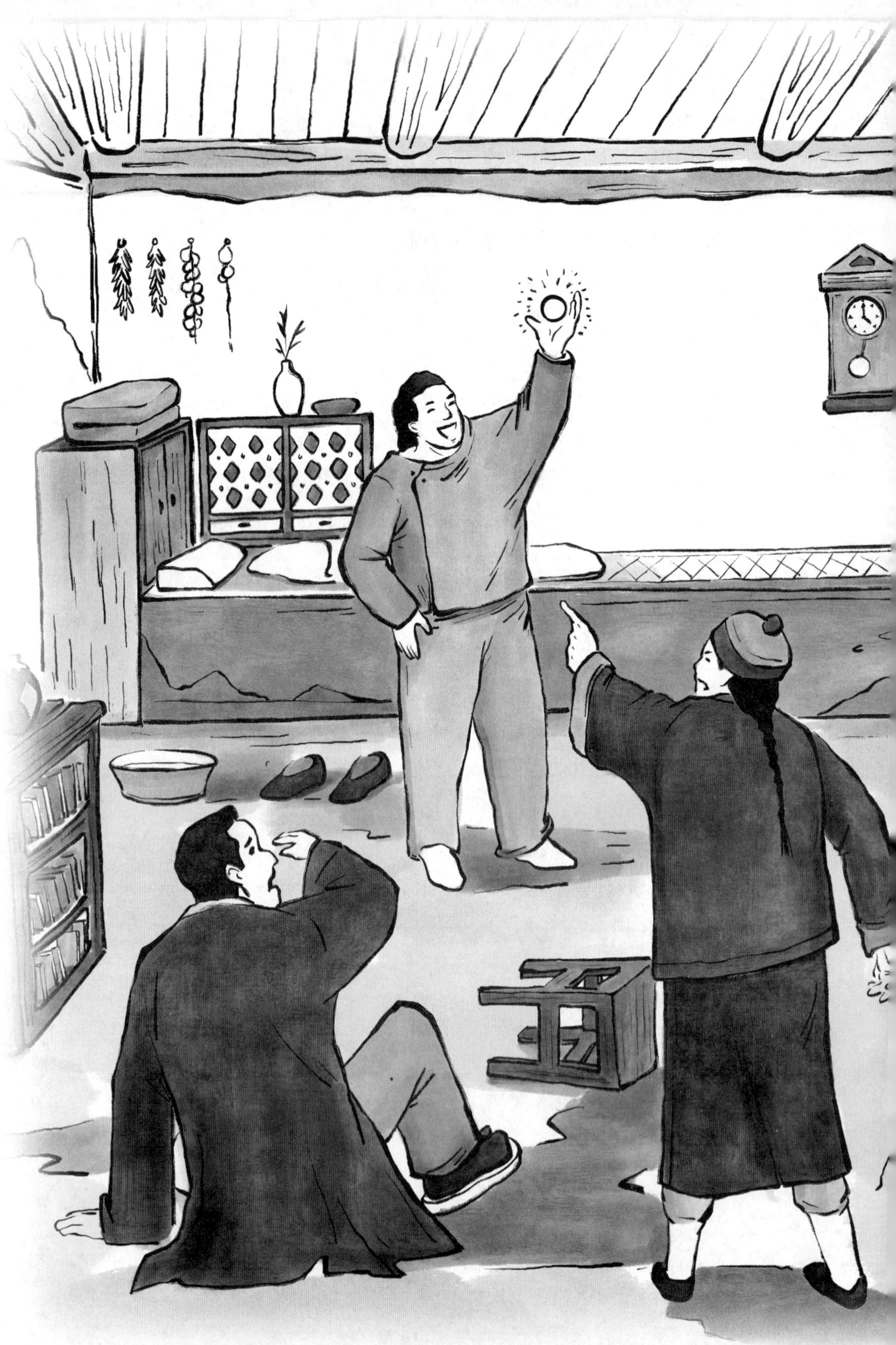

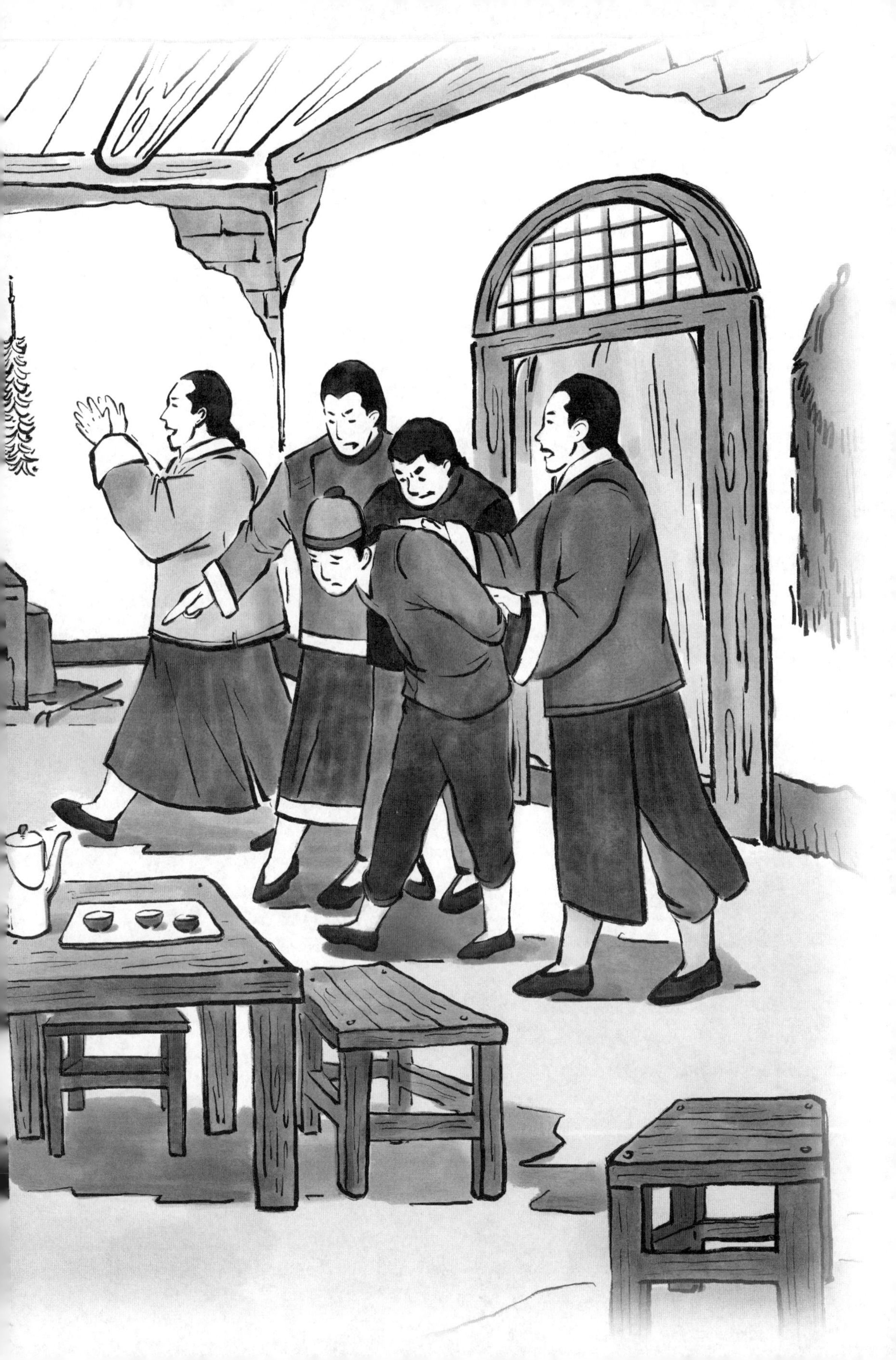

玉茗魁

第三章 天变

玉茗魁 往事

一

自十六岁当上跑堂，陈锡三的生活似乎变化不大，每日按时上工下工，到月领钱，就这样长到二十几岁。这一年家里来信，让陈锡三回趟老家，原来是母亲在老家给他说了一门亲事，让他回去相亲。

多年未曾回家的陈锡三相了亲，妥善安排了家里的事后便启程回长春。可刚回到长春城，就传来了南方起兵事的消息。战事一直打到第二年开春，再传来消息的时候，陈锡三发现来报信的人脑袋后边竟没了辫子。

剪了辫子之后，陈锡三发现，这世道真的变了。

现在的国号叫中华民国，长春厅变成了长春县，最大的官儿据说叫县知事；官府的官差变了着装，不再穿蓝衣配腰刀，越发像洋人打扮；现在见了官老爷也不用跪拜，陈锡三甚至还见到过知事坐着轿车来玉茗魁；街面上的洋人多了起来，大半是俄国人和日本人，这些洋人也越发惹不起了。

同样，打从科举废除之后，陈锡三发现越来越多的念书人涌进了这片他们原本嗤之以鼻的生意场。在此期间，也有不少读书人想来玉茗魁谋一个差事，但都被刘永年拒绝。陈锡三问其原因，刘大掌柜口中念叨着："念书人满口仁义道德，可对于这经商之事，这帮一肚子四书五经、八股骈文的酸腐儒生能懂个啥？再说了，没了科考就从商，为的终究都是利禄二字，目的不纯，咱可不收。"

对于刘大掌柜的说法，陈锡三不置可否。陈锡三打从心底里敬佩这些念过大书的人，或者说羡慕他们，再者说，刘大掌柜以前不也是个有名的读书人吗？说人家为了利禄，谁不为了这二字呢？

但想法终究只是想法，陈锡三也只能放在心底就得了，咋的还敢忤逆了刘大掌柜？

时间变换，来到了民国五年，1916年。

这是陈锡三来到玉茗魁的第十七个年头，转眼，他已经三十二岁了，从一个懵懂少年变成了精明的生意人。

陈锡三的长相称不上英俊，但却散发着一种成熟男人的独特气质和魅力，一双丹凤眼总喜欢眯缝着，眉毛粗细适中，嘴唇不厚，少年时期的小团脸儿已长开，变成了瓜子脸儿，皮肤也不再黝黑，干干净净，全身都透露出一种干练。

陈锡三自小就生得高大，现在更是如此，可他身材不显，日常穿着玉茗魁的工装看着还挺清瘦，脱下衣服来才能看见他一身的腱子肉。

十七年来，刘永年始终对陈锡三非常欣赏，刻意在各方面培养他，几乎所有的工种都安排陈锡三做过。陈锡三也相当争气，不管给他安排什么活儿，他都能干得明明白白，端茶递烟、采购进货、盘点算账样样得心应手，哪个铺的掌柜有点儿什么事，安排陈锡三代管一下，他也都能管得井井有条。他也结识了不少老主顾，有好些老主顾来玉茗魁还专门找陈锡三，买完货之后还能坐在这跟陈锡三聊上一阵儿。刘永年看在眼里，心里暗自高兴。

这一年的夏天格外热，初秋时节热气也还发着余威。陈锡三依旧每天出工。

民国建立以来，玉茗魁也发生了许多变化。

先说陈锡三所在的一号铺，虽然跟以前一样仍然经营布匹生意，但货架上摆的布品种类却丰富了许多，除了南方运来的绸子、本地纺织的细布，店里还增进了日本的绸缎和呢绒。此外，店里的成衣款式也有了很大变化，男人们现在都流行穿衬衣，灯笼裤洒鞋的打扮也被淘汰，大家越来越喜欢洋人穿的那种西裤，鞋子也都穿黄胶底儿小皮鞋。而女人们的衣着打扮变化更大，短袖旗袍、筒式毡帽、平底短勒鞋成了城里女人们的标配。

再说其他铺面，变化最大的就是五号铺，现在已转做食品经营，用牛大宝的原话讲，现在吃的东西，丰富到原来想都不敢想的地步。什么英国的鹰牌、森永牌炼乳，瑞士、巴西、墨西哥的咖啡，俄国和美国的火腿，锡兰的红茶，贝加尔湖的鲑鱼和鳟鱼，法国的香槟和威士忌酒，日本的樱花牌、麒麟牌啤酒，森永制果的方糖……这些玩意儿，每样吃一口都能吃上一下午。更神奇的是日本产的"味素"，这白色的小粒儿，看着像盐却不咸，做菜时候往锅里放一小撮，味道就能鲜得不行。老百姓对这玩意儿甚是追捧，经常卖断货。

商品种类的丰富让玉茗魁在长春城商业界的地位比以往更胜，现在进店的多数不再是进城的农民，城里人也都喜欢在玉茗魁买货。

此外，玉茗魁的服务一直以来也都在长春城中首屈一指。早在民国之前，刘永年就立下了"凡是进店买货，伙计跑堂必点烟递茶"的规矩；三年前，玉茗魁又在陈锡三的建议下提出"买货多，携带不便者，各号掌柜需安排伙计送货"的规定。这一规定将玉茗魁的服务推向了极致，销售额大幅提升，更加奠定了玉茗魁在长春乃至东三省商界魁首的地位。

玉茗魁算是开了送货上门的先河，打那之后其他本地商号也纷纷效仿。可那些洋人开的商店偏不这样，他们不光不管送货，就连客人进店也没伙计招呼，一个店里只安排一两个柜员，一个看货，一个收钱；来人选货也不介绍，看货的只管你有没有偷偷往兜里私藏，至于你买了多少，一律自己提去柜台结算。那柜台陈锡三见过，整得老高，就连他都得仰着头跟里边的柜员说话，柜员也常常冷着一张脸，看起来跋扈得很。

在长春城，洋人开的商店口碑始终不咋样，大家平时买点东西也基本在本地人开的铺子里买，谁叫洋人的服务不行。只有少数人觉得在洋人商店买东西是自己高人一等的体现，愿意拿热脸贴人家的冷屁股。

这天，陈锡三送走了店里最后几位客人，指挥着新来的学徒们关上店门，正准备回家，却被田瑞亭叫住，叫他先别回家，刘大掌柜找他们有事。

陈锡三跟着田瑞亭来到后院，还是那间堂屋，刘永年正在喝茶。

见到田瑞亭和陈锡三，刘永年示意二人坐下便缓缓开口道：

"上个月新来了一批学徒，总共十六个人，这几天也安顿好了，小田你分管一下，给他们安排人带。"

"好嘞。"田瑞亭干脆地答应。

"锡三，"刘永年继续，"这批学徒到岗还没培训，我叫了永丰回来，先给他们规矩规矩，你就从旁协助永丰办这个事。"

听到此话，陈锡三点头说好，就算应承了下来。

关于学徒的培训，玉茗魁有一套自己的流程，就像陈锡三刚来时，便是白天安排人带，晚上收工后再由各号掌柜给讲解规矩，教导待客接物的方法。在此之前，往往都会先安排人给学徒讲一讲玉茗魁的由来，一方面先让学徒们对自己工作的地方有一个了解，再

就是让他们从根儿上认识到玉茗魁是朱家的产业,也对东家有一个交代。

　　头些年给学徒开蒙讲解都是刘永年亲自进行的,而近两年来刘永年将这个差事交给了弟弟刘永丰,大概是觉得作为说书人的刘永丰比自己讲得更加精彩。

　　安排完工作,刘永年又留了二人一阵,简单聊了聊近况后,田瑞亭和陈锡三就起身告辞,各回各家。
　　此间无话。

　　三天后,到了刘永丰安排给学徒开蒙的日子,陈锡三在铺子里收了工就匆匆来到后院。这里已经提前收拾出了一间屋子,屋里桌椅齐全,东墙前摆了一张饭堂的小桌,桌上蒙了块布,上边还放了一块惊堂木方便刘永丰发挥。
　　陈锡三来到屋内,学徒们正陆陆续续地进屋坐好。他简单收拾了一下讲桌后又烧了壶开水,备着一会儿给刘永丰沏茶,准备就绪后便坐在椅子上等待刘永丰到来。
　　陈锡三刚刚坐下,便看到刘永丰进到屋中,可他并不是只身一人,身后,刘永年竟然也走了进来。见到大掌柜亲至,一众学徒赶忙起身问好,陈锡三也赶紧起身让出自己的座椅给刘永年。
　　刘永年也没客气,坐在椅子上扫视一圈。
　　"今天是给你们这些学徒开蒙的第一课,我过来跟着一起听听。"刘永年说完话,摆摆手示意学徒们坐下。
　　待到所有人坐好,讲桌后的刘永丰便清了清嗓子,开口道:
　　"你们今儿头一回开蒙,我就从咱东家开始说起。"

第三章 天变

二

话说在前清末年，直隶昌黎县有这么一户人家，家主人姓朱，生得两个儿子，家里有三垧良田，养了三个长工，是为乡里富户。

可偏赶上国运不幸，大旱三年，乡里乡间是饿殍遍地，惨绝人寰，有幸这老朱家人丁齐整，但也不得不遣散长工勉强维持，眼看着就要没了出路。

地里颗粒无收，家中余粮耗尽，朱家老爷心里愁得紧。眼看着再不想个办法家里人活命就成了问题，朱家老爷也就终于下定了决心，带着一家四口踏上了北上闯关东的路途。

一路艰难险阻自不必细说，走了近半年，朱家一家人总算是在宽城子地界落了脚，朱家老爷买了副扁担，每日挑着出门卖点媳妇做的饽饽点心维持生计。朱老爷宅心仁厚，卖的点心花样繁多、料足味好，渐渐地卖出了名气，生意越做越红火，没出三年，老朱家不仅盖起了院子，还在自家前屋开了茶食店，取名玉茗斋。

这正是蜜饯黄连终觉苦，强摘瓜果不能甜。善人尽把好事做，吃得辛苦才能挣得大钱。

"啪"的一声，刘永丰惊堂木一拍，底下的学徒们纷纷忍不住拍手叫起好来。一旁的刘永年跟陈锡三也是忍俊不禁，还得是术业有专攻，同样是开蒙讲述，人家讲来就跟说书一样，让人听得津津

有味，欲罢不能。

待学徒们平静下来，桌后的说书人又继续开口。

玉茗斋成立之后一路顺风顺水，画圈儿建木头城墙之前，东家就将店面迁至现在这里，又掏出家底儿，开了间杂货铺子，也就是咱们现在的玉茗魁。

玉茗魁起先只有一间铺面，也是东家自己经营，可随着生意越做越大，老太爷就觉得得找个能人来好好打理生意。

可这能人哪是随随便便就能找到的，朱家老爷可以说是费尽了心思，排除了万难，才请得一位高人出山，就是你们面前坐着的这位，玉茗魁的领东掌柜——刘永年。

讲到此处，刘永丰将手朝着刘掌柜的方向一指，众学徒纷纷投来崇敬的目光。

这惹得刘永年老脸一红，没承想自己经历风风雨雨几十载，竟能被自己老弟和这一帮学徒弄得失了仪态。

就在刘永年清了清嗓子打算说几句场面话的时候，门外忽然风风火火地跑进一人，吓了屋中大伙一跳。

来人正是牛大宝，只见他满脸是汗，气喘吁吁，一手扶着门框一手扶着腰，俨然是长途奔跑导致体力不支，还没顾上把气息喘匀，便开口讲出一个不得了的消息。

"城外，城外运粮出事了。"

"啊！"听闻此言，刘永年、刘永丰以及陈锡三同时惊叫出声。

"南大桥，南大桥叫日本人封了，现在人车马货啥都走不通，咱的粮车全都堵在城外，运不进来了。"此时的牛大宝终于稍微捋顺了呼吸，开口说道。

在场众人听到这话无不心下骇然，尤其刘永年更感觉手脚瞬间冰凉。他比任何人都知道这件事的严重程度。

牛大宝口中的南大桥是长春城货运进出的唯一通路，之前刘永年亲自派出车队下乡收粮，半个月时间已将附近村子里刚刚秋收的粮食收了个七七八八，按照正常流程，这些粮食运回来会过秤分拣再收归仓库存放，数量足够玉茗魁零卖至来年秋收。

可如今这么大一批粮食被日本人直接堵在了城外，玉茗魁很快就会陷入无粮可卖的境地；而且粮食不赶紧入仓必定会影响品质，时日拖得久了，待到粮食坏掉，压在这批货里的大笔资金就全都打了水漂。

想到此处，刘永年只觉天旋地转，闭眼扶额好一阵才缓转过来。

"牛大宝，日本人为啥突然封了南大桥？那也不是他们管的片区啊。"刘永年的声音有些虚弱。

"打听了，日本人说是城外流民太多，怕他们进城闹事伤害到他们日本人，所以才派人堵住了路。现在各处道路哪哪都在盘查，我能回来都费了挺大劲。"

"那现在粮车那头咋样？"刘永年皱着眉头，焦虑异常。

"大掌柜放心，粮车那头曹小山领人盯着呢，就我自己回来报信了，其他人都在。"

牛大宝的一番话算是让刘永年稍微缓了一口气，但粮车晚一天进城，都会给玉茗魁造成不小的损失，这事必须得抓紧解决。

可眼下时间太晚，粮车进城的事还得明日再议，想到此处，刘永年便遣散众人，吩咐此事不许张扬，并让刘永丰、陈锡三和牛大宝明天一早到堂屋议事。

学徒纷纷散尽，刘永丰跟着刘永年同去，陈锡三跟牛大宝聊了几句之后便回了家。

第二天一早，铺面还没开张，陈锡三就已经来到后院堂屋。一进门，就看到刘永年、刘永丰和牛大宝三人都在，没承想自己起了大早却赶了个晚集。

跟三人打了个招呼，刘永年叫陈锡三坐下，叹了一口气后说道：

"运粮事关重大，具体的情况尚未明确，事情先不要张扬出去，免得牵扯其他生意运作。"

对于刘永丰、陈锡三和牛大宝三人来说，这等事不需刘永年交代他们也都清楚。

"现就咱们几个，分头去调查一下。"刘永年继续说道，"永丰，你一会儿就去城中打探一下情况，陈锡三、牛大宝，你俩换了工服出城去跟粮车那头会合，把城外的情况摸清楚，你们走了我再去一趟知事衙门，看一下官府的态度。"

刘永年不愧是行动派，三言两语安排好事宜便催促几人赶紧动身。

陈锡三和牛大宝出门前，刘永年又嘱咐二人两件事：一是将此事简要告知田瑞亭，让他看好自己手底下那些听了消息的学徒，别让他们在铺子里乱讲；二是塞给他俩一个口袋，里面装了十块铜板，让他们进出城门时如遇阻拦尽可放心用钱打点，免得被困在城外。

陈锡三、牛大宝这边，二人从堂屋出来，各自回去换好衣服在铺子门口会合便一起朝着南大桥方向走去。路上，牛大宝始终皱着眉头，对城外的情况很是担忧，陈锡三也明白此时城外必定混乱不堪，所以二人途经铁匠铺子时一人买了一把剔骨的短刀揣在上衣怀里备用防身。

二人走到南大桥，陈锡三远远便瞧见桥头两边有不少穿着土黄色军装的日本兵把守，这些兵背着长枪，在大桥朝着城外的一侧，日本兵甚至架了两挺重机枪，机枪手正端着枪柄不住对着城外人群来回逡巡。

"兄弟，这情况咱俩还出得去吗？"陈锡三看着眼前的形势惊疑不定。

"能。"谁知牛大宝想都不想就给出了答复，"昨晚我回来的时候特意观察了一阵，他们管进不管出，往外走的随便。"

听牛大宝如此说，陈锡三放下心来，旋即，二人便朝前走去。

经过桥头的时候，守卫士兵果然没有阻拦，二人顺利通过南大桥走到城外，这时陈锡三方才看清城外的情况，原来刚才远远看到的人群只是冰山一角，现在放眼望去，城外竟然乌泱泱汇聚了一大片流民，陈锡三估算了一下，感觉人数得接近两万。

"哪来的这么多流民？"陈锡三倒吸了一口凉气。

"还不是南边打仗，还赶上闹蝗灾整的。"说到这，牛大宝言语里也透出无奈，"我们半个月前下乡收粮，那时候就看到城外已经有流民往北走了，没承想就半个月时间竟然来了这么多。"

陈锡三没接他的话茬，面对此等情况他也实在不知该说点什么才好。

牛大宝带着陈锡三往粮车停靠的方向走去，途中陈锡三看着四周的流民心下非常难过。这些人不管男女老幼个个都是灰头土脸，不知道逃了多远才造成这个样子。再往前走，陈锡三看到路两旁竟有人搭起了简易的窝棚，时值十月底，饶是今年夏季延长，可早晚间巨大的温差也不是简陋的窝棚可以抵挡的。然而，有窝棚的人还只是少数，更多的流民只能席地而卧，用自己本就很脆弱的身体硬扛下这片土地的风寒。

继续前进，陈锡三和牛大宝终于与运粮车队会合。

昨晚车队见进城无望，便退至远处围成一圈，车上货物都用油布罩着，走到近前也看不清上边装的是什么东西。出来收粮的伙计们一部分照看拴在一旁树林子边上的马匹，余下大多数则守在粮车

旁拢火取暖。他们下乡收粮半月，虽然人人都带着铺盖背囊，但经过野外这一宿，个个都冻得瑟瑟发抖。

人高马大的曹小山正站在车队最前头警惕地巡视着周围的流民，他这魁梧的体格和凶悍的表情让流民们躲得远远的。牛大宝与陈锡三虽然穿着便装，但走到近前还是第一时间被他认了出来。

"咋就你俩呢？"曹小山看到牛大宝只带着陈锡三一人回来，顿时皱起了眉头，"那些掌柜的呢，这车队今天能不能整进去呀？"

"刘掌柜吩咐，粮车进不了城的事先不往外透露，让我俩先出来查探下情况再想办法。"牛大宝同样皱着眉头答复。

一听这话曹小山急了："这哪成啊，你俩也看到了，这城外乌泱泱全是流民，他们逃难到这饿得都快啃树皮了，这老大一堆粮食摆在这，再拖下去，万一被他们知道，上来哄抢可咋办？"

"哎呀老曹！"牛大宝出声道，"刘掌柜比咱着急，那头正想办法解决呢，我俩看明白情况马上就回去找掌柜的汇报。"

听牛大宝的话，曹小山长叹一口气也不再多说，招呼陈锡三俩人来到火堆旁坐下，低声说道："刚才你俩走过来也看到了，大桥头叫日本兵把住了，啥都不让过，除非咱的马车能长出翅膀，不然咋的都过不去的。"

"来之前刘掌柜给我俩拿了些钱，要不咱给塞点儿试试呢？"牛大宝问道。

"没用，"曹小山一撇嘴，"昨天晚上大宝走了之后我拿收粮剩下的钱试过了，这帮日本兵根本都不理，后来我又多拿了些钱过去，他们直接拿着枪给我赶回来了。"

"给钱都不好使了？这帮玩意儿脑瓜子咋长的。"牛大宝不解。

一旁的陈锡三听到曹小山的话心里一凉。"估计事情是挺严重的了。"陈锡三嘬了嘬牙花子，"平时这帮日本兵可不这样，个个都是见钱眼开的玩意儿，现在却连钱都不收了，我估计事儿肯定不简单。"

"那咋整啊？"这回连牛大宝都着急了起来，"这老些流民，真要知道了这一车一车的都是粮食，那不得上来疯抢啊。"

"说的就是呢。"曹小山接茬，"要不你俩回去让大掌柜多派些人带着家伙事儿过来，日本人放行之前咱得先把粮食看住啊。"

对于曹小山的提议，陈锡三摇头："这老些流民，店里派多少人来能盯得住啊？再说了，这些流民本来不知道这里边是粮食，派一大堆人过来盯着，那不此地无银三百两吗？"

听陈锡三这么说，曹小山仿佛泄了气的皮球一般堆萎下去："完了，我瞅着这帮小日本的架势，这城一时半会是进不去了，我这三天两天还能坚持，但时间一长肯定得叫人怀疑，到时候咋办？"

"你问我，我哪知道。"牛大宝一声长叹，"我俩还是先回去吧，你们再坚持坚持，看大掌柜咋定吧。"

见眼下实在没有办法，曹小山也只能接受现实："哥们儿，你们再出来可给我们带点东西，兄弟们在这不知道还得守到啥时候，昨天到现在净啃之前带出来的干粮了。"

闻言，陈锡三直言疏忽了，下次出来肯定备好东西，尽量让兄弟们少遭些罪。

说完话，牛大宝和陈锡三也不再逗留，跟众伙计打了声招呼便起身离去。回城的路南大桥自然是走不通了，陈锡三跟着牛大宝绕了一大圈，从东城流民少的城门进城，就这还经过了卫兵一顿盘查，确认两人不是流民才放行，惹得牛大宝一顿牢骚。

对此，陈锡三没做表态，一路上他一直在思考如何才能解决眼前的危机。刚才在交谈中他似乎有了一点头绪，但具体要怎么做，还要再给他一些时间琢磨琢磨。

三

陈锡三和牛大宝回到店中已过了响午,刘永丰中午回来吃了口饭就又出门打探消息了,而一大早去知事府的刘永年则早就回到店中,正在堂屋里等着陈锡三和牛大宝。

"城外现在是什么情况?"二人刚坐下,还没来得及喝口水,刘永年便着急地发问。

"掌柜的,情况很糟。"陈锡三还没吱声,牛大宝就火急火燎地说道,"现在南城外保守说也得聚集了快两万流民,都是南边逃荒过来的,曹小山他们在树林子边上把马车用油布苫住了,但如果不快点运进来,让那些流民发现车里都是粮食,到时候估计不光这些粮食得被抢光,就连曹小山他们都危险了。"

这样的情况其实刘永年早有预料,但没想到现实比想的还糟。两万多流民,要是真的哄抢起来,玉茗魁的伙计就算倾巢而出也拦不住。

见刘永年没说话,陈锡三开口道:"大掌柜,现在曹小山他们那边人手不太够,而且也不知道要在树林子那驻扎多久,您看要不要给他们送点物资,让他们先撑住再做打算?"

听闻此言,刘永年才一拍脑门:"哎呀,的确是疏忽他们了。大宝,你现在就去找占掌柜,让他抽调二十个靠得住的老伙计,准备些帐篷吃食等东西带出城,跟小曹他们一起先守住粮车。"

牛大宝起身领命正要离去,刘永年又嘱咐道:"你告诉占掌柜,让他也跟着出城,那边得有个人主持局面,切记低调行事。"

"好嘞。"牛大宝听完刘永年的话,快步走出门去。

陈锡三犹豫了半天,还是将在心里憋了一路的想法说了出来。"大掌柜,您说,那些粮食咱能不能运到别处去卖呢?毕竟日本人就封锁了咱们这。"

刘永年看了他一眼,思索片刻后还是摇了摇头。"不行啊,这些粮食往近了卖,本来就是刚从周边收的货,再卖回去肯定是行不通;往远了整,你想没想过这年头外边都是啥情况,兵匪横行啊,连官道都不安全了。而且就算真能运到别的县卖出去,可咱玉茗魁也还是无粮可卖啊。"刘永年叹息,"这不是卖粮换钱的事,关键是咱玉茗魁没有粮,商铺卖什么呀!"

刘永年的一番话似冷水浇在陈锡三心头。确实,如刘永年所言,这些粮食远了近了都没得卖,眼瞅着仓库里粮食就要卖空,眼下情况着实让人不知如何是好。

就在刘永年与陈锡三一筹莫展之际,田瑞亭带着一少年来到屋中。

"大掌柜,学徒那边都安排好了,不会有人走漏风声。"进屋后田瑞亭也没坐下,就站在屋中间向刘永年禀报。

"嗯,好。"刘永年暂时没心思去管学徒的事,现在的情况,城外粮车短时间内肯定运不进来,这帮学徒就算嘴再严,事情也瞒不了多久,况且刚刚已经让牛大宝去通知占掌柜带伙计出城,这事估计很快就会被其他人知晓。想到此处,刘永年又是一阵心烦,挥挥手冲田瑞亭道:"这几天小田你就好好带这帮学徒吧,铺面不管

发生啥事，都先稳住。"

田瑞亭闻言点了点头，旋即，他又一把将带进屋的少年从身后拽到身前，对刘永年说："对了大掌柜，这孩子一个月前进店，是南头逃荒来的。"

"咋的了，有啥要紧事吗？"刘永年眼都没抬，似乎对田瑞亭冷不丁整的这出有点烦躁。

"是这样，大掌柜，这孩子今天早上找我，说他家逃荒逃得早，从南边一路过来对城外的情况比较了解，就自荐看看能不能帮上啥忙。"

田瑞亭话说得有点犹豫，刘永年的烦躁更甚。

"一个学徒，小孩伢子，跟着裹什么乱，消停上柜上干活儿去！这回这事不一样，不是个小学徒能掺和的。"

"大掌柜，"陈锡三认真道，"刚才说到城外的流民，我有个想法不知当讲不当讲。"

"想到啥赶紧说。"今天的刘永年似乎出奇的暴躁。

"大掌柜，既然咱的粮食远处运不走，近边乡下也没人收，那不如就地卖给城外的这些流民咋样？"陈锡三挑着眉，试探地说道。

听到陈锡三这样的想法，刘永年不禁歪着脑袋一脸奇怪："陈锡三，你知不知道啥叫流民？"

"哦，还请大掌柜指点。"陈锡三察觉刘永年情绪不好，没敢大声说话。

"你说流民要是有钱买粮，他还逃难做什么？"

"大掌柜，不是这样的，外边那群流民虽然是逃难，但不是躲灾，是躲打仗，大多数家里都有点底子带在身上，要是有人卖粮，他们应该是买得起的。"

陈锡三小心翼翼回答着刘掌柜的话。

"这位兄台说得对。"被田瑞亭带进屋一直没出声的少年竟开了腔。

这一声吸引了屋里其余三人的目光，至此，陈锡三才仔细打量了一下这个少年。

少年大眼睛双眼皮儿，生得白白净净，乍一看不出众，但细打量长得还挺标致，个头不高，约莫着十七八岁的模样，也不知是圆脸儿的原因，还是小平头衬的，咋看都是一副稚气未脱的样子。可此时这少年却偏偏皱着眉头，瞪圆眼睛，迎着刘永年审视的目光，眼珠愣是没有半点儿游移。

还真是初生牛犊不怕虎啊。

陈锡三在心里嘀咕，却也对眼前这个少年另眼相看。

"你说说是咋回事？"刘永年出声发问，饶是这话没冲着陈锡三，他都能感受到刘大掌柜此刻极度不悦的心情。

"回大掌柜，我们家也是这样逃难过来的，兵荒马乱的为了安稳，爹娘带着我们把全部家当都带出来了，一路换吃的才逃到了这儿，要是没有点儿家底早就饿死了。"

听到少年人的答话，刘永年拿手拧着太阳穴陷入了沉思，而陈锡三也想起，自己跟牛大宝出城走这一趟，的确看到外边流民大多不是农民打扮，甚至有不少女人还戴着首饰，俨然一副太太模样。

想到此处，陈锡三再度出声："大掌柜，方才我在城外的确看到了，这群流民虽然很是凄惨，但大多像是城里逃出来的，而且挺多人都背着包袱，甚至还有拎着提箱的……"

"这事儿还得再研究研究。"刘永年打断陈锡三的话，"这样，小田，陈锡三，还有这小伙儿，你们仨收拾收拾再出城一趟，再仔细观察下情况，这回你们带点干粮，试探着看看有没有人买，切记还是要低调行事，一定注意安全。"

且说田瑞亭和陈锡三领着那个小学徒没走南大桥，而是选择了

封锁并不很严的东城门前往城外。三人一人背着一个小包袱，里边装的都是从玉茗斋拿出来的饽饽饼子，此时饽饽饼子还未凉透，背在身后暖暖的。

"还不知道这位老弟咋称呼？"行走间，陈锡三问这个团脸儿小学徒。

"我叫吴玉泽。"那学徒说话总是干脆利落。

"刚才听说你家里是南边过来的？"陈锡三试探地问。

"是，俺一家子都逃过来了，家那边没有大仗，小仗却不断，又赶上今年闹蝗灾，实在是没饭吃，就过来了。"

陈锡三听闻此言很是同情吴玉泽的遭遇，但也没法，赶上这兵荒马乱的年月，谁也没辙。

"吴老弟，在店里头的时候你说这些流民都带着家底在身上，能确定吗？"陈锡三又问。

"哥，你光看到城外，不了解路上的情况。"说到这里吴玉泽顿了一下，"能走到这的，必然是带着身家出来，一步一步换过来的。"

"换过来的？"这会儿出声的是田瑞亭，他对此表示不解。

"嗯呢，拿银圆、拿首饰、拿所有值钱的东西跟人换吃的，一路就这么换过来的。"吴玉泽说这话时表情没有过多的变化，但陈锡三还是从他的眼神中看出了点点悲伤。

"要是没钱换呢？"陈锡三问道。

吴玉泽停下脚步看了一眼陈锡三："没钱换，就饿死在路上呗。"说完话，便又继续朝城外走去。

看着吴玉泽低头前行的背影，陈锡三心底百感交集，却再也说不出一句话来。

四

陈锡三、田瑞亭和吴玉泽三人从东门出城，绕到南大桥外已接近黄昏。

日本兵依旧把守着桥头，不许任何人通过。

陈锡三他们来到这边并没有找车队会合，而是背着背囊低调地行走在流民队伍中，不断观察他们的情况。饶是三人已经换上了朴素的便装，也依旧和周围流民落魄的形象格格不入。一路走来，陈锡三发现流民们看他们的眼神相当复杂，有的疑惑，有的渴求，当然，也有人盯着他们的背囊不怀好意。

他们三人只能警惕地往人群深处走，边走边观察身边情况。

半响，三人走到一处平地，这里已至人群腹地，人们挤挤插插地或坐或卧散落一片，见到陈锡三几人走过来并没有多大反应，只是不时往这边好奇地张望。

陈锡三他们来到此处，左右巡视，看到不远处一个破烂的窝棚后便向其走去。

待三人靠近窝棚，从里边爬出一个戴着眼镜的中年男人，此人穿着一身灰色西装，看料子应该挺贵，但此时却已经肮脏不堪。

男人爬出窝棚，先拍了拍身上的土，又扶了扶碎掉半边的眼镜，这才迎着陈锡三几人的目光抬起头，眼珠子滴溜溜乱转，开口问道：

"三位，你们是从城里出来的？"

"嗯，我们出来找亲戚，来信说人就在城外。"答话的是田瑞亭。

"找亲戚？你们有法子能带人进去？"一听田瑞亭说这话，男人来了精神。

可田瑞亭却摇了摇头："那倒是带不进去，我们找到人就先带去乡下安顿着，等啥时候日本人不封锁了啥时候再接回来。"

男人的失望之情溢于言表："那你们在城里有没有听到信儿，这长春城啥时候能让我们进去？"

"这事我们也不知道啊，你们没跟守桥的日本兵打听打听吗？"田瑞亭试探着问道。

"之前有人想去打听来着，那帮日本人根本不理人，我听说他们还举了枪，后边就再没人敢问了，这帮狗杂碎！"说完话，男人朝地上啐了一口。

简单攀谈几句，陈锡三等人对此间情况有了一些了解，正要离开再去别处打探时却被男人叫住，只见他有些扭捏地小声问道：

"几位，你们出来，带了吃的没有？"

听到这话，三人停住脚步，对视一眼，没有接茬。

见他们不说话，男人吞了口唾沫，指着身后的窝棚小声说道：

"我们被堵在这三天，之前路上买的干粮都吃完了，老婆孩子在里边饿了一天，几位出来寻人想必是带了些吃食的吧，您看能不能匀我点儿？"

说着话，男人往三人身后背着的背囊看去，吴玉泽见状，连忙一转身，将背囊护在身后，警惕地看着男人。

"我不白要。"男人见吴玉泽这番表现已经确定几人带了吃的出来，于是伸手从怀里掏出一块怀表来。

"兄弟，我不白要，这块怀表是老物件儿了，值点儿钱，跟你换点儿吃的行不？实在是扛不住了。"男人继续说道。

124

听到男人如此说，陈锡三与田瑞亭对视一眼，互相确认后田瑞亭对男人说："大哥，我们的确带了点儿干粮出来，你要是想要我可以送你一些，这怀表就免了吧。"

听闻此言，男人大喜，嘴上不住地对田瑞亭表示感谢，手却麻利地将表揣回上衣兜里。

见状，田瑞亭倒也没说什么，一抖肩摘下背囊就要掏饼子拿给男人，可刚一伸手，便被陈锡三拦住。

"田哥。"陈锡三一把抓住田瑞亭的手，一撇头，给他递了个眼神。

田瑞亭顺着陈锡三示意环顾四周，才醒过味儿来，这四下里全是流民，堵在城外几天时间，全都是饥肠辘辘，有如饿鬼。之前几人交谈他们并不关心，只是往这儿瞧几眼，可如果自己当着这些流民的面掏出饼子，那搞不好这群快饿疯了的人就得一拥而上抢夺粮食。

险些酿成祸事的田瑞亭擦了擦额头渗出的冷汗，男人也明白其中利害，忙引着三人钻进窝棚后才收下几个饼子，之后又是免不了对三人一番感谢。

从戴眼镜的男人那离开后，陈锡三他们又辗转了几个流民聚集的地方，过程中也给不少人送了干粮。

当然，他们也没有忘记出城的任务，给人送饽饽饼子的同时也在打探这些流民的底细。一圈儿走下来，三人发现，这些流民虽然现在处境凄惨，缺衣少食，但身上还都带着些值钱的物件儿，更有些人口袋里还能掏出几块通宝或是大洋来。

"看来，就地卖粮这个事有门儿。"

一番讨论后，陈锡三他们得出了这样的结论。

可就在他们松了一口气的空当儿，靠近大桥那一片的流民突然骚动起来，三人顺着声音望去，赫然看见竟有一列十多驾马车的队伍向着南大桥的方向开去，而守桥的日本兵并未阻拦，眼瞅着最先头的马车就要驶上南大桥的桥头。

"这是，放行了？"田瑞亭惊讶。

"不像，看着好像只有车队能过，流民还是不让进。"陈锡三踮起脚，一边眺望一边说道。

田瑞亭眼神不怎么好，加之天已经完全黑了，他有些看不清楚状况："那车队是不是咱家的呀？"

"看着不像，车数对不上。"

陈锡三仗着身高优势还能稍微看清一点，可终究也不清楚是啥状况，于是三人决定走到近前瞧瞧到底是咋回事。

片刻后，三人便抵达了南大桥的桥头，陈锡三他们也才终于看清，这些马车拉的货物上都蒙着带有三中井标志的苫布，领头的正是井上智言的心腹，现在已然成为三中井百货副经理的藤田秀夫。

桥头原本被日本兵安置的拒马已经被搬开，藤田秀夫正沿着车队来回巡视，指挥着车老板们有序通过。

车队周围聚集了许多流民，把守的日本兵则分出十几个人分列道路两旁，端着枪威慑。流民们不敢靠近，就只能围着桥头站成一圈，焦急地往城门方向投去期待的目光。

陈锡三他们就混在人群当中，他们自知衣着显眼，没敢站在第一排，而是隔着最前头的两三人偷偷观望。

刚观察不到片刻，第三辆马车堪堪驶上桥面，陈锡三身后的方向就突然传来一个男人高亢的声音。

"凭啥拦着我们，我们也要进城。"

这一声高喊好似在秋后的草原上点燃了一团柴火，霎时间陈锡三几人便感觉到人群剧烈地骚动起来，后边的人不住往前推搡，而前排的人畏惧日本兵手里的枪则拼命后退，汹涌的人潮中还夹杂着一声接一声愤怒的呐喊,局面瞬间乱了起来。

"嘭!"

日本兵眼看人群骚动举起枪就朝天上来了一发,巨大的枪响震得陈锡三耳朵嗡鸣。人群瞬间安静下来,站在最前排的人更是拼命后退,却不敢再发出半点声响。

枪声吸引了藤田秀夫的注意,他往这边一看,眼神恰巧与始终盯着他的陈锡三撞了个正着,他先是一惊,但很快便扬起了一抹奸笑。

陈锡三见藤田秀夫发现了他们,心下一惊,赶紧示意田瑞亭和吴玉泽绕路回城找刘永年报信,免得节外生枝。

三人很快随着人群退走,又绕了一圈才朝着东大门的方向走去。一路上陈锡三小心戒备,他总觉得藤田秀夫那一笑有猫腻,保不齐又有什么坏点子从他的秃顶脑袋里冒出来。

要说这藤田秀夫,从最初来玉茗魁闹事至今十多年就从没消停过,隔三岔五就整点损主意恶心人,对此刘永年也是颇为头疼。就跟蟑螂趴在脚面上一样,虽然心里厌恶,但也拿他没办法,这世道就连刘永年和玉茗魁也惹不起这帮日本人。

可这样的态度却让藤田秀夫变本加厉,而玉茗魁虽然不能拿藤田秀夫怎么样,但态度却一直保持强硬,只要发现他搞事就一定会找机会还回去,就这样,多年来双方摩擦不断,好在三中井和玉茗魁都是长春城里有名的铺面,大家在城里办事还都留有分寸,一直以来也没有闹出什么太出格的事情。

现在不一样,这城外流民遍地,又是月黑风高,把守城门的还都是他们自己的日本兵,如果藤田秀夫要对他们三人不利,这就是最好的时机。

越怕什么就越来什么，陈锡三他们绕了好大一圈，眼瞅着都看到东城门了，还是被早就等在这里的藤田秀夫和三个日本兵拦住了去路。

"陈锡三，想不到在这遇到你了呀。"藤田秀夫一脸得意。

"是不是上回在胡同里牛大宝那几杵炮没打疼你呀，还想找事？"还没等陈锡三出声，田瑞亭就直接一句话怼了回去。

"我劝你们认清眼前的形势，在这可不比城里，看到那边的小树林没有，就是把你们都埋在那也不会有人知道。"

藤田秀夫恶狠狠的神态倒是没有吓到他们，但眼下的形势的确如他所言。别的不说，就冲藤田秀夫身后三个日本兵手里的枪，他陈锡三今天也决计斗将不过。

见眼前三人不言语，藤田秀夫也不磨叽，招呼身后三个日本兵抓人，陈锡三他们自然不可能束手就擒，眼见着日本兵走到身前，吴玉泽趁其不备率先发难，左手在对方眼前虚晃一下，右脚嗖地抬起，照着那个日本兵的小腹狠狠踹去。这一脚踹得可真是结实，那日本兵还没反应过来便佝偻着身子倒在了地上，可还没等吴玉泽收势，另一个日本兵立马端起枪抵住了他的额头。

肉身子终是斗不过钢枪，面对黑洞洞的枪口，陈锡三他们也只能无奈屈服，被反绑了双手按在地上。

见三人被俘，藤田秀夫才迈着方步走到几人身边，他居高临下地俯视着陈锡三，冷嘲热讽道：

"怎么样，我早就说过你有一天会落在我手里吧？"

"去你奶奶的！"面对日本人，田瑞亭向来没有好话，"你能把我们咋样，我们要是回不去，玉茗魁也不会放过你。"

"哈哈哈……"藤田秀夫听到田瑞亭的话放声大笑，"你也就能在这说两句狠话吧，这可不是在城里了，你看看周围，哪有人看见？你们消失了，谁知道是我做的呀？"

听着藤田秀夫的狂笑，陈锡三一直没有说话，跟日本人浪费口舌实在没必要，面对眼前的形势他只是长叹一口气，看情况这日本人真是要对自己三人下狠手了，眼下断无破局之法，只能走一步看一步，看能不能让几人逃出去。

笑了一阵后，藤田秀夫似乎冷静了一些，他转头对三个日本兵说了几句。

被按在地上的陈锡三他们听不懂日语，可看姿态想必是藤田在对三个日本兵吩咐什么。交代完，藤田秀夫又瞟了他们一眼，冷笑一声便转身朝着东大门走去。

待藤田秀夫的身影消失在黑夜之中，三个日本兵也将地上的陈锡三他们提溜起来，向着不远处的小树林里走去。

走向小树林的过程中，吴玉泽试图反抗，被日本兵一枪托敲在太阳穴上，直接晕了过去，之后，便被像拖死狗一样拉进了小树林。

越往小树林里走陈锡三心里越是发毛，但面对日本兵黑洞洞的枪口他也是毫无办法。不一会儿，来到了树林深处，日本兵将昏死过去的吴玉泽丢在地上，又用枪口胁迫陈锡三和田瑞亭背靠背坐好，留下一人看守，另外两人从背包里掏出折叠铲就在地上挖了起来。

见此情形，陈锡三大呼不妙，最坏的情况还是发生了，看来这回藤田秀夫要下杀手了。想到自己可能真要葬身于此，陈锡三不由得心中发苦，想想家中的老母亲，他闭上双眼暗自惆怅起来。

闭眼半晌，陈锡三忽然听见一声招呼，睁眼一瞧，却发现三个日本兵凑一块去了，瞅着他们的交流神态，应该是那边坑挖得太慢，让这个看守的也一起过去干活儿。

看守的日本兵跟那两人争辩了几句，应该是没说过人家，扭头白了一眼地上的陈锡三和田瑞亭，便不情不愿地走了过去，经过吴玉泽身边时，还狠狠地照他脑袋上受伤的位置又补了一脚。

眼见着日本兵走开，陈锡三小声对田瑞亭说道：

"上午出来的时候我买了把剔骨刀防身，就别在后腰衣服里。要是能掏出来，咱俩就有救了。"

田瑞亭听后转头盯着日本兵的方向给陈锡三放风。

陈锡三的两只手背负着绑在身后，手腕恰好就搭在刀柄上，可他费了挺大劲也没能将手回过弯来。

"你快点儿。"见陈锡三扭了半天也没能将刀抽出来，田瑞亭焦急地催促。

陈锡三也明白时间不等人，这可能是他们最后的机会，情急之下他右手腕一较劲，强行翻过手掌，终于将剔骨刀握在了手中。

抽出了刀，陈锡三当机立断割开了田瑞亭手上的绳子。

田瑞亭双手解绑，却也没敢动弹，依旧保持着造型，可等了一会儿，他也没有感觉到陈锡三割自己手腕绳子的动静，不由得疑惑：

"你干啥呢？把你自己的绳子也割开呀。"

"田哥，你鸟悄儿地走吧。"陈锡三声音低沉。

"你说啥呢？赶紧割开绳子跑啊。"田瑞亭不知道陈锡三起什么幺蛾子，咋在这个节骨眼上整事。

"咱俩跑了，吴玉泽咋整？"陈锡三缓缓开口，语气中似乎没有什么强烈的情绪变化。

"都这时候了，能走一个是一个啊，咱仨还能都折在这不成？"田瑞亭急得不行，几乎忘记控制自己的音量。

"田哥你先跑吧。"陈锡三手上握着刀，却还是没有割绳子的动作，"你先回去报信儿，我看那几个日本人挖坑还得挖一阵儿，一会儿等吴玉泽醒了我俩再一起想法儿跑。"

"不行，那日本兵要是发现我走了不得直接对你俩下手啊！"

"哎呀，管不了那么多了田哥！"陈锡三急切道，"你赶紧去报信儿,走早一点儿我俩也能多安全一点儿。"

"那我去车队那边叫人,那离得近。"

"不行。"陈锡三断然拒绝,"车队那边不能离人,那些货有啥闪失我这条命都赔不起。"

田瑞亭无奈,见拗不过也不再坚持,眼下形势危急,时间紧迫,他不再犹豫,看日本兵没有注意他们这边,他转身趴在地上,一点一点地爬着逃离了此地。

五

待田瑞亭一点点爬远，陈锡三缓缓闭上了双眼。他心里明白，这三个日本兵就算再傻也会很快发现这边少了一个人，到时候肯定顾不得挖坑，直接就会对自己和吴玉泽下杀手。

可就算是这样，陈锡三也实在没法扔下吴玉泽，若自己和田瑞亭都走，那吴玉泽必死无疑，可现在田瑞亭逃脱，自己手里还有一把剔骨刀，万一日本兵真的下手，他凭着这把刀兴许还能搏一线生机。当然，陈锡三心里也清楚这个机会实在渺茫，一把剔骨刀面对三条枪，胜算基本可以忽略不计，但也别无他法。陈锡三心想，到时候要是能拉一个日本兵当垫背也算不亏了。

果然，和陈锡三预料的一样，田瑞亭逃走没多久，三个日本兵就发现这边少了个人，一通鬼叫之后三人也不去寻找，而是对着地上的陈锡三一顿拳打脚踢，饶是这样，陈锡三也没有亮出自己的剔骨刀，还是保持着双手背负的姿势。

他在等一个机会，现在还不行，现在出手自己最多捅伤一个，陈锡三明白，他只有一次出手的机会，这一击，必须要发挥出最大的效果。

也得亏有夜色掩护，三人殴打陈锡三的过程中并没有发现异常。打了一阵，三人停手，用陈锡三听不懂的鬼话商量了一阵，其中一个日本兵转身去挖了一半的坑边，从枪上卸下一把刺刀，向着陈锡三走来。

陈锡三明白，日本兵下杀手的时候终于要到了，可他仍旧没动，他只是躺在地上看着对方一步步走向自己，他还在等，等日本兵用刀捅自己的时候也就差不多能一刀抹了他的脖子。

五步、四步、三步……

陈锡三在心里默默算着二人之间的距离，可就在日本兵离自己只有三步远时，树林的阴影里突然传出一声暴喝：

"去你娘的！"

伴着喊声，一块石头嗖地飞出，不偏不倚，正中持刀日本兵的脑袋。

这一块飞石力道十足，打得日本兵一个踉跄栽倒在地，另外两个日本兵还没缓过神，就见树林子里猛然窜出五六道人影，这些人手持木棍，个个蒙着面，趁日本兵受惊愣神的空当拿着棍子就往其身上招呼。

躺在地上的陈锡三瞪大了双眼，他本做好了赴死的准备，可眼前的变化完全出乎他的意料。

再看这群人打日本兵招招都奔着要害而去，专门照脑袋和命根子使劲。三下五除二，三个日本兵便躺在地上动弹不得了。这仨人也是倒霉，挖坑时为防备陈锡三他们把枪都放在远处，发现跑了一个人光顾着冲陈锡三发火，也没管枪的事，唯一手中有武器的还一开头便被飞石砸晕了，以致现在这三个日本兵都被敲掉门牙，连叫喊声都发不出。

生死转变只发生在电光石火之间，三个日本兵已然被制服，陈锡三却还在震惊中没能缓过神来。

"陈锡三……"

忽然，这群持棍汉子里有一人发出了声音。

"啊！"突然被叫到名字，陈锡三吓了一跳，朝着声音来处看去，赫然发现一个莫名熟悉的身影。

瘦高个儿，小眼睛，虽然蒙着嘴脸，但那公鸭子一般的嗓音结合身形让陈锡三一下就认了出来。

"是四哥！"

眼前救下自己之人竟然是多年未见的老友林四。

要说林四和陈锡三之间的友谊那可正经有些年头。陈锡三进入玉茗魁安顿好后曾写过三封信，第一封写给家里母亲，第二封没有寄出，这第三封就是写给林四的。几年来两人书信往来不断，后来每次林四进城总会带些自己在山上采摘的山货给陈锡三送过去，而陈锡三也会拿自己的工钱请林四在城中饭馆好好吃上一顿。

二人纯真质朴的友谊就这样延续下来，直到四年前陈锡三从老家归来，邀请林四时他说有事，隔了好几天林四才来城里找到陈锡三，告诉他自己开大车店的舅舅撒手人寰了。

林四的舅舅不在后，大车店被其儿子接管，林四打小儿就跟他不对付，如今那人当家做主自然不会给林四好脸色看，而心灰意冷的林四也索性不再继续做伙计，离开大车店后找到陈锡三，告诉他自己要南下寻弟弟去了。

自此之后，陈锡三一直没再收到林四的消息，而他也绝想不到，自己如今城外树林落难，竟是被这位分别多年的老友所救。

"四哥，你，你咋在这呢？"

再见到林四，陈锡三竟然眼角沁出泪水，心中更是百感交集，说出的话都有些不畅。

"我还想问你呢，外头这么乱，你不在城里待着，大晚上出来干啥？"林四显然也因为久别重逢而万分激动，嘴上虽然说着责怪的话，却还是走上前来，一把扶起地上的陈锡三。

站起身来的陈锡三茫然地看向林四身后的几位，只见这些人个个身形瘦削，两颊凹陷，身上布衣破破烂烂，上边还净是些污垢，俨然和城外流民一副模样。

再看林四，跟这群人一样的邋遢落魄，若不是那一双小眼依旧如往日那般透着精光，陈锡三都认不出他是哪位。

"四哥，你们这是……"陈锡三问得有些犹豫。

"俺们几个都是路上逃难结识的。"林四没等陈锡三问完，便用极快的语速说道，"都是老哥儿一个，相互之间看着不烦，也就搭伴一同行走了。"

"那你们是咋知道我出事儿了？"

听见陈锡三问这个，林四的表情变得神气起来，他一手扶着树，一手叉着腰，不紧不慢地说道：

"我们从南边一路往北走，已经被堵在这三天了，今天头午我就看见你们几人奔着树林子外头的车队过去，远远瞅着就像你，当时离得远没敢认，后来发现你们被这仨日本兵堵住，就一直偷摸跟着，直到刚才才逮着机会出手救你。"

陈锡三听完暗暗吃惊，能碰到林四将自己救下，也真是命不该绝。想到此处，陈锡三鼻子一酸，眼泪差点儿又一次涌出来，

"四哥，啥也不说了，大恩不言谢，我陈锡三欠你一条命。"

林四一撇嘴："你可拉倒吧，这些年了，咋跟我还整些没用的！"

还没等陈锡三回话，却见躺在地上昏迷半天的吴玉泽猛然一个翻身坐起，瞪着眼睛警惕地看着周围众人。

扫视一圈，吴玉泽看到了陈锡三，于是连滚带爬地站起身来，可刚刚清醒身体还没完全恢复，跟跟跄跄地扶着树才站稳。

"哥，这咋回事儿？"吴玉泽一手扶着树，一手扶着脑袋虚弱地问。

"没啥事了。"陈锡三见吴玉泽醒了也放下心来,"来,给你介绍一下,这是我四哥,就是他跟后边这些兄弟救了咱俩。"

一听是眼前之人救了自己,吴玉泽扑通一声直接跪在地上。

"多谢四哥搭救,我吴玉泽欠你一条命。"

吴玉泽突然跪下,给林四吓了一跳,可当他听清吴玉泽说的话却又被逗笑。

"我说,你们玉茗魁是不是有啥传统啊?"林四一边扶起吴玉泽,一边冲着陈锡三笑说,"你们咋连谢人都说一样的话呢?"

这一下,就连陈锡三和那些一起过来救人的汉子也都被逗笑,唯独剩下吴玉泽摸不着头脑。

几声欢笑,终是冲淡了陈锡三心里的恐惧。平复了一下情绪,陈锡三看向林四道:"四哥,我这下午出来办事,这会儿得赶紧回店里报信儿了,你们几位跟我走吧,我带你们进城先安顿下来,也免得在城外受罪。"

听到这话,林四摆摆手拒绝。

"我们穿这一身肯定是进不去城的,这帮人把守在城门口不就是防着我们呢吗?你俩赶紧回去吧,有事就赶紧办,别在这耽搁了。"

林四说完,轻轻拍了拍陈锡三后背,看了眼吴玉泽又继续说道:"你先赶紧带着这位小兄弟回去治伤,我看这也锁不了太久,过不了几天咱们应该就能在城里再见。"

"四哥,不用等他们撤走,我现在就回去,明天一早我就带着衣裳出来,咱们东门口见,到时候给你们换上,我再带你们进城。"

说完话,陈锡三上前扶着吴玉泽就要离去,可刚一伸手,却发现自己手里还倒握着那把剔骨刀,跟林四说了这么半天话竟然都没有察觉,看来自己的确是被刚才一连串的事儿给吓得够呛。

自嘲一笑,陈锡三就要把刀重新别到后裤腰里,林四却突然开口:"兄弟,这刀先放我这,你拿着回城不方便。"

"嗯？"陈锡三不解，转念一想林四怕不是要直接结果了这几个日本兵，于是有些担心地说道："四哥，你拿这刀莫不是要……"

听到陈锡三这么问，林四先是一愣，随即便明白了陈锡三的意思，笑着说道："想啥呢兄弟，这帮玩意儿虽然可恨，但俺们也不是那杀人不眨眼的人啊。"

说着话，林四笑了笑，旋即又补充一句："兄弟，你一个做买卖的人，不适合拿刀，更不应该让手沾了血。"

一听这话，陈锡三怔怔地看了林四半响，直到被林四催促着赶紧走，才终于带着吴玉泽转身向城里走去。

六

陈锡三扶着受了伤的吴玉泽从东门进了城，还没走多远便看到刘永年和田瑞亭带着一大帮伙计急匆匆地往城门跑。

见陈锡三和吴玉泽二人竟然自己回来了，刘永年和田瑞亭是又惊又喜，大步迎了上来。田瑞亭从陈锡三手里接过吴玉泽，瞅了一眼应该没啥太大问题，便赶紧叫身后伙计送他去医治，而刘永年则是拉住陈锡三，问他是如何脱险的。

陈锡三将他们二人如何获救的经过简单跟刘永年说了一遍，唯独没有说林四要杀掉三个日本兵的事，刘永年也没有多问，赶紧叫人扶着陈锡三回了玉茗魁。

回到店里，陈锡三将自己沾满尘土的衣服换下，穿上一套伙计的衣服，身上受的外伤也找来药酒擦涂了一遍，所幸受伤不重，又年轻壮实，也没什么大碍。

此时陈锡三靠坐在一张新搬来的软椅上，手里还捧着一杯热茶。关于藤田秀夫指使日本兵想要干掉他们这件事，到店后刘永年又详细地询问了一遍经过，陈锡三也都一五一十地说了，可当他说完，刘永年敏锐地追问那三个被打晕的日本兵如何处理，这回陈锡三只好说出实情。

谁知，刘永年不但没有觉得不妥，反而称赞林四行事果断。

在肯定了林四的行为之后,刘永年也对陈锡三表示,这件事决不能就这么算了,玉茗魁肯定会叫藤田秀夫和他背后的井上智言付出代价。

说完这事,陈锡三便跟刘永年汇报下午出城打探到的消息,知道城外流民确实有购买能力之后,刘永年沉思片刻便拍板决定了就地卖粮之事。

可就地卖粮说起来简单,具体怎么卖还得再细细商讨,今日时间太晚,大家又都折腾了一天,所以刘永年也没再多说,吩咐众人先回去休息,明天早上再来商议。

众人散去,陈锡三没回家,刘永年给他安排了一间空房对付一宿。从刘永年那回来前,陈锡三还提了明天一早给林四送衣服的事儿,刘永年答应这事他会安排人去办,让陈锡三明早先来议事。

第二日清晨,随着上工的鸣锣声响,住在店中的伙计学徒们纷纷走出房门。

此时刘永年的堂屋内,朱润亭、刘永年、刘永丰、孙掌柜、田瑞亭和陈锡三已然悉数落座,正在你一言我一语地就如何就地卖粮之事展开讨论。

陈锡三坐在边上,眉头紧锁,一直不言语。刘永年见状,就直接点了他的名:"陈锡三,你小子鬼主意不挺多的吗?今天怎么一言不发?"

见刘掌柜问,陈锡三也毫无保留地说:"依我看,就地卖粮的事肯定可行,但其中有个很关键的问题,咱的车里可都是新收上来的粮食,直接就这么卖,那些流民也没法做熟啊。"

要不说陈锡三这些年可真是没白干,率先发现了问题的关键。

"这个事今早刘掌柜已经和我商议过了。"朱润亭说,"我安排咱玉茗斋这边出人,咱们不光卖粮,还得多支起几个粥棚,连粮带粥一块儿卖。"

"除了粮食和粥，咱们还会抽调出来一批篷布、被褥之类这些城外流民们能用得上的货，一并带出城去就地销售。"刘永年补充道。

"还有一个问题，"田瑞亭举手示意，"昨天我们出去的时候发现，这些流民现在身上有现钱的少，大多数都是用金银首饰跟我们交换，咱们卖货可得咋个结算法。"

"这确实。"回答的还是刘永年，"让这些流民直接拿东西来换肯定是不现实的，我这边一会儿就差人去合作的银号当铺请两位先生，再多备些现钱，到时候一起出城，在咱们旁边支上摊子，让大家把东西换成钱再来买货。"

"那价格呢？"孙掌柜捋着胡子问道，"咱们这样出城销货，价格上肯定不能跟店里一样，这个要怎么定呢？"

"价格上，昨晚我已经有了决定。"刘永年说得干脆，显然已经胸有成竹。

"这次出城卖货，不论粮食还是其他物资，统统只在成本上加一分。"

"不仅如此，对那些没钱也没物品可当的流民，咱们每天施粥一次，不能看着他们饿死在咱们眼前。"

此言一出，屋里除了朱润亭之外的所有人均露出了惊讶的神情。按照刘永年的做法，这次出城就地卖货不仅挣不到钱，搞不好还得赔上不少，这对于这一屋子生意人来说着实有点难以接受。

见屋里众人都皱眉不语，刘永年微微一笑，说出了他后续的安排：

"瑞亭，你一会儿去一趟北边的木匠铺，抓紧做二十块大木牌，上边写上玉茗魁的字样，到时候出城卖货，就在各个摊位后头立上。"

"锡三，你一会儿到大库，把库里给玉茗斋囤着备用的碗筷尽数调出来，记住，只拿那些上边印着玉茗斋标志的碗筷，让他们尽快出库，都先运到咱后院里来。

"永丰，你一会儿到前头一号铺子，让做成衣的加急先做一批条旗，上边写一些咱们玉茗魁出城救济流民的标语，等咱们出城之后你就在城里把救济灾民的事儿传扬出去，这次咱们搞得越高调越好。

"孙掌柜，至于这备货的事儿就麻烦你了。

"我来调度玉茗魁的伙计，玉茗斋的人就还请大少爷安排，时间不等人，今天各位把事情办好，明天一早咱们出城。"

刘永年快速把事情安排下去，众人也没丝毫停留，纷纷依照吩咐去忙各自事宜。

这一日，玉茗魁上下真真是展现出了超强的执行能力，到了傍晚时分，大家已经把大掌柜交代的事情全部办理妥当。刘永年检验过后安排厨房做了一桌好菜留众人吃饭，席间交代了一些细节，酒足饭饱后大家方才各自散去。

第二天一早，孙掌柜、田瑞亭、陈锡三带领五十个玉茗魁的伙计和装满六驾马车的各式物品，从玉茗魁后街出发，浩浩荡荡地向南大桥方向开进。

到了南大桥，陈锡三见守桥的日本士兵明显比前天增加了不少，而且看他们的神情严肃，陈锡三暗自思量八成是因为失踪了三个日本兵。

饶是这些日本士兵个个神情严肃，可当车队表示要出城时也着实让他们吃了一惊。打从日本部队长官下令封锁各个城门以来，除了他们日本的车队之外，任何车马一旦走出南大桥便不会被允许进入，而整个长春城四处城门，只有这个南大门能走得开车马，此路不通就意味着彻底失去了进城的机会。

经过反复询问确定玉茗魁的这些车马人员的确是要出城后，日

本士兵便示意开闸放行，一队车马继续浩浩荡荡地通过南大桥，向着流民聚集的方向开去。

就在小树林不远处，占掌柜早就带人开出了一片空地，待到玉茗魁的车马一到，两边会合便开始卸货。两架大车里装着木架和桌椅，伙计们将其卸下，座椅直接就地摆放，木架子围圈儿支起，再把马车上的大苫布往上一罩，一个小棚子就搭建成型。

数十个店员风风火火就地搭棚，不出一个时辰，便在空地上搭起二十个棚子。棚子分为两排，每排十个，每个棚子中间隔了二三米的距离，两排棚子中间由标有玉茗魁字样的木板围着，稀稀疏疏地形成了一个见方的围墙。

就在一批伙计搭棚子的时候，另外一批伙计将新拉出来的货物在围起来的空地上卸下，一掀开车顶苫布，冬衣、棉被、副食这些物资就都露了出来，惹得围观流民一阵低呼。与此同时，走在最后边的两辆大车也开始卸货，打开苫布，流民们便看见一架车上赫然是五口大锅和几个大盆，另一架车上则满满的全都是成套的碗筷。

搭棚、卸货、摆放，忙活了一头午，待到晌午时分，一个占地百多平方米，拥有二十个档口的临时售货点赫然出现在流民们眼前。二十个档口，靠东边这十个摆放的都是流民急需的物品，诸如冬衣棉被等物就不必赘述，后面的两张桌子上则啥都没摆，只是桌后坐了两个穿着绸缎面儿，慈眉善目的老先生。这俩老先生派头挺足，一人身边还跟着个小徒弟模样的给点烟倒水，小心伺候着。

另一边的摆设则是让流民们见了就难以保持平静，只见靠西边的十个棚子下头支起了五口大锅，锅里正咕嘟嘟烧着热水。后面两个棚子下则分设两张大桌，一张桌子上满满堆着各式各样的副食品，有香肠、面包，甚至还有方糖、巧克力等，而另一张桌子则是在原有的桌板上又铺了一层面板，板子上垫着白布，伙计们正从车上一筐一筐地将饽饽饼子等抗饿的食物搬下来往上摆放。

眼见着有吃喝物品被摆上桌子，不断有流民上前来询问，想知道到底是怎么回事。由陈锡三领着几个跑堂一起向他们解释缘由。眼见着后边货物卸车摆放基本完成，占掌柜也领人将树林子边停放的粮食搬运完毕，早有准备的陈锡三便拿出一个大喇叭，用几乎是喊着的音量冲着流民说道：

"诸位乡亲父老，大家远道而来一路上辛苦了，南边打仗，又闹蝗灾，着实是天有不公，逼得大家长途至此。我们玉茗魁商号对大家的遭遇深表同情，特此，安排我们的伙计来此，为大家提供吃食以及防寒物资。东家与大掌柜吩咐，所有东西，我们只在成本上加一分，玉茗魁将和大家一起共渡难关。

"诸位，咱们商号在此经营，不为赚钱，只为帮大家渡过难关，考虑到大家远行到此，如果身上没有现钱，也不必担心，这两位，一位是咱长春城里兴合当铺的老掌柜，另一位则是银行经理，您身上有什么能应急的物品大可来此换钱救急，咱还是走当铺的规矩，中间利息只收一半，赶明个儿您进了城安顿下来，去到兴合的铺子里续当、赎票全然不受影响。"

打这起，玉茗魁在城外的摊子，就算正式开张了。

七

陈锡三坐在树林边一棵横倒下的枯树上歇息，即便是体力好，连着几天从早忙到晚连轴转也还是有点支撑不住。今日是玉茗魁在城外摆摊售货的第二日，陈锡三来到运粮车队处与一直看守车队的伙计换班。看粮这头相对于摆摊售货那边要清闲很多。

与陈锡三这边的清闲不同，玉茗魁城外售货点这边，牛大宝忙得几乎要昏厥过去。

昨天，售货点刚刚开张的时候，流民们都表现得犹犹豫豫，少有人上前来询价买货。可随着占掌柜指挥玉茗斋的厨子把粮食熬成粥，这些流民就不再平静了。

对于逃荒出来的流民而言，能喝上一口热水都是奢侈，更何况吃上热乎乎的玉米粥呢。

三口大粥锅旁边的两张桌子上，还摆放着玉茗斋的饽饽饼子和玉茗魁百货号里卖的副食，从银行当铺那边换出银钱就能在这里解决口腹需求。

相比卖吃食那头，衣服、棉被以及百货这边的人就相对少了许多，只有带着孩子或者有病人的家庭，因担心夜晚寒风侵袭才有最直接的购买需要。眼下，这些流民亟待解决的是吃饭问题。

牛大宝早上换班时听陈锡三说了一下这边摊位上的情况，特地留了个心眼儿，迅速来到百货这头，想着占据这个少有流民光顾的摊位，还能乘机歇会儿。

一上午的时间，还真让牛大宝占到了便宜，这摊子果然如陈锡三说的那样少有人来。可刚过响午，情况就发生了变化。

且说牛大宝刚扒拉完午饭，看了眼身后给流民盛粥的伙计们忙得脚打后脑勺的样子，心里还在窃喜，直夸自己机灵。可他刚要找个凳子坐会儿，却看见不远处一个穿西装打领带的小老头儿举着一个小旗，带着一大帮人呼呼啦啦地朝自己这边走来。

待到这帮人走近，牛大宝方才看清，带头这个西装革履的小老头儿正是刘永丰，而他身后跟着的人也不是流民，看着都像是从城里出来的市民。

带人来到摊子前，刘永丰拿小旗儿朝摊子一指，开口说道：

"各位父老，这就是咱们玉茗魁设的摊点儿，咱不管是谁来买都是只加一分利润，您各位要买就抓紧啊，我在这就先谢过诸位给流民献的爱心了。"

说完话，刘永丰还朝着身后的人群弯腰鞠了一躬。

没等刘永丰直起腰来，这群城中百姓就呼啦一下一拥而上，将百货摊子围得水泄不通。

足足一个多时辰，这群疯狂买货的市民才渐渐退去。待送走了最后一批客人，牛大宝累得腰都几乎直不起来，只得靠坐在小椅子上龇牙咧嘴。

"刘二爷，这帮人咋回事儿啊？"一手扶着腰的牛大宝朝走到近前儿的刘永丰问道。

"哎呀妈呀，你这才多大岁数啊，腰就不行了。"刘永丰没有

直接回答牛大宝的问题，只是看着他的姿势取笑。

"哎呀刘二爷，你这是说啥呢。"牛大宝翻了个白眼，"说正经的，这到底是咋回事儿啊？"

刘永丰得意扬扬地说道："这是大掌柜交给我的特殊任务。"

"还有特殊任务？"牛大宝抻长脖子瞪着双眼，好奇地问道，"具体咋回事儿？先生您给讲讲呗。"

牛大宝好奇的样子激发了刘永丰本就极强的表达欲望，不过他没急着开口，而是让旁边的伙计给倒了杯水后才娓娓道来。

"从昨天他们拉货出门之后，我就带人在城里放出消息，说咱们玉茗魁实在是看不了城外流民挨饿受冻，也气不过日本人在咱们的地界上胡作非为，特地安排人手在城外支了摊位施粥卖粮，还有一应百货物品，而且玉茗魁体恤流民，所有物品只在成本价的基础上取一分利，任谁买都不加价。"

说到这，刘永丰喝了一口水，又寻了个板凳坐下，继续开口道："我跟你说，封城到现在五天了，还在城外不走的基本上都是来长春城投奔亲戚的，城里的人知道亲戚被日本人堵在城外挨饿受冻进不来，早就怨声载道了，得知咱们玉茗魁出来摆摊救济之后，这帮城里的市民那可真是舒了一口气，至少不用担心自家亲戚在城外饿死冻死了。而且呀，我还放出消息，告诉他们不论是谁，只要来城外摊子买货一律按照给流民的价格来算，咱城里店铺的东西也稍微往下调了一点价格，有时间的到城外买货，能捡个便宜，没时间或者顾及脸面不愿意占便宜的都到咱们店里买货，说是为城外流民百姓做点贡献。我带出来的这些人还算少，咱店里现在门槛子都快要给踩破了。"

听刘永丰这么一说，牛大宝顿时觉得还得是大掌柜的手段高超，刘掌柜平日里教导他们这些伙计一定要认识到宣传的重要性，这回牛大宝可是真正体验到了这玩意儿到底有多大的能量。

"你搁那寻思啥呢？"

听到刘永丰发问，牛大宝才意识到自己刚才只顾着消化听到的信息，竟呆愣了半晌，赔笑了两声，他像突然想起了什么，向刘永丰问道：

"对了刘二爷，出城买货的这帮人可得咋回去呀？"

"走东大门呗，"刘永丰觉得牛大宝这个问题很是奇怪，"你之前进城出城不都走的东大门吗，那边管得松，只要看你不是流民就让进。"

"我不是说这个，"牛大宝摆摆手，"我是觉得这些百姓城里城外的买了咱们的东西之后，日本人眼馋咱们生意好，联络把守的日本兵不让进了咋整，那个三中井跟这帮子日本兵可一直都穿一条裤衩儿的。"

听到牛大宝的担忧，刘永丰却表示这根本不是问题。

"流民就算了，这帮日本人不可能拦着这么些百姓不让进，到时候城里的老百姓闹起来，他们也不好收场，这些我们都盘算好了，你就放心吧。"

一听这个，牛大宝不由得长叹一声，这群市民买货实在是热情得紧，刚才那么一会儿比自己在店里忙活一天都累，想到一会儿可能还有市民要过来，他只觉得一阵天旋地转，腰好像更疼了几分。

当天下午，又有一大批城里的百姓听到消息过来买货，这批人比晌午那一批人数更多，买货的热情也更加高涨。

随着牛大宝接待这些买货的百姓，他渐渐明白了他们情绪如此高涨的真实原因——当然，这不是牛大宝想明白的，而是听明白的。

这些百姓买货时嘴里说的最多的并不是价格，而是咬牙切齿地

咒骂着那群守城门的日本兵。这帮人骂街归骂街，手上却不闲着，排在前头的在摆货桌子上扒拉扒拉，快速选好之后就拿到旁边交钱，临走之前还得对售货的伙计说声谢谢。

　　这可跟往常在店里不同，牛大宝回想，以前在店里有客人进屋，伙计们都是极为热情而恭敬地接待，现在的情况则反了过来，客人们情绪高涨，不用伙计帮忙，自己就把货选好，有的人买完货还得夸上玉茗魁两句。

　　面对这样的变化，不仅是牛大宝，玉茗魁外派的所有伙计，包括田瑞亭这些管事儿的在内，都颇觉意外。

八

月上中天,陈锡三和牛大宝坐在白天坐过的枯木上,感受着秋夜的晚风,遥望着头顶那缀满星星的夜空。

牛大宝在枯木上坐了一阵儿,只感觉腰还是难受,便换了个姿势半靠在枯木横生的枝杈上。

"哎呀,今天可累死我了!"

牛大宝一开口便打破了原本还挺唯美的氛围。

见陈锡三没有接他的茬,牛大宝挪了下屁股,又说道:"你是不知道啊,今天我那头来买货的人乌泱乌泱的,就我这体格子都好悬没扛住,明儿你换回去,可得当心着点儿。"

"你那边的情况我听占掌柜说了。"陈锡三依旧望着天,"其实这个主意是我出的。"

牛大宝听到这话不乐意了:"你小子出的什么馊主意?看把我累的。"

他一边说着话,一边情绪激得地还想起身,刚一动腰就疼得他龇牙咧嘴,无奈又靠回树杈上。

"我也是那天晚上睡不着忽然想到的,第二天早上跟大掌柜说了,他也没说啥,没想到,还真这么安排了。"陈锡三道。

话说到这儿,牛大宝一撇嘴,不想再跟陈锡三聊这个,便换了个话题。

"兄弟,你这一直看天上,是瞅啥呢?"

"啥也没瞅。"陈锡三语气低沉,"我在想事情。"

"想啥呀?"牛大宝疑惑。

"我在想南边儿起乱子,我爹娘他们都在老家。"说着话,陈锡三终于转头看向牛大宝,"我有点担心。"

陈锡三皱着眉头,神色黯然。

"我想家了。"他声音依旧低沉。

牛大宝见陈锡三这副模样也不由得叹了口气:"兄弟,老家那边咋样,有信儿过来吗?"

"还没有。"说到这个,陈锡三的眉头皱得更紧,"我打算这事儿了了,就回趟老家,好久没见爹娘了。"

"的确是该回去一趟,不过现在这世道太乱,走远路可得加点小心。"

陈锡三点点头就没再言语。

对于陈锡三现在的状态,牛大宝心里有数,这些日子以来,他这个兄弟因为运粮和日本兵封城的事儿忙得几乎都没怎么休息,再加上城外遇上藤田秀夫,差点儿就折在林子里。但因为现在人手实在短缺,也没歇息就又忙了起来。这一桩接一桩的事儿搁在身上,心里有些变化也很正常。

沉默半晌,牛大宝费劲巴力地起身,拍了拍陈锡三的肩膀。

"行了兄弟,事儿过去就过去了,等消停一段儿的,我非再找个机会狠狠削那个叫藤田秀夫的日本人一顿。"

牛大宝在兜里摸索半晌,竟掏出两支烟卷儿来,他自己叼起一支,将另外一支直接插到了陈锡三的嘴里。

"我不会。"陈锡三被牛大宝突如其来的举动吓了一跳。

"哎呀,谁也不是一下生就抽着烟卷儿出来的,抽着抽着就会了。"

说完话，他掏出洋火①，给陈锡三把烟点上，看着陈锡三被呛得直咳嗽，他不由得哈哈大笑。

"烟卷儿可是个好东西，不醉人，还能消愁呢。"

笑了几声，牛大宝学着他二叔的语气和神态，说话摇头晃脑。

看着牛大宝这一出，陈锡三忍俊不禁，终于露出了一丝笑容。

翌日，陈锡三一大早便来到城外摊位上，而昨天累得腰酸背痛的牛大宝也没能得到休息，因为出城购买的居民人数过多，远超预期。原本摊位与粮车两边对半分配伙计的安排，现在只能重新调配，牛大宝作为干得年头多的老伙计，又一次被分派到了摊位上。

"哎哟，我这腰啊！"

此时的牛大宝站在陈锡三身边，一手扶着腰，一手归置着摊位上的货品，一边说话一边龇牙咧嘴。

"大宝，要不你上后边歇一会儿吧。"陈锡三看他这样也是于心不忍，"这会儿时候还早，城里出来买货的应该还得一会儿才能过来。"

牛大宝饶是腰疼得不行，也还是没有动地方。

"来都来了，还上后边装熊干啥，干吧。"说着话，牛大宝从身后货堆上抱起一捆成品棉裤，可还没等放到桌上，就又疼得倒抽冷气。

"我的妈呀！"话音刚落，牛大宝冲着远处发出一声惊呼。

陈锡三顺着他瞅的方向望去，只见南大桥头儿乌泱乌泱地涌出一片人影，人数得有五六百之多，其中有不少举着横幅，隔得太远，看不清上边的字样，却能看见这些人中得有一半儿是学生装束，还一边走一边喊着什么口号。人声嘈杂，传到这边只能听得清"日

---

① 当时对火柴的称呼。

货""国商"几个词。

好半晌，陈锡三和牛大宝才稍微缓过神来。

就在二人震惊之际，在摊位中主持局面的田瑞亭猛地一声喊：

"快，都打起精神来，又有人过来买货啦！"

随着田瑞亭的招呼，一众伙计纷纷从震惊中回过神来，加紧整理货品，以迎接这声势浩大的购买团。

没出片刻，城中出来的人群已来到摊位前，呼呼啦啦冲向摊位，争相购买起来。

摊位前场面热闹非常，空地的另一边，城中出来的学生不知从哪儿抬出来两口空箱子，将之前由他们举着的条幅竖旗等物插在箱子周围。待到收拾停当，有一唇边留着青虚虚胡茬的学生拿出喇叭，跳上木箱，对着好奇围观的流民大声说道：

"各位乡亲父老，我们是长春城里的学生，此次出城有两个目的，一是听闻玉茗魁商号在此设摊位低价售货，我们深受其感召，跟随城中的百姓前来买货，以支持我们国人商行的义举。二是得知大家被日本人无端堵在城外，因不能进城而陷入饥寒交迫之境地，我们深感同情，也由衷地心痛。日本人占我山东，欺我国民，如今还要在这里横行霸道，害得诸位有家不能回，有亲人不能见，实在欺人太甚。面对如此之行径，我们的忍耐只会助长他们的气焰，各位乡亲父老，让我们团结起来，到城门处抗议，我们需要公平的对待，我们也需要享受权利，不能让他们就这样继续为非作歹。"

这个学生说完还没过瘾，继续振臂高呼："抵制日货，支持国商，团结一心，抗议暴行！"

随着他带头，身后的学生也跟着一齐呐喊，一时间，竟也令一旁卖货的玉茗魁伙计们心潮澎湃。

可面对如此情景，四周围观的流民们却没有什么过多的反应，大家只是观察着这群学生，偶尔有人议论几句。

学生们高呼几声后，看流民们没有什么反应便停了下来。眼前的局面跟他们预想的完全不同，他们本以为被堵在城外的流民们几天来忍饥挨冻，肯定对堵门的罪魁祸首日本人气愤无比，只要振臂一呼，定然群情激愤，到时候再带领大家去城门处抗议，肯定能逼迫日本守军开门放行，从而解了流民们的困境。

可一番讲演下来，学生们发现，虽然能够感受到流民们对日本守军的愤怒，但他们却没有半点儿要跟去城门处抗议的意思。

站在木箱子上的学生见流民们的反应，不禁皱起眉头，随后又扬起手臂，持着大喇叭高呼："各位父老乡亲，日本人在我国土地上嚣张跋扈已久，我们的国土虽然丢失，但我们抗争的信念不能被他们浇灭，让我们团结在一起，去城门处逼迫他们放行！"

"小娃娃，"这学生的话音未落，围观流民中有一位白头发的老者挥了挥手，冲箱子上的学生说道，"小娃娃，你把事情想得太简单喽，那帮守着城门的日本兵手里有枪，咱这一帮平头老百姓哪跟人家闹得起呀？"

老者这话说完，身旁的流民纷纷点头同意他的话。

"我们不怕！"学生中有个男生高声回答，"既然是抗议我们就不怕流血牺牲，为了正义，为了公平，为了能让大家不再挨饿受冻，我们有勇气面对他们的枪口。"

这个男生的一番话又一次调动了学生们的激情，他们争相高呼自己不怕日本人的枪口，誓要为城外流民争得一个公平。

可这些流民却不能认同他们的做法，只见刚才那个老者，分开人群走到学生们身前，语重心长地说道："孩子们啊，你们的想法我能理解，也很感谢你们能替我们着想，但是光凭一腔热血办不成事儿啊。"

说到这，老者一顿，叹了口气又继续道："我们在这儿挨着点

儿苦没啥，况且还有玉茗魁出来救济，还能坚持一段儿，可你们都还年轻，咱一起过去，那帮日本人真要是开枪了可咋办？"

老者的话音一落，学生们陷入了沉默。

说回陈锡三这边，虽说是今天出城买货的人数翻了几番，但他们这边也增加了人手。陈锡三跟牛大宝配合默契，也算应对得当，没出什么岔头儿。

卖货之余，学生与流民之间的谈论陈锡三也听了个大概。听到学生们要去抗议，陈锡三也觉得不妥，原因无他，这帮日本人虽然总把自己包装成一副衣冠楚楚的模样，可个个都是坏得冒黑水的玩意儿，真要是被闹得急了眼，保不齐就真敢冲学生们开枪。

而且陈锡三心里想，别看现在这帮学生说得厉害，真要是面对枪口没几个能做到不害怕的，这不是说谁怂，而是人面对死亡的恐惧，谁都难以抗拒。

就在陈锡三边卖货边琢磨之际，一个人影急匆匆地跑到了玉茗魁的摊位前，陈锡三定睛一看，来人是吴玉泽。

吴玉泽的伤势显然还没有痊愈，脑袋上还厚厚包着好几层纱布，快速的奔跑也让他的身体吃不消，刚冲到摊位处，便险些栽倒在地。

眼见着吴玉泽要摔倒，陈锡三一个箭步上前将其扶住。旁边买货的人被这小子吓了一跳，纷纷停下看热闹，田瑞亭也快步走了过来，上前查看吴玉泽的情况。

"先，先别管我。"吴玉泽靠在陈锡三身上艰难地开口，"日本人往这儿来了，要砸了咱们的摊子，大掌柜让我赶紧过来报信儿，说让你们无论如何先不要跟日本人正面冲突，拖一会儿时间，他去搬救兵。"

听到这话，陈锡三和田瑞亭对视一眼，不由得心下发紧。"咋回事啊，咱们在城外摆摊，又没进去，碍着他们啥事儿了？"田瑞亭眉头紧锁，焦急地询问吴玉泽。

"这两天刘二爷在城里一直宣传日本人守城祸害流民的事儿，导致城里边群情激愤，后来又得知咱们在城外低价卖货，就有不少人出城买货，更多的人直接来咱们店里买货，说是要支持咱们，可这一下子三中井那边直接就没人去了，那边那个叫井上的经理说是被气得不行，说咱们扰乱啥市场秩序，直接找上日本兵的头领，带人过来说啥都要给咱摊子整黄喽。"说完这么多话，吴玉泽仿佛力竭一般，靠着陈锡三也几乎软倒下去。

见状，陈锡三赶忙叫牛大宝搬个凳子来扶吴玉泽坐下，随后田瑞亭便叫了陈锡三、牛大宝聚在一起商讨对策。

"这帮日本人来估计是要来点儿狠的了。"陈锡三先开了口。

"咋的，不行就跟他们干，还怕了这帮狗玩意儿不成！"牛大宝接茬。

"别搁那冒虎气。"田瑞亭白了牛大宝一眼，"这回不像以前在城里双方小打小闹，没听吴小子说吗，这回井上跟着日本兵一起出来了，是要动真格了。"

说完话，田瑞亭看向陈锡三和牛大宝，犹豫片刻说道：

"你俩要不去车队那头一趟，让占掌柜带人都过来，咱人多一些，也好壮壮声势。"

陈锡三思索片刻后却说道：

"田哥，我觉得不妥，占掌柜那边今天留的人手本来就不多，都过来了也于事无补，再说粮车那头也得有人看着，他们走不得呀。"

"确实。"田瑞亭接着开口，"他们来了也没用，咱咋的也不能跟日本兵直接动手，咱只要守住摊子就行，大掌柜不是说去搬救兵了吗？"

三人站在摊子前一筹莫展，另一边那群想要抗议的学生见不能说服流民，正搬下箱子收拾那些条幅准备自行前往城门找日本兵讨要说法。而这一幕恰巧被眼尖的陈锡三瞧见，看到这群学生，他灵光一闪，有了主意。

九

　　木箱已经被学生撤下，箱子周围竖起的条幅等物也正在被整理起来，方才拿着大喇叭宣讲的那个男生此时正一脸严肃地与身边同学讨论着什么。

　　陈锡三领着牛大宝走到这群学生中间，冲牛大宝使了个眼神儿，牛大宝就走上前，对这个似乎是学生头目的男生开口说道：

　　"这位同学，我是玉茗魁的伙计，劳驾跟你打听一下，你们现在这是要干啥去呀？"

　　见有人过来，男生停下了与其他同学的交谈，又听说来人是玉茗魁的人，便客客气气地对陈锡三和牛大宝点了下头，又与他们握了握手，才开口说道：

　　"你好你好，感谢玉茗魁为民众做出的贡献。"客气了一句，这个学生又看了眼身后的流民，叹气道："这些人不敢跟我们一起去城门抗议，我们现在准备自己过去，说啥也要讨个公道。"

　　"这些人为啥不敢跟你们过去呀？"牛大宝疑惑。

　　"唉！"听到此话，男生叹了口气，"这些人让南边打仗给打怕了，而且他们说之前也有人去城门找过，被人用枪给赶回来了，说啥也不敢再去闹事了。"说到这，男生犹豫了一下，还是继续道："而且你们玉茗魁出来摆摊位便宜卖货，他们至少是不担心会被饿死在这儿了，所以他们就想在这再等一等，日本人也不能一直不让人进。"

这个男生说的前半段话都在陈锡三的意料之中，可后边说的话却让陈锡三有些意外，没想到玉茗魁在此摆摊儿让这些原本被日本人逼上绝路的流民有了希望，而有了能维持着活下去的希望之后，他们反倒不愿意再冒生命危险去找日本兵抗议了。

可流民们这样的想法也正合了陈锡三的计划，于是他清了清嗓子继续对眼前的学生说道：

"同学，你们别去城门那了，我跟你说个情况，刚才我们店里有人来报，说城里那个日本商号三中井不允许我们在城外摆摊，已经联络了日本兵朝这来了，说啥就要掀了我们的摊子。"

一听陈锡三的话，这个学生勃然大怒，脸瞬间涨得通红，竟然直接开口骂了起来：

"这帮日本人还蹬鼻子上脸了？他们不让流民进城，你们出来救济竟然还要来捣乱，还有完没完了！"

这学生气愤之下声音极大，一旁的学生和流民听到他这样讲，也纷纷激动起来。

"去他的，还叫不叫人活了！"

"要是他们真敢掀摊子，老子跟他们拼了！"

霎时间，一声接一声的咒骂从人群中传来，而站在人群中的陈锡三则又给牛大宝递了个眼神儿，牛大宝会意，不紧不慢地冲着众人说道：

"诸位，咱们不能闹事啊，这回日本兵也跟着过来，说是带着枪呢，咱们要是硬来，那……"

"有枪咋的？"还不等牛大宝说完话，人群中就又有人喊，"得亏了你们玉茗魁出来救济，要不咱都得饿死在这儿了，现在他们要掀摊子，那就是不给咱们活路，那咱还怕他个啥？敢动手就跟他们拼了!"

这一声喊引得四周学生和流民又是一阵激动,大家都摩拳擦掌,似乎已经准备好和日本兵决一死战了。

流民和学生的反应正中陈锡三下怀,他本就寻思着把日本人过来掀摊子的消息传给学生和流民,想要所有人一起跟三中井和日本兵抗衡,不然就凭玉茗魁派到城外摆摊的这几十个伙计,日本兵要是真想掀摊子,他们决计是拦不住的。

但眼看着流民和学生越发群情激愤,俨然是要跟日本兵拼命的架势,却也不是陈锡三想要的结果。按照吴玉泽传来的消息,他们只需要在这拖延一段时间,等刘掌柜搬的救兵赶到就可化解危机。虽然不知道大掌柜得搬来哪路救兵才能制住这帮日本人,但出于打心底里对刘永年的信任,陈锡三还是听从安排,不打算跟日本人正面冲突。

想到此处,陈锡三对着眼前众人抱拳拱手,严肃地开口说道:

"诸位父老,各位同学,这回日本兵是冲着咱玉茗魁来的,且他们这回来者不善,咱不能拿诸位的命去拼,咱们就一起拦住他们就好,我家大掌柜已经去搬救兵了,咱们只要拖住他们,等大掌柜回来自会解决。"

说完话,陈锡三冲着眼前众人拱手弯腰,施了一礼。

见陈锡三如此,之前和男学生对话的老者快步上前将他扶起,又对身边的学生和流民说道:"玉茗魁深明大义,哪怕自己陷入陷阱也不愿意连累咱们,这份恩情咱得记着,现在人家大掌柜在平事儿,咱就不能给人裹乱,一会儿日本人来了,咱就把摊子围住,等大掌柜回来。"

听到老者的话,众人情绪稳定,不再嚷着要跟日本人拼命,而是纷纷走到玉茗魁的摊位前,一层一层地将其保护在身后。

南大桥头，一队人数在一百上下的日本兵整齐列队走向城外，藤田秀夫走在队伍最前方指引方向，他的身后便是三中井的经理井上智言。

此时的井上智言脸上满是愤怒："秀夫，上次你在城外做的事情，我很不满意。"井上智言竟开始翻起旧账。

走在前边的藤田秀夫被这话说得心底一惊，猛然停下脚步转身对井上智言九十度鞠躬。

"对不起先生，下次我一定斩草除根！"

藤田秀夫突然的转身出乎井上智言的意料，兴许是被阳光刺得睁不开眼睛，他脚下一个没停住，竟直接撞在了鞠躬谢罪的藤田身上。

这一撞，让井上智言更加恼火，盛怒之下他朝着藤田的后脑勺就是一巴掌。

"愚蠢！下次他们还会给你这样的机会吗？带好你的路！"说完，井上智言还是不解气，对着藤田的大腿就是一脚。

这一脚给藤田秀夫踹得直接跌坐在地上，但他不敢有半点怒气，连滚带爬地起身后又以更加恭敬的姿态继续走在前方指引方向。

没一会儿，井上智言便在藤田秀夫的引领下，带着身后的一百多士兵来到了玉茗魁搭建摊位的那块空地上。

走到此处，眼前的景象让井上智言大感诧异，只见摊位的二十个档口前全都站满了流民，在流民之外，还有玉茗魁的伙计和一群学生虎视眈眈地瞧着自己这边。

随着井上智言众人走到摊位近前，身后越来越多的流民走了上来，将他们团团围住。饶是这些人手无寸铁又衣衫破烂，可这么多人一脸愤怒地朝着自己一步步走来，还是让井上智言感到一阵紧张。

"你们要干什么？"井上智言声音带着些颤抖，"拦住他们，不要让他们靠近！"

听到井上智言的命令，日本士兵立马将肩头的枪端在手里，把黑洞洞的枪口指向流民。

摊位这边，见到井上智言指使日本兵阻拦流民，刘永丰率先开口："你还有脸问干什么！你自己咋想的心里没数吗？"

不愧是说书人，一声厉喝带着丹田气，震得身旁的陈锡三耳朵嗡嗡作响。

"我怎么想的？"见流民被拦住，井上智言心神稍定，扯着嗓子对刘永丰这边喊道，"你们玉茗魁私自出城经营，扰乱市场秩序，到现在还不知错吗？"

"我们玉茗魁在哪里经营自有掌柜安排，跟你有什么关系？"刘永丰音量不减。

"哼！"井上智言不屑一笑，"你们在这里摆摊，还私自降低价格，这样的行为严重影响了我们日本商行的利益。就凭这个，你们的摊位就别想继续办下去！"

还没等刘永丰说话，这番话就直接惹毛了牛大宝："就在这卖了，咋的吧！"

见到牛大宝开口，老冤家藤田秀夫也来了脾气："今天我们带人来就是要掀了你们的摊子，让你们知道知道什么叫做生意的规矩！"

说完话，藤田秀夫作势便要上前。可他刚一动，陈锡三、牛大宝、田瑞亭和身后的一众伙计学生纷纷上前一步，横眉怒目地瞅着藤田秀夫，吓得他不敢再动，只得又退回到自己的主子身后。

"我们中国人在自己的土地上做生意，怎么做、在哪做都用不着你们日本人来管！"这回说话的是田瑞亭，"你说我们在城外经营影响了你们日本商会的利益，这个我们大可找官府来决断，你现在带人过来要掀我们摊位，你算老几呀？我们绝不答应！"

听到田瑞亭这么说话，井上智言呵呵一笑："这由不得你，我们日本商会已经做出了裁决，掀翻你们的摊位只是第一步惩罚，等回到城里，我们还会进一步对玉茗魁做出制裁，这些事，已经得到了商会许可。"

说完话，井上智言露出得意的微笑，伸手一挥，便要叫身后士兵直接动手。

可这些士兵刚一动，四外包围着的流民便又压了上来，正面，玉茗魁的伙计和学生也都齐齐往前，逼得这些日本士兵不能轻举妄动。

玉茗魁这边没有进一步上前，毕竟前面有日本兵端着枪威胁，而日本兵那边也不敢乱来，一是只要他们一动，这些流民、学生和伙计就往前迫近，一副随时准备跟他们拼个你死我活的架势，另一方面，在出城之前也有管事的交代他们，配合商会的人行动可以，但不能开枪。

就这样，双方陷入僵持的局面，两边的人谁也不敢先动，但嘴上可是一刻没停。

藤田秀夫跟玉茗魁的伙计来摩擦不断，之前还被牛大宝在胡同里逮到暴揍过一顿，这次仗着身后有井上智言和持枪的日本兵撑腰，藤田秀夫心里有了底，对着玉茗魁大放厥词。

藤田秀夫宛如疯狗一般叫嚷不休，玉茗魁这边的年轻伙计也不甘示弱，扯着大嗓门对藤田秀夫迎头还击。

就在双方你来我往、争执不休之时，陈锡三余光看到本来被安排坐在摊位后的伤员吴玉泽竟不知什么时候跑到了围在井上智言身后的流民当中。惊疑之下，陈锡三仔细观瞧，竟发现吴玉泽身边不远处赫然还站着林四和他的兄弟们，而吴玉泽也正是朝着林四的方向挤。

就在吴玉泽往过挤的当口，林四也看向陈锡三的方向，二人四目相对，陈锡三发现林四嘴角浮起一抹笑意，手里还拿着一块拳头大的石头冲着他晃了晃。

陈锡三看到林四拿着石头，心中顿觉不妙，可还没等他反应过来，就见林四一甩胳膊，伴着一声带着丹田气的"去你奶奶的"，石头就朝井上智言的方向直直地飞了出去。

只见石头扔出，不偏不倚，正砸在还在叫骂的藤田秀夫后脑勺上。

林四这些年也不知道在哪学到了这飞石的本事，哪来这样大的力量，平平无奇的石块在他手中就好似绝顶暗器。藤田秀夫后脑勺挨了这一下竟踉跄一步直接扑倒在地上，紧接着一阵抽搐，竟昏死了过去。

见此情形，陈锡三大叫不好，本来他们只是要拖延住时间，等待大掌柜来解围，可谁承想中间竟会出这种岔子。林四是陈锡三在玉茗魁外少有的朋友，势必不能让他被日本人抓了去，而吴玉泽作为玉茗魁的人也参与其中，这要是被井上智言抓住，玉茗魁可就真有话柄落在日本人手上了。

眼下形势容不得犹豫细想，陈锡三冲着田瑞亭低声说了句"我得把他们带回来"，之后便飞快地朝乱作一团的日本兵和流民群冲了过去。此时的陈锡三只有一个想法，林四在江湖上混那么多年身手了得，自是不用担心，他只想把两人先拉回来，别让这小子鲁莽行事。

事发突然，井上智言一时没反应过来，直到藤田秀夫被飞石击倒昏死过去，他才高喊一声。随着他的叫嚷，这群日本兵便朝着林四二人冲去。

再看流民这边，见到日本人被飞石打中，还没来得及叫好，就有日本兵冲了过来，这哪能让？也不知是谁怒吼了一声，这群流民也一股脑迎着日本兵冲了上去。

好在日本兵得到命令不许开枪，他们也只想抓住扔石之人，与人多势众的流民冲撞在一起，就只能将枪横在胸前，最多在双方推搡的过程中对前排的流民踢上两脚。

混乱中陈锡三看见林四如同瘦猴的身影向着前涌百姓的反方向钻行而去，而吴玉泽却是让暴怒的流民冲向了日本兵方向。眼瞅着林四逐渐脱离中心，吴玉泽却脱身乏术，陈锡三一咬牙，也不管即将脱困的林四，一闷头朝着吴玉泽的方向冲去。

可就在陈锡三即将挤到吴玉泽身边时，一声枪响从流民群中传来。

枪声来得突然，给场中的日本兵吓了一跳，他们一时间没法分辨开枪的是自己人还是横插进来的哪方势力，而流民见日本兵停了手，也就没再继续朝前推搡，双方又重新回到对峙的状态中。

看到双方平息下来，陈锡三扯着吴玉泽就赶紧往回跑，借着人群的掩护，一点点退回到玉茗魁摊位前，将吴玉泽交给了田瑞亭。林四和他的那群兄弟却没有跟回来，而是远远地站在流民当中，他怕给玉茗魁添乱。

十

陈锡三刚回到摊位，便看见围在日本人身后的流民从中间一分为二，从中冲出一队外国士兵，这群人高马大的士兵冲入空地之后直接将枪口对准了还没太搞清楚状况的日本兵。

之后，陈锡三便看到刘永年跟着一个穿着黑西装的小老头和一个穿着军装的大鼻子洋人一起走入空地。

"大哥竟然把马知事都给请来了！"刘永丰看清阵中三人，不由得一声惊呼，"这俄国人竟然也能整过来！"

一听这话，旁边的田瑞亭和陈锡三等人纷纷瞪大眼睛瞧向刘永年的方向。没承想，自家大掌柜说的救兵竟然是本地知事和俄国人的头子，把这两位搬来肯定能压得住炸刺儿的日本人了。

再看刘永年那边，他与马知事还有俄国人见到局面已基本被控制住，便不紧不慢地走到一脸震惊的井上智言身前。

"我见过你，你是三中井的经理，叫井上智言是吧？"

率先开口的是穿黑西装的马知事，他见井上智言没有回答，便继续说道：

"我需要你给我解释一下，这是怎么回事？"说完话，马知事环顾四周，接着便直直地盯着井上智言。

"马知事，我奉日本商会的命令来查抄玉茗魁私自在城外设的售卖处，而且也是坂本先生分配给我的人手。"一提到这个坂本先生，井上智言似乎找回了一些底气。

"哦？"马知事闻言一挑眉毛，"什么时候我们中国的商号，要听你们日本商会的安排了？"

"是玉茗魁扰乱市场秩序，未经许可在城外设立售货点，影响了我们日本商号的利益，所以我才……"

还没等井上智言说完，站在马知事旁边的刘永年便开口说道："谁告诉你玉茗魁在此设立的摊位没有经过许可？"

说着话，刘永年竟在怀里掏出一张盖着红戳的许可执照，亮到井上智言的面前。

井上智言顿时哑口无言，他之前的确派人调查过，玉茗魁的摊位设立匆忙，正常流程下，办理执照需经官府调查核实，最快也要三天才能发放。

井上智言看到刘永年将执照亮出，再看看他身边站的马知事，心下了然，自己这回准备不足，只想带人尽快毁掉城外的摊位，却没想到刘永年的反应如此迅速。

眼下局面，井上智言也只能认栽，但他想到自己身后还有日本商会和坂本先生撑腰，就算这回不成，往后也有的是机会搞垮玉茗魁。

心念至此，井上智言撇着嘴，冲刘永年说道："拿出许可，这摊位就由着你开，不过你也别得意，你们已经严重影响了日本商会的利益，商会已经下令对玉茗魁进行全面封锁，今后，玉茗魁将面对更加严厉的制裁。"

紧接着，井上智言一挥手，叫人抬起之前被飞石击中，现在仍躺在地上抽搐的藤田秀夫，对刘永年恶狠狠地说道："藤田君在这里受到的伤害，我回头再找你清算！"

说完话，井上智言便要带着一众日本兵离去。

可他刚要走，一直站在马知事身边没出声的俄国人却突然开口说道："不要动，站在那里，你们的账回头算，可我还有些账要和你现在清算。"

俄国人一出声，让本来打算走的井上智言停住了脚步，他之前看俄国人一同前来，便觉得事情不妙，想必是之前开走的俄国部队已经回来。他以为这俄国人过来也只是给刘永年撑撑场面，没想到他竟然阻止自己离开。

井上智言心思急转，可俄国人显然没想让他说话。

"你们日本人借着流民的名义封锁城门，让我们的车队无法进入，这几天的时间已经严重影响了我们的正常经营，我们俄国人的商户也需要得到赔偿。"

这俄国人人高马大，声音洪亮，汉语说得虽然蹩脚，却听得井上智言皱起眉头。

"斯米尔诺夫先生，封锁城门是坂本先生下的命令，这与我无关啊。"

"这个我当然知道。"斯米尔诺夫轻蔑一笑，"就凭你也没有权力封锁城门，但我才刚刚回到这里，没有时间去找坂本先生，就让你和这些你带出来的人跟我走一趟吧，等我和坂本先生商量完赔偿的事宜，再放你们回去。"

此话一出，井上智言的心直接凉了半截，长春城里中、日、俄三股势力互相纠缠，坂本先生跟这斯米尔诺夫向来是水火不容，两边的手下更是摩擦不断，自己此番若是落入这俄国人手里，指不定会被怎样对待。想到此处，井上智言竟被惊出了一身冷汗。

斯米尔诺夫行事可不磨叽，他大手一挥，那群跟随他来的俄国士兵便将眼前比自己矮上一头的日本兵缴了械，连推带搡，像拎鸡崽子似的押解起来，而井上智言更是被两个个头最大的俄国士兵擒住双手，以近乎拖拽的姿势跟随斯米尔诺夫朝城中走去。

随后，马知事跟刘永年简单聊了几句后也带着随行人员离去，只留下刘永年站在玉茗魁的摊位前。

摊位前的刘永丰、陈锡三等人见到井上智言被俄国人带走，心里真叫一个痛快，又看到刘永年来到众人身边，便纷纷围上前去。

刘永年刚走到近前，其兄弟刘永丰便哈哈大笑着迎上前去，朗声道："大哥，真没想到啊，你面子这么大，连马知事和俄国人都能给整过来。"

刘永年听到这话却眉头一皱，严肃地教训自己的弟弟："这哪是我的面子，这是玉茗魁商号的面子。"

可话说出口，刘永年也觉得自己此时有些过于严厉，便叹了口气，缓缓说道：

"之前我去询问情况的时候就跟马知事打过招呼，这回我接到消息就直接去了知事府，也是运气好，正赶上俄国人也在知事府问日本人封锁城门的事儿，他们听我说日本人变本加厉搞事情，就跟着一起过来了。"

听到这儿，在场的众人不住点头，就刚才那个架势，如果没有俄国兵一起，只是马知事单独前来，井上智言还真就未必能让步。

想到这儿，刘永丰忍不住说道："要说，也是咱们玉茗魁做好事得老天眷顾，真就命不该绝呗。"

"那可未必。"刘永丰话音未落，只听角落里传出一声，众人循声望去，刚才出声儿的竟是站在林四身边的吴玉泽。

迎着众人的目光，吴玉泽也没有啥反应，只是接着刚才的话说道："这哪是老天爷眷顾，这事能平靠的还是自身实力，你看那日本人还有俄国人，解决问题靠的不都还是硬实力吗？"

此话一出，在场众人表情各异，田瑞亭赶忙上去给他肩膀头一杵子，教训他不分长幼尊卑，信口开河。刘永年、刘永丰却没有怪罪之色，甚至刘永年看向吴玉泽的眼神里还有赞许，似乎是很认同他刚才的说法。

陈锡三叹了口气,现在他是想明白了,老话说得好,"打铁还需自身硬",在这个世道上混,自己手里没有点像样的底牌,走到哪都得让人欺负。

就在众人因为吴玉泽的一番话沉思之际,一直没出声的牛大宝突然发问:

"大掌柜,这回井上智言那日本人叫俄国人抓走了,咱这摊子是不是就能一直支下去,没人敢来搅和了?"

刘永年转头看了一眼牛大宝,又看了眼南大桥的方向,缓缓开口道:

"这回俄国人回来了,我估计明天城门也就能解封了,到时候这些流民该进城进城,咱们这摊子也没必要继续支着了,明天咱就撤摊子。"

"啊!"牛大宝一听这话,表情夸张地张大了嘴,"明天就撤?大掌柜,咱费这大劲守下来的摊子,再多维持几天呗,我看这两天城里出来这么多人买货,咱守在这不还能多挣钱吗?"

此言一出,众人皆哈哈大笑,刘永丰拍了拍牛大宝的肩膀,边笑边说道:"这傻小子,你光看着买货的人多,你也不想想,咱都是啥价往出卖呀,这要是一直摆下去,那玉茗魁不给赔黄了?"

刘永丰说完,众人又是一阵笑。

刘永年看憨直的牛大宝一脸尴尬地抚着后脑勺,便也开口说道:"大宝啊,咱这回的买卖赚的不是钱,是名声。"说着话,他又看向身边一众伙计学徒,语重心长地继续讲道:

"诸位,虽说生意场上熙熙攘攘,皆是为利来往,可商人求利,靠的是手段吗?我想手段固然要有,但相比之下,最重要的就是仁义。整件事儿,打一开始是日本人借着流民的名义堵了城门,尤其是堵了南大桥这条运货的唯一通道，他们这么做，说到底就是为了不让别人家走货，而他们日本商行的货车却不受阻，如此一来，用不了多少时日，城里的商号就都会面临缺货，城里的百姓想要买货就只得去他们日本商会旗下的店铺。你说日本人有手段吧，可诸位也看到了，咱们在城外摆摊售货，只取一分利润，这样保本救民的做法换来了城里百姓的支持，大家反倒没去日本商行买货，城里城外的都来咱们玉茗魁。"

说到这，刘永年顿了一下，继续道："所以，这做生意首要讲仁义，其次才是牟利，还请诸位谨记。"

说完话，刘永年扬着下巴注视着围在他身边的伙计们，众人听完纷纷点头，直称谨记大掌柜教导。

刘永年的这一番话算是对这次封城事件做了一个总结，陈锡三听后若有所思，心想：如果日后自己掌管买卖，也一定要把仁义二字放在首位。

第二天一大早，伙计们就将拆开包装的粮食在锅里煮了，与之前没有卖光的饽饽饼子一并发放给了围观的流民。待到接近响午，流民中传出城门已经解封的消息，随后，这些人便兴高采烈地朝着城门涌去。

摊位这边，田瑞亭看流民已经进城，就指挥着伙计们拆摊子装车，这些事忙活了一个多时辰，等拆完了最后一块围板，众人便与早就赶来会合的运粮车队一道向城门开去。

回到城中，刘永年给被派出城去的田瑞亭、陈锡三、牛大宝等一众伙计放了一天不扣钱的公假，让在城外风餐露宿好几天的众人好生休息。

休息一天之后，再回到店中，陈锡三发现竟陆续有城中商号的东家或是掌柜登门来找大掌柜，说是为了感谢此次玉茗魁解决日本人封城事件，甚至有不少人还带着礼物前来。

刘永年来者不拒，对这些人带来的礼物也是照单全收，并且还放出消息，三天之后，以玉茗魁的名义，在城东真不同设宴，邀请城中大小商号的东家及掌柜一同庆祝此次日本人封城事件的解决。

三天之后，长春城中百十号大小商铺的东家、掌柜聚集在真不同，这场宴席入席的就有一百五十余人，就连玉茗魁一直以来的竞争对手振兴合也派出了一位掌柜前来赴宴。席间，刘永年与诸位城中掌柜相谈甚欢，众掌柜也再一次对刘永年表示了感谢。毕竟这次封城阻断了货运进出，要不是玉茗魁牵头解决，拖得久了，小门小户的商家都得面临倒闭的风险。

席间，刘永年向众人介绍了陈锡三、田瑞亭等人，并且着重说明在城外就地卖货的主意是陈锡三提出的，让一众人等对陈锡三大为赞赏。

在场掌柜的个个都是在社会上摸爬滚打多年的老手，他们看得出刘永年对陈锡三的赏识，于是，酒席宴间纷纷给陈锡三敬酒，而陈锡三作为小辈，对众位掌柜的敬酒自然不能拒绝，只得一杯接着一杯往肚子里灌。

还没等宴会结束，陈锡三便喝得几乎不省人事，被刘永年安排人送了回去。

借着酒劲儿，陈锡三美美地睡了一觉，待到再度清醒，已是第二天的中午，他赶忙爬起，拖着疲惫的身体来到铺中，还被站柜的田瑞亭一阵取笑。

当天下午，陈锡三终究还是没能扛住宿醉的难受劲儿，向海掌柜告了假，便回到自己家中。

之后的一段时间，玉茗魁迎来了难得的平静，日本人也好一段时间没有在长春城中起什么幺蛾子。

唯一的变故就是井上智言大放厥词说日本商会要对玉茗魁进行制裁不再供货的事，的确发生了。玉茗魁经销的很多布匹都是通过日本商会进的货，断供之后，刘永年就派陈锡三在东北几省跑了一圈，联系到诸多家工厂商号给玉茗魁提供货品，这些新货不仅质量照之前强上不少，价格也相当公道，如此一来，日本人的计划尽皆落空，对玉茗魁的制裁不仅没有达到预想的效果，反倒助推玉茗魁更新了货物的种类。

通过断供这件事，玉茗魁更加认识到货源的重要性，之前玉茗魁就在营口、安东①、图们、农安派了驻在员②，在陈锡三的建议下，玉茗魁在国内东北、华东、西北、西南地以及东南亚等地区也增设了驻在员，驻在员负责在当地采购，从产地直接进货，进价低卖价自然便宜。玉茗魁淡季进货旺季出售，尽管利薄仍能获大利。玉茗魁较之前拥有了更高的人气，一直在玉茗魁进货，走街串巷、深入农村的货郎队伍也更加壮大了，这不仅增加了门市上的销售额，还等于派出了无数的义务宣传员，提起玉茗魁，长春的老百姓个个交口称赞。

城中的老百姓也一直记得之前日本兵封城之事，几乎不再去日本商行，而是纷纷前往玉茗魁或其他中国人自己开的商店买货。

至此，日本人在这件事上可谓是满盘皆输。

---

① 今丹东。
② 采购员。

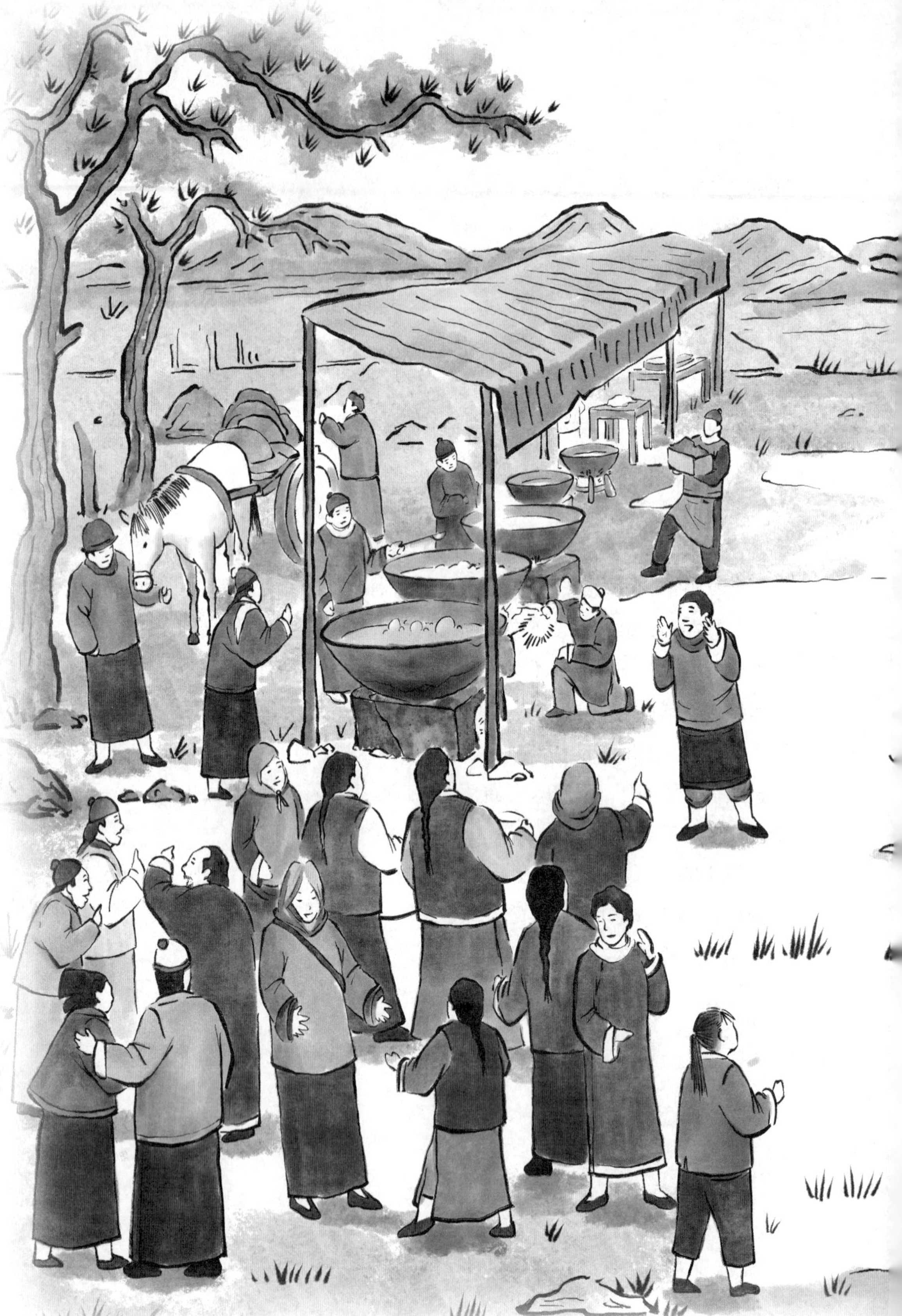

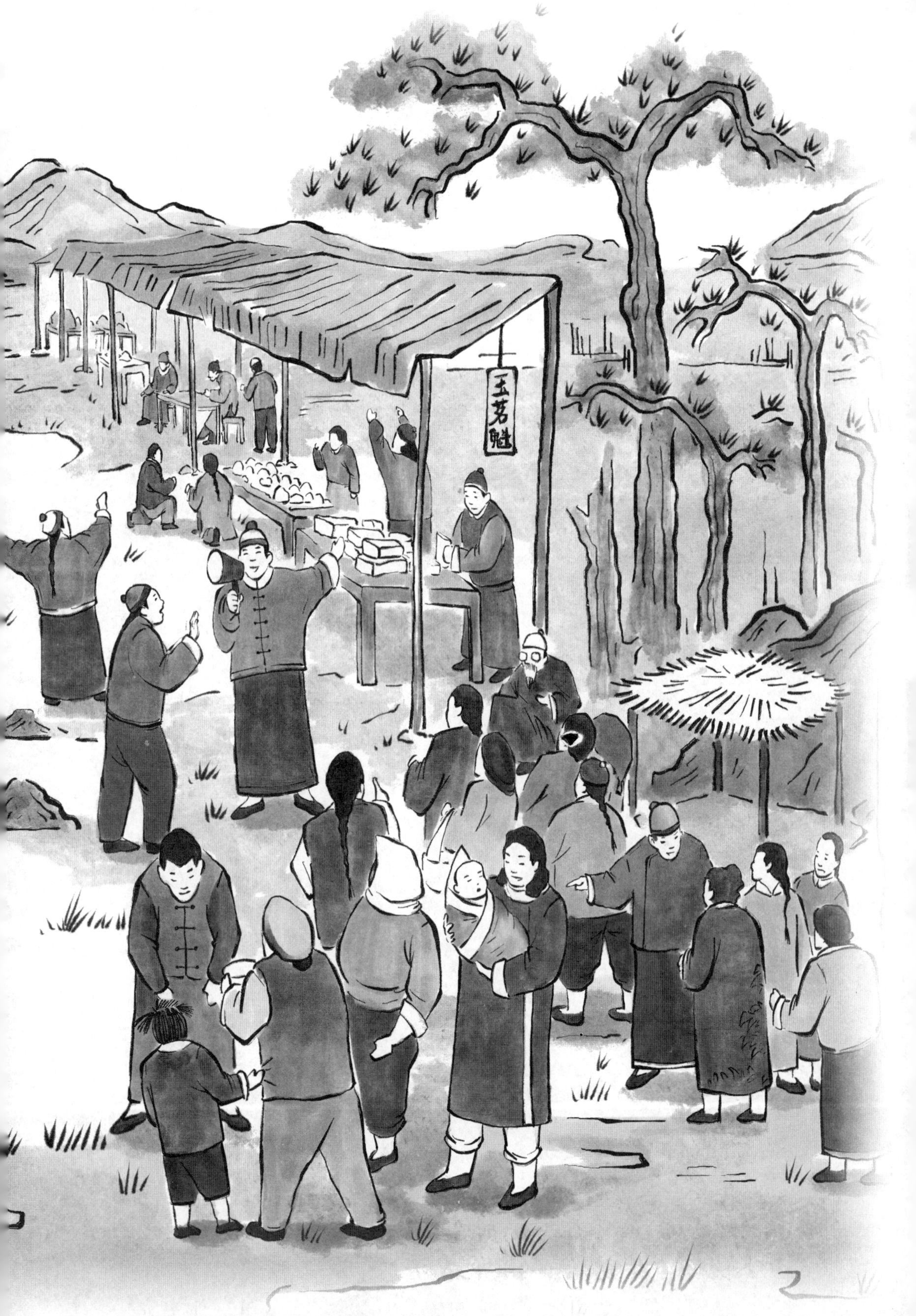

玉茗魁

玉茗魁

第四章

新京

玉茗魁往事

一

封城事件解决三个月后的一天，刘永年将陈锡三叫到后院议事的堂屋中，正式提拔他为管事，专门掌管玉茗魁六个店铺的一应跑堂伙计。这个安排出乎陈锡三的意料，在封城事件中，自己的确出力不少，给他奖励那是肯定的，但直接将他提拔成管事确是意外之喜。

管事这个职位，说高不高，地位在各分号掌柜之下，但手握实权，伙计、跑堂以及学徒这些基层员工的管理、任免、调配以及奖惩都得经过管事这关。

据大家伙儿讲，早年间玉茗魁有一位朱先生任职管事，这人是东家的本家，任职期间因徇私舞弊被刘掌柜给拿了下来，在之后的十几年间玉茗魁都没再有过管事，伙计都是各分号掌柜自行管理，再由领东掌柜统一调配。

而今刘永年自觉越发年长，精力和体力都大不如前，打算重新任命管事一职，第一人选便是陈锡三。今天提前告知陈锡三这个消息，免得第二天任命通知下去他毫无准备，二来刘永年也为告诫陈锡三，当了管事之后要戒骄戒躁，切莫张扬，不然难以服众。

玉茗魁在用人方面实行"筛选法"，唯才是举，用人或提拔人从不照顾，不准走后门，能够任命自己做管事说明大掌柜看好他的能力和为人。陈锡三暗下决心，一定要做好这个管事，谨记掌柜的教诲，不辜负掌柜对自己的厚望，也能早日实现自己刚来店里时就定下的目标：当掌柜。

又过了一年，一号铺的海掌柜因病告长假，刘永年便安排田瑞亭暂代一号铺掌柜。虽说是暂代，但玉茗魁里谁都清楚，海掌柜年事已高，身体欠佳，这回回家养病估计是再难回来，玉茗魁也按月给这位工作多年的老掌柜送去月钱，保他在家安享晚年。这样的情况下田瑞亭这个一号铺掌柜的位置必然是板上钉钉，现在说是暂代，也无非是考虑他的年纪，让他矮上半截儿，也给其他铺面的老掌柜留个面子。

除此之外，吴玉泽在这一年中也像陈锡三刚来时那样随田瑞亭站柜，待田瑞亭升任代理掌柜，吴玉泽也来到玉茗魁一年有余，与同一批学徒一起转正成了一号铺的伙计。按说吴玉泽在封城运粮这事中也没少出力，陈锡三还以为刘大掌柜会像当年对待自己一样提前给吴玉泽转正，可当陈锡三提到此事时，刘永年却告诉他，吴玉泽虽然聪明机灵，但在对峙时贸然出手，差点儿惹出祸端，这个孩子还需多加磨炼，转正的事以后再提。

转眼，当上管事已经有一段时间的陈锡三逐渐适应了自己在玉茗魁的新角色，调配管理起伙计们也是游刃有余。

作为管事，陈锡三开始调整内部的问题——根据这么多年在玉茗魁的生活见闻以及他近来对内部管理的想法，陈锡三提出了三条规定：

一是要严查玉茗魁伙计送货时多向客人讨要跑腿费用的问题；

二是玉茗魁所有伙计轮岗上工期间，全天不许饮酒；

三是严禁伙计收工后在后院聚赌。

陈锡三提出的这三条规定并非无的放矢,在他当跑堂期间,就多次发现玉茗魁的伙计们有过上述行径,当时他人微言轻,对这些事根本不能发表意见,只能保证自己不犯。再加上刘永年与各号掌柜对这些情况都睁一只眼闭一只眼,陈锡三也就更不必操这个闲心。

可如今刘永年任命他为管事,本着对店里和这个职位负责考虑,他都必须对这些现象加以约束。

陈锡三提出这三条新规之前找刘永年商议,大掌柜听他讲完也是连声赞同,转天就在上工之前召集伙计们将新规传达下去。

可在新规推行之后,陈锡三逐渐发现,自己这个年轻的管事并不太能管得住那些跟随刘大掌柜多年的老伙计,这些人进店的年头比陈锡三都长,自恃资历,对陈锡三的态度也不怎么样。之前双方还能保持面子上过得去,可自从新规推行之后,陈锡三发现这些老伙计连面子都不给他留了,每次看见他都横眉冷对。

要说明面上对着干,这些人倒也不敢,毕竟陈锡三是刘永年亲自任命的管事。可背地里,他们个个都有自己的主意,对三条新规,只有上工期间禁酒这条能够勉强做到,另外两条也就做做面上文章。

对此,陈锡三非常烦恼,对付这些老油条,他一时也没有什么好办法。

话说这一日,吴玉泽从一号铺收工,在后院吃过晚饭后正要回屋歇息,可刚迈进门,便见到与自己同屋居住的几个室友招呼了十多个伙计前来,屋里闹闹哄哄的,好不热闹。

对此,吴玉泽并不反感,一来眼下正值盛夏,天气燥热睡也睡不着,一帮伙计下了工没事儿干聚在一起唠唠嗑、扯扯皮还能消磨一下时间;二来吴玉泽本身性格耿直豪爽,且他年纪小,刚转正没多久,跟这些老伙计唠唠嗑还能多学些东西。

吴玉泽就笑呵呵地在炕上寻了个空位坐下,参与到这群人的畅谈之中。

可聊着聊着，突然有人提议，闲着也是闲着，不如看两把小牌。

此话一出便得到了屋内大多数人的响应，而提议那人似乎早有准备，从裤子兜儿里掏出一副小牌，又在炕上铺了条不知是谁的枕巾，放上小牌就要开整。

见此情形，吴玉泽眉头紧锁，他没想到竟然有人无视店铺的规定，仍然聚赌，而且看一屋子十几号人都想要上牌桌的架势，好像没人想起规定的事。

想到此处，吴玉泽开口劝说：

"我说，哥哥们，咱管事可是定了规矩了，不让在这儿放赌啊。"

吴玉泽尽量压低自己的声音，免得让屋外的人听见，可这些聚赌的伙计压根就不领情，听到吴玉泽的话，提议看牌的那个伙计扯着嗓子喊了一声：

"规矩多了，要是个个儿都听，那俺们还活不活了！"

此言一出，伙计之中马上有人接茬道："对呗，咱就是平头老百姓，下了工俺们看两把小牌咋了，你别管得太宽了吧？"

其他伙计纷纷附和。见到这些人如此无视店规，吴玉泽大怒，要说他来到玉茗魁之后，最敬重的便是陈锡三，他对陈锡三的尊敬甚至还在大掌柜刘永年之上，这几条店规是陈锡三定下的，他不想叫这些人这么肆意妄为地破坏。

原因无他，就凭当初在小树林儿陈锡三没有扔下昏迷的自己，他就不能允许别人在自己面前做对陈锡三不敬的事。规矩是陈锡三定的，不遵守就是对他不敬。

见屋中众伙计赌得热火朝天，吴玉泽怒意上涌，大吼一声，一把将放着牌堆的枕巾掀飞出去，其上的小牌竟直接扬了那个提议的伙计一脸。

紧接着，还没等那人反应过来，吴玉泽就跳上炕沿，指着这群人破口大骂：

"你们这群人，是不是太欺负人了！店规就是店规，必须遵守！人家陈锡三当管事那么辛苦，你们非得在这搞破坏，回头让大掌柜知道了，这不是给他上眼药儿吗？"

吴玉泽说完话还不解气，又踢了一脚炕上散落的小牌，喘着粗气看向众人。

屋里十几个伙计被暴起的吴玉泽吓了一跳，可听完他说话，这一帮人竟直接冲着吴玉泽叫骂起来，尤其是那个被扬了一脸小牌的老伙计，更是指着吴玉泽的鼻子破口大骂：

"你小子是不是犯病？没大没小的跟谁呢……"

"我犯你奶奶的病！"那人话还没说完，吴玉泽飞起一脚正中其心窝，他才说一半儿的话直接噎回了肚子里。

吴玉泽这边一动手，屋里其他伙计也没客气，围上来冲着炕上的吴玉泽拳脚相加。仗着年轻力壮身手又好，吴玉泽左挡右突竟还能在十几个人的围攻下坚持不倒。

就在这时，房门被人一脚踹开，紧接着就是一声怒吼：

"都给我住手！"

这一声喊声音雄浑，正在围攻吴玉泽的一众伙计被吓了一跳，纷纷停手，转头看向门口。

来的不是别人，正是陈锡三。

见眼前这帮人不说话，陈锡三扫视屋里众人一圈后，大声喊道："你们都要干啥，造反啊！有劲儿朝日本人使，朝自己人使什么劲儿！"

陈锡三平时说话都是斯斯文文的，众人第一次见他发这么大脾气，那个被踢了一脚的老伙计也是气不打一处来，手扶胸口说道：

"锡三，是这姓吴的小子先挑的事儿。"

听他这么说，站在炕上的吴玉泽咬着牙开口道："哥，他们在屋里看牌，我劝他们，他们不听，我气不过才动的手。"

听到这儿，陈锡三心里已经有数了，吴玉泽在维护自己。可这些打牌的伙计大多是店里的老人儿，这帮老伙计犯错在先，说到哪去也不占理，但如果直接跟他们翻脸，势必影响店里的团结，这些人如果心有怨言，更是会直接影响到店里的销售额，回头再传到大掌柜耳朵里，这也是自己的失职。

想到这些，陈锡三向众人挥了一下手说："今天天色已晚，明天还要上工，都散了吧，这个事儿我会向大掌柜禀告，怎么处理，请大掌柜定夺。"

众人悻悻而散。

次日，陈锡三一大早就到店里，刚进了大掌柜的堂屋，就听大掌柜说：

"锡三啊，昨晚的事儿我听老蒋说了。"刘永年一边说着话，一边观察陈锡三的表情，见陈锡三眼神不善，他先是一顿，又继续开口说道，"那个，小吴咋样，没受啥伤吧？"

"大掌柜，吴玉泽没啥大碍。"

"哎呀，屁大点事儿。"刘永年打了个哈哈，"老蒋都跟我说了，他们几个下了工看会儿小牌，中间发了几句牢骚，吴玉泽向着你，两边话没说明白，就动上手了。"说着话，刘永年见陈锡三依旧表情严肃，就又补充了一句："后院儿都是一帮老爷们儿，有点摩擦再正常不过了，人没事儿就得了。"

说完话，刘永年又冲那个带头看牌的老蒋使了个眼神儿，老蒋心领神会，对着陈锡三一拱手，不情不愿地开口道：

"管事儿的，昨晚上是我们不对，俺们都是粗人，你大人不记小人过。"

面对眼前虽然拱手致歉但仍然不忿的老蒋，陈锡三并没有理会，而是转头对刘永年说道："大掌柜，老蒋他们说了啥话不重要，但违反店规聚赌这事儿必须得有个说法，不然，您让我今后怎么去管别人？"

"那是肯定的。"刘永年点头道，"有错就得罚，别说是跟了我这么些年的老蒋，就是那些掌柜犯了错，按照规定也是照罚不误。"

刘永年明显话里有话，陈锡三也知道老蒋跟刘永年时间久，两人关系近，但规矩面前，容不得这些。于是陈锡三接着刘永年的话头儿说道：

"既然大掌柜发话，那咱就秉公办事，按照规定，凡是违规者，当月扣十天工钱，全店通报，老蒋大哥，你有啥说的没？"

听到陈锡三说这话，老蒋的脑袋耷拉了下去，用眼睛的余光瞄了一下陈锡三，却见他面沉似水，俨然一副不容辩驳的模样，就又转过头，向刘永年投去求助的目光。

"那就罚他们工钱。"刘永年叹了口气，"至于通报的事儿就算了，老蒋他们进店这么多年，给他们留点面子。"

"大掌柜，"陈锡三依旧坚持，"收工后聚赌要全店通报这个事儿在规定里也写得清清楚楚，这么做也是为了给其他人提个醒儿，他……"

"老蒋这事儿，该罚工钱就罚，一会儿我亲自跟账房去说，至于全店通报的事儿就免了吧，老蒋你也长点儿记性，下次再犯我可不管你这破事儿了。"

说完话，刘永年长叹一声，挥手叫一屋子人离去。

二

离开刘永年的堂屋，陈锡三回到一号铺子，正在柜后对账的田瑞亭看到他阴沉着脸进屋，便迎上前去。

"咋的了，这一大清早的咋就皱个眉头呢？"

见了田瑞亭，陈锡三神色稍缓，开口说道："还能咋的，昨晚上的事呗。"

"老蒋他们啊？我听吴玉泽说了。"田瑞亭看陈锡三的模样不禁疑惑，"他们犯了错，罚就是了，你一个管事还处理不了吗？"

"还真就处理不了。"陈锡三长叹一口气，"我上后院去，大掌柜说了，罚工钱可以，但就是不让全店通报。"

听到这儿，田瑞亭也皱起了眉头，思索片刻后，他拍了拍陈锡三的肩膀："大掌柜不让，那自然有他的考虑，再说老蒋这么多年的老伙计了，让你这么一通报，你让他脸往哪搁？要不就算了吧。"

田瑞亭的态度让陈锡三疑惑，立了规矩却又不执行，总是讲情面、讲关系，那这些伙计该如何约束？如果听之任之，发展下去，恐生祸患啊。陈锡三定下这三条规定，是因为这些年亲眼看着玉茗魁生意越做越大，店里的一些伙计逐渐失了规矩，即便犯了错，各号掌柜也基本念着情面，睁一只眼闭一只眼。自打他当上管事，便决心要改变这样的局面。但有人的地方就有江湖，大掌柜这么处理这件事，恐怕也有他自己的道理。想到此处，陈锡三也不再纠结，

先就此作罢。

转眼半个月时间过去了，老蒋他们果然如刘永年安排的那样只被罚了十日工钱，并未全店通报。

这一日，刚过响午，六号铺的伙计们轮班吃过午饭，便聚在一起闲聊，为首的正是老蒋。就在老蒋说得兴起时，铺子门口，一个约莫三十岁的男人走了进来。见有人进店，老蒋抬头瞅了一眼，见这男人穿着一件洗得有些褪色的灰布短上衣，黑色长裤的裤脚上净是泥点子。

瞧见男人如此打扮，老蒋转头继续与伙计们闲聊。不是他不待客，而是他心里清楚，六号铺子经营的都是些外国来的洋食品，看这人的穿着打扮，进店了也消费不起。在老蒋看来，此人也就是心中好奇，进来长长见识，定然不会消费，自己也无须搭理。

这男人一进店就瞧见伙计们聚作一堆，没人搭理自己，可他也不恼，只是顺着货架慢慢往里溜达，不时驻足拿起一件商品仔细端详。

"伙计，这个朱古力哪个牌子的好一点儿啊？"

男人站在最里边的柜台旁，手里举着两个铁盒，冲伙计问道。

可不远处的伙计们交谈正欢，为首的老蒋更是说到兴头儿上，唾沫星子横飞，压根没听到男人的问话。

"嘿，伙计，我问你话呢！"男人见这帮伙计如此轻慢，竟连话都不回，也来了脾气，提高嗓门喊道。

这下，伙计们总算是听到了男人说话，而老蒋似乎被男人的态度惹恼，也可能被打断说话心有不满，转过头用更高的声调喊道："这位，你打听这朱古力干啥？那玩意儿都是洋货，哪个好哪个坏的，你买得起是咋的啊？"

见这个伙计如此态度，男人彻底来了脾气，他拿着铁盒走近老蒋，一字一顿地开口说道："我就要让你告诉我，这玩意儿哪个牌子的好，你哪来这么多废话？"

老蒋脸上露出轻蔑的神情，也没跟男人争辩，而是捏着嗓子阴阳怪气地说道："这位，这朱古力不是穷老百姓吃得起的，而且呀，咱人穷，肚子里缺油水儿，买几斤肉回去吃多好啊，吃这洋玩意儿干啥？"

"你这说的是啥话？"男人被老蒋的讽刺激怒，厉声质问。

"我打小儿说话就这样，您凑合着听吧。"老蒋白了一眼男人，随即转头不再理会。

男人被气得脸色涨红，但眼瞅着这帮伙计没一个有搭理自己的意思，他也没辙，冷哼一声便转身离去。

这件小事本没人放在心上，甚至等到下午，六号铺掌柜回来后也没人提起此事，铺子中的伙计们只当是遇到了一个穷横的土老帽。这种事儿在他们眼里都不能算作谈资。

玉茗魁自创号以来，本是以"待客周到，一视同仁。童叟无欺，绝无二价"为宗旨引得众人慕名而来。但任何地方都有狗肚子里存不了二两香油的主儿，好日子过久了竟生出了许多怠慢，玉茗魁中许多伙计也不似从前虚心、踏实。老顾客念及往日旧情，也不多说什么。新来的顾客看着两排门头也多少有些忌惮。但今天来的这位却不是一般的主儿。

第二天一早，铺面刚刚开张营业，一群身穿黑色制服的警察便从南大街口向着玉茗魁铺面快步跑来，待来到近前，领头的人一吹胸前的哨子，警察们四散分开，端着枪便将铺面围了起来。

"有没有管事儿的？出来讲话。"围住玉茗魁的警察中走出一个高个儿男人，此人的制服与其他警员不同，俨然是这群警察的长官。

听到这人喊话，伙计们没人敢出声儿，而且这一大早店里刚刚开张营业，各号掌柜还没到，现在店里职位最高的也就是个收钱的站柜。面对上来就直接带人把店围上的主儿，他们明白根本没有自己说话的份儿。

"问你们话呢，玉茗魁有没有管事儿的，出来！"见人出来了一大堆，但没一个回话，带头的长官似乎心有不满，提高声调，又一次开口问道。

"来了，长官。"

这位长官话音刚落，人群中一个声音响起。

回话的不是别人，正是陈锡三。他其实早就到了店中，刚刚去后院查看了一下库存，可谁料就这么一会儿的工夫，铺面竟被警察给围了起来。见状他连忙分开挤在门口的伙计和看热闹的顾客，来到这位长官面前。

"这位长官，我是玉茗魁的管事，不知您怎么称呼？"陈锡三来到近前，略略打量了一下这位长官，放低姿态，小心地问道。

长官见到陈锡三一皱眉头："我姓于，是新调任的警长。"说到这儿，男人一顿，用手里的警棍指着陈锡三又继续说道："你们玉茗魁的掌柜呢？怎么这么半天就叫你这么一个管事来出头？"

听到这话，陈锡三向于警长一抱拳，镇定地说："于警长，不知您大驾光临，还望恕罪。您来也不提前通报一下，不然的话，掌柜的早就在这恭候您了，已经差人去请掌柜了，要不您先里边请，我陪您喝点茶，掌柜的随后就到。"

现在的玉茗魁，各号掌柜包括刘永年在内都已经上了年纪，而随着像陈锡三、田瑞亭这样的年轻人逐渐成熟，能够独当一面，刘永年也放心将店面中的大小事宜交给他们来打理，也就不再要求老掌柜们全天守在店里。掌柜们做了这么多年买卖也都驾轻就熟，各自安排好铺面的事儿，也就上工收工来去自由了。这会儿，掌柜们还没到店。

"不必了。"于警长始终沉着一张脸,"掌柜们在与不在也没那么重要,我今天过来就是通知你们,玉茗魁因所售食品存在安全问题,即日起封店检查,待所有货品彻查清楚,再另作处理。"

闻听此言,陈锡三惊出了一身冷汗,他心中暗自思量,玉茗魁进货一直都是层层把关,尤其是食品,宁可采购价高一点,也会选择那些质量过关的好产品,怎么会有安全问题?可看眼前于警长气势汹汹的样子,怕是有什么隐情自己不曾知晓,于是陈锡三沉吟片刻,放低音量对于警长说道:"于警长,咱玉茗魁这么多年一直是良心经营,莫非是有什么误会,不如劳您进屋稍坐,咱有话好商量。"

"用不着进屋,有啥事儿咱就在这解决吧。"于警长根本不接陈锡三的招,一挥手就让警员上来封店门。

饶是民不与官斗,可于警长当着这么多顾客的面儿,带着人不明不白地上来就封店,自己给了台阶让他进屋,他还一点儿沟通的意思都没有,眼瞅着就不是奔着好儿来的。

陈锡三按捺住心中的情绪,迎着要动手封店的警员上前一步,沉着脸开口道:

"于警长,您说咱玉茗魁售卖的食品有问题,可有凭证?您要动手封店,可有警察厅的文书?"

于警长听闻此言,眉头一挑,挥手制止警员。

"你说凭证?昨日我便衣调查,发现你们店里的朱古力可能存在问题,不然店员怎么都不敢把它卖给我呢?吃的东西可不比其他,为了安全起见,我先把你们店封了,把产品拿到厅里去,接受调查。若说凭证,那朱古力就是凭证。"

一听这话,陈锡三哑然,他本来对玉茗魁销售的货品底气十足,可听于警长这么一说,陈锡三顿觉事有蹊跷,于是便回头朝着六号铺那一堆伙计看去。老蒋此时就站在一众伙计当中,一开始警员围

住店面时，他还跟其他伙计义愤填膺地站在店门口，指挥年轻的伙计不要慌张，俨然一副领头儿的做派。可随后，当他认出领头的警长竟然是昨天被自己打发走的穷酸汉子时，心顿时凉了半截儿；当他再听说眼前这个警长就是因为昨天的事情前来报复，他觉得自己腿肚子朝前，站都站不稳了。

陈锡三站出来跟于警长说话时，老蒋在其身后听得清清楚楚，他本想一跑了之，可自己来玉茗魁二十多年，商号的老人儿每一个都对他熟悉得不能再熟悉，跑得了和尚还跑得了庙？再说，祸事是自己闯下来的，自己一个老爷们儿咋的也得担着，现在跑了实在不叫个事儿，于是，老蒋饶是被吓得腿肚子转筋，也愣是没动半步。

再说陈锡三，回头看这堆六号铺的伙计，一眼就发现老蒋站在人群中脸色煞白，冷汗直流。这一下，陈锡三也明白了是谁惹的祸，可还没等他开口，只见老蒋从人堆里颤颤巍巍地走到陈锡三身边，对着于警长一拱手：

"于警长，我这人嘴贱，昨天我也不知是您前来，就胡说了几句，我拿性命担保咱玉茗魁卖的货那可是精挑细选严格把关的，这朱古力绝对没问题，您大人不记小人过，还请别跟我一般见识。"

老蒋主动出来认错，于警长却没有作声。

一旁的陈锡三赶忙递话："于警长，都是我管理不善，伙计胡言乱语，您切莫生气，回头我叫人包上本号的朱古力送到您那，供您亲自查验。"

"不必了。"于警长都没等陈锡三说完话便冷哼一声，"你们这儿的吃食，我这等穷酸人可受用不起，你们管理是不是严格与我无关，但为了百姓的安全，今天就将你们玉茗魁封店，对货物进行全部检查，这事没得商量。"

于警长说完话，一挥手，警员们得令端着枪走到店门口摘下门板就要封店，店中的伙计和围观的顾客赶忙退至一旁。看此情形，陈锡三还要开口阻拦，可于警长根本不理会，封好门板，贴上封条便带人离去了。

眼见一队警察封店离开，陈锡三也只得先跟顾客致歉："各位老主顾，实在抱歉，一大清早扫了大家的兴，想这警察厅跟玉茗魁之间肯定有什么误会，待我们把这事处理完再请大家过来，到时找我，一定给大家优惠。"

众人纷纷散去……

且说刘永年接到陈锡三差人送的信儿立马赶来，到店之后片刻没有停留，训斥了老蒋几句便去了知事府，留陈锡三和刚刚到店的田瑞亭在此控制局面。

刘永年走后，陈锡三安排了几个人留守，吩咐闲散下来的伙计先回去休息，上工时间再另行通知。紧接着又派人通知所有店铺的掌柜前来商议，老掌柜们见到了门上的封条，才知事态的严重。

掌柜们在堂屋聚集没多久，刘永年便回到店中，此时正坐在上首位眉头紧锁，显然在知事府碰了壁。

"大掌柜，"跟刘永年关系最近的孙掌柜率先开口，"马知事那头儿咋说呀？"

"咋说？"一开口，刘永年便气得浑身发抖，"祸是咱店里伙计闯下来的，人家马知事才懒得管这破事儿！"

"那就没有个解决办法啥的？"孙掌柜又问。

"马知事说了，那个于警长刚调任到这儿就让咱们的伙计给整了这么一出，这是拿咱们玉茗魁立威呢。马知事说实在不行咱就服个软儿，让我上门给他道个歉看看能不能让他消气。"

一听事情有缓，陈锡三赶忙问道："大掌柜，要不我去备些礼品，咱这就过去？"

"过去个屁！"没承想，刘永年听到这话大发雷霆，"我上了门，不反倒证明了咱的货有问题吗？"

"大掌柜，货没问题咱心里都清楚，我看那个于警长的架势根本就是跟咱在那置气，咱过去服个软儿，把事儿了了，他对外就说没查出问题，这事不就过去了吗？"陈锡三劝道。

可刘永年听到这话怒气不减："我刘永年在长春混了这么些年，让我去给他一个新来的警长登门道歉？屁股还没坐稳就想来个杀鸡儆猴？扯淡！"

见此情形田瑞亭也出声劝道："大掌柜，他这封了店门，一件一件地查货，谁知道得查到啥时候，咱可拖不起呀。"

"拖不起也得拖！"这回出声的却是孙掌柜，"玉茗魁这么些年了，日本人咱们都不怕，还能让他一个小警长给治住了？"

孙掌柜这一句话似乎说到了这一帮老掌柜的心坎儿里，众人纷纷附和，一副要跟于警长硬扛到底的态度。

堂屋中的商议没有持续很久，刘永年率先表态后，一众老掌柜也纷纷支持。见此情形，陈锡三和田瑞亭心里明白实在无法劝动这帮掌柜，只能先缓一缓再做打算了。

再之后便是刘永年和众掌柜对老蒋的苛责训斥，之前老蒋一而再、再而三违反店内规定，刘永年没有过多责罚，甚至主动包庇这个老伙计，这次因为他的过失，玉茗魁面临停业的危机，掌柜们真是绷不住了，七嘴八舌地讨伐老蒋。老蒋也意识到自己惹了祸，任凭掌柜们怎么怒骂，都低着头不言语。

陈锡三心想，此次虽是老蒋有错在先，但于警长的怒火烧的是玉茗魁，还是应该以解决眼下的问题为主，其他可以缓缓。于是开口说道："掌柜的，这次的事儿是那姓于的警长故意找碴儿，老蒋也是点儿背给赶上了，现在他也知道错了，这次长了教训，日后定会格外小心。您看，咱先把这事儿处理了，就别难为老蒋了。"

刘永年听陈锡三这么说，心中甚感安慰，还是陈锡三这小子了解自己，对于老伙计，他碍于情面平时确实疏于管理，但这次老蒋闯了大祸，谁也保不住他。

"扣他两个月工钱，全店通报批评！"刘永年没好气地指着老蒋说，说完抄起一旁的茶碗咕嘟咕嘟地猛灌几口，似乎想要浇灭心头的火气。

老蒋虽然不想被罚，但惹出这么大的事儿，掌柜的还能留他，他已经感恩不尽，虽是扣了两个月的工钱，也比没了营生好啊。再说，在玉茗魁干了这么些年，他虽然有些时候不太服管，但早就把玉茗魁当成自己家了，如果家待不住了，他还能去哪啊……

想到这里，老蒋心中不免懊悔，潸然泪下……

掌柜们面面相觑，对封店这么棘手的事一时也没有办法，只能坐在那喝茶。

瞅于警长今天的架势，不太像是受人指使来找事儿的，更像是单纯报复。这事儿说到底是老蒋的错，但于警长这么大动干戈地报复，刘永年气急也在情理之中。

眼下当务之急是赶紧托关系找门路让于警长的火气消下去，赶紧让玉茗魁店面复工。这店面一天天关着，损失谁都承受不起。

想到这，陈锡三起身给刘永年作了个揖，用谦和的语气说道："大掌柜，您也别跟他一般见识，这种驴马烂儿我去顶着，您别气坏了身子是首要，咱玉茗魁能赶紧开工也是要紧的。"

这一番话给刘永年滚烫又坚硬的内心打开了一条缝儿，陈锡三话说得讲究，刘永年也得了个台阶下。再说陈锡三说得也不假，刘永年培养他是干什么的？得意这孩子，寻思让他未来接班固然是缘由之一，但现阶段正是他替这些老家伙出面扛事的时候，老掌柜们一个个面子比天大，这种到处求爷爷告奶奶的事不让小年轻去让谁去？陈锡三去办正是首选。

刘永年顺着陈锡三垫的台阶直接宣布这事儿全权交给他处理，需要这帮老家伙干啥知会一声，然后转身从堂屋后门消失了。

而陈锡三得到授权，心下也微微放松了些，自己哪怕跑跑腿，折些面子，总会有转机的。

想到此处，陈锡三向着屋里众掌柜拱了一圈手，带着标志性的谦和微笑走出了堂屋。

三

玉茗魁的刘二爷有句名言：

"老鸦树上反着吊，事出有异必有妖。"

店里上到掌柜下到学徒，几乎无人没听过这句话，陈锡三更是常将这句话挂在嘴边，也就是他不兴搞腐儒的那一套，不然就凭陈锡三对这句话的崇拜程度，他非要挥毫泼墨一把，再请人将这字装裱好当成座右铭供奉起来。

话说回眼下，陈锡三从刘永年的堂屋出来之后便往后胡同牛大宝家过去，想叫上这个老伙伴一起去探探于警长的底细。而牛大宝正在收拾行装，打算趁着关店回家看看老爹，听见陈锡三说要带他一起去找于警长，这憨货直把脑袋摇得跟拨浪鼓一般，说啥也不去。

要说牛大宝除了把陈锡三当挚友之外，还对他怀着充分的尊重。牛大宝憨是憨，可一点也不傻，他知道陈锡三脑子活泛，办事又牢靠，自己跟着这种能得刘永年器重的人干肯定没毛病。所以牛大宝对陈锡三向来是言听计从的，可这一次他罕见地坚决反对陈锡三的提议，究其原因就在于牛大宝压根就不相信自己和陈锡三两人能跟于警长这样的人物"掰手腕儿"，哪怕是背后有刘永年和玉茗魁撑腰也不行。

面对牛大宝的拒绝，陈锡三也没做什么表示，转头便去找了吴玉泽。

吴玉泽听说之后，跟牛大宝的反应截然不同，他披上外衣，拉着陈锡三就立刻出门。

陈锡三带着吴玉泽出门打探于警长的底细，可拐出了胡同两人就犯了难，于警长初调任至此，要探听人家一时间竟不知从何下手。

站在街口，陈锡三看着吴玉泽，吴玉泽也挠着脑袋看着陈锡三，俩人大眼瞪小眼半天，谁也说不出半句有用的话。

"我说……要不咱找个地儿坐下来从长计议？"陈锡三试图打破僵局。

"哦……我觉得三哥说的有道理，从长计议。"听到陈锡三开口，吴玉泽好像抓到了冲破尴尬的救命稻草一般，赶紧附和。

两人一拍即合，随即朝着下一街口的茶食店走去。

刘永年从后门离开堂屋后也没闲着，让一个学徒请来了自家兄弟刘二爷，俩老头儿在屋里围绕着于警长商量起来。

其实刘永年在堂屋时的表现不全是由着情绪来，里头多少掺着点儿惺惺作态，在孰对孰错、轻重缓急的尺度上，当了一辈子大掌柜的刘永年不可能拿捏不来，可当着全堂掌柜的面儿，他实在撂不下来这张脸。可回了后屋，刘永年立马找来自己兄弟，寻思着商量商量，怎么才能快点把这档子事儿给渡过去。

要不说姜还是老的辣，跟陈锡三他俩摸不着头脑不同，这两个老头儿一商量几乎是第一时间就找到了探底于警长的关键。

"哥，我听说这位姓于的警长好像有个老爹住在北头儿。"二爷刘永丰一坐下便说出关键信息。

"哦？还有这档子事儿？"刘永年没有太大的反应，呷了口茶示意二弟继续。

"虽说于警长刚来本地，可我这街面儿上的弟兄们告诉我，他之前便有孝子的名声在外，调到长春城就是为了离老爹近点儿，方便照应。"

听到这，刘永年心里似乎有了点儿想法："照这么说，想要摆平这个姓于的警长，从他老爹这儿能有点门路？"

"嗯。"二爷表示肯定，"这人刚调来，外头得着的信儿太少，眼前儿的也就知道这些。"

刘永丰说到这儿顿了一下，好像又想起点什么，继续说道："不过我感觉这个姓于的好像没那么简单，总感觉哪里有点蹊跷。"

"这话咋说呢？"刘永年挑着眉问道。

"没啥确凿的根据，我就是听街面儿上的兄弟们说，这姓于的警长往常待人处事上好像还挺正的一个人，咋就在咱们这档子事上发这么大的官威呢？"二爷刘永丰疑惑不解。

"嗐，我当是什么呢。"刘永年失了兴致，"警察厅的那帮玩意儿你心里还没数吗，仗着日本人在背后撑腰，啥事儿干不出来呀？"

"那这也转性太快了。"刘永丰还是犯嘀咕，"咋说都感觉不对劲儿。"

瞅着二爷的状态，刘永年撇撇嘴，这些年玉茗魁与官家之间的种种事务都是由他处理，这帮子人啥水平他心知肚明。

"以前人模人样儿的，不还是手里没权吗。"刘永年放下手中茶杯，"你看现在当个小警长就这德行，说到根儿上也是个狗肚子没二两香油的货色。老二，你一会儿跟锡三说一声，让他上于警长老爹那瞅一眼，看是差钱还是差事儿，赶紧痛快儿地解决了。"话说到这，刘永年运了口气："别说是我让的啊。"

"咋个事儿呀，哥？"看刘永年的态度奇怪，二爷不解，"你们成天混得跟亲爷儿俩似的，咋还传个话都得通过我了呢？咋啊，孩子惹着你了？"

刘永年也不回答,吩咐二爷道:"不磨叽这事儿了,你赶紧去找锡三,让他把事儿办了,整利索了抓紧开张。"

说完话,刘永年冲着大门递了一个眼神儿,二爷心领神会,应了声"得嘞!"便一口灌下手里的茶,匆匆推门而去。

下街口,茶食铺子。

"你俩小子真行啊,店关了你俩当放假是不?还有闲心在这儿喝茶逗闷子!"

说话的正是二爷刘永丰,他从大掌柜那出来,问了铺子里一圈儿人都不知道陈锡三跑哪去了,出门来寻,七拐八拐的也不见人影,正要在茶食铺子整口水喝,就在这碰上了陈锡三和吴玉泽。

"二爷,我俩这正寻思着咋能想个法儿解决那个姓于的警长呢。"吴玉泽看刘永丰嗔怪,赶紧回道。

"咋想法儿?"二爷一听这话更来气了,左右打量一圈儿说道,"你俩就这么想法儿的?在这喝着茶水滋润得不行,咋不去桃园路想去呢?"

"哎哟二爷!"眼见二爷越说越起劲儿,陈锡三赶忙打断,"二爷,我俩这不也是没啥关于那个警长的消息,正愁呢吗?正好您来了,我俩找着主心骨了,您消息广,有啥靠谱的信儿没?给小辈儿说点儿呗。"

陈锡三这两句话说得刘永丰很受用,他也不再拿话数落二人,撇着嘴,呷着茶,慢悠悠地开口说道:"要说这姓于的警长初来本地,旁的人还真未必能说得出啥,可我这倒是有那么点子关于他的消息。"说着话,他把空茶碗往桌子上一放,陈锡三赶忙给续上六分满,二爷拿右手往桌子上敲了两下,又继续开口讲道:"这警长据说是个孝子,他老爹就住在城北头儿,平日里一个人住,姓于的一个礼拜回去两三趟。要想摆平这事儿,你俩可以研究研究那老头儿。"

"还有这事儿？"陈锡三听闻二爷说的话陷入了沉思，于警长的老爹确实是目前唯一的突破口，可应该从什么角度切入进去……

"走！三哥！"还没等陈锡三仔细琢磨，一旁的吴玉泽站起身来拉着他就走，"事不宜迟，三哥，咱上门找那老头儿去。"

城北一不知名胡同口，陈锡三和吴玉泽又一次坐在了茶食铺子里，二人的神情好似做贼，不住地朝着胡同里第三家门口张望。

"三哥，咱直接上门把事儿跟老爷子说清楚不就行了，在这坐着干啥呀？"吴玉泽咬着半块饽饽，一脸不解地问。

"你说咱俩就这么上门儿，且不说那老爷子，于警长知道了得咋想？"

"那咋整，就这么坐着？"吴玉泽还是不解。

陈锡三叹了口气，没有应声。

其实他心里也没底，人家今天刚把玉茗魁的店面给封了，下午他俩就找到人家家里，咋说都不好。可眼下要解决这事儿也只能从这入手，没办法，他只能带着吴玉泽在这等，看看有没有什么转机。

要说陈锡三和吴玉泽这俩人也真是有耐心，他俩坐在茶食铺子里，一等就是一天。他们两人倒是没啥，可给茶食铺子的伙计奇怪够呛，就见两人见天儿地不做事，就坐在靠街边的地方瞧着那老于头儿的家门，但凡谁看了都会觉得蹊跷，想是冲着老于头儿那当警察的儿子来的。他们之所以这么想，是因为于警长调任至此后，老父亲前两天曾被人盯上，意图寻仇，刚好撞上于警长回来，才没生出事端。

等了一天，和茶食铺子的伙计也混熟了，他们知道陈锡三他俩不是坏人，不忙的时候就多聊了几句，这两人听伙计们讲了有人寻仇的事，心想"有门儿"！咱们俩在这盯着，万一那寻仇的再来，

咱们也保护一下老于头儿,那于警长不就欠咱们一个人情吗?要是没那档子事儿,等到于警长回来,我们能进家去跟他说上话,事情也会有转机,店里的事儿就有希望解决了。二人在这儿一直盯到茶食铺子收摊也没见有什么状况,这才回去。

第二天,陈锡三、吴玉泽二人老早就来到了茶食铺子,要了一壶茶就又坐在昨天的位置往胡同里瞧。上午一切正常,可刚过晌午,他们就发现了不对的地方。有两个穿着粗布氅子的男人从不同的方向进了胡同,在老于头儿家门口东张西望,其中一个戴着风帽,另外一个没戴帽子的腰里鼓鼓囊囊的,像是别了什么家伙。俩人在门口张望了半天,不见有人出入,见胡同里也没什么人走动,便直接推门进了院子。

陈锡三一看,不好,要出事!他赶忙拉上还没反应过味儿的吴玉泽跟了上去。

刚走到院门口,陈锡三就听见里头传出吵闹声,一个苍老的男声高喊着"他不在家",更有推搡和撞击声传出来。可周遭的邻里对这声响却没什么反应,就连隔壁院子出来倒泔水的大婶也只是疑惑地打量了一下站在门口听声儿的陈锡三和吴玉泽便回院关紧了门。

耳听着院里传出的声音越发激烈,吴玉泽率先忍不住,用询问的眼神看向陈锡三,陈锡三觉得时机就在当下,把心一横,冲吴玉泽点了下头,两人"哇呀"一声喊,踹门便冲了进去。

只听"哐"的一声,吴玉泽破门而入,抄起杵在门边的扁担两大步就迈进屋里,陈锡三虽赤手空拳,但反手将门闩住,紧随吴玉泽进入屋中。

吴玉泽一进屋就跟屋里听见声响冲出来的戴风帽的男人撞了个满怀,还不及挥动扁担,那男人一欺身双手环住吴玉泽的腰身,脚下一个腿绊就将他放倒在地。吴玉泽倒地后，另一个男人从门后飞身而出，一蹦三尺高，飞起一脚就将愣神儿的陈锡三踹得倒飞出去。

这一脚，踹得陈锡三倒在地上眼前直冒金星，还没等他缓过来，一双汗津津的大手直接捂住了他的嘴巴，一把抓住他的后颈，直直地将他往屋里拖去。

这一下，陈锡三心直接凉了半截。他想过这两人不寻常，自己跟吴玉泽两个大男人居然一个照面就被放倒了，而直到此时他还没缓过来，毫无反抗之力，只能任由身后男人往屋里拖拽，心下叫苦不迭，为自己的莽撞后悔不已。

陈锡三和吴玉泽这回真遇上了练家子，不消片刻，他俩就被干净利索地拖进屋中背靠着背绑了起来。陈锡三定睛观瞧，发现于老爷子也被堵上嘴，绑在凳子上。这会儿，老爷子正用惊恐又不解的眼神注视着陈锡三二人。眼神交汇之时，陈锡三突然意识到，自己跟老爷子素未谋面，他才会如此吃惊，于是慌忙跟老爷子打了个招呼："大爷，我们是于大哥的兄弟，您别害怕啊，大哥让我们回家瞧瞧，我们俩先来的，其他兄弟随后就到啊。"

听陈锡三这么说，吴玉泽心里还纳闷儿呢，我们啥时候跟于警长成朋友了？但转念一想，这一定是三哥吓唬对方呢，就也在旁边附和着说："是啊，大爷，我们来了十多个兄弟呢，今天我们下山，给大哥带了些稀罕物，大哥差我们给您送来，我们俩跑得快，想提前跟您禀告一声，他们随后就到。"

那二人听陈锡三两个这么说，不知真假，思考片刻，没戴帽子的男人从怀里掏出一支精巧的手枪，"咔"一声上了膛，将枪口指向了陈锡三。

"你们说的可是真的？"没有废话，男人开口就问。

面对枪口，要说不害怕那是假的，但只要给人说话的机会，那总归是有门儿。喘了口气，陈锡三镇定地说："那还能有假？冒昧地问一句，不知两位好汉是哪条道上的？咱都是江湖中人，远日无冤，近日无仇，我们俩一进来就被您二位撂到这儿了，怕是有什么误会吧？"

那二人听陈锡三这么说，交换了一下眼神，对着陈锡三说："我大哥想请老爷子上山待几天，不巧，你们来了，那我们就不打扰了，告辞，后会有期。"说完，二人就三步并作两步跑了。

见二人这么快就溜了，吴玉泽扑哧一声笑出声来："三哥，你还真挺厉害的，就你那几句话，就把二人给唬走了。"

"快别在这儿说笑啦，咱们赶快想办法把绳子解开，好把老爷子救出来。"陈锡三听吴玉泽这么说，心里也高兴，但想着正事儿，哪有说笑的工夫啊。

陈锡三二人费了半天劲才把绳子解开，连忙起身把于老爷子的绳子也解了，把嘴上堵的布也拿了下来，老爷子这才大喘了一口气，仔细端详起这两个年轻人。这二人一个二十出头，一个三十多岁，穿着不算讲究，但洗得倒是干净，长得五官端正，眉宇间还透着一股正气，看样子不像是坏人，再说这俩年轻人刚刚救了自己，老爷子正盘算着怎么感谢他们。

只见于老爷子对陈锡三二人说："年轻人，今天多亏你俩相救，要不我这把老骨头还不知道怎么样呢。先不说别的，大爷做几个菜，今天咱爷儿几个喝点小酒压压惊。"

听于大爷这么说，陈锡三知道，大爷对他二人产生了信任，但喝酒是小事，正事要紧。陈锡三笑着对大爷说："大爷，您听我说，喝酒的事不着急，刚才我是在那瞎编，把那二人给骗走了，万一他们发现受骗了返回来怎么办？现在当务之急是您老的安全。吴玉泽，你现在就去警察厅把这个事儿禀告给于警长，让他多派几个兄弟回来保护大爷，大爷安全要紧，咱俩不能都去，我在这儿陪着大爷。"

吴玉泽听陈锡三这么说，赶紧前往警察厅。陈锡三烧了点热水，陪着于大爷喝起了茶，跟老于头儿介绍了自己也坦言了封店事件的来龙去脉，希望于大爷能在于警长回来的时候帮自己说说情，让玉茗魁早日解封。于大爷这才搞清楚为啥这俩年轻人会突然闯进来救自己，外面的事儿他不懂，也并不计较他们是因为什么来的，他只知道，在自己最危险的时候，被这俩年轻人救了，就凭这个他就得感谢他们。

几泡茶的工夫，爷儿俩正聊得起兴，外面突然传来嘈杂的声音，紧接着一声："爹，您没事儿吧？"于警长推门而入，随他一起进来的，还有一个戴风帽的男子："大爷，您没事儿吧？"

"四哥？"

"老三？"

几个人面面相觑……

四

"老于,这就是我常跟你说的,我的小兄弟陈锡三。"

"啊!这就是你那小兄弟儿啊,他不是玉茗魁的管事吗?"

"是啊,他就是玉茗魁的管事啊,哎呀,怪我,我只跟你说他在城里一个买卖家①,没跟你说是哪个字号啊。"

"这真是大水冲了龙王庙。"几人相视而笑。

正在这时,吴玉泽跑了进来,原来他去警察厅想禀报于警长,但压根儿就没见着人,被当差的扣在一个屋子里审了半天才放出来。于警长得知自己老爹刚才遇到危险,被人救了,就急匆匆地回了家。而吴玉泽还在那个房间里受审呢,见审不出啥,才把他放了。

"兄弟,你这是咋回事儿,你不在玉茗魁当管事的吗,咋还闯入于警长家来了?"坐在炕上,林四把腿盘得跟乡下老太太一样,仿佛回了家,点上一根烟卷儿悠悠地问陈锡三。

"四哥,这不是头两天咱店里跟于警长闹了点误会吗,现在还封着呢。"陈锡三见着林四,心里放松下来,就将之前封店的事轻描淡写带过,但说时不免有些尴尬,边说还边不住地给于警长赔不是。

"哎,都是四哥的兄弟。"于警长开口,"误会啊误会,现在

---

① 做小买卖的人。

我就差人去把封条拆了,你们明天就可以照常营业了。"

"谢谢于大哥,我代表我们玉茗魁掌柜和全体伙计给您道谢了。"陈锡三郑重地向于警长作了个揖。

紧接着,陈锡三不解地问于警长道:"大哥,我有一事不明,想向大哥请教,不知大哥为什么刚刚上任就来我们玉茗魁查验货品呢?"

"唉,兄弟有所不知,我也是被逼无奈呀。刚上任,日本商会就向我举报玉茗魁的产品质量有问题,玉茗魁开了几十年了,向来信誉很好,质优价廉,这个我知道,我也只是想去走个过场。谁承想那天你们的伙计言语不敬,我当时就生了气了,第二天才封了店。货品我们也带回去查了,没有任何问题,封几天店也是给日本人看看,好交差。"

"又是日本人!"陈锡三一听到日本人就气不打一处来。

"哎,锡三,这事儿都解释清楚了,就翻篇儿了,咱都是中国人,不能让日本人把咱自己兄弟搞误会了。"林四在旁边打着圆场,吴玉泽也在一旁点着头。

"哥,那不会,都是兄弟,于大哥一看就是有血性的汉子,这个哥哥我认定了。"陈锡三见林四出来说话,赶忙回答。一方面,这于警长是林四的兄弟,另一方面自己真认了这个大哥,今后就不担心有人再找碴了。

"你还不知道吧,于警长还有另一个身份呢……"

"啥?绺子①?"出声的是吴玉泽,可能是太意想不到了,他竟一时没忍住叫出了声。

这一声可着实吓了屋里人一跳,陈锡三赶忙捂住吴玉泽的嘴,林四也做出噤声的手势,不住地向窗外张望。

---

① 土匪,在东北地区又叫作"胡匪""胡子"。

众人张望了半天，见屋外没啥反应，才放下心来，于警长开口道：

"说我是绺子着实是有些抬举我了，前几年我刚到警察厅当差，出去办案结识了林老弟，那时候林老弟在鸡冠子山刘大拐子手底下办事，我与林老弟一见如故，哪怕是身份不同，但都抱着跟日本人对着干的心思，后来听说鸡冠子山刘大当家也是绿林豪杰，向来只劫抢日本人，所以我也就上山跟众兄弟好汉结识了。"

"老三，你有所不知，"林四接过话茬，"于大哥虽说在警察厅当差，但这层身份可帮了咱不少忙，那话咋讲的来着，啊，对，叫'在曹营心在汉'。"

听到林四这话，于警长不免哈哈大笑起来，笑了半晌，又冲着陈锡三说道："陈老弟，我听林老弟提起过你，说你为人仗义，于某人早就想与你结识，没承想啊，这出了这么一档子事儿，咱们也算大水冲了龙王庙了。"

"啊对对对，这就叫不打不相识。"林四也在一旁附和。

看着于警长和林四默契地一唱一和，陈锡三明白了大概，他着实没想到威风凛凛的于警长竟然跟城外的绺子有关系。但林四的品行陈锡三是清楚的，虽说他混迹江湖，但绝对是一身正气，于警长能得到林四的认可，就绝不是什么坏人。

想到此处，陈锡三冲着于警长一拱手，恭敬地说道："小弟不识得英雄，有冒犯于大哥的地方还望见谅。"

"这说啥呢，咱这都是误会，往后要是有人去店里闹事儿啥的你就提我就行，地面儿上的都会给几分薄面。"

陈锡三一听甚是欣喜，赶忙冲于警长表示感谢。

一旁的林四也开口说道："兄弟，别光说，明天你差人给于大哥送点儿布匹、烟卷儿、山货啥的来，咱兄弟之间都好说，这东西是给于大哥手底下那帮小孩儿的，咱不能让于大哥为难。"

按说这事儿不需林四提醒，陈锡三混迹商场多年心里肯定有数，但话头到这了他便顺势吩咐吴玉泽道："你现在回店里禀告大掌柜备好东西，再上大马路六国饭店订个雅间，备上好酒菜，晚上咱请于大哥和林四哥好好喝点儿。"

"得嘞。"吴玉泽得令，下了炕冲众人一拱手，快步离去。

陈锡三等人则在屋里继续闲侃，主要是他跟林四几年未见，而且这又新结识了于警长，自然是要多交流一下感情。

当晚，陈锡三和林四、于警长来到六国饭店早就定好的包房之中，菜品满桌，好酒一下肚，几个男人话匣子又一次打开，畅谈半宿。陈锡三喝得半醉，安排已经不省人事的于警长去楼上客房后，他又拉着林四聊了半响。

陈锡三能够感受到，林四心中有一团火，这团火让他的眼睛更加有神，似乎也让他的形象更加高大了，更让陈锡三在乱世当中看到了一种希望。

陈锡三觉得自己心里也有这团火，只不过身处的环境不同、境遇不同，陈锡三面对压力更多时候选择先想办法，用迂回的方式解决问题，可他也时常羡慕林四，总是可以用最快意的方式突破困境。陈锡三在玉茗魁这么多年，眼见着玉茗魁生意一天比一天好，但背地里受了日本人多少气他很清楚。从当年斗井上智言再到如今，林四总是在陈锡三最困难的时候出现。

有林四这样的兄弟是陈锡三的幸运，如今，他更清晰地看到林四身上有着自己缺乏的冲劲儿。那就让他先冲吧，陈锡三暗下决心：我要让自己更强大，在四哥和于大哥有需要的时候，义无反顾地支持他们。

冬去春来，一年又一年，时间从不等人，历史的车轮滚滚向前，

玉茗魁的生意在日本人、俄国人、军阀割据的夹缝中艰难地经营着。老百姓要生存也要生活，玉茗魁多年的苦心经营和薄利多销策略，让老百姓在水深火热之中有了活下去的保障和勇气，利润虽然越来越少，但生意反倒越来越好。

1919年，街上的空气异常紧张，玉茗魁周围经常有学生游行、演讲，铺面的墙上也经常被贴上爱国标语。警察厅前来抓人，学生四散逃窜，遇到落了单儿的学生，陈锡三就会迅速把他们拉到后院，稳妥地藏好。遇到不开眼的小警察，陈锡三只要提到于警长，就不再有人为难他。都是当差的，又都是中国人，谁又会真的为难自己人呢？

就在这一年，老家来信，让陈锡三回去完婚。

陈锡三跟刘永年请了一个月假，一个多月后，他便带着新媳妇回到了店里。回来当天陈锡三找刘掌柜报到，刘掌柜以店里的名义给陈锡三包了个红包祝贺其成婚，陈锡三也在玉茗斋摆了两桌，回请刘永年、占掌柜、孙掌柜、牛大宝以及田瑞亭等人。本来陈锡三还给刘二爷和林四发了请帖，可这二人一个不在长春城，一个压根儿就没回信，陈锡三也只能作罢。

成亲之后的陈锡三带着媳妇从他早先租住的后巷子里的小院搬了出来，经占掌柜的介绍在玉茗魁不远处买下一间毗邻正街的两进院作为二人的爱巢。

这是陈锡三到玉茗魁这些年来头一次好好给自己放个假，算上置办院落、收拾房子这些事情，他足足折腾了两个月，方才回到店中继续工作。

1924年，年事渐高的刘永年觉得自己对玉茗魁的管理越来越力不从心，在这个节骨眼儿上，推举一个新的大掌柜势在必行。

至于让谁接班，这不是刘永年一个人说了算的，还得看看东家的意思。但刘永年一手将一间门面的店铺经营到如今遍布东三省的规模，可谓劳苦功高，所以在下一任大掌柜的人选事宜上他还是最有发言权的。

这一年深秋的一个午后，玉茗魁店面的头一间里坐着两个人，这两人一胖一瘦，胖的那人约莫五十出头，一副小三角眼，生得极白，甚至白得有些看不出血色，此人身穿枣红色缎子面长衫，也不知是衣服太厚还是身形过于壮硕，他整个人坐在圆凳上显得窝窝囊囊。

在胖子的对面，坐着一个精瘦的男人，六十岁上下，国字脸，下巴上留着一撮小胡子，前额刮得精光，头发梳得油亮。这瘦男人胸前挂着一副被细油皮绳拴起来的眼镜，身穿黑色厚长衫，外套一个黄褐色衬毛马褂，这马褂看着华丽，兴许是不怎么常穿，脖领子上的毛根根蓬松站立着。

二人正是朱家大老爷朱润亭和玉茗魁大掌柜刘永年。朱家老太爷多年前离世，朱润亭现在已然成为朱家的掌舵人，老爷的名号还是担当得住的。

要说也是巧合，二人此时坐的茶屋正是他们当年考较陈锡三的那间，甚至他二人的装束也跟当年几乎一般无二。而今天，他们要讨论的，也正是关于陈锡三的事。

"刘先生，您真的不再考虑考虑了吗？"朱润亭低声问道。

"大少爷，你不必挽留了。"刘永年近些年似乎习惯了眯缝着眼睛，一手捋着胡须，一手执着酒杯，慢悠悠地开口，"我是真的老了，本想在玉茗魁正劲头儿上的时候急流勇退，可是天不遂人愿啊，现在这日本人的商会见着天儿地找碴惹事，我实在是管不动喽。"

说罢，刘永年对着酒盅吸溜一口。

"那您这一退，后辈们谁能挑得起这大梁来呀？"朱润亭手拿酒杯，但一直没喝，"刘先生，眼下正是关键时候，玉茗魁可少不了您呀。"

刘永年没接朱润亭的话，只自顾自继续说道："我刘某人本是个落了榜的书生，承蒙朱老太爷的抬举和您朱大少的信任，才能一步一步把玉茗魁做到今天。我岁数确实不小了，卸任这事儿势在必行，其实大少爷你心里也有数，就是怕我多心不提起来罢了。"

"哎哟！"朱润亭听见这话赶忙插嘴，"您可别这么说，刘先生，我咋回事儿您是有数的。"

"哎呀，行啦，行啦。"刘永年挥挥手，"你是我看着长起来的，咋回事儿我能不知道吗？咱这感情深着呢，就算往后几辈也断不了。"

说到这，刘永年话锋一转："但人贵在有自知之明，我年岁到了，自然得让位给新人，咱也不能老坐在这不挪窝不是？况且现在跟日本人那狗屁商会闹得是越来越不可开交，是时候扶持个年富力强的、有冲劲儿的上来，领着咱玉茗魁跟他们支巴支巴了，老太爷活着时候讲话了，咱得跟这帮玩意儿干到底不是！"

说了一堆，刘永年仿佛是卸下了压力一般，仰脖痛饮一杯烈酒，"哎呀"一声长舒了一口气出来。

别看朱润亭常年当个财主，也不管店面的事儿，但在大户人家活到这个岁数，他哪能听不明白刘永年话里的意思。他开口询问道："刘先生所言在理，我当小辈儿的也不跟您藏着掖着，有啥话我就直说，我听您的意思，是不是对下一任大掌柜的人选已经有了谱？"

刘永年听了朱润亭的话轻笑着瞥了他一眼："嘿，我就是不说你不也知道是哪个吗？"

"哈哈哈……"朱润亭被刘永年的神情逗笑了，"想来刘先生今天在这儿约我是有缘由的，当年咱俩可就是在这间屋子里见的陈锡三这小子。"

"哎哟，他可不是小子了。"刘永年打趣道，"他如今可也四十了，孩子都那么大了，可不能再叫小子了。"

"是啊，时间过得还真快。"朱润亭接茬说道，"刘先生您既然认可了陈锡三作为接班人，我朱某人定然相信您的眼光，不过两任大掌柜交接之事非同小可，您看咱应当怎么准备，啥时候把这个事儿通知出去？"

"这事儿宜早不宜迟，眼瞅着快下霜了，今年下乡收粮的事儿还没办，我寻思着收粮之前，就交接完事，收粮的事儿就全权交给他处理，这中间我也不走，算是最后给他把把关，过了年我就回家养老咯。"

说完这话，刘永年又一仰脖，将杯中烈酒灌下，再次长叹一声，只是这一声中似乎多了些释然，也多了些畅快。

几天后，玉茗魁对外宣布——

刘永年正式退休，陈锡三接任大掌柜一职。

这个消息一出，长春商界可谓一片哗然。商人们震惊的不是接班人选，毕竟陈锡三已经在商界混出了名号，刘永年对外的表现也早就暗示了陈锡三将会成为玉茗魁下一任大掌柜。令长春城中商人们感到震惊的是，玉茗魁这等重磅消息放出得几乎毫无征兆，由不得他们不吃惊。

反观玉茗魁内部，陈锡三即将接任大掌柜的事没造成任何影响。这些年下来，陈锡三辅佐刘永年，已然成了他的得力干将和幕后高参，他早就用能力证明了自己，同辈人中无人比他更适合大掌柜的职位，这是不争的事实。

按照玉茗魁中人的想法，刘永年退任，陈锡三继任这件事儿应该要风风光光大办一场的，尤其是作为东家的朱润亭，他早已经计划好，只等新老掌柜交接之时，在六国饭店最大的宴会厅，邀请上全城有头有脸儿的人物，给刘永年办一场风风光光的退任仪式，以此聊表朱家对刘永年几十年辛苦付出的感激。

但刘永年听说此事后立马找到朱润亭，以近乎恳求的态度请东家打消这样的念头，他只想跟身边的熟人在玉茗魁的堂屋中好好喝一顿酒，然后平平淡淡、潇潇洒洒地离开，择一处清幽之地颐养天年。

面对刘永年的一再坚持，朱润亭最终妥协了。于是，二人请高人给看了个日子，定好冬月二十五，在玉茗魁后院堂屋中完成新老掌柜的交接。

1924年12月21日，冬月二十五，冬至的前一天，玉茗魁总店后院大堂屋提前两天便已经收拾出来，里头原本摆放的书架尽数移到了后头，之前放在正中间的桌椅板凳则被搬到了别的房中。

大清早，这间屋子就被玉茗魁的伙计们重新布置妥当——屋北墙前头摆上了一条长案，上面置着跟店门头上一样，只是小了几号的玉茗魁匾额。匾额前头是一个雕花精美的黄铜香炉，里头没插香。再看堂屋正中是一个巨大的圆桌，绕桌一圈摆了十几把圈椅。眼下这屋子虽然已经收拾一新，却还是有伙计不断地在屋内清扫着每一处角落，确保不会有半点儿灰尘。

虽说刘永年坚持不许朱润亭为了他的退任大操大办，但这位朱家老爷还是不惜下大本钱，请了前清御厨，早就封灶多年，有着"钱一刀"之称的钱老爷子重新出山，掌勺今天的筵席。

临近晌午，受邀参加这场宴席的人已经到场，随着今天的主角老掌柜刘永年和新掌柜陈锡三走进堂屋，众人也纷纷落座。

坐在正中位置，背靠长条案的是刘永年，在其左手边坐着的是玉茗魁的东家朱润亭，而在刘永年右手边坐着的，就是即将接任大掌柜一职的陈锡三。陈锡三再右边，依次坐着的是许久没见的二爷刘永丰、田瑞亭和其他总店各号掌柜，吴玉泽、牛大宝则伫立身后随时听候差遣。

除了玉茗魁内部人，受邀请的还有长春城里许多有名字号的掌柜、东家等，其中有鼎丰真大掌柜、春发和少东家，还有积德泉酒坊王老掌柜等，个个都是长春城里有头有脸的人物。刘永年经营数十载，这些人与他一样，都是能在这方地界上呼风唤雨之辈。

随着众人落座妥当，钱老爷子那边也开始上菜。真不愧是前清御厨，哪怕在座的各位都是吃过见过的主儿，可桌上摆的菜品每一样都叫他们忍不住惊叹连连。

开宴前，刘永年带着陈锡三在玉茗魁的匾额前敬了三炷香，而后两人一起给朱润亭敬了杯酒，二人的接任仪式也就算完成了，没有过于烦琐的流程，就像平时聚餐那么自然，但所有人的目光都随着这爷儿俩的移动而移动着，有对老掌柜的敬佩和不舍，也有对新掌柜的赞赏和期待。

敬过东家酒，筵席正式开始，在场的每一个人都是混迹商场几十年的人物，这帮人一起吃饭不可能少得了酒。也许是即将退任影响了刘永年的情绪，平日里饮酒极为克制的他今天竟率先跟众人喝了起来，在他的带领下，桌上的其他人也似被感染，不住地举杯畅饮。

这场筵席一直持续到太阳落山，众人都已经酩酊大醉时方才结束。送走了其他人，刘永年单独留下陈锡三，又跟他长谈至深夜，当晚，这两人就直接睡在了玉茗魁的后院儿。

知道此事的其他人都以为，这一晚肯定是老掌柜刘永年在给新掌柜陈锡三做最后的嘱托，抑或是老掌柜向新掌柜倾诉自己对玉茗魁的不舍。

只有陈锡三自己知道，那一晚，刘永年用醉酒后凌乱的话语给自己讲述了他从进了玉茗魁之后一直到现在的种种过往，这其中的事情，有陈锡三从没听过的，也有他一起经历过的，反正是漓漓拉拉说了半宿，一直到深夜，刘永年实在熬不住方才罢休。

"时代变了，往后的生意会越发难做，锡三啊，你莫要怪我留下个烂摊子给你呀。"这是刘永年那晚跟陈锡三说的最后一句话，多年后陈锡三记忆犹新。

刘永年说这话带着醉意，不知是喝多了还是怎么，二十几年相处下来，陈锡三第一次发现刘永年对他讲话时竟没有直视他的眼睛。

五

时代真的变了。

陈锡三始终钦佩刘永年对于时局和发展的判断,果真如其所言,过了1924年,世道大变。

首先是日本人在关东地界明显更猖狂了,以往日本人还只是偷偷地在背后养土匪祸害人,现在可是明目张胆和土匪勾结,专挑老百姓祸害,打家劫舍的事儿是一件不落下。

现在的长春城外匪患横行,这队人马还分成两派,一派是以许大山炮为首的亲日派,他们从日本人那拿粮饷,平日里为祸乡里,但凡日本人一声号令他们就跟着为虎作伥。而跟这帮人相反的就是林四的大当家——鸡冠子山刘大拐子手底下的几票人马。这帮人以刘大拐子为首,分成四五伙儿隐匿在山间,平日里也不欺负老百姓,专门盯着许大山炮的人打,偶尔遇到些落单的日本人他们也敢下手,十里八乡的老百姓一提起他们,全都竖起大拇哥。

城内的情况照比之前也有了许多不同。日本人势力大,而现在日本商会的会长正是那个井上智言。自打那次被俄国人带走之后消失了好几年,这回当上了商会会长算是给了他找玉茗魁寻仇的机会,几次三番派人找碴,弄得玉茗魁上下人心愤愤。

而要说在1924年后变化最大的,当属玉茗魁。有刘永年先前

的基础，在新任大掌柜陈锡三和一众掌柜的经营下，玉茗魁已经成为东北地区首屈一指的百货商行，几十家分号遍布东北各地，且靠着海外货运的渠道，玉茗魁可谓是声名远播。

玉茗魁的风生水起不单靠之前的经营积累，陈锡三当上大掌柜后的大胆革新起到了至关重要的作用。

陈锡三正式当上大掌柜之后干的第一项工作便是重新制定了玉茗魁上下员工的劳金制度。

所谓劳金，就是指在店里工作所获得的薪水。以往，玉茗魁的伙计、跑堂包括学徒在内都是按月领固定份额的劳金，每年年底，东家还会给包个红包。而从管班儿往上，到各分号掌柜以下的中层管理人员，收入方式也跟伙计们一样，只是劳金和年底的红包会多一些。而再往上，从穿堂掌柜一直到陈锡三这个大掌柜，他们的收入结构就跟底下人不同了——除了每个月领劳金之外，他们在年底不收东家的红包，而是计算好各号一年下来经营所得的纯利润，将六成利润交给东家之后，各级掌柜按照职务高低，依次照比例分得其余的四成。

陈锡三找到朱润亭，提出将劳金分红的算法重构。在他的构想中，不仅各级掌柜能够参与分红，玉茗魁上下所有正式员工都能参与进来，也就是上至大掌柜，下到普通伙计，所有人都在年底取消固定红包，改成浮动分红。同时，年底玉茗魁与东家之间的分润也由原本的四六改成五五，结算好全年利润后，五成送交东家，五成则由各级掌柜分拿其中的三成、中层管事分拿其中三成，余下的四成均分给最基层的员工。

陈锡三的这个想法一说出来便遭到了朱润亭的质疑，其他的都还好说，唯独玉茗魁和东家的分润由四六变成五五这一点朱润亭不能接受。这样的情况在陈锡三的预料之中，面对质疑，他仔细地给朱润亭讲解了通过全员分红的方式，提高伙计店员的积极性能为玉茗魁的经营带来多大的提高，紧接着又拿出账本，为其证明这样的分红方式虽然东家的占比变少，但实际所能获得的利润会变得更高的可能性。

最终，朱润亭还是选择相信陈锡三。在他看来，自己虽然还是不太能理解陈锡三的设想，但他相信陈锡三的经营头脑，过往的种种事情也都证明了，陈锡三总能前瞻性地看到别人看不到的东西，在大家对某些事情持怀疑态度时做出最正确的决定。

而从后边的发展来看，朱润亭对陈锡三的信任没有被辜负，新劳金制度经过一年的试运行，朱润亭在每个月的报账中切实地感受到了"全员占股"这一举措对员工们的激励作用，年底的结算完成后，朱润亭看着自己虽然只占五成，却比往年多了许多的利润，更是对陈锡三的安排大加赞赏，也自此打消了对陈锡三接手玉茗魁的些许疑虑，真正做到了像之前对待刘永年那样全盘放手，将玉茗魁放心地交给陈锡三打理。

陈锡三正式当上大掌柜之后，对店内上上下下许多经营细节做了不少调整，其中许多问题都是在刘永年掌管期间就存在的。老掌柜年岁大了，很多细枝末节的小问题不愿意亲自出面处理，另一方面，他也是有意留一些问题，给陈锡三这个新任大掌柜发挥的空间，以此树立大掌柜的威信。

陈锡三自然心中明了，他自己也在店内干了这么多年，很多问题他心里早就有数，这一次就一并解决了。而对于玉茗魁的伙计们来说，出外讨生活为的就是赚钱，虽然现在制度较之前严格了，但是赚的比原来多了，所以大家伙儿的积极性越来越高，店里的生意也越来越好。玉茗魁总店陆续扩张到十间门脸，分店也遍地开花，玉茗北、玉茗栈、玉茗顺也做得风生水起，琳琅满目的好商品让老百姓越来越愿意光顾这个长春老店，玉茗魁已成为那个时代老百姓心目中非常重要的城市符号。

为了让玉茗魁的口碑以及货物走得更快，走得更远，陈锡三重点发展了一支特殊的队伍——货郎。货郎专门穿村过镇，能将销售网深入到村镇，农民喜欢玉茗魁的货，货郎自然就要到玉茗魁进货，一个货郎一次买一两包棉布和一些土货，按理说这个数量，不算批发，但是陈锡三都给他们批发价，久而久之货郎都愿意到玉茗魁进货，几十个货郎长期从玉茗魁进货，合计起来的交易额颇大。货郎，非有便宜不来，非占便宜不走，玉茗魁深谙此道，尽可能满足他们的要求，为其货物的流通设置了良好的通道。

借着发展货郎的力量方便，陈锡三和林四也建立起了一个秘密交通网。交通员利用货郎的身份，为在山里打日本人的林四运送物资、传递城里的信息。覆巢之下，焉有完卵？在暗无天日的日伪统治期间，也许这是陈锡三作为一个有良知的国民唯一能做的事。

店面经营的商品品种较之前增加了很多，但陈锡三始终惦记一件事，就是给玉茗魁添一款高档白酒。

说起酒，玉茗魁的货架上一直以来都不缺，不论是本地特产酒还是东洋、西洋的进口酒，种类相当丰富。可是种类虽多，这些酒的档次却不高——也不是进不到好酒，而是对于一直以来更多面向普通百姓的玉茗魁百货而言，高档酒不是很能卖得动。这年月，兵荒马乱的，老百姓生活质量不高，吃饱穿暖是消费的首要目的，对于常借来"浇愁"的酒，百姓的消费水平始终处于最低层次——"反正都是醉，花点小钱，晕乎乎的不就行了？"

现如今，随着玉茗魁经营规模逐渐扩大，自然而然需要随着客户群体的变化而进行升级，因为玉茗魁特殊的地理位置，之前玉茗魁面对的顾客多是农民，现在玉茗魁规模大了，分店也多了，更多的长春市民愿意在玉茗魁消费，也不乏有很多城市的大百货商店来玉茗魁进货，低端酒依然畅销，但也是时候推出一款高端酒了。

要说这个年月，关东地界上叫得上名的产品基本都是洋玩意儿，这也不是崇洋媚外，而是洋人整的东西确实新鲜，质量又好。但在陈锡三看来，别的产品说国产的不如洋货他勉强认可，但酒这个东西可太有讲究了，那些洋人整的什么伏特加、威士忌，跟他给玉茗魁物色的这款高端酒相比简直逊色太多。

陈锡三物色的这款酒就是长春城中鼎鼎大名的积德泉。

说起这积德泉，长春地界少有人不知道，它是由北边宽城子的一处泉眼而得名。

这件事进展得很顺利，虽然积德泉酒本身已经很有知名度，但对玉茗魁这样的百货行业魁首抛出的橄榄枝，积德泉酒坊的大掌柜王玉堂没有不接的道理——一来成为玉茗魁的供货商能让积德泉酒有更广的销售渠道；二来王玉堂本人与陈锡三一见如故，二人相差几岁，王玉堂小些，他们都是关里人闯关东来到的长春城，并且都是伙计学徒出身——王玉堂最早在钱庄当学徒，一路摸爬滚打创下如此家业，他对有着类似经历的陈锡三颇有好感，所以两家的买卖也就水到渠成。

之后不久，陈锡三组织开会定下本年度收粮安排，并由他亲自带队完成收粮任务。

这次收粮与以往稍有不同，这一次除了粮食外，陈锡三还要收一大批今年需求量激增的物资——甜菜。

其实早在民国初年，甜菜这东西就已经在关东地界广泛种植了。民国时期，俄国人率先在东北成功种植甜菜，一举垄断了东北的甜菜种植业。在巨大利益的吸引下，日本人后来居上。为了获取更高的利益，两国在中国东北不断扩大甜菜种植面积，力图增加甜菜产量。

其实俄国人和日本人在东北种植甜菜前，在各自国内已经有了

较为成熟的甜菜种植技术和经验。但是随着市场的不断扩大，日俄国内甜菜收获量和产糖量远远无法满足本国市场的需求，因此需要积极寻找适宜甜菜种植的国外场所。东北得天独厚的自然条件和社会条件满足了日俄的需要，所以才有了今年的甜菜需求量突然增加的事儿。

甜菜背后的门道，以陈锡三现在的眼界看得是一清二楚，但眼下甜菜作为抢手的货源，玉茗魁如果大肆收购，肯定会触及日本人和俄国人的利益。可纵使这样，陈锡三也根本没犹豫，在出发前的会议上，他直接拍板——"收甜菜的事儿就直接定下来，能收多少咱就收多少，不用跟这帮洋人客气，一来咱们经商以利益为先，市场上需要甜菜，咱们收就是了，不犯毛病；再一个，如果是日本人和俄国人下去收甜菜，指不定得怎么坑老百姓呢，咱们玉茗魁虽然从中间牟利，但给的价格绝对公道，这事咋的也不能让洋人抢了先。"

说完这些，陈锡三点兵点将，除了平日里干活儿牢靠又信得过的伙计之外，又叫上了牛大宝和吴玉泽二人，与自己一道兵分三路下乡收粮。此次外出，陈锡三安排牛大宝走最稳妥的南路，这条道玉茗魁的商队常年行走，最为畅通稳妥。安排吴玉泽走东路，这条道玉茗魁的商队也走了有些年头，安全性相对较高，就是路程比南路远了些。在吴玉泽出发之前，陈锡三反复叮嘱一定多加小心，收粮事大，直接关乎玉茗魁粮站来年的生意，且临近入冬，外头匪患猖獗，沿途一定多加注意，别让绺子把好不容易收上来的粮食给抢了去。

安排好牛大宝和吴玉泽，陈锡三自己带着车队最后出发。他走的是北路，这条道路最危险，出了长春城往北走，正要路过绺子盘踞的"三山二岭"，而要想到达北边收粮的目的地，这又是唯一的道路。陈锡三将这条路留给自己，心里也没底，但他又不能瞅着吴玉泽和牛大宝前去犯险，只好硬着头皮闯一闯这名声在外的"三山二岭",看看其中到底有什么门道。

这次下乡,陈锡三做足了准备,他暗地里托于警长从黑市淘换了两把国内产的毛瑟手枪外加三十发子弹,一把贴身藏在怀里,另一把就放在他跟着的头车货袋子底下,两把枪随时都能拿到。而后他又跟钱庄的赵掌柜换了些小金豆子,这些小金豆子虽然不大,都能扣进指甲缝里,但是这些金豆子就是他遇到绺子时的保命钱。

准备妥当,陈锡三带着二十人的队伍,趁大清早天还没亮就直奔北门而去。出了城门专拣大路前行,陈锡三叮嘱伙计们到下一个驿站之前一步不能停。伙计们也知道其中险要,趁着刚出发的冲劲儿脚下生风,风风火火地直奔驿站而去。

要说陈锡三这一路上还真是顺风顺水,出发三天,一队人马就到了第一个收货地点,这里早有提前安排好的伙计将货物收购妥当,只等陈锡三带车队来运走。

从货物装运到交接也没出任何意外,这让陈锡三心下稍定。转眼又过了十五天,陈锡三带着车队行走了北边八个乡镇,粮食、山货、皮料等物装了满满十大车,一行人浩浩荡荡地便往长春城开去。

变数出现在回程的途中。

这天陈锡三带着车队人马在官道上行走,虽说已至深秋,但正午的阳光着实烤得人烦恼。一伙人出来半个多月,一路上顺畅非常,也就没了来时的谨慎小心,一个小伙计走上前来试探着跟陈锡三商量能不能在前边树林子底下歇歇脚。陈锡三瞅着这片林子遮挡出的一片树荫也是眼馋,寻思着还有半天的脚程就能进城,也就没有苛责,吩咐众人在前边稍事休整。

可陈锡三众人刚在树林中坐下还没有半刻钟,就听得林子深处靠着山根儿的方向传来一声口哨,紧接着便是窸窸窣窣,然后是人

群在树林子中奔跑的声音……

陈锡三闻声顿觉不妙，赶忙招呼人拉上车快走，但为时已晚，眼见一群绺子模样的人端着土枪大刀围了上来，他也只能将手伸进里怀，握住自己的毛瑟枪。

可当一众绺子围上前，陈锡三嘴角顿时扬起笑意，不是他被吓傻了，而是在这一众绺子中，他赫然看见为首那人竟然是林四。

"哎，四哥。"陈锡三确认是林四，便伸着手一边挥舞一边放声喊，"四哥，这也太巧了吧，咋在这遇到你了呢？"

远远走过来的林四见到陈锡三也是欣喜，但他没搭话，只是走上前来冲着陈锡三的肩膀擂了一拳。

"我说，你这一行人拉着这老些货，就敢在这儿歇脚？不知道这'三山二岭'的威名？"

林四这话说得很严肃，陈锡三一下子冷静了下来。

"四哥，这不是眼瞅着就到长春城了吗，天头实在太热，我寻思在这儿歇一下。"

"哥们儿，你知不知道，你们这车队打从长春城里出发的那天就被盯上了？"

"啊！"

林四这句话让陈锡三心里一惊，他只觉得一路上顺风顺水，着实没想到他们的行程竟然都在别人的监控之中。

陈锡三念头飞转，这边林四继续说道："要说还得是咱哥儿俩，做买卖的事你门儿清，这江湖上的事还得是我来给你办。"说着话，林四咧嘴一笑："兄弟，这回你也是点子好，你出门的消息我也得着了，便暗中给你一路保驾护航，在这'三山二岭'的地界上，各家老大还是得卖我几分薄面的。"

听到这些，陈锡三恍然大悟，原来自己一路上能顺风顺水地通过这险峻地界，全靠着自己这林四哥。同时，他也是一阵后怕，自己出发前就预料到这一路定然会凶险异常，多亏了林四哥，不然自己这一行人和货物不定得遭什么样的劫难。

想到这，陈锡三对着林四又是一顿感谢，林四与其寒暄一番后就带着人先行离去，临走前还跟陈锡三约定了联络的新暗号，只需要让人从城北出大门右拐走上半里地，见着三岔路口的老榆树，轻敲三下重敲两下之后，自然会有林四的人出来接应传信儿。

留下这些信息，林四带人便撤，余下的路程他早已为陈锡三安排好了。

而陈锡三也不再在树林子里逗留，带着人赶紧奔着长春城而去。

进了城，伙计们将大车拉到玉茗魁后院货栈清点卸货，陈锡三则带着这次出去的账本和管账先生一起去账房核对。一切停当，陈锡三长出了一口气，自己这一条线可算是顺利完成，而且听说牛大宝带队的南线昨天就已经回归。根据出发前预计的时间，吴玉泽要么今晚要么明天也该回来了，吴玉泽虽然性子急，但做事还比较稳当，应该不会出什么岔头。这样一来，陈锡三也就放下心，美美地回家寻许久未见的老婆孩子去了。

六

　　隔天上午，陈锡三本可以在家休息三天，但还是来到铺面前后照应着。在玉茗魁这么多年，从一个半大小子变成一个四十多岁的中年人，陈锡三早已经习惯了每天到玉茗魁来的生活，一天不上铺面转几圈儿，他的心里都不踏实。

　　更何况今天应该是吴玉泽带收粮队回城的日子，他到店里等着，只待吴玉泽顺利回归，清点完货物，对完账，这收粮的任务就算真正完成了。

　　可时候来到晌午，午饭都吃过了，陈锡三也没等来吴玉泽，却等来了一个灰头土脸的伙计，和他带来的消息——

　　吴玉泽连人带货叫绺子给劫了！

　　再次听到绺子，陈锡三脑子嗡的一下，怕什么就来什么，现在的绺子可不比早年，日本人为实现霸占东北之目的，与土匪勾结。听老人讲，还在清朝时，就有不少日本人抑或日本人的狗腿子混进土匪队伍之中，从事收集军事情报的间谍活动。他们拉拢东北各帮土匪，并给各匪帮供应枪械子弹，后来干脆亲自招兵买马建立土匪武装，专门干烧杀抢掠的事儿，而且下手黑得很——一般土匪以抢钱为目的，而这帮日本人养出来的土匪不光抢钱，欺男霸女等脏心烂肺的事那是一件不落。

第四章 新京

话说回眼下。

来送信儿的小伙计也是个机灵人，他一路上没有声张，回城后以最快速度直接找到陈锡三，将吴玉泽被劫的事情通报了。陈锡三得到这个消息如遭雷击，他没想到自己安排的线路中，最难走的没出岔头，却在吴玉泽这条线出了问题。

但没时间给陈锡三抱怨，他快速稳定心神，向被放回来报信儿的伙计问了具体细节。

原来，吴玉泽所带的车队出发时也是一路顺畅，到乡下之后也是满载而归，他那路不像陈锡三这边收的货物种类比较杂，吴玉泽走的东路收货以粮食为主。据伙计讲，当时他们满满当当收了十一车粮食往回来，全程都在吴玉泽的吩咐下没有声张，低调赶路。起初也还行，虽然也遇到过几处有绺子设卡，但吴玉泽报上玉茗魁的字号，再打点一番之后便也都顺利放行。可就在走到歇马岭的时候出了事儿，车队路过岭下便被一伙强人围了，领头的报号叫什么一刀红，这名号从没听说过，吴玉泽上去交涉，两句话没到的工夫就让人家一枪把子给撂翻在地，连人带货给绑上山去了。

陈锡三不由得心头冒火气玉茗魁常年各处走货，长春城方圆百里内的大小山头多少都有照应，可这回劫了货的这个一刀红他从没听说过，而且吴玉泽出发之前陈锡三也嘱咐过，遇到绺子一定要先行打点，吴玉泽就算性子再刚烈也不可能在这种事情上办差。可听伙计说的话，这伙人不由分说就绑人劫货，中间肯定有啥事儿。

陈锡三稳定心神，又问那小伙计："你是被那伙绺子放回来报信的？你走之前吴玉泽和其他伙计们都咋样，有没有出啥问题？"

"回大掌柜的话，我回来的时候大伙儿都还行，除了吴掌柜脑袋被那个一刀红砸了一枪把子之外，其他弟兄只是被捆了关在马棚，都没受啥伤。"小伙计答道。

"那个一刀红放你回来有没有带啥话？"

"有的有的。"小伙计可能是受了惊,这时候才想起来人家让传的话,"那个领头儿的说了,那批货里的八车粮食他们借用过冬,剩下的三车皮料和山货连带着人一共要二十根金条来赎,期限五天,要是到时间了没见到钱,他们就撕票,还要宣扬出去。"

听了这番话,陈锡三心里犯起了嘀咕,咋想都觉得这给时间讹钱,不给钱就要四处宣扬的手段很熟悉,就好像当年那个日本人井上智言一样,现在这损招咋还让占山的绺子给学了去?

这事儿蹊跷,一定要考虑周全。陈锡三冷静地吩咐心腹先将小伙计安顿下来,并嘱咐不要声张,一边赶忙动身去找牛大宝,将这件事来龙去脉跟他讲清楚,交代他赶紧去城北那棵老榆树联系林四,看看他那边有没有解决办法。

刚送走牛大宝,陈锡三就脚步不停,直奔前堂,找到主管接收这批货物的孙掌柜,跟他交代吴玉泽这边路上有事耽搁几天。将店里众人安抚好之后,陈锡三回家揣上自己的毛瑟枪,跟家里人交代一番便奔着于警长住处而去。

话分两头,且说牛大宝从陈锡三那得知吴玉泽遇险,便马不停蹄朝着城北赶去,出了城门向右拐,走了半里地,见到老榆树之后按照陈锡三交代的轻敲三下又重敲了两下,片刻之后,从树后不远的草垛子里钻出来一个鬼头鬼脑、探子打扮的瘦小男人。

这男人上下打量了一番牛大宝,歪着脑袋问了一句:"你是哪条路的?"

"玉茗魁的,找林四。"

"啊?"牛大宝此语一出,男人一愣,半响才反应过来,"你找四爷啥事?先跟我说。"这探子没动窝,继续问道。

听探子这么说,牛大宝也不磨叽,一股脑儿将事情原委说了一遍:"玉茗魁吴玉泽被歇马岭的一刀红连人带货给劫上山了,那边放话五天之内拿二十根金条交人,我们陈锡三掌柜想让林四……哦……林四爷帮忙给打听打听,看看有没有法子疏通疏通。"

那探子听到这番话也是直皱眉头,显然对这事情的严重性心中有数,当即表示自己这就回去传信儿,明天这个时候二人还在此地见面。这人还安慰牛大宝那边已经放出条件,就不会轻易撕票,让玉茗魁这边只管放心,他这就回去请示四爷。

刚要走,这男人又停下来跟牛大宝补充道:"兄弟,以后记着点,咱家四爷江湖报号双山龙,跟底下兄弟直呼他老人家的大名俺们不一定听得明白。"

说完话,男人留下一脸尴尬的牛大宝转身离去。

再说被绑上山的吴玉泽这边。

吴玉泽当时碰到绺子劫道还真没太当回事儿,这一路走一路打点,也没见哪个山头不给面子的,可谁承想,到了歇马岭,自己上去招呼还没打完就让人家一枪把子给打翻在地。

在吴玉泽看来,这伙人肯定跟寻常的绺子不一样,这年月当绺子是为了啥,不就是为了活命,为了弄点儿钱有口饭吃。虽说绺子里多是亡命之徒,但他们一个比一个精明,一般不会太过为难城里的大买卖人。像玉茗魁这种名声在外的大商号,通常都是要么直接拜一路大绺子,打着人家的旗号一路畅行,再就是像自己这样碰着劫道的就打点一番,再报上自家商号也就放行了。

可这歇马岭的什么一刀红,连说句完整话的机会都不给,着实出乎吴玉泽的意料。

现下吴玉泽正被反绑了双手关在歇马岭山头后的马棚子里,他身旁还绑着二十九个他带出来的伙计。

眼看着这样的形势,吴玉泽一时间也没有啥好办法,只能干瞪眼。只不过他心中还有希望，那个报信儿的伙计这会儿估计已经将消息传了回去，陈锡三他们肯定会想办法营救，以他们的本事，肯定能对付这些土匪。

就这样，吴玉泽在这破马棚子里度过了一个难眠的夜晚，直至天擦亮，他才扛不住困意沉沉睡去。

可感觉自己似乎没睡多久，吴玉泽就被人粗暴地一脚踹醒。他迷迷糊糊睁眼，皱着眉头刚要发作，却见自己前头站了两个熟悉的身影，一个是当天给了他一枪把子的一刀红，而待看清另一个身影，吴玉泽不由得大叫出声：

"于大哥？你咋在这儿？"让吴玉泽惊叫的不是旁人，正是已经升任警察厅厅长的于大哥。

于警长和陈、吴二人可谓是不打不相识，自从经过林四引见化解误会之后，于警长借着自己身份明里暗里没少给玉茗魁的买卖行方便，而陈锡三、吴玉泽也不是用人朝前不用人朝后的主，他们隔三岔五以玉茗魁的名义给于警长送些南北俏货作为礼品。日子久了，他们的交情越来越厚。就在这回运粮队出发前不久，陈、吴二人还登门祝贺于大哥升任警察厅厅长，三人喝酒直至深夜，未想到今日竟在此地相遇。

眼瞅着地上被绑着的吴玉泽叫出声，跟一刀红站在一起的于厅长没有搭话，只听他哈哈大笑几声，拍着足足矮了他两个脑袋的一刀红的肩膀说道："你看，孙老弟，哦，孙团长，我没诓你吧？这小子我真的认识。"

"哦，没想到啊，大水冲了龙王庙，还真就逮到了一个认识于厅长的人。"这一刀红声音尖细，说起话来总有股阴阳怪气的味儿。

"孙团长,我这大老远跑来一趟,赶上这事是不是给我个面子?给这些小兄弟放了得了。"

"哎哟,那可不行。"一听于厅长这么说,一刀红直摇脑袋,"于厅长,您来我歇马岭是受井上先生之托给咱送装备来了,您跑这一趟兄弟自然承情,好酒好菜给您备着,临走时候该拿上的东西也一样不少,可您要是说放这些个人走那是万万不可。您也知道咱这绿林的规矩,讲的就是一个名声,今儿要是说他们跟您认识,我给放了,那明儿又绑来人说跟其他人认识,我也放了,那您说我这碗饭还吃不吃了?"

见一刀红就着自己的一句话说了这么一堆,俨然一副吃了秤砣——铁了心的架势,于厅长也就不再坚持,而是转变态度,笑呵呵地拍着他的肩膀,转身边走边说道:"哎呀,孙团长也别那么认真,我就是随口一说,我们也没啥交情,别因为这点儿破事伤了咱们之间的和气,你说是不是?"

说着话,于厅长揽着这所谓的孙团长转身往回走,却也给吴玉泽递了个眼神,眼下形势吴玉泽也难以分辨于大哥是何用意,可他眼珠一转,猛然间计上心头,随即开口道:

"孙团长留步,我有要紧的情报跟您说。"

吴玉泽这一声喊果然让孙团长停了下来。他转身用疑惑的眼神看着吴玉泽问道:"你有啥情报,可别想耍什么花招!"

"不能,不能。"吴玉泽直摇头,摆出一副老实相说道,"我那天被孙团长的威势给镇住了,都没想起来说,这会儿看到了于大哥才反应过来,头些天我去东头收粮的时候,在草席堡子再往东十多里地的地方发现了一个土财主的大园子,就在山根底下,以前我都没发现,据说是今年才在别处躲事儿迁过来的,那家人一瞅就是个肥户,孙团长要是信得过,我带您去给他砸了,包您来年一整年都不用下山劳累。"

"呵呵。"吴玉泽话音刚落，孙团长便冷笑起来，"放你娘的屁！这方圆百里的地界上谁家是富户我心里没数？那草席堡子穷得叮当乱响，一年到头进去的外人除了你们收粮的之外不超过一巴掌，哪迁来的富户能往那住？我看你是纯纯地耍花招。"

吴玉泽说这话出乎于厅长的意料，但眼瞅着孙团长并未相信，他赶忙接过话茬："哎，孙团长别着忙，这个新迁来的富户我好像是有所耳闻。"

"咋的，于厅长你是听过这事儿？"孙团长还是疑惑。

于厅长一撇嘴："兄弟我来你这之前在附近的各个山头行走了快一个月，给众当家的送装备、封官职，消息自然知道得多一些，咱这离得远，东边那头的大马棒他们可都已经计划着砸这个窑的事儿了。"

"哎呀！确有此事？"这孙团长声音本就尖细，一疑惑起来更像唱戏一般，"要真有此事的话，那可绝不能让那个大马棒抢了先，就属他消息灵通，砸肥窑的事儿也是回回他抢先，这回决不能让他得手。"

此言一出，于厅长和吴玉泽顿觉事情有门儿，二人随即一对眼神儿，吴玉泽开口道，"孙团长，您看要不这样，您把我这些弟兄放回去，我给您引路，咱抢在大马棒他们之前砸了这个窑，回头我再把我带上来的粮食给您留两车，您看咋样？"

"嗯？"一听吴玉泽说这话，孙团长眼睛眯缝了起来，随即又阴阳怪气地说道："这没边儿的话你咋寻思说出口的？放人，还要给我留下两车粮？你可赶紧滚一边去吧，放人行，那边那个谁，你过来！"孙团长说着话，指向旁边的一个手下，"你上那边再放一个年轻点儿的伙计让他下山给玉茗魁送信儿，让他们后天就得把二十根金条准备好，见着钱了我把除了这小子的其他人放回去，这小子留着跟我砸了那个肥窑之后再看表现放人。让他们抓点紧，我这着急出门砸窑。"

七

吴玉泽被绑上山的第三天晌午，距离一刀红最新定下的赎人日子还有最后两天半时间。

晌午之前，陈锡三收到两个消息。

一个是林四那边的探子给牛大宝回了信儿，说的是林四派人跟歇马岭的人沟通被拒绝，无奈之下林四准备带人以更直接的方式解决，他一早已经带人出城，这会儿正在城东等着陈锡三前去会合。

另一个则是于厅长差人从歇马岭传来的消息，这人是于厅长心腹，以回城联络装备为由给陈锡三送信儿，说的是于厅长现在正在歇马岭，已经见到了吴玉泽，让陈锡三快点想办法前来营救，因为日本人和那个一刀红有勾结，他现在的处境比较被动，但若是孙团长要对吴玉泽下手，他也断然不会坐视不管。

这两个消息传到陈锡三这里，他就已经有了决断，吴玉泽肯定要救，但不管是由着林四带人强攻还是自己跟于厅长配合都不是啥好办法，但也正是因为这两人，给了陈锡三一个新的思路。

打发走送信的伙计和小警察，陈锡三马上找来田瑞亭，让他找几个信得过的机灵伙计，以玉茗魁的名义给长春城里几家中国人买卖的掌柜送去一封帖子，说明今晚陈锡三邀请诸位掌柜在玉茗斋餐厅一聚，并告诉这些掌柜有要事相商。

安排完这些，陈锡三又给那所谓的孙团长写了封信，信上说明玉茗魁救人赎货之心，但苦于眼下筹钱困难，没有足量的现金，金条这种贵重物件想要一下子换出来二十根，一定要经过日本人的手，这样一来困难重重，希望孙团长能够稍微宽限几天，五天时间内，玉茗魁一定凑够二十根金条前去赎人。

当晚，在玉茗斋餐厅雅间中，陈锡三和田瑞亭一起见了长春城里有名有号的中国商人，除与陈锡三向来交好的积德泉酒厂掌柜和悦来栈长春地区的苏经理外，鼎丰真、东发合、真不同的大掌柜、裕昌元的大掌柜也派了自己心腹来参加酒局。

酒席宴上陈锡三和诸位掌柜交谈许久，散场已是午夜时分，目送最后离开的积德泉掌柜，陈锡三和站在身边的田瑞亭还有悦来栈长春地区的苏经理又返回了餐厅当中。

餐厅三楼的总经理办公室，陈锡三、田瑞亭和苏经理一起疲惫地靠在沙发上喝茶。

"我说老陈，你今晚说的法子，能好使吗？"苏经理一脸担忧地问沙发上皱着眉头的陈锡三。

"日本人只要还想继续维持自己的形象，他们就不会对咱们要做的事袖手旁观。"陈锡三仿佛很疲惫，又在不断地思考着什么，说话也没睁开眼，只皱着眉头倚在沙发上。

陈锡三说完，田瑞亭接过话茬继续说道："日本人向来这样，净干婊子都不屑的事，但明面上还得立牌坊。他们背地里养绺子这事咱们清楚，老百姓可不知道其中的情况，咱们要把这事半真半假地说出去，一来影响他们的形象，二来咱们这么多本地大商号绑在一起做事，日本人也得掂量掂量咱的分量。"

苏经理本是悦来栈酒店沈阳总部外派过来的经理，刚到任长春不太久，虽很快与陈锡三等诸多本地大掌柜相识，但对此处商场还是不甚了解。本来他在席间对陈锡三提出来的计划有些怀疑，但听到田瑞亭这一番解释也就明白了其中用意，只见他略一思索说道："要是真像田大哥说的这样，那我就放心了，咱们几家买卖合起伙儿来，由不得日本人不把人和货还回来。"

听到苏经理这么说，陈锡三睁开眼瞧着他，意味深长地说道："日本人咋可能还货放人？咱们合起伙儿来整事也是为了给自己争取更多的经营空间，好避免以后老让日本人养的绺子影响货运。至于货和人，我自会趁着这个机会另外安排营救。"说到这，陈锡三稍一停顿，又继续道："再者说，要是单单为了救人救货，咱也不好兴师动众惊扰大伙儿跟着一起。就是就着这个由头，给自己找条出路罢了。"

当夜无话，且说转过天来，长春城里的百姓早上出门就发现了怪事——

鼎丰真、东发合、真不同在城里的各家点心铺子纷纷在门口立上了牌子，牌上写着点心涨价信息，还写明了由于运输困难，不得已才上调价格，牌子旁边还安排了伙计，专门给有疑问的顾客解释，现在城外土匪猖獗，商号运货十不存半数，剩下的都被人劫了去，而且听说那帮土匪都拿着一水儿的日本宪兵装备，就算商号花了大价钱给运输队武装起来也保护不了货物安全。

点心铺子门口的市民们听到这样的解释议论纷纷，有明白其中缘由的还会给身边人解释，那帮绺子的装备据说都是日本人给的，这帮丧良心的玩意儿就是想整垮咱中国人的买卖。

点心铺子这边大家还只是议论，到了积德泉酒厂城内直营店铺这里就热闹了。要说积德泉的大掌柜和陈锡三的关系确实够铁，他一大早直接没开店门，安排店里的伙计们站在门口，给前来买酒的百姓解释，并且直接告诉大家，就是那帮日本人资助的土匪抢了他家的酒，导致大家没得买。

在伙计的煽风点火下，买酒的市民有的感叹，有的气愤，甚至有几个揣着花生米，常在店里打酒的酒蒙子直接吵嚷起来，更有甚者当街大骂日本人的无耻行径害得他们没酒可买。

这些人在积德泉直营店门口的吵嚷很快就引来了巡警，吵得最欢的几个酒蒙子也是被气迷了心，直接对着警察撒起气来，直言这帮人跟城外的绺子一样，是日本人养的走狗。这些警察一怒之下直接抓走几个，之后才连哄带劝地驱散了众人。

且说随着头天晚上参加酒宴的商号抬涨了价格，一些没有参加酒席，对其中内情一无所知的商号掌柜也动了心思，甚至有些外国商号也跟着抬价，毕竟现在有了这么好的一个能不得罪主顾的涨价理由，大家还是乐见的。

如此一来，短短两天的时间里，长春城内除了日本人自己的买卖，几乎所有的商号都借着城外绺子的事涨了价，日本人养绺子劫货打压中国商人的事更是传得满天飞。

就在众商号借由头抬价的第三天，陈锡三等到了于厅长差人带来的消息，一刀红接到了日本人最新的指示，让他近期暂停对商道的劫掠。

得到消息，陈锡三知道时机已到，于是马上联系早已准备好的林四，让他带人趁着一刀红人手调动的时候上山救人。

来人还说，这次事出紧急，于厅长又不在城内，是日本人亲自到山上送的信。陈锡三一听有日本人在山上，心下更是有了底，有日本人在，一刀红更分不出精力应对林四的袭击，而他在日本人的眼皮子底下被人干了一票，这脸可属实是丢大了。

事情进展得很顺利，就在陈锡三和一刀红约定好的第五天时限将到时，林四的人传来消息，吴玉泽已经得救，并且货物一车没少。

原来，林四带人打上山去的头一天，一刀红接到命令说近期暂停劫掠，便将多数手下遣了出去，让他们各自下山回家——这帮人本来就都是附近农民，歇马岭也不是水泊梁山那种山寨。这帮人只是一有"买卖"就临时凑起来的团伙而已，如今得暂时"停业"，一刀红也不愿留他们在身边吃白食，当然让其自行散去等着再来"活儿"。此时，一刀红只留了几个心腹和他一起招待日本人。

要说赶得也巧，林四打将上去的时候那日本人还没走，一刀红心里清楚要是日本人在他这出了事，那他一百个脑袋也不够掉的，于是便领着剩下的人拼死保护日本人，可当时的歇马岭绺子人数上实在是照比林四他们少太多，况且他们可没有林四这边训练有素，稍有优势的日本装备在他们手里竟跟烧火棍一般。

就这样，林四带人轻松打上歇马岭，在只有几人轻伤的情况下，将包括那日本人在内的所有人就地拿下。

八

歇马岭的事情一了，于厅长回到警察厅直接打了份报告，说是在歇马岭上突然遭到一伙不明武装分子的袭击，歇马岭的绺子被打散，大当家孙小个子和二当家都被打死，自己当时本已离开，但听到枪响后又折返回去，遗憾没能救下日本代表，自己也受伤逃回。为了佐证这份报告的真实性，于厅长一狠心，在回城之前还特地朝着自己的左胳膊来了一枪，这一枪虽没有打实，子弹擦着胳膊过去，却也在皮肉上拉出一道挺长的口子，血淋淋的皮肉翻卷着，就凭这道伤口，也能免了其他人的怀疑。

这些事情陈锡三都是后来才知晓，玉茗魁货物被歇马岭劫去这事儿从没对外声张，旁的人一概不知情，而知道具体情况的人要么不会对外讲，要么已经死了，所以于厅长的这一招瞒天过海也算是天衣无缝。当然，陈锡三在得知于厅长受伤之后，因避讳他人起疑而不能去探望，无奈，他只能在店里干着急。

除了着急之外，陈锡三可是一点儿也没闲着，当天下午，他跟吴玉泽回到店中时已至傍晚，二人简单收拾一下就各回各家。

话说回现在，坐在堂屋正中的朱润亭笑吟吟地看着走进来的陈锡三，示意其在一旁坐下。陈锡三能看得出朱润亭心中的喜悦，但经历了这几天的惊心动魄，陈锡三的内心却有些忐忑。

"好你个陈锡三哪，以前没看出来，叫你那老实巴交的外表给骗了呀。"朱润亭一开口，笑意完全隐藏不住。

"东家，您这是咋啦？"听朱润亭如此说话，陈锡三心里有些慌张，这老头儿往常都板着脸一副威严模样，今儿这一出真是让陈锡三意外。

"啥咋了，我这不挺好的吗？"朱润亭一句反问中间都夹着笑意，"我就是觉得你这次事儿办得利索，漂亮，不论是手段还是胆识都让我刮目相看啊。"

"哎呀，东家，您可别这么说。"听到朱润亭这么夸自己，饶是他四十多岁了，脸上也有些挂不住，只见他红着脸应答着朱润亭："东家，我是您看着长大的，咱那么多货咋能白白便宜了土匪呢？再说，吴玉泽我们都多少年的兄弟了，我也不能看着他让绺子给撕票了。"

通过这次的事儿，陈锡三也有些许感慨。随着年纪的增长，面对问题时他想得也越来越多，这次他借力打力，不仅救回了吴玉泽和十一车粮食，还带着长春城里的商号一起出了口气，虽然用了涨价这种迫不得已的手段，但随着事情的解决，他也和其他商家将价格调了回来。这件事最大的好处是，长春城中国人经营的商号都抱成了一团，最起码在对抗日本人的时候，陈锡三感觉自己不是那么势单力薄了。

救回吴玉泽，陈锡三都没休息一下，便跟着闻讯赶来的刘永年到处吃酒席宴请。跟着一起吃饭的都是长春城本地的达官显贵或是知名商贾，这些有头有脸的人物陈锡三也都熟识，唯独让陈锡三觉得有些异样的是刘永年。

刘大掌柜话里话外总像是在跟这些显贵交代些什么一样，这种感觉越来越明显，直到连着吃了三四天，陈锡三已经非常笃定自己的判断——刘大掌柜想要离开长春城，而他现在就是在向这群人交代：陈锡三是自己最欣赏最信任的人，让这些人像信任自己一样信任他，继续支持玉茗魁，和玉茗魁抱团把生意做好。

陈锡三当然知道刘大掌柜的一番好意，从自己来到玉茗魁，大掌柜就非常器重自己，一路带着他，从小学徒到伙计到管事，又成长为现在的领东掌柜，多年相处下来，陈锡三早就把刘大掌柜当成了自己的老师和父亲。如今刘大掌柜这一番苦心，陈锡三岂能感觉不到？

"我跟你说，我在玉茗魁当了一辈子大掌柜了，从一间门面房一直到现在这么大的规模，我对这个店是有感情的，要是能行的话我绝对不可能让别人当这个大掌柜，因为我不放心。但是你小子行啊，你看看你现在把玉茗魁搞得这么好，碰到这么大的事儿也能毫发无损地把人和货带回来，着实让人钦佩啊，也让我彻底放心了！

"这块地方都要成日本人的地盘儿了，就连那跟日本人有勾结的土匪都敢对咱们玉茗魁的车队下手啦，咱这么大的买卖呀，搁过去谁敢不给面子，可现在呢？

"时代不一样啦，锡三啊！你别以为我让你当这个玉茗魁的大掌柜是给你多大个好处，这不见得是多好的一个活儿，我是跟他们斗不动了，往后得看你怎么领着大伙儿跟这帮兔崽子斗了。"

刘永年话说得情真意切，借着酒劲儿，那一晚刘永年和陈锡三在六国饭店的包房里唠到很晚，也聊了很多，从玉茗魁眼下的发展局势一直聊到整个东北地界上各股势力之间的错综纠葛。

那一晚，陈锡三又想到了很多。

九

刘永年在和陈锡三彻夜长谈之后便彻底放心颐养天年去了。而陈锡三也做好了准备，时刻以最好的状态来面对所有棘手的事情，他下定决心一定不能跌了玉茗魁的面子，辜负刘大掌柜的信任。

1931年，长春城乃至整个东北发生了一件惊天动地的大事儿——日本人终于动手了!

制造了震惊中外的九一八事变，并将炸毁柳条湖段南满铁路的罪名嫁祸给中国军队。没用太久的时间，日本人就完全占领并掌控了东北三省。日本人还成立了"东北最高行政委员会"，撺掇曾经的宣统皇帝溥仪从天津秘密来到东北，在长春成立了新的政权——"满洲国"。

1932年9月15日，日本关东军司令官兼驻满全权大使武藤信义和"满洲国"总理郑孝胥在长春签订《日满议定书》，日本正式承认"满洲国"的"国家"地位。自此，在东北这片辽阔的黑土地上，一个别样的"政权"出现了。

溥仪，这位曾经的宣统皇帝这次被换了个称谓，顶着"执政元首"的帽子又一次站上了历史的舞台。

长春城也随之改了个新的名字——"新京"。

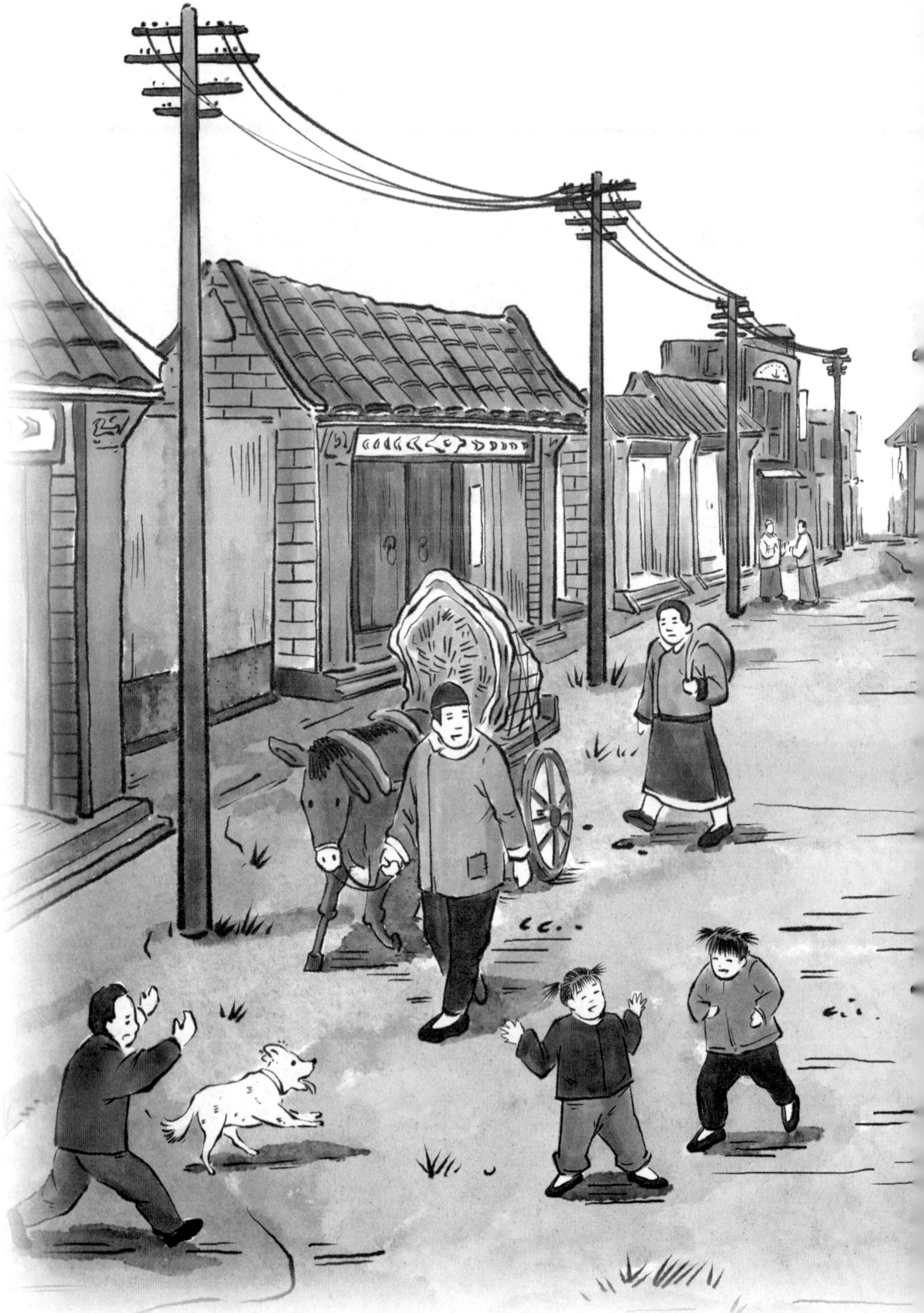

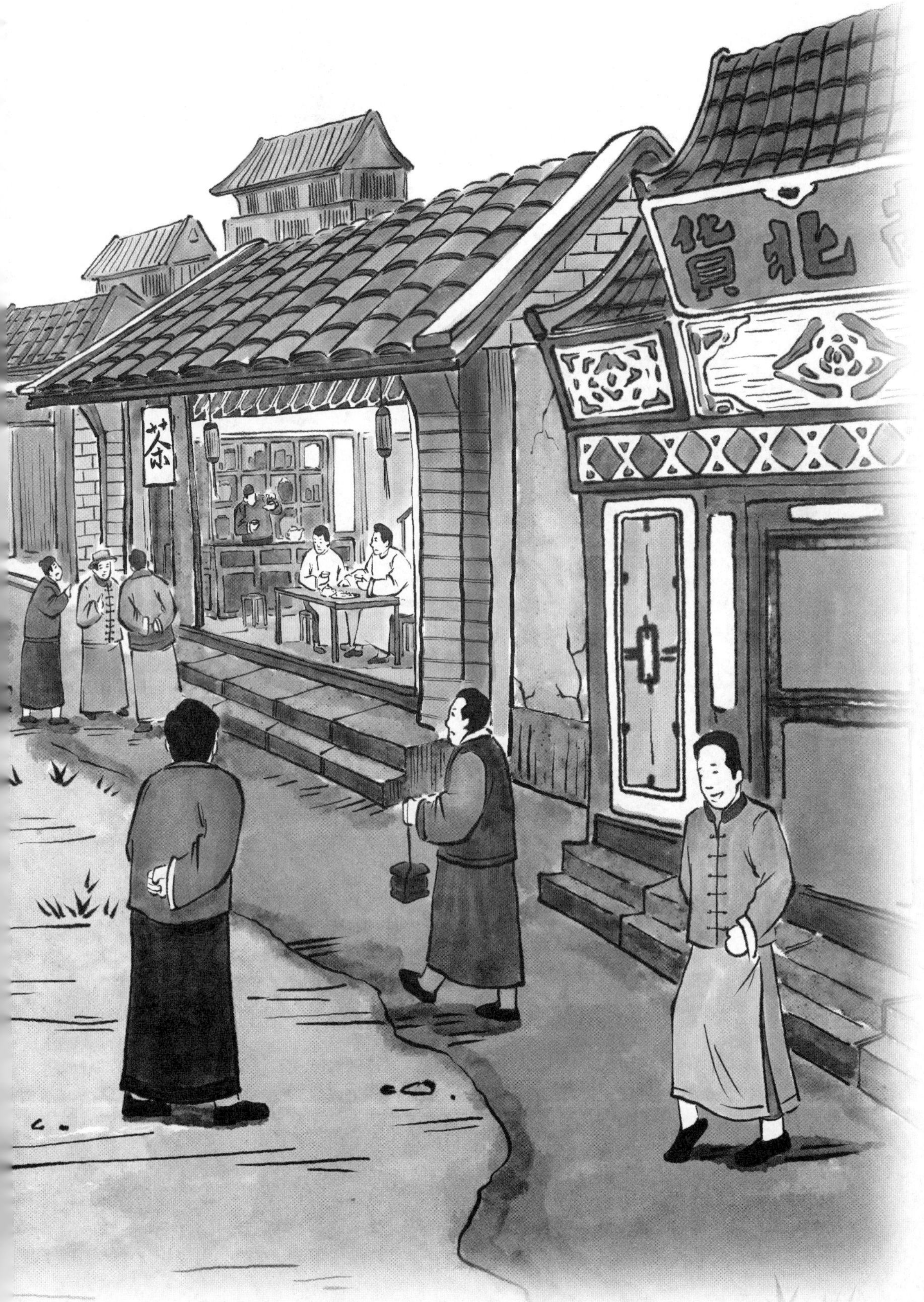
茶
北貨

玉茗魁

第五章 远航

王茗魁往事

一

改朝换代和最初废了宣统皇帝那阵儿一样,这动荡的年月有个什么朝代更替在老百姓眼里其实都没什么差别——有皇帝还是没皇帝、皇帝位置上坐着的是宣统还是元首、让留辫子还是不让留辫子……这些都不是关键问题,他又不能让我吃得饱一点儿,也不管我穿得暖不暖和,这样的人百姓们理都懒得理。

但稍微过了一段儿时间,老百姓们开始发现这次的"改朝换代"好像跟上次有那么一些区别了——日本人搞了个叫"满洲国币"的新币种,一块钱的纸票儿上印着一个古代老头儿,这老头儿是谁大家也不认识,但这不重要,老百姓只将这新钱币称作"老头儿币"。这玩意儿彻底统一了东北三省原本乱七八糟的钱币体系,不管是联合券儿、银圆,还是以前的小银粒子统统在官家的要求下换成这种老头儿币。

长久以来,东北老百姓的生活就一直处在水深火热之中,"满洲国"成立初期,日本人稳定新政的假象终究藏不住自己的狼子野心,对中国百姓的剥削可谓是无所不用其极。

在商业经营方面,日本人早就垂涎东北的丰富自然资源,"满洲国中央银行"利用货币发行权,大量发行货币,征收铸币税,并配合其信贷政策，支持日资企业开发东北地区资源。自打1932年开始，日本就在东北全境疯狂掠夺树木以及矿产资源，这些资源绝大多数被日本用来发展工业特别是军工产业，为日本军方提供强有力的支持。此外，"满洲国中央银行"通过扶持日资企业，遏制东北本土工商企业的发展。如满大兴公司凭借"满中央银行"的势力，基本垄断了东北地区的当铺业，沉重打击了东北本土典当行业。此后日本人还以此为基础，将自己侵略的黑手伸向了其他更大范围的行业当中，这使得原本就长期受到日本商会打压的中国企业生存空间被进一步压缩，经营举步维艰。

被打压的不只是典当业，长春城里这些有名有姓的买卖可以说没有哪家能躲过日本人的祸害，像做点心的东发合、鼎丰真，总店在沈阳的悦来栈，甚至伪满洲商会会长家的裕昌元火磨坊都被日本人的商业政策所累。

"满洲国"刚刚成立，日本人对玉茗魁商行的压迫越来越紧，对商业经营的管控也越来越严格，接二连三地出台了一系列新政策，直接导致玉茗魁的经营需要做出非常多的调整才能应对。而陈锡三就是在这样的背景下，接过了把玉茗魁发展成东北最大的百货商店的重任，这个重任不是别人给他的，是他给自己设定的目标。当掌柜是他刚进入玉茗魁做学徒时给自己设定的目标，目标虽然已经达成了，但仅仅当一个掌柜是远远不够的，陈锡三暗下决心：一定要做个好掌柜。

对于陈锡三的商业才华，整个长春城乃至东北的老买卖人都是交口称赞的。玉茗魁多年来的历练让陈锡三对市场行情具有充分的前瞻性和判断力，对于经营他也深谙其道，最主要的是他为人正直、谦逊、守信用、敢担当，在东北商界绝对是叱咤风云的人物。在陈锡三的带领下，玉茗魁总店已经发展到十间门面，分号也遍布长春城，生意辐射整个东北，再加上在全国各地、东南亚、日本设的驻

在员，几百号人全仰仗陈锡三过活。"玉茗魁可是承载了几百个家庭的身家性命啊，不干好不行啊。"陈锡三的工作更加繁忙了，他白天在各分号巡店、会见供货商、抽查产品质量和服务质量，晚上回到总店账房看账，经常工作到子时。幸亏他有心算的本事，不然那么多账，看都看不完，更别说核算准确性了。他也根本没有时间照顾家里，连老婆生孩子、父亲去世这样的事都没能及时赶到亲人身边。

"经营上不受日本人辖制是咱们玉茗魁的底线。"陈锡三讲这句话的时候格外严肃，"买卖得做，咱们是商人，只要不犯国法、不损良心，那就什么钱都能赚。可现在这世道，怎么在日本人的眼皮子底下把这个钱赚到，就得看个人的本事了。"不管世道再怎么艰难，陈锡三始终坚守着玉茗魁的底线，他也坚信日本人在中国土地上的嚣张日子总归是会结束的。

时间一晃儿来到了1933年，这一年6月，刚刚过了春季，夏天的燥热还尚未袭来，陈锡三正在后院儿堂屋中跟田瑞亭核对着最近的账目，只听门吱呀一声响，他抬头一看，竟是刘永年被吴玉泽搀着来到了屋中。

"哎呀，大掌柜，您咋来了，不是在家休养吗？"一看见刘永年，陈锡三赶忙放下手里的账本儿，上前扶着刘永年坐下，另一边田瑞亭也已经给刘永年倒上了茶水。

安稳入座后，刘永年没急着开口，喝了口茶水稳了稳气息才缓缓讲道："最近店里日本布的生意做得可还行？"

陈锡三被刘永年这没头没脑的一句问得有点蒙，但也没犹豫，只当是老掌柜关心生意，便随口说道："日本布的生意做得还行，前一段我安排大宝新招了一些在城里跑的腿子工，给定布量大的客人安排送货服务，还给这些送货的配了统一制服，再让他们随身带上定制的布料小册，给订货多的人家留一本，往后再买布匹直接在册子上选好，咱们安排送货，复购的人就越来越多了。"

刘永年对于陈锡三的这些改革措施是知道的，且从一开始就深表认同，现在跟以前不一样，不管是达官贵人还是平头百姓，大家买货除看好坏之外，还看服务质量，哪家的服务更周到，哪家就能有更多的生意。

"嗯，你加的这些服务都不错，包括定布制衣这个也挺好，不过还是要核算好成本，一来咱别亏了本，二来做咱们这等买卖还是以货为主，有道是'人叫人千声不语，货叫人点手自来'，这个道理我想你是清楚的，莫要因为服务耽搁了货的质量。"

陈锡三听到老掌柜的认可露出微笑，而对老掌柜的告诫也是洗耳恭听。可还没等陈锡三回应，老掌柜话锋一转继续开口道："我刚才收了封电报，是日本那边发来的，咱们在日本那边的布料供货商出了点儿问题，人家直接把信儿传我那去了。"

听到这事儿，陈锡三一时还没太反应过来，随即开口道："哎哟，这点儿事儿咋还劳烦您亲自跑一趟，差个人过来跟我说一声就得了呗。"

而在一边的田瑞亭则疑惑道："这日本供货商有问题咋不跟店里说，还直接把电报发您那儿去了呢？"

其实这事儿陈锡三也注意到了，但他担心说出口会冒犯了刘永年，现在田瑞亭问出了口，他也跟着一起瞅着刘永年，等他继续讲具体咋回事儿。

"哎呀，说来也是多年以前的老合作方了。"刘永年叹了口气，"咱们从日本大阪这个厂子进布料已经有十多年的时间了，这个你们都知道，之前虽然一直合作得还算不错，但他们毕竟是日本人，我就多留了个心眼儿，在那边安排了一个关系靠得住，也能在厂子里说得上话的朋友帮我留意动向。这不现在那边儿的供货商出了问题，他就给我来了信儿，电报直接发到了我那儿。"

跟日本大阪那边有布料生意这事儿陈锡三和田瑞亭当然知道，

但出人意料的是刘永年竟然还在人家源头工厂里安插了一个自己的"内应"，这着实出人意料。

"供货商那边是出了啥事儿？别又是要涨价。"陈锡三开口问道。

"除了涨价还能有啥事儿！"刘永年一提起这个就气不打一处来，"他们仗着自己的货好，这些年都涨了多少回价了。但这回他们给的理由不太一样，来信儿的说这回他们涨价是因为'满洲国'跟他们之间的税往上涨了，不光咱们进口日本商品的关税增加，他们那边往咱们这出口的价格也让政府给控制了，逼着他们卖得更贵一些。除了这个之外，来信儿的人说现在管厂子事宜的是老厂长的儿子，这个人好像是对咱们中国人有意见，不光是针对咱家，凡是出口中国的商品都往上加了不少价。"

听刘永年讲了这么多，陈锡三明白了事情的严重性，旁的不谈，单说如今进口的关税加上那边出口的加价，这一来一回成本就得提升不少，那边的新任厂长还要再往上加价，这成本得高到什么程度？成本增长那零售价格肯定跟着水涨船高，可放眼东北三省的市场形势，日本进口布匹的价格本来就不低了，这再一提价，老百姓肯定不买账。哪怕是向来主张薄利多销的玉茗魁在这个市场环境下，进口布匹的销量也都在持续下滑，毕竟这玩意儿对老百姓来说不是刚需，你卖得太贵我大不了不扯布做新衣裳就是了。

想到这儿，陈锡三越发觉得这个问题棘手，得想个办法尽快解决才是。

"大掌柜，那边有说具体价格会提到多少没有？"陈锡三正色问道。

"那头儿只是给我提前透个信儿，正式的消息估计过不了多久就会送到店里来，到时候咱才能清楚提多少价。"面对这样的情况，刘永年的话语里多少透露着点儿无奈。

"那要不从他们这进货了呢？"一直旁听的吴玉泽开口问道。

"这只能当作迫不得已的办法。"田瑞亭给吴玉泽解释，"布料的买卖不管是咱们给成衣店供货还是直接零售，大部分销量都来自老主顾的复购，要是咱们突然换了供货商，布匹的质量和工艺肯定多少会有些差异，这样的话销量必然更受影响。"

"确实是这样。"陈锡三接过话茬，"而且这日本布料的销售主要就是两点，一个是进口货的名声，再就是这布料的工艺一般的厂子还真赶不上，所以咱们轻易是不能换供货商的，那头儿也是吃准了这点，才敢一而再，再而三加价。"

听到这儿吴玉泽犯了难，"那就这么由着他们加价？这么整咱不亏了吗？"

"加价是肯定不能由着他来的。"这回说话的是刘永年，"但咱也得做好两手准备，一方面咱们跟那头儿谈判，价格必须得控制在能接受的范围内，再一个咱们也得准备好，实在不行那就换供货商，大不了咱们难受一段儿。"说着话，刘永年又转头问陈锡三："咱们现在仓库里的大阪布料还够卖多久？"

陈锡三闻言也去查本子，只是略一回忆便开口说道："不搞啥活动的话还够卖三个月出头，不过布料的花色种类不是很全了，要是说种类齐全的话估计也就能坚持两个半月多。"

"也行啊，时间也够用了。"看到陈锡三已经将店里这么细碎的信息都了然于心，刘永年眼光中多了些赞赏，紧接着他又说道："这次我建议，锡三，过两天等那头儿加价的正式消息来了之后，你去一趟日本大阪，跟他们谈一下这个事儿，能谈下来最好，实在不行咱就赶紧找其他的供货商。"

陈锡三看了一眼老掌柜说："好，那我就去一趟，吴玉泽跟我走一趟。我俩这次出去，一个月最多一个半月的时间就肯定得回来，而且不管是不是原来那家，我俩肯定得订一批货回来。这样的话不管咋样，算上往回运货和咱们往下出货的时间也能把各个分号的商品续上。我俩走这段时间,田哥你就居中坐镇,管好咱们门面的全部店铺,有啥情况咱们及时电报沟通。老掌柜,您要是有时间,就辛苦辛苦,我们走这段时间,您也多来一下店里,有什么情况大家也有个主心骨。"

田瑞亭和吴玉泽点头领命,刘永年也点头道:"你俩放心去吧,家里就交给我和瑞亭。"陈锡三在一旁补充道:"算算日子过不了两天牛大宝也下乡回来了,到时候田哥你跟他说让他先把下一批收山货的事儿交给下边的其他掌柜,他在店里等我们的信儿,那头的货准备好了之后他就动身,上山东青岛准备接货。"

"这回咋改地方了?"听到陈锡三的安排,刘永年有些不解,"往回海运都从旅顺接货,这回干啥上青岛啊,这不绕远儿了吗?"

陈锡三解释道:"是这样的,之前咱们海运回来的货物都是从旅顺口上岸,之后直接在咱们奉天的大仓里分拣往各处发,这样就近从大仓发确实方便,但是效率太低了。我之前联系了于厅长,他那边帮忙引荐了满铁的赵部长,就差跟那边接洽好,咱在满铁包专线运输。"

"这么走成本咋样?"刘永年问道。

"我跟田哥算过了,走满铁专线的话人工成本能省出来挺多,跟原本的运输方法基本持平,除此之外还能省下奉天大仓的钱,整体算下来不增加成本,而且运输的效率会提高很多。"

"那行,这事儿你看着办。"话说一半儿刘永年一顿,"哎呀,那你走了的话这边谁接洽满铁的事儿啊?"

"我走后,这边的事儿就田哥来办。"陈锡三瞅了一眼田瑞亭,"这事儿本来就是我跟田哥商量着整的,其中细节田哥也都知晓。"

"那好,就这么定。"刘永年起身道,"我先走了,跟东家知会一声,你这大掌柜出远门儿得告诉人家一下。"

第五章 远航

二

刘永年晌午前后便来到朱家，有干活儿的跟刘永年相熟，直接给引进了堂屋中稍坐，那头儿便去请朱润亭前来。

不消片刻，朱润亭便来到堂屋，可待他到前，刘永年观其神色似乎很是焦虑，仿佛遇到了比自己这边儿还棘手的事儿。

"东家，你这是咋的了，瞅着咋心绪不宁的呢？"见朱润亭入了座，刘永年问道。

"嗳，别提了。"朱润亭一拍大腿，"昨天北头不知道咋回事儿，突然有一帮老毛子在路口设卡，我放出去运粮食的车队让人家给扣下了，我这正发愁呢。"

"有这事儿？"刘永年闻言捋着自己的山羊胡，眯起了眼睛，"不应该呀，如今日本人势力这么大，老毛子躲都躲不及呢，咋还敢在路口设卡呢？"

听刘永年这么说，朱润亭便向他解释其中缘由："我差人打听了，这伙老毛子就是给日本人办事儿，不归俄国那帮大鼻子官儿管，要不的话借他们一百个胆子也不敢在日本人眼皮子底下设卡呀。"

"那他们是以啥名目把粮食给扣了？"刘永年又问。

"说的是咱的运粮许可到期了。"说到这儿，朱润亭气得咬牙切齿，"都是借口，玉茗斋的车队成天往来运粮，咋的也不能疏忽了这个事儿啊，虽说现在这一天一个令儿的，车队出趟门儿得带上

好些个许可，但我都是嘱咐过带队的徐三爷的，就不可能有许可到期这事儿。"

"哎呀，你可别上火。"见朱润亭气成这样，刘永年安慰道，"这帮子日本人跟俄国人欺负咱们惯了，这一下子两边一勾结更是无法无天了，你经营这玉茗斋做的就是吃食的买卖，人家盯着你给你整点儿烦心事儿也在所难免，就这世道，你有啥办法。"

"谁说不是呢。"听了刘永年的话，朱润亭情绪稍缓。随后他便想起来这回刘永年上门八成不是为闲谈，便开口问道："刘先生，您今儿来家里是有啥事儿不？"

"啊，也不是很关键的事儿。"刘永年进入正题，"玉茗魁在日本那头儿的布料供货商出了点儿岔头，锡三得过去一趟，他正忙着安排事儿呢，我就过来跟你说一声。"

听刘永年这样说，朱润亭皱起了眉头："哎呀，刘先生啊，这要是搁在以前咋都好说，可现在这形势，眼下要是锡三不在店里能不能有啥问题呀？"

"你放心吧，这小子都安排妥了，不能出啥问题，他走这些日子，我也会常去店里，帮他盯着点。"刘永年脸上带着自信的笑，继续说道，"玉茗魁不像玉茗斋专做粮食买卖，经营里头难免跟日本人那边有不少合作，所以他们对这头儿不会太过火儿，他走也不会太长时间，应该不会出啥问题。"

"您跟锡三安排妥当我就放心了。"朱润亭话说一半顿了一下，"不过刘先生您别怪我多嘴，眼下这时候可不比原来啊，现在日本人是真直接下手，说抢就抢，他要是去的话最好快去快回，不然万一出点儿啥问题还真就不好整。"

"放心，这个我俩有数。"刘永年点头应答。

且说刘永年在朱家跟朱润亭又唠了一会儿，来到饭点儿便直接留在那吃了午饭。

而陈锡三这边刚要坐下吃午饭就被一个报信儿的伙计拦住，告诉他一个令他很是恼怒的消息——牛大宝带的车队在城外又被卡点儿给截住了。

陈锡三已经年近半百，久经商场的他城府极深，平日里见了谁都是一副笑吟吟的谦和模样，但要说啥事儿能让他的怒气透上脸儿，那一定是跟玉茗魁外出的车队有关。这也不怪陈锡三，他自己也老寻思是不是自己命里就跟车队犯冲，打从他还是个学徒的时候，玉茗魁一有什么大事儿就必然能跟这车队扯上关系，而且每一次车队出事儿，背后总是有日本人的影子。

"这回截咱们的是哪的人？又是那帮日本人？"陈锡三在生气，皱着眉头问小伙计话时语气都不是很好。

"回大掌柜的话，是俄国人设的卡点儿给截住的。"小伙计有些被陈锡三的神态吓着了，低着头说话颤抖。

"俄国人？"听到这个消息陈锡三大吃一惊，"这不对呀，'满洲国'都成立了，俄国人咋还敢设卡子呢？"

就在陈锡三疑惑不解的当口儿，门外一人急吼吼地走了进来。

来人正是吴玉泽，只见他快步进屋，边走边冲着陈锡三说道："大宝哥那边儿的事儿我调查清楚了，设卡的是一帮俄国人。"

"这我知道，但为啥能是俄国人呢？"陈锡三问道。

"这是一帮日本人养的俄国人。"吴玉泽走到近前，一屁股坐在了陈锡三旁边的椅子上，喘着粗气继续说道，"日本宪兵队整了一个据说叫外编的小队，里边全是俄国人，现在这帮人在城外头设了好多道卡点儿，专门拦截过路的商队，以各种各样的名义卡着要钱，不给的话就把货拉走。"

"你这边找了于厅长没有？"陈锡三听了吴玉泽的话也算了解了个大概，第一时间他就想到这事儿得于厅长出面好办。这些年于

大哥没少帮玉茗魁的忙，每次碰到棘手的事儿都去找他，而他也早从警长的位置提到了厅长。

"我让人去了，这会儿还没回信儿呢。"

"不行，来不及的。"陈锡三打断吴玉泽的话，皱着眉头说道，"于厅长那边出面解决来不及了，这中间又是警察厅又是宪兵队的，时间一拖就是好几天，大宝这回出去拉的是地产水果，那玩意儿可等不起。"

"那咋整啊？"吴玉泽刚端起的茶杯又放了下来，"他们说大宝哥的车队农品运输许可上面少盖了一个章，说啥都不放行，不找于厅长去盖这个章不是更慢吗。"

"哎呀，什么缺个章！"陈锡三一听这个也是火大，"那不就是个借口吗，你去盖了个章，回来人家还有的是理由卡着你，说到头这帮玩意儿设卡点儿干啥呀，不就是卡钱呢吗，你自己刚才都说了。"

"那咋整，真给啊？"吴玉泽有些不情愿，"这帮玩意儿一个个贪得没边，给多少是个头儿啊。"

陈锡三其实也明白这个道理，但他也清楚现在的时局根本不容他去计较这一时的得失，于是他吩咐吴玉泽道："吴玉泽你也别坐了，你再跑一趟，准备点儿现钱包上，再上前边拿些点心盒啥的，给卡点那头先打点上，把货拉回来再说。往后的事儿我去跟于厅长商量一下，这回肯定是得花钱解决，但最好把钱一次性花在源头上，省得后边天天扯这个事儿。"

听到陈锡三的安排，吴玉泽答应一声，灌下一口茶水起身就走，一旁来报信儿的小伙计也在陈锡三的示意下跟吴玉泽一起退了出去。

堂屋中只剩下自己，陈锡三终于叹出一口浊气，可他刚要缓缓神儿，门又一次被推开，陈锡三抬眼一看，来人正是刘永年。

赶紧请刘永年上座，陈锡三恭敬地给老掌柜倒上茶水后也没坐下，只是垂手站在一旁听候吩咐。

"哎呀，这又没外人，你赶紧坐那。"虽说陈锡三对刘永年这么多年来总这样毕恭毕敬，但他仍然不太能适应。让陈锡三坐下后刘永年又说道："往后有没有外人你都不必这样，你现在是玉茗魁的大掌柜，身份摆着呢。"

"这跟有没有人有啥关系。"陈锡三对刘永年的话不置可否，"我这是发自内心尊敬您，也不是给别人看的，再说了，我亲爹来了的话我不也得这样吗？"

"哎，哎，哎。"刘永年一听陈锡三说这话赶忙摆手打断，"你可别整那吓人的事儿，你爹都没了多少年了，这要是来了不得给我吓死。"

闻听此言，陈锡三哈哈地笑了起来，心中的烦闷也消散大半。

两人打趣几句，刘永年便进入正题：

"我在东家那才回来，把你要去日本的事儿跟他说了，他有点儿担心，你走的话日本人要是搞事儿这边没法应对。"

一听刘永年说起这个，陈锡三心中刚刚缓和的火气又升腾而起。他咬着牙说道："哎呀，我本来都没想跟您说，日本人可不又整事儿了咋的。"

"嗯？"闻言刘永年一愣，"咋的啦，又整啥事儿了？"

"咱的车队让日本人养的俄国人在城外设卡截了。"陈锡三咬牙切齿地说道。

"啥？"这下刘永年又是一惊，他刚刚还在朱家巴巴地安慰朱润亭，还在那说玉茗魁跟人家不一样，不会出啥问题的话，可谁承想刚回来问题就找上了门儿。

刘永年气得够呛，本来寻思着日本人跟俄国人勾结也就是奔着

整点儿粮食啥的去的，结果这帮犊子玩意儿竟然整这么大阵仗，眼瞅着是要奔着中国商人下手啊。

想到这，刘永年便跟陈锡三讲了一遍朱家玉茗斋车队也被截住的事儿，陈锡三听后也是一阵惊讶。两人坐在一起商量片刻，觉得此事应该不止面儿上这么简单，日本人背后肯定还有更大的阴谋。

且说陈锡三和刘永年坐在那唠了半晌，对俄国人城外设卡的事儿是越琢磨越觉着不对劲儿，首先一点，俄国人向来跟日本人不对付，这突然冒出来的跟日本人混的俄国人属实有些离奇。

关于这一点，陈锡三觉得应该还是那帮日本人的老办法，跟早些年他们养匪去对付那些抗日组织的思路一样，八成也是用利益诱惑一帮俄国人给自己干活儿，用俄国人管制俄国人，以起到最好的管理效果。

对陈锡三的分析刘永年深表认同，他也觉得这像是日本人能想出来的损招。

城外设卡的另一个不寻常处就是日本人平时也变着法儿地想各种名目巧取豪夺，但一般说是个人行为，官面儿上这帮玩意儿还挺注重形象，轻易不会这么直接设卡来整事儿。

关于这个，刘永年的看法一针见血——日本人这些年一直在打仗，打完俄国又跟咱开战，他们缺钱了。

陈锡三却比较疑惑，按说"满洲国"成立之后日本人从东北三省敛财的行为已经毫不遮掩了，而且要说一直打仗让日本人伤了元气，设卡截车队这样讹出来的一点儿蝇头小利也不当多大事儿啊。

可一转念，陈锡三也就想通了其中缘由，打从"满洲国"建立，日本人就一连串出台了好几条关于商业和经济、市场的法令条文，这些法令条文陈锡三他们都仔细研究过，表面上看起来没啥毛病，但里边的弯弯绕绕绝骗不过这帮商场老行家的法眼。

日本人的这些关于商业、经济以及市场的法令，全部目的都指向一个方向——逐步压缩中国商业的生存空间。先是挤压，让你做买卖感受到压力，在你最难受的时候他再来一手并购，慢慢地，整个东北的商业就会完全掌握在日本人的手里。如果真到了那个地步，日本不管在打仗上整出了多少亏空都够填上了。

眼下这设卡的行为只是他们给中国商人施加压力的手段之一，就跟早就开始的"控价""垄断"等其他手段一样，为的就是一步步蚕食中国企业。

听陈锡三分析到这儿，这爷儿俩是越发心惊。这样看来，往后的日子里日本人估计会变本加厉地对付中国企业，而玉茗魁作为整个东北最大的百货商行必是难逃黑手。

想到此，刘永年叹了口气，对陈锡三说道："这趟日本你还能去吗？"

陈锡三也叹气道："眼下这形势，一堆乱事儿等着解决，而且这样的事情往后会越来越多，但去日本的事也很重要啊！"

"嗐！"刘永年深吸一口气，又直了直腰，安慰陈锡三道，"你也别太过担心了，这世道就这德行，你没办法改变，我也没办法改变，有问题咱就想办法解决问题，想太多反而累。"

陈锡三听刘永年这样讲也不再愁眉苦脸，抬起头的时候脸上又恢复了往日笑吟吟的模样，对着刘永年说道："那就还得劳烦老掌柜您在家坐镇，我这两天把家里这些事儿处理完，再和吴玉泽去日本吧，两边儿有啥消息也随时联系，您在这边儿也别太操劳，有啥事儿就吩咐田哥和大宝他们去办，实在不行家里这边就先缓一缓，等我回来，咱们还有周旋的余地。"

"行啦，行啦。"往常都是刘永年嘱咐陈锡三，如今听陈锡三说了这么一番话，刘永年一时间还有点儿不适应。刘永年冲着陈锡三摆手道。"你也真是上了岁数了，还磨磨叨叨地嘱咐起我来了，你可清楚，我当年跟日本人顶着干的时候你娃还穿开裆裤呢。"

此话一出，陈锡三和刘永年哈哈大笑起来，仿佛眼下发生的这些个糟心事儿根本不是问题。

短期计划正式确定，陈锡三先把货物被扣的事解决掉，就和吴玉泽前往日本解决布料供货商的问题，而刘永年则坐镇玉茗魁，两边随时保持联系，并且时刻准备好应对日本人的各种损招。

商量好后，陈锡三也不敢耽搁，他马上叫人备车去找于厅长，想让他帮忙找找人走动一下，看怎样能让玉茗魁和玉茗斋的车队往后不再被城外的白匪子拦截。

于厅长那头之前就接到了信儿，所以陈锡三一来他就直接带着他去宪兵队的办事处找到了一位姓刘的队长。在于厅长的引荐下，三人一块儿在六国饭店吃了个饭，席间陈锡三将准备好的红包塞给刘队长，说希望刘队长能帮忙解决车队通行的事儿，往后车队每次运货之前都会跟刘队长打好招呼，该尽的人事也会每次奉上。

接过了红包的刘队长又听说每次运货自己都会再得些好处，直接乐开了花儿，当场表示大家都是中国人，肯定要相互照应，往后玉茗魁和玉茗斋车队运货的事儿包在他身上，肯定不会再有白匪子阻拦。

见他这么说，陈锡三稍稍放下了心。三人推杯换盏，几轮下来刘队长更是在迷迷糊糊间跟他透了实底儿，说这帮白匪子出来设卡点儿是奉了日本宪兵队上头的命令，但是上边只是让他们设卡盘查过往商队，却没具体明说拦截的目标，更没有要求他们非得达到多少指标，所以在其中有挺大的操作空间。按刘队长自己说，他这边得了玉茗魁的好处，回去跟俄国人的队长一分，往后每次玉茗魁和玉茗斋过路的时候再给他俩送去打点，就能确保车队畅通无阻。

刘队长的说法打消了陈锡三最后的疑虑，不然一开始陈锡三还有些不信宪兵队的小小协同队长能办得了这事儿。现在看来，虽然找他办好处费稍微高了些，但钱也算是花在了刀刃儿上，不然要是再往上找宪兵队的高层，那可就都是日本人了，那帮玩意儿可个个都是贪得无厌的主儿，到时候估计花得更多。

跟刘队长的午饭吃到了下午，陈锡三喝得稍微有些难受，但还没到醉的程度。送走了刘队长，他也没回店里，而是直接上楼，在六国饭店的楼上开了个房间休息，那边儿他托于厅长晚上又约了满铁的赵部长一起吃饭，商量玉茗魁通过铁路往东北三省发货的事儿。趁还有一些时间，他赶忙在房间中休息下来，一来是醒醒酒，二来也是琢磨一下晚上怎么应对这位赵部长。

时间一晃而过，陈锡三感觉自己好像刚眯了一小会儿，再一睁开眼睛就到了晚上。眼看着赵部长来的时间将近，陈锡三赶紧起来洗了把脸精神精神，而后便来到包间中点好菜，静候赵部长的到来。

点完菜没多久，就听包房外传来了脚步声和于厅长爽朗的笑声，而后吱呀一声，包间的门被推开，一个梳着大背头的胖男人在于厅长的陪同下走了进来，陈锡三料定此人就是赵部长，于是连忙起身招呼。

待到三人都入了座，又寒暄客气半晌后，陈锡三跟这位赵部长讲起了正事儿：

"赵部长，咱通过于大哥跟您结识，真是我陈某人的荣幸，这眼下有个事儿想麻烦您赵部长。"

"哎呀陈大掌柜，您别客气，咱相聚在这儿就是缘分，你有啥事儿就直说，我老赵能办的肯定不含糊，哈哈哈。"赵部长身形肥胖，说话也瓮声瓮气，这一笑起来更是中气十足，单听声儿还真有几分豪迈的气势。

"赵部长说得对。我就直说了吧，我们玉茗魁以前货物集散都是在各地大仓理好了货物之后，由各家分号自己解决运输问题，现在咱这边想把货物运输的事儿给统合一下，就想问问赵部长能不能从满铁的各条线走货。"

"哦，这个事儿啊。"赵部长听陈锡三说完，做了个恍然大悟的表情道，"这个事儿我听于厅长之前跟我提过一嘴，我是这么想的啊，咱满铁本身作为铁路部门，就是起到这个运输的职责，要说运货肯定是没有问题。但是关键是啥呢，关键是玉茗魁往来运输的货物运量肯定很大，散着运的话不现实，要是想走满铁，就必须得包专线，用专门的火车皮给你们拉货，只有这样咱们之间才能促成一个长久的合作。"

陈锡三听到赵部长这样说，知道事情有门儿，而听到他说包专线的事儿，便了然接下来是怎么个流程。

"这个我清楚。"陈锡三开口说道，"这回咱就是奔着看能不能包专线来的，但这里边的具体事儿我不太懂，想着问问您赵部长，看看具体怎么个操作流程。"

"啊，那我就跟你说一说。"赵部长紧接着问陈锡三，"你们包专线主要运送的是哪方面的货物？集散枢纽都在哪？"

"是这样，咱包专线运输的主要是进口货物和东北三省的货物，进口货物的话咱海运渠道的登陆地点在青岛港口，我听说那边也通咱们的铁路嘛，再就是三省内的货物流通，这就主要是哈尔滨、长春城和奉天三个地方的大仓了。"

"要是这样的话，那专线的路线问题不难办，要包就直接包下三条专线，一条专门从青岛跑奉天管你们海上来的货，然后从奉天到长春城之间开一条专线，长春城到哈尔滨之间开一条专线，这样就能满足你们的货运需要了。"

陈锡三听完赵部长的话有些不解地问道:"赵部长,我有个问题您别多心哈,咱从青岛一直到哈尔滨这一趟线的玩意儿,为啥要开三条专线呢,这一条专线来回跑不就够用了吗?"

"要是能一条线解决就好了。"听陈锡三这么说,赵部长直皱眉头,"要是能开一条线解决我也真不想费那些个事儿,但不行啊,满铁这么大,就单说开专线这事儿上能说得上话的就有的是人,这里头还有不少是日本人。我跟你说实话,你开一条线那就是一条线上的人能得着你的好处,给你开三条线,那这三条线上的牛鬼蛇神就都得打点到,虽说你多花点钱,但这样能保证专线稳妥,不会哪天再让人给你冷不丁拿掉了你再抓瞎。"

赵部长的这一番解释让陈锡三恍然大悟,自己跟于厅长俩人到底还是把这事儿想简单了,没寻思这其中还有这么多弯弯绕绕,听完赵部长的说法陈锡三倒也认同,开三条线就开三条线,哪怕是多花一些费用也要把事情办得稳妥才行。

想到此处,陈锡三开口对赵部长道:"赵部长,您说开三条那肯定有开三条的道理,这个我没有任何意见,咱就按您说的,从青岛到奉天开一条,奉天到长春城,长春城再到哈尔滨再分别开上一条线,您看这样安排的话我们得走咋样一个流程?"

却见赵部长大手一挥道:"具体开专线的流程不用你们太操心,于厅长已经跟我打好招呼了,这个我来办,你就明天早上派一个靠得住的身边人去找我,带上你们玉茗魁的执照和印鉴,让他跟着我一天就完事儿。"

"哎哟,那可太感谢赵部长了!"陈锡三没想到赵部长办事儿如此敞亮,道谢之余端起酒敬了赵部长一杯。

赵部长也是痛快,拿起杯子一饮而尽,三杯两杯下了肚,赵部长略微有些上头,他对陈锡三说道:"看您年纪应该比我大,我冒昧啊,叫陈掌柜一声老哥,陈老哥呀,您也不用谢我,咱都是中国

人,我虽然在满铁给日本人办事儿,但那也是没办法,一家老小都张口等着吃饭呢不是。再说眼下这世道,日本成天变着法儿地祸害人,咱中国人不管自己人那管谁去呀,您说是不?这事儿您不需要谢我,您有钱,我有权,这就是俩好搁一好的事儿。"

说话间,赵部长,脸上泛着红晕,眼神也有几分醉意,但此言一出陈锡三便咂摸出了其中的滋味——都是在外混迹多年的老油条了,这点儿话里的弦外之音他不可能听不出来。

"哎哟赵部长,您说的可真是句句在理,咱都是中国人,说到底咱们才是最亲近的,这事儿我们出钱,就麻烦您帮忙出出力,我这边自然不会忘了您的好。"

说着话,陈锡三从桌子底下拎出来一个精致的小皮箱搁在桌上,一打开盖儿,里头赫然是叠放整齐的满满一箱子满洲币。这一下饶是吃过见过的赵部长也吃了一惊,他知道玉茗魁商号做的买卖大,也听说陈锡三在官面儿上下打点上舍得使钱,可没想到跟他头一次照面儿,出手就这么阔绰。

看赵部长没动作,陈锡三眯缝着眼睛微笑着继续说道:"赵部长,这是咱的一点儿心意,不能劳烦您白帮咱们办事儿,这个您收着。"

"老哥,这也太多了。"赵部长抬头跟陈锡三眼神儿对上,"我是不能白办事儿不假,但你这给得太多了,这不合规矩。"

"哎,赵部长这说哪的话。"陈锡三打断道,"这是我给赵部长的一点儿心意,一是念及您帮我们办这个专线的事儿,心里头感谢;再一个是念在咱们都是中国同胞,都是一家人,哪有什么多了少了的,往后咱们来往的地方还多着呢。"

听了陈锡三的话,赵部长没再推辞,但也没伸手收这个钱,此时一旁一直没咋吱声的于厅长开口说道:"老赵,你把这个收着吧,陈大掌柜的出手大方,你也别小家子气啦,往后你那边给玉茗魁的买卖上多点儿照顾比啥都强，到时候给陈大掌柜省出些钱来不就完事儿了？"

于厅长这么一说给了赵部长一个下台阶，他站起身跟陈锡三握了握手，点着头说道："承蒙陈大掌柜抬举，您信着我了我肯定不能辜负您，您放心，往后玉茗魁的事儿就是我的事儿，有啥我掺和得上的尽管吱声，赵某人肯定义不容辞。"

"言重了赵部长。"陈锡三拍了拍赵部长的手背，慢声慢气地说道，"往后玉茗魁的买卖就承蒙您照顾着啦，到时候我找您可别嫌烦就成哈。"

陈锡三话音刚落，还不等赵部长接话，一旁的于厅长笑着接过话茬："这感情好啊，往后玉茗魁有啥事儿就直接去找老赵，他不会嫌你烦，省得你来烦我，我可不乐意管你的破事儿。"

这一句话引得陈锡三和赵部长哈哈大笑，赵部长也顺势将这小皮箱合上，拎到了自己的脚边。

正事儿谈完，三人继续推杯换盏，眼瞅着白匪子和铁路专线的事儿都有了着落，陈锡三心中的两块大石头总算是稍微落了地，放松之下也不再顾忌许多，拉着于厅长和赵部长就畅饮起来。赵部长今天收了陈锡三这么多钱，也是心情大好，对陈锡三的敬酒是来者不拒，一杯接着一杯根本停不下来。

这场酒一直喝到深夜，陈锡三这回可算是碰着了对手，跟赵部长直喝得坐在椅子上都晃晃悠悠方才罢休，而于厅长作为三人中最清醒的那个，安排饭店的服务员给俩人送走之后才自行离去。

且说当晚，陈锡三并未直接回家，出门吹了吹风让他醉意稍减，他让车将自己送到了玉茗魁店中，嘱咐晚上值班的伙计，让第二天早上通知田瑞亭带上执照和印鉴去满铁找赵部长，便去往后院的堂屋睡觉去了。这是他一直以来的习惯，只要是外出应酬晚了就不再回家，而是直接来店中。这样做一是免得回去这么晚惊扰家人休息，

再一个也是为了第二天不耽误店里的事儿。

第二天陈锡三清醒过来的时候，小伙计禀报说田瑞亭已经带上东西去了满铁，而城外俄国人白匪设的卡也早已将玉茗魁和玉茗斋的车队放行，今早两家的车队就都已经进了城，不一会儿就会抵达。

听到这个消息陈锡三最后悬着的心也算放了下来，这两件事儿办完，估摸着也能消停一段时间，但他也还是不能休息，简单洗漱过后，抓紧安排店面的事情，让伙计给家里去了信儿，帮他收拾远渡日本的行李。

第五章 远航

三

大海上，陈锡三和吴玉泽还在晃晃悠悠地漂着。

那一日，陈锡三跟吴玉泽聊了许多，话题由吴玉泽的心事开始，但后来借着酒劲儿，俩人就开始谈天说地，聊的范围也广泛起来。

此时正值晌午，吃过饭的陈锡三在船舱中睡午觉，吴玉泽就一个人来到甲板上吹海风。正当他陶醉在美景中时，身后突然传来"哎哟"一声，紧接着传来一句日本味儿十足的男声叫骂：

"走路不长眼吗？你这个支那猪！"

这句刺耳的话传到吴玉泽耳朵里，让他不禁皱起眉头朝后张望，一个熟悉的身影便窜进他的视线中——藤田秀夫！

时隔多年，在这去往日本的船上再次遇到藤田秀夫，吴玉泽感到有些惊奇，他没上前，只是站在原地观察那边的情况。

现在的藤田老态毕现，他比陈锡三大上几岁，年龄跟田瑞亭相仿，两边鬓角已经花白，身上穿着日本人最喜欢的宽大成套的西装，脖子上打了个领结，整个人显得庄重里透着点儿假。

刚才发出那一声叫骂的人正是藤田秀夫，而他骂的对象是一个端着盘子的女服务员。这服务员年纪不大，被藤田吓得不轻，正在不住地道歉。

服务员一个劲儿地鞠躬道歉反倒让藤田秀夫的气焰越发嚣张，只见他坐在椅子上指着自己的皮鞋，用还算比较流利的中国话继续骂道：

"你知不知道我这个鞋子要多少钱？你竟然敢用你那肮脏的脚踩上去！你是有多么愚蠢！你知不知道？"

"对不起先生，真的对不起。"服务员已经被吓得快哭出来了，"我这就给您擦干净。"

说着话，服务员蹲下身子，用腰间别着的餐布赶忙给藤田秀夫擦鞋。

可藤田秀夫并不买账，他用那只被踩了的脚使劲儿一蹬，直接将服务员踹倒在地。那服务员倒地后竟一时没捯上气来，跌坐在地上咳嗽不止。

这一下可给在远处观望的吴玉泽气得够呛，他怒从心头起，快步走向藤田秀夫。

藤田秀夫见小服务员摔倒并没有停手，而是站起身一脸凶相地走向那小服务员，就在他走到近前想要继续动手之际，却被吴玉泽一声怒喝制止。

"藤田秀夫，没想到在这能遇到你呀。"

"嗯？"听到有人叫自己，藤田秀夫先是一愣，随即朝着声音来处望去，只见一个约莫四五十岁穿着长风衣的男人，一边扶起小服务员一边用不善的眼神瞧着自己。

乍一看，藤田秀夫还没反应过来眼前人是谁，正在他思索之际，吴玉泽又开口道："你这人记性还真不咋样啊，你伸手摸摸后脑勺，是不是当年那一石头给你打失忆了？！"

"八嘎！是你！"

藤田秀夫瞬间就想起了眼前之人是谁，一时间当年的惨痛回忆全都涌上心头。

"是你！你个莽撞的中国小子！"藤田秀夫被旧事重提，气得肝都跟着颤抖，本就不怎么利索的中国话说得更加乱了套。

"不是我说你啊,"见藤田秀夫的模样吴玉泽撇嘴一笑,"你来我们中国也好几十年了吧,咋中国话还越说越不利索了呢?是不是当年那一下子真给你脑子整出啥后遗症了?"

听到吴玉泽揭自己的伤疤,藤田秀夫气得完全丧失了说中国话的能力,叽里呱啦地从嘴里冒出一大串儿日本话。也许是太过生气,藤田秀夫的语速极快,嘴角甚至都冒起了白沫儿,好似沙滩上的螃蟹一般,看得人直反胃。

"你可赶紧闭嘴吧!"吴玉泽开口打断道,"我说你这么多年真是一点儿长进没有,都这么大岁数了,咋还欺负小孩儿呢?"

被吴玉泽打断,藤田秀夫仍是一副龇嘴獠牙的模样,满脸狰狞地说道:"是她踩了我的皮鞋,我要她道歉有错吗?"

"你那也叫让人家道歉?人家小姑娘态度那么好还给你擦鞋,你给人家一脚这算咋回事儿?"

"那是因为她用擦桌子的肮脏抹布又一次弄脏了我的鞋子!"藤田秀夫一脸凶相,本就不高的他在扯着脖子仰头看向吴玉泽时,模样就仿佛是一只发了情的斗鸡。

"你是真能扯,她是用餐巾给你擦鞋,是你在这儿得理不饶人。"

"哼,你这个下等的支那人怎么会懂我们的文明礼节?"藤田秀夫眼里尽是不屑,"本来她只是踩了我的鞋子,现在她又用餐巾上的油污破坏了我这一双鞋子,你怎么能说我得理不饶人呢?"

吴玉泽看着一旁的小服务员哭得不成样子,心里很不是滋味儿,语气强硬地问藤田秀夫:"到底咋办你说个道儿,别搁那磨磨叽叽的!"

"哎哟,看来你是要主持正义啦。"藤田秀夫听到吴玉泽的话,语气阴阳怪气起来,"你想要解决也好,你和这个服务员都要向我跪下来道歉,她跪下来是因为踩了我的鞋子,而你跪下来则是因为

要替她油污了我的鞋子道歉。"

"去你的，你别在那给脸不要脸！"吴玉泽一听这话勃然大怒，而一旁的小服务员吓得直接跪在了地上不住地哀求，见此情形吴玉泽一把就给这个姑娘拽了起来。

"你起来，咱中国人凭啥给他下跪？"吴玉泽一声吼给小姑娘的眼泪都吓了回去，吼完，他又转头看向藤田秀夫，"给你脸你最好接着，人家小姑娘已经给你道了歉，还挨了你一脚，这事儿你俩两清了，至于咱们之间的事儿就另说了，你要是有啥想法随时来找我，我奉陪到底。"

说完话，吴玉泽拉着小姑娘转身就往船舱里走，见此情形，藤田秀夫竟咧着嘴用奇怪的语气开口喊道："你确定就这样带着这个服务员走掉了吗？"

"我就这么带她走了，你能咋的？"吴玉泽停下脚步，半转身回头看着藤田秀夫，此时他左手牵着小姑娘，放在口袋里的右手已经握紧了常年随身的小匕首，只要藤田秀夫敢有什么过分的举动，他有把握第一时间就让这个日本人见红。

可谁料，面对吴玉泽的回答，藤田秀夫竟然摇着头笑了起来。

"吴君，你还是像年轻时候一样无所畏惧，我在这里是不能怎么样，可你不要忘记了，你们的目的地，是我的家乡。"

说完话，藤田秀夫转过身回到座位上，哈哈大笑着将剩余的半杯红酒一饮而尽。

晌午那阵儿吴玉泽与藤田秀夫争执之后，他将那服务员带回了船舱，找到服务员领班给其塞了两张满洲币，让他安排小服务员放假几天，并嘱咐那小姑娘待在船舱中不要出来，以免藤田秀夫再找事儿。

交代完毕后吴玉泽便回到自己的船舱中，心中还是怒火难消，饮了两口剩下的白酒躺在床上睡了过去。

到了晚上，吴玉泽悠悠转醒，陈锡三也早已醒来，正靠坐在床边看着报纸，见吴玉泽睡醒，便将报纸放在桌上，一脸严肃地问道：

"你今天下午是不是碰到那个井上智言的手下了？"

"嗯，大掌柜您咋知道的？"吴玉泽一下子有点发蒙。

"你救下的那个小姑娘下午过来了，人家说要感谢你，给送来了点儿水果，我从她那听说你碰上了藤田秀夫。"

听到这话，吴玉泽转头往小桌子上瞧，看见在陈锡三刚放下的报纸旁边有三个绿苹果。这三个苹果又小又绿，约莫着放的时间有些长了，表面有些抽抽巴巴，可在船上，这已经是稀罕玩意儿了，估计是船上给服务人员配发的鲜果补给，小姑娘不舍得吃攒下来，这就给自己送来了。

"哎呀，我这回来喝了两口酒，睡得太实了，人家来了我都不知道。"吴玉泽揉了揉脑袋，有些不好意思地说。

"这个不重要。"陈锡三神情严肃地说道，"我已经嘱咐那孩子回去待好别出来，咱俩也是，这几天就不要乱走动了，出门在外不比在家，多一事不如少一事。"

"我明白的大掌柜，当时情况实在是太气人了，我要是不管，那小姑娘指不定得让那个犊子玩意儿欺负成啥样！"

"哎呀行啦，"陈锡三打断吴玉泽的辩白，"这事儿无须解释，别说是你，就是我在那也不会袖手旁观，没事儿，咱注意点儿就行，料想他也不敢在这儿整啥幺蛾子。"

事情的发展总是出人意料，藤田秀夫不仅闹了幺蛾子，还闹出了一个让整艘大船都震惊的大幺蛾子，只不过这事儿不是冲着吴玉泽，也不是冲着那服务员，而是冲他自己。

藤田秀夫失踪了！

最早发现藤田秀夫不见了的是跟他一起出行的日本人，他们住的是船舱第三层的单人间。据那个日本人说，头天中午见着藤田秀夫回到房间后就再也没有出来过，而转天一早当他去敲门的时候就发现屋子里没人回应，他以为藤田秀夫只是没有睡醒，可当他一个小时以后再次去敲门的时候还是没有声音，就觉察出了不对，便叫来客房服务员打开了藤田秀夫的房间门，却发现他根本不在屋中。

这个日本人傻了眼，眼瞅着有急事跟他商量人却不见了，他便开始在船上四处寻找，可找了整整一上午，藤田秀夫就仿佛人间蒸发了一样完全没了踪迹。

这是一艘日本商船，不仅载人还载有大量货物，船上的警卫队自然也是日本人，一听说船上有人失踪，而且还是本国人，这群警卫队的人一刻也没耽误，一队人分出去在船上各处仔细寻找，而另一队人很快就锁定了嫌疑目标——前一日跟藤田秀夫起过争执的吴玉泽。

第五章 远航

四

藤田秀夫被发现失踪的这个上午,陈锡三和吴玉泽两人一直在船舱里聊天,全然没有听到公共区域播放的寻人广播,对这件事儿毫不知情。

所以当船上的日本警卫队闯进船舱,以协助调查的名义押走吴玉泽时,这俩人一时竟没反应过来。

吴玉泽被带走半晌,陈锡三才从巨大的震惊中回过神儿来,可眼下这形势着实让这位大掌柜犯了难,就算他多年来在商场叱咤风云,但在这艘大船上,也是什么神通都使不出来,只能坐在船舱中眼看着一帮子日本人将吴玉泽带走而干着急。

陈锡三在船舱里坐了半晌,内心不断地分析着眼前的情况。寻思良久,他想想自己甚至连藤田秀夫具体怎么了都不清楚,估计在这儿想也白搭,于是站起身,从自己携带的那口大号箱子里拿出一个布兜儿,打开检查一下,里边是明晃晃的三根大金条。

陈锡三是生意人,做了一辈子买卖的他深知有钱能使鬼推磨的道理,他下定决心,先不管那边具体是咋回事,必须先给吴玉泽保出来,不然人一旦落在了日本人手里,保不齐得让他们咋折磨。

想到这,陈锡三将布兜子揣进怀里,转身就要出门,可就在这时,一阵敲门声传来,给陈锡三吓了一跳。这个时候来的人不知是哪个来路,但敲门声急促,也不容他细想,只能把打开的箱子往里

头推了推，整理下衣服打开了舱门。

打开门，陈锡三看见两个学生装束的年轻人站在门口，这两人倒是一脸恭敬，看起来不像是来找事儿的。

"你俩有啥事儿？"陈锡三表情深沉，虽然极力控制，但是一股威严的气势还是不自觉地散发出来。

"您就是陈掌柜吧？我俩也是满洲来的，有点儿事想跟您说。"站在前头的那个瘦高个儿语气恭敬地开口说道。

"满洲来的？我没见过你俩吧？"吴玉泽刚被人带走，陈锡三可谓是全神戒备，没有半点儿放下戒心的意思。

"是这样的陈掌柜，俺们领导跟您是熟识的，俺俩也见过吴掌柜。"那个瘦高个儿又开口，声音却放得低沉，好像生怕外人听到一样。

不提吴玉泽还好，一提起吴玉泽，陈锡三的眉头一下子皱了起来，他也低沉着语气开口问道："你们领导？是哪位？"

听陈锡三这么问，那个瘦高个儿探过头来，微俯着身子凑近陈锡三低声说道："俺家领导对外报号双山龙林四爷，他说跟您是过命的交情。"

双山龙林四爷就是林四，这个和陈锡三有着过命交情的兄弟虽不是玉茗魁的人，但这么多年来他们也从没断了往来，甚至一直以来在刘永年的默许下，陈锡三没少明里暗里支持林四。对于林四他是清楚的，当年还动过招他进玉茗魁的心思，但后来陈锡三发现林四的性格更适合在江湖中闯荡，若是进了玉茗魁反倒会束手束脚，所以就打消了这个想法。但在陈锡三的印象里，第一次听到"双山龙林四爷"这个报号还是在上山解救吴玉泽的事件中，那时听说林四跟抗日组织大刀会走在了一处，陈锡三心想林四将来必成一个豪杰人物。

可现如今这两个学生打扮的年轻人说林四是他俩的领导，这形象上的差距让陈锡三有些没反应过来，他咋也不能将林四那副绺子模样跟眼前这俩学生联系在一起。

"你说的话可有凭证？"陈锡三继续问道。

"额，对了，"一听凭证，那瘦高个儿学生有点犹豫，他想了一下说道，"我俩知道当年四爷飞石头砸了一个他们的人，这事儿算不算凭证？"

听到这话，陈锡三对俩人的身份认同了几分，他知道这年轻人说的"他们的人"指的是谁，同时他也知道，当年林四躲在人群中飞石头的事儿除了林四和陈锡三几个知道内情的人之外，旁的人许是不会清楚的。俩年轻人能提到这个，想必真的是林四的手下，如此他们对自己应该是没有威胁。

想到此处，陈锡三一侧身，让开门口的位置，又瞅了眼舱门外左右过道无人朝这边看来，便低声说道："你俩进来说话。"

且说俩年轻人被让进了舱门之后也没客气，径直坐在了吴玉泽的床铺上。陈锡三再度确认外头没有尾巴之后便将舱门关严，回身坐在自己的床铺上打量着这两个年轻人。

"你俩跟林四多久了？"陈锡三开口问道。

听到陈锡三这样问，瘦高个儿一挠头："不瞒您说，其实我俩仰慕四爷许久，但还没正式加入队伍。这次的任务也事出紧急，四爷派我俩来。"说一半，他身旁另一位抢话道："四爷说了，这回的任务就当我俩的投名状，办好了就正式入伙了。"

"哦？还有这事？"陈锡三闻听此言心下了然。不过陈锡三对这两人说话的方式心里有些不悦，清清嗓子说道："你俩看着一副学生样，咋说话净是些上不了台面的东西？"

说完陈锡三看着二人不语，这两人也是只能憨笑应对。

"你俩现在跟着林四走的什么路数？"陈锡三还想确认一下这两个年轻人的信息。

"我们原来属于大刀会，现在属于抗日游击队。"那年轻人低声回答。

"抗日游击队？"这个词一出口，陈锡三心下有些震惊。

关于这个组织，陈锡三是清楚的，这是一个在伪满洲国成立后非常出名的抗日武装力量，专门跟日本人对着干，找着机会就偷袭一些日本人驻外的哨所。在陈锡三看来，这份敢在"满洲国"境内跟日本人明刀明枪对着干的气魄就足以让他感到钦佩。

知道了两人的身份，陈锡三再看向这俩年轻人的眼神柔和了许多。陈锡三自己不擅长舞刀弄枪，但他始终很敬佩，甚至很羡慕像林四一样和日本人明刀明枪干的"好汉"们，现如今能看到眼前这样的年轻人加入抗日队伍中，陈锡三觉得心中又有了希望。

可是陈锡三转念一想又觉得不对劲儿，抗日游击队不是一直在各处山里跟日本人打游击吗，咋还出现在前往日本大阪的船上了？

想到此处，陈锡三疑惑地问道："你俩咋到了这儿呢？"

"大掌柜，这正是我们来找您要说的事儿。"说着话，这个瘦高个儿的青年人往前一探头，用极小的声音说道，"俺俩来执行特殊任务。"

在这狭小的船舱内,陈锡三从两个年轻人口中得到了不少信息。

原来，前年林四在一次战斗中被人一枪打穿右腿，伤了骨头后就落下了瘸腿的毛病。伤好之后上级将林四调到了长春城地区，在长春城周围专门负责情报的收集工作。

就在两个月前，林四得到消息，日本商会与宪兵队之间有不少的情报往来，而负责这个事儿的正是他的老熟人——藤田秀夫。

得知这个消息后，林四立马就安排人手去摸了藤田秀夫的底儿，经过几天的观察，他们发现藤田秀夫平日里深居简出，出门也常有几个保镖模样的人跟随左右，可谓是小心异常。

林四对于藤田秀夫的处理态度是最好能够活捉，实在不行就找机会做掉，总之就是得将这个商会与宪兵队之间的情报负责人给铲除掉。但藤田秀夫就好像一个缩头乌龟，待在城里几乎从不外出，林四他们也一直没等到机会下手。

就在不久前，他们终于等到了下手的时机——有情报说藤田秀夫要动身前往日本，去接一位大人物来满洲。这个消息一出，林四大喜过望，他连忙派出两个手下，也就是陈锡三看到的这两个年轻人，扮成学生模样，跟随藤田秀夫一道出发，沿途伺机下手。

可是林四他们还是低估了藤田秀夫的谨慎程度，从长春城到青岛这一路上，藤田秀夫一路坐着一辆黑色轿车，走到各处都由宪兵队护送，这俩人一直跟到上船都没找到下手的机会。就在二人将要放弃的时候，他们却惊奇地发现藤田秀夫在上船时只带了一个随行的日本人，于是这俩年轻人把心一横，直接也跟着买票上了船，寻思在船上趁着藤田秀夫防备薄弱时再找机会下手。

"所以说，藤田秀夫是你俩给整没的？"听到这儿，陈锡三了解了其中细节，皱着眉头开口问道。

"嗯呢，就是我俩昨天下的手。"回答时这个瘦高个儿年轻人脸上还带着几分自豪。

"人整哪去了？"陈锡三似乎预感到了藤田秀夫的下场，不由得挑起了眉毛。

"昨天晌午我俩在甲板上趁着吴掌柜和那个日本人争执的时候，就给他的杯里下了药，然后算准了时间，趁他回房睡觉的时候撬锁进去,把他直接从舷窗给扔海里去了。"

"这么简单?"陈锡三听着这瘦高个儿年轻人说得如此轻松,不免有些惊疑。

"嗯呢。"这个问题不出意外地得到了肯定的答复,"在船上动手,没法用利器,我俩都是'满洲建国大学'的学生,我专修化学,当时趁着藤田秀夫和吴掌柜争执的时候偷偷给他杯子口上下了我自己提炼的河豚毒,这种毒我做了处理,只要控制好剂量就能缓发,人吃下去五分钟开始犯困,如果一直坚持清醒着的话两个小时后毒发,但要是在两个小时内睡过去,那三分钟内必死无疑。"

"想不到你小小年纪竟能造出这么神奇的毒药!"陈锡三吞了口口水。

听到这话,这瘦高个儿倒还羞涩起来,他挠了挠脑袋继续说道:"这东西最早是我老师做的实验品,我觉得早晚有用,就偷偷留了点,没想到正好用上了。"

"等等,不对。"陈锡三突然打断道,"你说你俩是带着任务来的,这藤田秀夫上船也是为了回日本接一个大人物,你们现在就把藤田秀夫弄死了,那这任务不就中断了吗?"

"陈掌柜,事出突然,俺俩也是没办法了。"瘦高个儿解释道,"出发之前四爷特地交代过任务安排,因为藤田秀夫在满洲的安保工作做得非常严密,他要接的大人物在日本更会严加保护自身安全,俺俩一合计,不管在哪边我们都没有下手的机会,想要除掉藤田秀夫就只能在船上。至于他要接的那个大人物,我们除掉藤田秀夫之后检查他的房间和行李,这个藤田秀夫这么多年基本在满洲活动,很少回日本,他回去接人,很大可能会带着相关的资料和接头信息,如果找到关于那个大人物的资料,我俩会在日本找机会直接把他做掉,如果没找到资料或者我俩没有下手的机会,那就偷偷跟着这个大人物回满洲,到时候四爷会有其他安排。"

这年轻人语气轻松，可陈锡三听得心惊，旋即不由得气愤道："你俩也真是虎啊，安排好的任务，一句事发突然，说杀人就给杀了？办事不过脑子？就你俩这样办事，回去了咋和林四交代？就因为你俩瞎胡闹，吴掌柜现在让那帮人带走了，你俩说咋办吧！"

气了半晌，见这俩孩子吓得不敢开口，陈锡三只能咬着牙问道："咋的了，你俩找我有啥事儿？"

"是为了吴掌柜的事儿。"

提到这个，陈锡三又皱起了眉头："吴掌柜被带走，可是替你们顶了雷了，你俩可有什么办法给他整出来？这人不能在他们那太久，保不齐他们得下多重的手。"

"我俩没想到吴掌柜会被警卫队带走，但是我们刚才第一时间就打探过了，吴掌柜被他们押在下层的仓库小隔间里。"

话说一半儿，这个瘦高个儿小伙儿从怀里拿出两个信封递给陈锡三，面色严肃地说道："陈大掌柜，我叫许焕阳，一旁的是我兄弟刘二壮，我俩已经决定今晚就下去弄了那边的守卫救吴掌柜出来，这两封信就麻烦陈掌柜您帮忙带着，我俩这一趟估计是够呛能回得来，但不论如何也会将吴掌柜给救出来，劳烦您和吴掌柜回去之后帮忙把信交给林四爷，我俩也就放心了。"

面对眼前许焕阳递上来的信，陈锡三没有接，他只是皱着眉头看向眼前这两个小伙儿，好半晌才咬牙切齿地憋出一句："你俩这愣头青，林四是咋想的敢派你俩出来的呢？"

五

当天晚上的底层货舱没有爆发战斗。

陈锡三也在那天对这俩年轻人进行了长达半个时辰的批评。

二人在船上就干掉了藤田秀夫这事儿,要是让陈锡三提前知道了绝对不会让他们去做。倒不是他对日本人仁慈,而是在明确藤田秀夫这次回日本是为了接一位大人物的情况下,这俩愣头小子竟然在他还没有接到人的时候就下了手,这一下那个大人物肯定会提高警惕,直接失去了一个取得更大战果的机会。

何况眼下众人身处的是一艘在海上漂泊的大船,这样的环境,二人甚至都没有想过任何撤退路线和保险方案。

"你给杯子里下药的时候就那么肯定没人看见?"

"你们撬锁的时候就一定清楚藤田秀夫不会提前清醒过来?"

"你们动了手之后还在屋里待着,明知道那个随行的日本人就住在对面,就不怕他突然有事儿来敲门?"

"这么窄的船舱过道,你俩运藤田秀夫尸体的时候就没想过万一遇到人咋整?"

这一连串的问题问得许焕阳和刘二壮两个人哑口无言。

而陈锡三显然并没有消气:"你们办事儿之前能不能稍微用脑袋想一想,旁的不说,就你俩今晚要下去跟人家拼命的想法简直就蠢到了家!"

"你们知道底下到底有多少人看守吗？"

"这枪声一响全船的人都能听到，你俩咋把吴掌柜给带回来？"

"就算你俩本事通天，就当着全船人的面给他塞回到我这屋里来？"

"我看你俩不是想救人，你俩根本就是想拉着我跟吴掌柜俩同归于尽！"

一番激烈的训斥让陈锡三喘了半天的粗气，而这些话听在许焕阳和刘二壮的耳朵里却没有一点儿的不快——让这位关东地界名号都响当当的大人物指点几句，那可真是求之不得呢。而且回头想想自己二人的计划实在是漏洞百出，完全是热血上了头，要是真由着他俩这么干的话，别说救出吴玉泽，就连陈锡三的性命都得一块儿搭进去。

见陈锡三似乎是骂累了，正不住地喘着粗气，许焕阳小心翼翼地开口说道："大掌柜，您教训的是，我俩属实是没过脑子，您别生气。"话说一半儿，他又观察了下陈锡三的表情，发现他的情绪似乎稍有缓和，于是便继续说道："可眼前这事儿也挺着急呀，他们现在没有证据证明吴掌柜跟这事儿有关，甚至他们一时半会儿都确认不了藤田秀夫死了，所以短时间内不会对吴掌柜的性命有威胁，但是那帮日本犊子肯定也不能轻折磨了吴掌柜，而且等过几天船靠了岸，到了人家的地盘上，咱更没法下手营救吴掌柜了。"

"行了！行了！"听着许焕阳的话，陈锡三心里越来越烦闷，语气不好地打断道，"我还没糊涂到要你个小娃娃来给我分析局势的地步，救吴掌柜是肯定得救，而且估计到时候肯定也得使上点儿强硬的手段，只不过现在不是时机。"

许焕阳听陈锡三这么说，瞬间反应过来这位大掌柜心里应该是

有了计划，于是赶紧满脸堆笑地说道："大掌柜您英明神武，早就听我们林四爷说这天底下就没人有您心眼儿多，您肯定是有了办法，俺哥儿俩就全听您差遣，只要能办成事儿，您让上刀山下火海我俩都去闯一闯。"

看着许焕阳的模样，陈锡三的气消了许多，看着俩娃娃一脸诚恳的模样，他也不忍心再责怪他们，于是他扭了扭腰，端坐在床上，开口吩咐道：

"旁的休要说，去给我倒杯水，老头子我今天就给你俩讲一讲这事儿得怎么办。"

大船出发第六日，吴玉泽被抓走的第二日，清早海上风大且凉，往常这个时间的甲板上都不会有太多人，但今天不同，太阳没升起多大一会儿，甲板上竟然影影绰绰围了不少人，这群人国籍不同、肤色不同、神态不同，但却同样朝着最中间主桅杆的方向瞧着。

陈锡三此时也站在了人群的后边，挂着根文明棍儿，穿得西装革履，竟然还破天荒地戴了一顶礼帽，不管前后左右怎么观瞧，都是一副优雅老绅士的模样。

眼瞅着围上来的人越来越多，主桅杆那头传来一个男人的声音：

"各位先生、各位女士，今天在这里打扰大家休息，为的只有一个目的，我们请各位帮忙主持公道，伸张正义！"

循着声音望去，站在主桅杆底座上的，正是许焕阳和刘二壮两人。他俩扯着一块白色的床单，上边用红色的汁水写着"伸张正义，非法拘禁"八个大字。

"各位先生、各位女士，想必大家昨天也听说了船上有人失踪的事儿，但是同样是在昨天，船上的警卫队竟然在没有任何证据的情况下就抓走并关押了我们的一个中国同胞，而他们给出的理由竟是他和这个失踪的日本人在前一天发生了一些口角争执,这样的行为真的是滑稽至极,他们没有理由,也没有权利关押我们的中国同胞!这是不讲道理的行为,也是非法的行为。今天他们能抓走一个,明天他们就能以更离谱的理由抓走更多人!让我们联起手来一起抗议这种不讲道理的行径!"

这边许焕阳话音刚落,一旁的刘二壮随即高声附和:"放人!放人!放人!"

这一下可谓一石激起千层浪,听到了许焕阳的话,再经由刘二壮的煽动,围观人群中的不少中国人都被点燃了情绪,跟着一起高呼:"放人!"

众人一喧闹,那边船上的警卫队坐不住了,只见有二十多个持枪穿制服的警卫在一个戴大檐帽军官的示意下,直接冲上来将许焕阳他俩连同围观的众人团团围住。而那个跟随藤田秀夫的日本人此时走到警卫队军官身旁,用日语叽里呱啦地说了一大堆,陈锡三离得不远,用他那半吊子的日语水平听了个大概,内容基本上就是让日本军官把这两个闹事的中国学生也一并抓起来。

可这警卫队军官却摇了摇头,没有进一步行动。

这完全在陈锡三的预料之中,现在可是在甲板上,围观的不光有中国人和日本人,许焕阳他俩现在是学生身份,而学生上街游行演讲抑或是抗议这种事儿在平时只要不太过火也不叫大事儿。而且许焕阳他俩抗议的是日本警卫队非法拘禁中国人,要是他们在这儿就不由分说地把两人带走,那正好坐实了这件事儿。所以,陈锡三料定他们最多只敢阻拦,肯定不敢将人带走。

事情的发展跟陈锡三预料的差不多,日本人果然没敢动手,只有两个警卫队的上去制止许焕阳两人,而其他的也只敢围住人群,以免发生更大的骚乱。

再说这主桅杆底座上的许焕阳和刘二壮,看到日本警卫队的人上来抢夺自己手里的床单,跟警卫队的人一边拉扯一边冲着底下的人群高声叫嚷:

"各位绅士老爷谁能给评评理呀,他们自己做了坏事儿还不让说,有没有正义的人给做主啊。"

这一声喊立马起了作用,底下围观人群中不断有人大声跟着附和,说日本人没理由强行抓人之类的话。当然,跟着附和的基本都是中国人。

眼瞅着这帮人喊声越来越大,那群警卫队的人也将包围圈越缩越紧。就在这个当口儿,有几个情绪愤慨之人甚至还和警卫队的人推搡起来,一时间场面陷入了混乱。

"砰"的一声枪响让场面恢复了平静。

开枪的不是别人,正是那个戴着大檐帽的警卫队军官。

朝天放了一枪后,他快步走到人群跟前,高声说了一堆叽里呱啦的鸟语,围观的一群人里却少有几人能听懂,大家也不知道他说了什么,就直愣愣地站在那。这带头的军官也没想到会是这样的局面,无奈冲刚才与他搭话的与藤田秀夫一起的日本人递了个眼神儿,后者会意,走上前来用蹩脚的中文给他翻译道:

"斋藤长官说了,船上有人失踪,我们抓人也有确凿的证据,在这里的都是绅士,请大家不要被这两个中国学生带动情绪,还请大家都回到自己的船舱中。我们不会抓错人,也不会放过任何一个想要在船上引起骚乱的人。"

这日本人翻译完,底下围观的众人又叽叽喳喳地议论起来。

只见一个穿着西装的中年男人开口冲着斋藤喊道:"你们有人失踪了就赶紧去找人,凭啥无缘无故抓我们中国人?他俩之间有矛盾当时我看到了，不也是那个日本人先欺负服务员，别人看不下去了才上去理论的吗？"

这一有人带头，底下人的情绪又一次被带动起来，眼看着又要压制不住，那日本人大喊了一声："八嘎！"

之后又冲着那翻译日本人耳语了一番，就听这个临时翻译开口说道："斋藤长官刚才说了，被带走的人不是关押，而是需要他配合调查，你们不要被这两个中国学生给误导了。"

这翻译话音刚落，在他身后的许焕阳就高声喊道："那既然是配合调查，为啥要把人抓走啊？我都看到了，人就被你们关在下边的货舱里，还有人看着，这不是关押是啥？"

这个新的信息被曝光出来，引得底下又是一阵喧哗，而就在此时，一身西装的陈锡三走到众人身前，脱下帽子对那个叫斋藤的长官鞠了一躬，然后缓缓开口说道："斋藤长官，被你们带走的那个人是和我一起来的，我们是满洲长春城的商人，这次去日本也是谈一笔生意，你们抓走的人和失踪的那个人之间估计有什么误会，那天他回到船舱之后就再也没出去过，跟整件事也没有什么关系，您看被您带走的那个人要是在货舱里出了什么意外的话也不太好，要不然您看看高抬贵手，让他回到客舱里，我们保证配合调查，您看咋样？"

说完话，陈锡三看了一眼那位临时翻译，那人会意，将陈锡三说的一番话转述给了斋藤。而斋藤听完皱起了眉头，叽里呱啦地说了一通后再由翻译官转述出口：

"斋藤长官说，就算是临时关在货舱里我们也会给予他优待，如果调查清楚没有问题的话我们立刻就会放人，这样做也是为了船上其他乘客的安全。"

就在陈锡三想要继续接话的当口儿，从他身后走出来一个四五十岁的大鼻子洋人，这人穿着跟陈锡三一样格调严谨的西装，也拄着一根文明棍儿。他走到陈锡三身边，开口对那翻译说道："我是英国使领馆的外交驻派人员，我认为不管是从国际法律还是人情道理而言，你们都不应该在没有掌握确凿证据之前关押任何人，你们将这个人关押，只会让我们感到更多的不安，用中国话讲这样让我们人心惶惶。"

一开始看到这个外国人走出人群的时候，斋藤的表情便凝重起来，而当他听到翻译说这个人是英国使领馆的外交人员，他的眉心皱得更紧，此时的他万分后悔，当初就不应该听了那个临时翻译的话捉走那个中国男人，他更没想到眼前这帮人能搞出这样的局面，给他架在了风口浪尖上。

英国使领馆的外交官是什么身份自不必多说，他这个小小的船上警卫队长是断然不敢得罪的，而且眼下这形势，似乎自己无端抓人的行为引起了船上大多数人的公愤，无奈之下，他也只能令手下放人。

斋藤承诺放人，人群中的中国人一阵欢呼，毕竟还是自己的同胞亲切，而且这也是在长期被日本人欺负的日子里少有的"胜利"。

陈锡三心中稍微落了底，他转过身，对着身旁的那个英国外交官拱手说道："感谢先生您伸出援手，没有您的话，还不知道我这个伙计要多久才能被放回来。"

"这位先生您不必这么客气，在你们中国有一句老话，叫'路见不平，拔刀相助'嘛，况且这件事情本就不应该发生，虽然这是日本的船，但也不能让他们这样随便抓人，我站出来也是为了大家的安全着想。"

这英国人一口中国话说得流利，谈吐也颇有修养，着实符合他这一身绅士形象的打扮，再加上刚刚人家还出手相帮，这让陈锡三对眼前之人好感大增。他脸上堆着笑，继续开口道："还没跟您介绍自己，我是满洲长春城玉茗魁的大掌柜，不知道先生怎么称呼，往后您到了满洲地界，去玉茗魁随便哪个分号提我陈锡三的名字，肯定让人给您行方便。"

"老先生您实在是太客气了。"听到陈锡三的话，这个英国人脸上浮现惊讶的神色，他没想到眼前的人竟是这样的人物，"想不到先生您就是玉茗魁的大掌柜，之前就经常听到这家商号的名字，没想到能在这里与您结识，真是我的荣幸。"

话说一半，这英国人竟还和陈锡三握了握手，而后又继续说道："我还没介绍自己，我的名字是John Ben Adams，您叫我约翰就好。"

"哦，原来是约翰先生，真是幸会。"

就在陈锡三和约翰说话的当口儿，有两个日本警卫队的队员将吴玉泽从船舱口带了出来，陈锡三一看到吴玉泽，就赶忙上前查看。

一番检查，陈锡三没从吴玉泽身发现啥严重的伤势，只是发现他脸上有一大片深红的印子，显然是遭了打。陈锡三心想着人能救出来就已经不错了，挨了点儿打，遭了些罪也就先不计较了。

被打的吴玉泽也没在乎脸上挨的这一下，此时他正沉浸在与陈锡三重逢的喜悦中。可就在两人抱着臂膀要寒暄一番之时，跟随陈锡三一起过来的约翰冲着那个藤田秀夫的随行，又被斋藤征做临时翻译的日本人，用严厉的语气说道："这就是你们所说的协助调查吗？这位先生脸上的伤是怎么回事？"

一听到这个英国人的质问，那个日本人吓得没敢言语，转过身白了一眼约翰和陈锡三等人便灰溜溜地带着两个警卫队员顺船舱口走了下去。

"这群日本人，真的是越来越过分了！"

眼看几个日本人离去，约翰愤怒地说道："陈先生，我来送您和这位先生先回去休息，这艘船到日本的航程还有五天，这期间如果您有任何需要都可以来找我，我就住在客舱一层的第八间。"

"真的是太感谢约翰先生了。"陈锡三听约翰这么说也是立马道谢。随后他又转过头对还没太清楚状况的吴玉泽说道："这位约翰先生刚才真的是帮了大忙了，要是没有他，你不知道要被关到什么时候呢。"

一听这话，吴玉泽瞬间会意，冲着约翰就是一拱手，连连道谢。

如此，约翰和陈锡三、吴玉泽一起往船舱下走去，三人行走间还不住地交谈，仿佛是多年的好友一般。而陈锡三趁其他两人不注意，回头给了身后不远处的许焕阳一个眼神儿，后者心领神会，带着刘二壮自行离去，只待无人时再跟陈锡三碰头。

第五章 远航

六

海上航行第七日晚上，陈锡三和吴玉泽在船舱房间中，边喝酒边说着这两天发生的事情。就在这时，船舱门传来三声轻叩，陈锡三递了个眼神儿，吴玉泽起身开门。

来的不是别人，正是许焕阳和刘二壮，此时二人仍然穿着学生装，却戴上了小黑帽，帽檐压得很低，像是怕被人认出来的样子。

这二人的身份陈锡三已经同吴玉泽讲过，所以一见是他俩，吴玉泽脸上便堆起笑意，一侧身让二人进了屋。

进到屋中，吴玉泽从上铺搬下来两个大行李箱子，让二人坐在上头，许焕阳他俩也不客气，大咧咧坐在箱子上，接过陈锡三递过来的烧鸡就啃了起来。

"这船上航行不比在陆地，也没啥好的吃食，我俩从家带出来的烧鸡，你们对付着吃一口，等靠了岸，我做东，请你俩吃好的。"

虽说陈锡三之前为这俩孩子的冲动冒失大动肝火，但眼瞅着这俩如此热血的青年，心里还是喜欢更多一些。

"嘿嘿嘿，我俩可不跟陈大掌柜客气，我俩商量过了，本来打算到了日本就找船回来，但这会儿遇到您，我俩就跟着您走了，您有啥事儿就吩咐我俩，等您办完了事儿我们再跟您一道回去。"

许焕阳捧着半只烧鸡一边啃一边说着话，吃得满嘴流油，话也说得含混不清。

一听许焕阳的话，陈锡三倒是乐了，吴玉泽的事儿虽因他俩而起，但最后也不是个坏结果。眼前这俩小子虽然愣了点，但也是能调教的好苗子，要是带在身边，自己跟吴玉泽也能方便许多。想到这，陈锡三便乐呵呵地说道：

"你俩跟着也行啊，到时候我俩也能清闲些，搬搬抬抬的活儿可就交给你俩了。"

"嘿，您就放心吧陈掌柜。"许焕阳说道，"别说是搬搬抬抬，您二位有啥活儿都交给我俩，安全问题我俩也都包了。"

一提到安全问题，陈锡三皱着眉头一脸正色道："保证咱们的安全可以，但可不能像这回似的说动手就动手了啊，那地方可不比在老家，可不能轻易再干那冲动的事儿了。"

"您放心吧大掌柜。"听陈锡三这样说，许焕阳也一脸正色，"这会儿我俩真跟您学着本事了，要是没有您，我俩这两条小命儿都得搭在这儿，往后您说干啥我俩就干啥，绝不冲动行事了。"

陈锡三听了满意地点点头，而就在这时，吴玉泽似乎突然想到些什么，面色凝重地开口说道："大掌柜，虽然这次把我给救出来了，但那些小日本子能就这么罢休吗？"

"罢休？那肯定是不能够啊。"陈锡三说道。

"那咋办？在这船上，他们想整咱们，咱是一点儿招也没有啊。"吴玉泽担忧道。

"不怕，"陈锡三倒是没有太过担忧，"咱们在船上也待不了几天了，这几天咱们几个都低调些，吃饭啥的让人送进来，就在这个屋里解决，等熬过这几天到了地方就好了。"

"陈掌柜，那这帮子日本人能轻易放咱下船吗？"已经将半只烧鸡吃进肚子的许焕阳开口问道。

"哎哟，学会用脑子想事儿了啊！"一见是许焕阳开口，陈锡三拿这孩子打趣道，"下船的事儿我想好了，明儿一早我就去找那个英国外交官，咱到时候跟他一起下船。"

"跟他一起就能行？"许焕阳又问。

"跟他走是肯定行的。"给他解答的是吴玉泽，"孩子你可知道，那一张英国护照就能压得这帮日本人抬不起头来。"

听了这话，许焕阳还有些懵懂，而陈锡三则是呷摸了一口酒，长叹道："唉，就这世道。"

转过天一早，陈锡三起床之后又穿上了那一身笔挺的西装去找那英国外交官约翰，他以下船之后请约翰吃饭来报答他当日出手相助为由，提出两边的人一块儿下船。约翰也明白陈锡三的真实意图，想着这帮日本人肯定没有胆子动自己，也就乐得送这个顺水人情，便爽快地答应下来。

此间事毕，陈锡三又让许焕阳和刘二壮趁着清早人少的时候将行李搬到了自己和吴玉泽的船舱房间中，腾出两个上铺，四人便住在了一起。

就这样过了四天三宿，四人一直猫在屋中没有出去，而许焕阳也眼瞅着就要受不了的时候，大船晃晃悠悠地靠了岸——日本大阪湾港口近在眼前。

约翰没有食言，甚至比陈锡三几个先收拾好行李，带着自己的两个随行人员等在了陈锡三的房间门口。

待陈锡三他们收拾好之后，一行七人并行着上了甲板，顺着早就放好的舷梯走下船去。

船一靠岸，那帮日本警卫队就在斋藤的带领下站在甲板上列成两队，而陈锡三他们一行人从斋藤面前经过时，斋藤的眼里透露着隐藏不住的怒火，但他也无法，船靠了岸，以斋藤的身份，连跟约翰这位英国外交官眼神对视的资格都没有。

眼瞅着斋藤气得不行，许焕阳和刘二壮两个还趾高气扬地冲他哼了两声，这下更是给斋藤气得脸红脖子粗。

这一行人中，除了陈锡三，约翰和他带的两个随行人员竟然还是第一次来日本，吴玉泽常年跑东北三省内的生意，自然是没来过日本，而那两个毛头小子更不必说。

所以下了船陈锡三叫上了两辆在码头等活儿的小车带着众人直奔大阪城。

要么说甭管是在家里还是出门在外，有一老真如有一宝。陈锡三虽说日语是半吊子水平，但基本的日常用语说得还是挺溜的，而约翰的随行人员里有翻译，也能够沟通无阻。就这样，七个人在陈锡三的带领下来到大阪城中的一家高档酒店，这大掌柜出门在外也不能跌了颜面，大手一挥就出钱给所有人都办了入住。陈锡三他们在这里等那位供货商厂子里的朋友前来接应，而约翰那边自然有使领馆的人过来接。

入住妥当，陈锡三便安排吴玉泽去酒店前台发了两封电报，一封给供货商的工厂，另一封则给远在长春城的刘永年。在给刘永年的电报中陈锡三简单说了船上发生的事儿，又交代他给林四带个信儿，他派出的两个小孩儿现在跟着自己，等这边完事儿就一起回去。

电报发出，陈锡三又招呼上约翰他们，一行七人坐着小车奔着城中心去寻找吃饭的地方。虽说到了日本，但约翰对日本料理是提不起半点兴趣，而陈锡三和吴玉泽两人可是吃惯了东北名厨的正经吃家，对日本那匮乏的吃食更是打心眼儿里看不上，也就是许焕阳和刘二壮对日本人的饭店有点儿好奇，可这群人里他俩也说不上话。就这样，吃饭的地方定在了大阪最高档的西餐厅——自由轩。

当晚的这顿饭，陈锡三一边感谢约翰出手相助，一边又跟约翰等人约好，等约翰到了满洲地界上一定要来玉茗魁，他定会好好

288

招待。

此间无话,且说第二日日本工厂接应的人先行到达,两方道别之后陈锡三众人便去往工厂。

抵达工厂,陈锡三也没有急着去面见那新接任的年轻厂长,而是在附近安顿住下后,跟那位提前通过气儿的朋友了解工厂目前的情况。

这家工厂自从被老厂长的儿子接手后进行了一系列改制,从以前的纯加工工厂改成了会社制——用新鲜一些的叫法这应该叫作公司。在改制之后,这位少东家又对所有出口的合作订单都进行了调整,但这调整也分门别类——向南洋出口的布料价格相对降低,而往中国出口的布料价格有小幅度上调,销往满洲的布料价格则大幅度上涨。而陈锡三从这个朋友口中得知,销往"满洲国"的布料价格上涨就是奔着玉茗魁去的,因为这家工厂在"满洲国"境内只有玉茗魁这一个大的经销商。

从这一点来判断,陈锡三觉得此次谈判应该会比较难,人家就是冲着自己商行来的,要是没有什么大的变动估计这新任厂长不会轻易改变想法。

陈锡三在大阪工厂这头刚了解完情况,就将其中的细节用电报发给了刘永年。而刘永年那头,却才刚收到陈锡三安全抵达的消息。从电报中他得知了陈锡三一行人的遭遇,刘永年也是一阵担心,不过在看到有林四派出的两个年轻人跟随之后,他心神稍定,有这俩孩子在,陈锡三跟吴玉泽遇到什么事儿还能有个照应。

这边刘永年接到第一封电报之后,隔了一天一宿,陈锡三的第二封电报才送到他的手中。

学徒送来电报的时候,刘永年正和田瑞亭坐在堂屋中商议日本供应商的相关事宜，接到陈锡三传回来的信息，二人对那边的情况有了更多的了解。可随着知道的情况越多，刘永年和田瑞亭就对局势越发担心起来，特别是看到日本工厂的新厂长上任之后特地做出的针对玉茗魁的价格调整，刘永年的心中就更加恼火。

"大掌柜，您说那日本工厂的新厂长为啥就针对咱们玉茗魁整这一出呢？"田瑞亭接过刘永年手中的电报看了一遍之后也是紧皱眉头，沉声对刘永年说道。

刘永年也心中疑惑，紧接着对田瑞亭说起日本工厂的事："瑞亭，我其实也疑惑那边为啥就针对咱们下手，电报上说得清楚，那头往南洋出口的价格还下调了，就针对咱们使劲加价，这问题出在哪呢？"

"可不是吗！"田瑞亭接茬道，"您说他们往除了满洲之外的地方也只是稍微加了点价，咋到了满洲就不一样了呢？"

"对呀！这里头关键是不是就出在这满洲上啊？"听到田瑞亭说的话，刘永年恍然大悟，仿佛抓到了事情的关键，"这事儿我看八成就出在满洲上。"

"满洲咋了？"田瑞亭一时没反应过来。

"你想啊，咱们是经销商，他们是供货商，按说价格的主导权应该控制在咱们手里的呀，可这个日本工厂为啥就敢这么肆无忌惮地给咱们加价，不就是吃准了咱们没法从别的渠道拿货吗？"

"咱们没法从别的渠道拿货？"田瑞亭听到刘永年的话陷入沉思，好半晌才想明白其中关窍，"对呀，他们从日本往满洲运货，从头到尾都是由日本人控制的，要是咱们不接受他们的条件从别家进货，那他们找满洲的上层，直接在货运这个事儿上给咱们掐死了就完事，这样的话咱们就真的只能从他家拿货了呀。"

"是啊，"刘永年继续说道，"我估计他们在确定给咱们加价之前就已经跟满洲上层的人通过气儿了，现在咱们还真就被将在这儿了。"

"确实，"田瑞亭叹了口气，紧接着他又想起一个问题，皱着眉开口说道，"您说那日本人的新厂长咋就有门路跟满洲的上层通上气儿呢，这满洲当官的能听他一个小厂长摆布？"

"他可不只是一个小厂长那么简单。"刘永年摇摇头说道，"那头的老厂长是个有名的企业家，手底下不止这厂子一处买卖，而且据说他有个儿子是个军官，衔儿好像还不小，现在老厂长没了，这个接任的要么就是他那个军官儿子，就是其他儿子估计也能通过这个军官跟这边的上层通上气儿。"话说到这，刘永年顿了一下，又叹了口气，才继续说道："现在这世道啊，瑞亭你也不是不知道，这日本人但凡有点儿官衔儿的哪个不能在满洲这里作威作福？像这种事儿，加价之后里头的油水谁都清楚，他那边想联系个能管上事儿的也不是很难。"

"原来是这样。"听了刘永年的一番分析，田瑞亭皱着眉说道，"那眼下这个形势，如果他们真的已经联系好了'满洲国'的上层，打算用货运渠道来卡着咱们加价的话，这可得咋办？"

田瑞亭这话一出，刘永年皱着眉没有接话，过了好半晌他才缓缓开口道："现在具体是不是咱们猜想的这个情况还未知，先等大掌柜那边回信儿，确定了咱们再做定夺。"

话说一半，刘永年又沉思了半晌，才又说道："要真的是咱们分析的这种情况，还真是很棘手，但也无妨，办法总会有的。"

田瑞亭听到这话，明白刘永年一时也没啥好主意，就没再问下去。刘永年的话说出口，他心里也没底，但那又能怎么办？总不能叫田瑞亭跟他一起愁眉苦脸，那他这个大掌柜可就太没有深沉了。

七

十行芝检从天下，六月荷花照水开。

且说身处日本的陈锡三这边，他们在大阪湾下了船，在城中休息一日，又在城郊工厂外的酒店住了一天，直到落地的第三日才终于走进了工厂大门。

他们此行对工厂那边说的首要目的是观摩工厂的加工车间和布料工艺，入厂事宜早就由日本这边的人安排妥当，而且陈锡三也不是第一次来工厂，简单的接待之后，他们一行人便被人引着朝加工车间走去。但这一次入厂给陈锡三的感觉跟以往大有不同，之前他来到工厂，不论怎样，老厂长都会在会议室中亲自接待这位来自中国的商人，双方还能够保持尽量的平等，因为不管国家之间的关系地位如何，他陈锡三所代表的玉茗魁都是这所工厂最大的经销商之一，而常年进行的大宗交易也会让日本的老厂长与陈锡三之间至少在面上保持互相尊重。

可这一次的接待跟以往可谓是大相径庭，新接任的新厂长根本没有出现在接待会上，只是派出一个秘书来简单地做了一下交流，新厂长只是告知陈锡三一行，说他会在当晚与之会面并共进晚餐。

这样的安排让陈锡三觉得自己受到了前所未有的侮辱，这个新厂长显然没有将自己放在眼里。但他也清楚，小不忍则乱大谋，自己在人家的地盘上只能接受安排，所以也就只是将这件事记在心上，并没有表示什么。

接待事宜简单结束之后，陈锡三和吴玉泽带着许焕阳、刘二壮从会议室出来，在那位日本朋友和秘书的带领下前往车间参观。行走间，那位厂长秘书倒是尽职尽责地为陈锡三几人介绍工厂的各处设施，陈锡三的日本朋友则充当翻译，且陈锡三一行在日本期间他都将随行做翻译工作。

从会议室大楼出来到车间厂房，也就五分钟的脚程，一进到工厂大门，吴玉泽、许焕阳和刘二壮三人就仿佛刘姥姥进了大观园一般，被眼前的景象震得目瞪口呆，就连陈锡三这个来过许多次的"熟客"也为这车间厂房的规模和布置心神微震。

陈锡三他们来到的厂房是整座工厂中最大的一间，整体是个巨大的长方形弧顶建筑，这房子也不知是用什么方法建造的，整个内部空间里没有一根立柱，一进门就能看见厂房中整齐摆放着五列大型机器，纵深望去查不清楚有多少排，但是约莫着不下百来台机器规整地分布在厂房当中。

而这百来台机器眼下都呼哧呼哧地冒着白烟，每台机器上配的五个工人也都手脚麻利地操作着自己面前的部件，放眼望去工人跟机器好似融为了一体，整个车间也如同一个巨大机器，忙碌却井然有序地飞速运转着。

陈锡三几人进了门只是简单观看便大受震撼，而随着秘书引着众人往车间深处走去，在近距离观看到这些大机器的运转之后，几人更是啧啧称奇。

"好家伙，原来咱们穿的衣服是这么整出来的呀！"最先忍不住出声的是刘二壮，可能是眼前的景象于他而言太过震撼，刘二壮说话的声音中都夹杂着些许颤抖。

"你可别扯淡了。"刘二壮话音刚落，一旁的许焕阳就接茬说道，"你身上穿的是啥玩意儿，仔细瞅瞅那机器上边出来的布料，那针脚多密啊，而且就那个花纹你见都够呛能见过，还穿？别给自己脸上贴金了。"

听了许焕阳说的这话，刘二壮并没有生气，他二人平日里互相损着惯了，他也没当回事儿，可他却真的上前仔细瞅了一眼机器上新出来的布匹，以这布的厚度和花纹来看确实不是普通货色，自己倒不至于没见过，但买不起是真的。

这边许焕阳和刘二壮惊奇布料的质量，那边吴玉泽却是对织布的机器产生了兴趣。只见他围着一台机器转了好几圈儿，将其看了个透彻之后回到陈锡三身边说道："大掌柜，这用电的机器是好啊，你看那出布的速度，咱家那边三台机器也赶不上。"

"那可不，用电的跟咱手动的一样快的话，他还用电干啥？"听了吴玉泽的话，陈锡三撇撇嘴说道。

"大掌柜，你说要不咱也整回去几台咋样？"吴玉泽一脸正经地对陈锡三说道，"咱跟他们谈谈，直接买几台机器回去，咱也开个这样的厂子多好。"

听了吴玉泽的话，陈锡三皱着眉头瞅了他一眼，随后用无奈的语气说道："吴玉泽你净异想天开，人家肯不肯卖给你先不说，就这机器拿到咱们那用，电费的成本你知道就得是多少？"

"咋的，咱两边的电费成本能差出去很多吗？"吴玉泽不解。

"很多，你能想象出多少，他就能差得出去多少。"陈锡三说道。

"不应该呀，不都是烧煤发电，凭啥他这里这么便宜啊？"

"那肯定是煤的价格不一样呗。"

"他这煤便宜？"

第五章 远航

"嗯。"

"日本产煤？"

"基本不产。"

"那他为啥便宜？"

"因为咱们那产的煤大多数都拉这边来了。"陈锡三说着这话，眼神里藏不住的落寞，而后他又补充一句道，"不然你以为咱们来时坐的船里头拉的最多的货是什么？不都是搁东北地底下挖出来的煤吗。"

陈锡三和吴玉泽的这一番对话让在一旁的许焕阳二人也听了去，四人都沉默起来，刚进车间时的那一股看到新鲜事物的激情也消减了不少。

车间厂房大是大，车间里的机器在这一行人眼里也很是新鲜，但不论多大、多新，却也都是千篇一律的东西，所以在厂房中简单转悠了一圈儿，陈锡三几人便在秘书的带领下从厂房后门走了出来，奔着下一个参观的目的地——产品陈列室而去。

其实日本人做工厂实业还真是有两下子的，不仅厂房车间做得规整，就连陈列室也搞得跟个小博物馆一样气派。

陈锡三他们随秘书走进陈列室中，入眼便看到一排排的展架上挂着各式各样的布匹。这些布匹薄厚不一，花色不同，据那个讲解的秘书说，这些布匹的编织工艺也大有讲究。

看了两三排布，听这秘书讲了其中不少细节，走在最后边的许焕阳突然上前来到陈锡三身边问道："陈大掌柜，这么老些布都给我看花眼了，你们是每样都要进回去一些吗？"

陈锡三听到许焕阳的问题没有吱声，一旁的吴玉泽帮忙解答道："这么老些布肯定是不能全进回去，你看到那边第二排的那几个没有，那些是他们这儿质量最好、针数最多的，咱们进的就是那几种货。"

"吴掌柜，针数多是啥意思啊？"许焕阳对这个专业名词有点不理解。

"针数就是布匹纺织时候线的密集程度。"吴玉泽解释道，"针数越高，织布的线就用得越多，纺织得也就越密实，质量就越好。"

"是这样啊。"许焕阳听完吴玉泽的解释大致有了了解，随即他走向吴玉泽刚指着的那一排布架，拿起一块看起来最密实的布的一角试探着抚摸了一番。

"吴掌柜，这布真的好厚实啊，这要是做了衣服穿身上估计几年都不坏。"许焕阳上手之后切实感受到了吴玉泽所说的质量好坏，他终究还只是个二十出头的年轻人，心里有啥事儿都藏不住，一时欣喜，便冲着吴玉泽说道。

可这话听在吴玉泽耳朵里竟让他笑了起来，就连一旁的陈锡三也忍俊不禁道："傻孩子，你知道这布多少钱一尺，买得起这个布做衣服的人咋能在乎穿不穿得坏呢。"

陈锡三这句话说出口，许焕阳一时竟没反应过来，愣在原地好半晌才开口道："这事儿不是两拧①了吗，他既然不在乎穿不穿得坏，那整这么结实的布是干啥呀，这不是有钱烧的吗？"

"孩子，这你就不懂了，这有钱人买东西看的不单单是结不结实，人家更注重的是好不好看，有没有档次。"吴玉泽解释道。

"真是整不明白，这布厚了就上档次？还是说大伙儿上了街就互相比谁穿的衣服针数多？"许焕阳还是不理解吴玉泽说的话。

"这事儿不是咱们定的，顾客觉得啥好，咱买卖人家就整啥样的货，这里头说道多着呢，等回去了你要是有兴趣就到店里，我慢

---

① 东北话，意思是两股劲儿没往一处用，反倒是互为阻力了。

慢教给你。"

吴玉泽的话里透着爱才之意，这几天相处下来，他很是欣赏这个许焕阳，虽说这孩子愣了点，但吴玉泽从他的身上仿佛看到了自己年轻时候的样子，尤其是那一股子冲劲儿跟自己以前简直是如出一辙，所以这话赶话的就动了挖林四墙脚的心思。

可这边吴玉泽跟许焕阳的对话让陈锡三皱起了眉头，倒不是吴玉泽招揽许焕阳让他心里不舒服，而是许焕阳说的话让他心里闪过一个念头，虽然只是一个想法，但似乎能对眼前的局面有点帮助。

观摩厂区和陈列室没有浪费太久的时间，话说回来陈锡三来这几个地方观摩也只是个说法由头，其真正的目的双方都很清楚，所以晌午参观一番后，秘书便送陈锡三他们到离厂区不远的一家料理店用午餐。

这一顿饭下来，陈锡三和吴玉泽倒是没什么，却给许焕阳二人气得够呛，回酒店的路上他们不住地念叨为啥日本人吃这么一大口饭上边就只放那么一小疙瘩鱼肉，而且还是生的，这简直不是人吃的东西。

对于许焕阳的抱怨，这两位掌柜的也没做啥表示，其实他们自己也不习惯吃日本的寿司，整个小饭团上边随便放点啥就成了美食了，这样的东西实在是不能让陈锡三和吴玉泽这样的老吃家买账。但他俩却不像许焕阳这样是第一次吃这东西，在还没有满洲的时候，街面上就有日本人开的这种店，最开始他们好奇进去吃过，骂骂咧咧地出来之后就再也没进去过。

闲言少叙，且说陈锡三几人吃完了那难吃的料理，回到酒店待了一下午，直到快六点钟的时候，厂里的那位朋友才找上门来，说新厂长要和他们一起用晚餐。

此时四人已经饿得前胸贴后背了,郊区的酒店不比城里,房间都不带吃食,一听说这新厂长终于想起他们来了,许焕阳赶紧穿上外套就要出发。

可就在这时,陈锡三拦住了他,跟他耳语一番又塞给许焕阳一小叠日元钞票,而后只带着吴玉泽前去赴宴。

这边陈锡三前脚刚走,许焕阳叫来了一旁不明所以的刘二壮,拿出那一小叠钱在他面前晃了晃,小声地说道:"兄弟,这个是陈掌柜留给咱俩的吃饭钱,一会儿咱去附近看看找点儿好吃的去。"

"那还等一会儿干啥呀,这就走吧。"刘二壮显然是饿坏了,"我都饿蒙圈了,咱这就下去吧。"

看刘二壮急切的样子,许焕阳皱眉说道:"咱俩出门,你会说日本话还是我会说日本话?出去拿着钱都不会买东西。"

"那咋办,咱俩还能守着钱饿死?"一听许焕阳的话刘二壮更急了。

"不忙,陈大掌柜刚才说了,他已经安排了一个关系很好的日本人带咱俩吃饭,一会儿就到,吃完了饭还有一个重要的任务需要咱俩完成。"

"啥重要任务?"这刘二壮真不愧是林四带出来的人,虽说饿得不行,但一听有任务立马又来了精神。

"陈大掌柜说了,一会儿吃完了饭,就让他那个日本朋友领着咱俩再去一趟那个厂子的陈列室,咱俩的任务就是仔仔细细地把陈列室里的那些布料样式和大致厚度记下来,他要这些信息有用。"

一听是这个任务,刘二壮似乎有些犯难。

"那陈列室少说也得有五六十种布料,咱挨样记也记不住啊。"

"不用每样都记得仔细,咱就大致按照薄厚、花纹啥的记住有多少种分类就行。"

"那还行,不过陈大掌柜要知道这玩意儿有啥用?"刘二壮还是不太清楚。

"那我就不知道了,咱听话照做就行,想也想不明白。"

许焕阳刚说完话,这边门铃声就响了,他跟刘二壮对了个眼神儿,由许焕阳开门,刘二壮在他侧身后躲着,防备突发情况。可眼下又不是跟日本人打仗,他俩对外的身份是陈锡三的两个亲戚,只是跟着出来见见世面,所以他俩预想的危险情况并没有发生。

许焕阳打开房门,就见一个五短身材的矮胖中年男人站在门外,此人穿着一身和服,人中的位置上还留着一小撮胡子,此时堆着一脸褶子,微笑着看向许焕阳,开口问道:"请问这是陈桑的房间吗?"

"呃,是陈掌柜的房间。"许焕阳愣头愣脑地回答道。

"哦,那你就是许桑咯?"

"呃,我是姓许。"许焕阳跟日本人对话总感觉有些说不出的别扭。

"哦,那你知道是陈桑安排我过来的吧?咱们现在就出发去吃饭吧。"

这男人说着话,脸上笑意更盛,褶子堆叠得也更加密集。

八

　　许焕阳二人被带去吃饭后再度进入工厂暂且不谈，单说陈锡三这边，他与吴玉泽坐上小车没走多远，就被带到了一间门头装饰着花里胡哨灯条的酒家之中。

　　进了门，右手边一拐，他二人就见着了白天看到的那位负责讲解的秘书，再细瞧，正座上坐了一个看起来三十多岁的男人。

　　这男人留着寸头，身穿一套灰黑条纹的和服，跪坐在小桌后，腰杆笔挺，他的身后放着一个刀架，上边摆放一长两短三把略带弧度的日本刀。

　　这男人见到陈锡三二人进来，本来严肃的脸上立马堆起了笑意，也没起身，仍旧跪坐在原地，却开口用中文说道："陈先生和吴先生远道而来，请原谅我公务繁忙，到了这个时候才抽出时间与二位见面，还请入座。"说着话，男人伸手冲着一旁的两个小桌做了个请的手势。

　　他这一开口倒是令陈锡三和吴玉泽吃了一惊，没想到这个新任厂长张嘴竟是中国话，而且听发音还算标准，这着实出乎二人的意料。

　　而等新任厂长看到落座的二人脸上惊疑的神情，便笑着解释道："陈先生和吴先生不必惊讶，我在接任企业之前一直是一名军人，而且服役的地点就在你们中国，准确地说是现在的满洲哈尔滨一带，这么多年下来，中国话自然是会说一些的。"

"哦，原来是这样。"听了他的话，陈锡三明白其中缘由，又开口问道，"还不知阁下怎么称呼？"

"我的名字是井野次郎，陈先生称呼我井野就好。"

听到井野次郎这个名字，陈锡三和吴玉泽对视一眼，他俩不约而同想起一个人——"满洲国"长春城地区的日本驻军旅团长井野太郎。

这个人是驻扎在长春城周围几个师团中的一个旅团长，是少将军衔，按说这群日本高级军官平日里就算是陈锡三他们这样的身份也很难接触到，但这个井野太郎常常派人到玉茗魁铺面里买一些日本进口的布料和其他商品，这一来二去虽然没见过面，但陈锡三对其也有所耳闻。

如今听到井野次郎这个名字，不由得让陈锡三将二人给联系起来，思量片刻，他开口问道："不知道井野先生是否知道长春城中有一位井野太郎旅团长？"

"我当然知道。"井野次郎一听哈哈大笑，"井野太郎是我的哥哥，他在与我的来信中还提到他在玉茗魁能够购买到自己家里生产的布品，经常借此来慰藉思乡之情呢。"

"原来是这样。"听了井野次郎的话陈锡三心中已基本有数，其实对于工厂加价的做法，他与刘永年的猜想大体一致，如今得知井野太郎和这个新厂长井野次郎的关系，他更是肯定了心中的猜测。

这边陈锡三心中想着，那边井野次郎开口说道："陈大掌柜您和我的父亲之间合作甚是密切，您在满洲的商业宏图我也有所耳闻，但想必您对我应该还不是很了解。"说着话，井野次郎坐直了身体，双手撑着膝盖，一脸严肃地说道："在下井野次郎，原关东军驻哈尔滨中佐联队长，今年春天在一场战斗中因左腿受伤退伍回到家乡，在家父离世之后便接手打理家里的生意，与您的玉茗魁之间有合作的井野纺织工厂就包括在其中。"

说完话,井野次郎一低头,算是行礼,而陈锡三和吴玉泽见状也拱手还礼。

"井野先生的离世我感到非常的痛心和惋惜,我收到消息的时候离事情发生已经过去了一段时间,我们中国人的礼仪里对这种事情不能晚补,所以也就没有来大阪吊唁,但如今看到井野次郎先生你接手了企业还打理得井井有条,相信井野先生泉下有知也会很高兴了。"陈锡三一边拱手,一边说着客套话。

"陈先生您不必因家父的事情介怀,家父年事已高,且这几年一直受到病痛的折磨,离去对他而言也是一种解脱。"说到父亲的离世,井野次郎的表情并没有什么变化,仿佛不是在说自己家的事情一般。

"况且家父在世的时候对企业做出的一些经营上的决定我认为有很大的不妥,他的离去也给了我接手改变的机会。"

井野次郎这番话一出让陈锡三和吴玉泽皱起了眉头,二人不太理解这个日本人的思维逻辑,他竟然将父亲的去世当作自己上位接手生意的契机,他二人听来只觉得眼前的井野次郎毫无人性可言。

"既然井野先生提到了您对生意上的调整,那我这次来的原因,想必您也是知晓的吧?"陈锡三顺着井野次郎的话茬将这次的交谈带入正题。

"哦,陈先生您所指的具体是哪一方面的问题呢?"井野次郎显然对陈锡三所表达的意思一清二楚,但却用拙劣的演技装出一副啥都没明白的样子来,眼神中带着些许玩味地看着陈锡三。

他的举动并不能让久经商场的陈锡三动容,就连下首的吴玉泽也只是嘴角带着些嗤笑,觉得这日本小子着实没啥城府。

"井野先生,我们这次来首要是为了参观一下井野纺织厂,再一个是咱们双方应该就这次布料涨价的问题谈一谈。"陈锡三不急不忙，缓缓开口道。

"布料涨价吗？"井野次郎眯缝着眼睛缓缓开口，随后他又冲着那个秘书装模作样地用日语询问了一番其中细节，半晌之后才又对陈锡三说道："陈先生，我刚刚和秘书了解了一下情况，这次的涨价也不是我们想要发生的，而是形势所迫呀。"

看到井野次郎摆出一副装傻充愣的态度，陈锡三也不急不躁，眯缝着眼睛问道："哦？井野先生您说的形势所迫具体是什么情况呢？"

"陈先生您有所不知啊。"井野次郎提起这个瞬间愁眉苦脸，撇着嘴说道，"大日本帝国这几年一直东征西讨，连年的战争让本国的经济环境越来越不好啦，而且现在布匹的原材料价格越来越高，电厂的电价也是水涨船高。这还不算，国际局势也在变化，不论是各类资源进口还是成品往外出口的关税都贵得吓人，综合下来，我们也是为了生存被逼无奈才将价格上调的。"

"哦？你们日本从外边抢掠来的资源，回本国也卖这么高的价格吗？"这次开口的不是陈锡三，而是坐在他下首位置的吴玉泽。他一开口就直奔要害，阴阳怪气地说道："如果从外边运回你们日本国内的资源价格这么高的话，莫不是你们日本军方从中间抽了油水，当了一把二道贩子吧？"

说完，吴玉泽看了一眼陈锡三，二人嘴角轻轻动了一下。

吴玉泽这一番话就是奔着井野次郎的心缝去的，为的就是气一气他，顺便也探探此人的城府究竟几何。

"八嘎！"

一声尖锐的爆喝，伴随着"啪"的一声手拍桌子的声响。

陈锡三和吴玉泽定睛一看，井野次郎此时竟愤怒异常，一手捂着胸口，另一只手拍着桌子，咬牙切齿地叫道："你们怎么敢侮辱

大日本帝国军人的荣耀？！吴先生和陈先生你们竟然还因为此事而发笑，你们知不知道这是对大日本帝国和我个人的侮辱！"

"哎哟，井野先生何必生这么大的气呢？"陈锡三并没有将脸上的笑意收起多少，他开口对井野次郎安抚道，"井野先生你不必这样生气，吴玉泽也只是开个小小的玩笑，并没有侮辱你们日本国家和军队的意思，更绝非对您个人有什么别样的想法，我们作为你父亲多年的老朋友，也只是开个玩笑罢了。"

听了陈锡三的话，井野次郎的神情稍有缓和，可还是双手挂着膝盖看着吴玉泽运了半天气才平静下来，一脸严肃地开口说道："陈先生，您和吴先生这次来为的就是价格调整的事情吗？"

"正是这样。"陈锡三不紧不慢地接话："这次布料价格的上涨幅度实在是太高，已经大大超出了市场能承受的极限，所以我们俩亲自前来，希望和井野先生您一起商量一个合理的价格范围，以保证咱们往后能继续合作。"

"这个价格的问题没得谈。"井野次郎显然还没有从刚才的气愤中缓过来，他大手一挥说道，"陈先生您和吴先生还是别在价格上费心思了，我这边的价格既然已经定好就不会改变，你们还是尽快回去筹措资金吧。"

见井野次郎的态度如此坚决，陈锡三皱起了眉头说道："井野先生，生意上的事向来是两方合作才能够促成双赢，您若是还保持这个价格不变的话，我们玉茗魁没法接受这样的合作，这样高价的布料我们进回去也没法让市场接受，毕竟没人会做赔本的买卖，若是实在没办法，我们可就要重新考虑双方是否能继续合作的问题了。"

陈锡三说话语气并不强硬，但态度非常坚决。可是井野次郎一听这话却不屑地笑了起来："陈先生，我想您在下决定之前应该更多地考虑一下局势问题。你们玉茗魁在满洲发展，我必须承认你们的生意做得很大，但是那里毕竟是满洲，我想如果你们随便更换供货商的话，这货物可能未必能够顺利地运送到你们的手中。"

井野次郎的话一出口，陈锡三的眉头便皱了起来。之前他听说这个人的军方背景之后心里就隐隐不安，而此时他终于将自己的底牌亮了出来，这一下，倒把陈锡三将了一军，若真如同井野次郎所说，那这次的问题还真就严重了。

不过不论如何，在这谈判的当口儿陈锡三也不会示弱，只见他轻轻捋着自己的胡须，仍旧不紧不慢地说道："井野先生真是手眼通天，竟然把自家的生意和'满洲国'的海关绑在了一起运作，可我陈某人做了一辈子买卖，也是风里雨里走过来的，这性子是顽固惯了，单凭井野先生您这一番话，可未必能说得住我呦。"

"哦？莫非陈先生是不相信我的话咯，还是说您想尝试一下看我究竟能不能说到做到呢？"井野次郎此时表情夸张地将头往前探着，很是兴奋地说道。

面对这挑衅一般的神情，陈锡三却并未接招，只是一手捋着胡须，另一只手端起小茶杯轻轻抿了一口。

这俩人一个张牙舞爪，一个神情怡然，一时间竟对峙起来，但这样的局面没有持续多久，井野次郎的神情渐渐缓和下来，随即便不再提起生意上的事情，反而招呼着陈锡三和吴玉泽享用晚饭，还向两人介绍起日本的饮食文化来。

席间双方都没有再提及价格的事情，在陈锡三和吴玉泽回到酒店之后，许焕阳和刘二壮还没有回来，于是二人便泡上了茶，分析起和井野次郎的这顿饭。

"大掌柜，您说这井野次郎真有手段，让满洲的上层给咱们从进口货物的方面施压？"吴玉泽开口问道。

"看情况应该是真的。"陈锡三一边泡着自己带来的茶叶，一

边皱着眉头说道，"吴玉泽你想，他以前是关东军的军官，他大哥又是在咱长春城周围驻防的旅团长，那可是少将啊，就凭这层关系他跟满洲的高层有来往就不稀奇，且看他今天的态度，对此事应该也很有把握，我看他说的八成是真的。"

"要是这样，还真就不好办啊。"吴玉泽感叹道，随即他又回想起井野次郎今天的状态，开口说道，"可是今天看这个小子感觉他也不咋的，一点儿深沉也没有，净整那张牙舞爪的那一出，像咋回事儿似的。"

"这小子看着确实不咋的。"陈锡三说道，"不过也别太轻视他，万一人家是故意做这一副姿态给咱俩看的呢？"

"要是这样的话那这小子也演得太好了吧。"吴玉泽皱着眉头说道。

就在二人闲聊时，两人房间的门铃声响了，吴玉泽打开门发现是许焕阳二人，招呼他俩进了屋后陈锡三问起他的那位朋友，这俩年轻人说那人有事先走了，之后便坐下跟陈锡三汇报起晚上他俩进厂区之后的任务完成情况。

且说那许焕阳跟刘二壮吃完了饭，被带着再一次进入了厂区，找到厂子里管事儿的，说明两人要去陈列室里再参观参观。

虽说管事儿的觉得客户大晚上来参观有些奇怪，可这厂子的陈列室也不是啥重要的地方，本就是对外开放的，所以那个管事儿的也没阻拦，只是安排了一个手下带着三人前往便不再过问此事。

而许焕阳和刘二壮两人进到陈列室之后谨记陈锡三的告诫，装出一副乡下人进城的姿态，一边感叹一边挨排上手摸悬挂起来的布匹。

一排接着一排，许焕阳和刘二壮挨个架子仔仔细细地将全部的展品都摸了个遍，这虽然让带领他们的工作人员好不耐烦，但看他俩那一副没见过世面的样子也没多想什么，甚至还觉得这两个人甚是有趣，也乐得在旁边多看一会儿。

好一阵儿，许焕阳和刘二壮才将所有的展品布匹摸了个遍，俩人对了个眼神儿，在确定已经将布匹的大致信息都记住了之后才心满意足地离去。

"陈大掌柜，我俩回来的道上对了一遍，他那个陈列室里边的布品一共有六十三样，最厚的那一批，也就是您玉茗魁进货的那种有二十一种花样，普通厚度的有三十种花样，薄的布料有十二种花样。然后我俩也仔细对比了，他这个布料在花样上其实也没太大的区别，无非就是格子的、条纹的或者是一马色的，就是颜色上不一样罢了。"

许焕阳此时坐在陈锡三身边，仔细地将刚才他跟刘二壮看到的布料细节复述给两位掌柜的听，而陈锡三听完后也没表示什么，只是吩咐吴玉泽留意一下，别错过了刘永年从老家那头发来的电报，便起身去套间里的洗手间洗漱去了。

半晌，陈锡三洗漱完毕，重新走回房间，见许焕阳他俩还没离开，便说道："那个许小子，明天我和吴掌柜就在这里休息，还得麻烦你俩再跑一趟，这次你俩去挨个车间都走一遍，多的不用管，只需要给我记住他们每个车间生产的布的种类就行，清楚没有？"

听到陈锡三又给安排了任务，许焕阳立马来了精神，答应了一句："得嘞！"便带着刘二壮一脸兴奋地离去。

一夜无话，第二天一早刘永年的那个日本朋友便又一次来到酒店，他这次先到了陈锡三的房间，二人寒暄一番后，他便带着许焕阳和刘二壮再次去往工厂，只留下陈锡三和吴玉泽俩人在酒店之中。

这回许焕阳两人的任务是观察车间，这就比看陈列室麻烦许多，

倒不是日本工厂方面阻拦，消息通报给井野次郎时，他听说只是陈锡三大掌柜的两个亲戚小孩儿来参观的时候，也没当回事儿，而对于陈锡三和吴玉泽今天没安排行程的这个消息，他也只当是这两人被自己将了一军，只能窝在酒店里想办法的表现。

再说许焕阳他俩，给他俩参观车间造成最大阻碍的是工厂规模着实不小，来到此地的第一日他俩跟随陈锡三只参观了一间厂房，而像那样的厂房在整个厂区里足足有八间，这八间厂房之间的距离隔得还有点远，等将这么老大的地方彻彻底底跑完一遍，两人再回到酒店的时候已经到了中午饭点儿，许焕阳来到陈锡三他俩的房间中时，瞧见二人正在吃午饭。

"咋样，许小子，厂房里生产的布料你俩可都探查清楚了？"许焕阳和刘二壮进了屋，陈锡三招呼两人坐下，吴玉泽将给他俩准备好的吃食递过去，开口问道。

"已经都看了个明白。"许焕阳显然是走累了，抄起小桌儿上的茶杯咕嘟咕嘟灌了几大口茶水之后一抹嘴说道，"吴掌柜，俺俩把厂区走了个遍，把他们生产的布料情况也都记下来了。"

"哦？说来听听？"一旁的陈锡三开口。

"是这样，他们这厂房一共八间，像咱们第一回看到的那么大的有六个，剩下的两个规模小一点儿，大的那六间里头有五间生产的都是最厚的那种布料，剩下那一间大的厂房和两间小一点儿的生产的都是中等厚度的布料，唯独没看到有车间生产薄的布料。"

"咋能不生产薄的布料呢？"吴玉泽听到许焕阳的汇报有些惊疑，"你俩确定把厂区看全了吗？别是漏下了哪个厂房。"

一听吴玉泽的疑问，许焕阳立马摇头："不能的吴掌柜，俺俩真真地把厂区全走了一遍，不可能有遗漏的地方。"

"嗯，没事儿。"陈锡三此时开口道，"厂区就那么大，应该不会有遗漏，再说还有人领着，应该不会漏下什么的。"

"大掌柜，那他们为啥不生产薄料啊？"吴玉泽还是不理解这其中缘由，继续问道，"还是说他们的薄料在其他厂区生产？"

"不能，据我了解他们的布料厂就在这一区。"陈锡三肯定地说道，"他们不生产薄料的具体原因还不清楚，但那也不重要，重要的是他们八个厂房，竟然有五个最大的生产的都是最厚的料子，你们不觉得有啥问题吗？"

经陈锡三这么一问，吴玉泽和许焕阳他们立即陷入了沉思，可许焕阳想了半天也想不明白其中缘由，倒是吴玉泽这个老生意人察觉到了重点。

"大掌柜，您的意思是，他们现在的生意重心是放在北边，而不是南边的？"

吴玉泽一开口，许焕阳更蒙了，可还没等他开口问啥意思，就见陈锡三一边点头一边说道："我觉得也是这个意思。"

说完话，陈锡三看着一脸懵懂的许焕阳和刘二壮解释道："你看啊，现在是几月份，六月眼瞅着就七月份了是吧，正是热的时候，像他们这样的源头工厂一般都会提前大半个季度生产布料，按照这样的情况，他们现在正应该生产薄料才对，可根据你们俩探到的结果，他们现在大力度生产厚料，那是不是说明他们在南方订单量小到库存就足够供应了？那下个季度能进厚料子的地方是哪？肯定是北边吧，北边的朝鲜境内从市场环境来看只能吃下很小一部分订单，而且朝鲜现在全让日本人占着，那边也开了很多加工厂，本地的产能都足够供应了，这样看来，这些厚料子最终的流向不就是咱满洲境内吗？"

陈锡三说完，吴玉泽接茬继续解释道："而且从现在的局势上来看，日本人在东南亚地界上打仗，就跟当年咱们抵制日货一样，布料往那边地区的销售肯定受到影响。而现在中国境内大部分地方

的情况也差不多，日本货的销量一直不是很好，他们现在最大的商品倾销地就是咱们满洲，这么多年经营下，满洲最认他这边的厚料子，所以这回你俩明白他们为啥这样生产了吧？"

经过陈锡三和吴玉泽两位掌柜的这一番解释，许焕阳反应了半天才点点头，而随后他又问道："两位掌柜，我还是有个事儿不明白，照您二位刚才的说法，我琢磨着他这个厂子应该挺依赖玉茗魁的呀，要是玉茗魁一断了他的销售，他们的货就没处卖去，可为啥他们摆出这个态度，好像是咱们怕了他们一样？"

"唉，这事儿其实也不复杂。"陈锡三叹了口气解释道，"咱们玉茗魁跟他们的合作已经有年头了，之前合作一直很顺利，多年经营下来满洲地界上都认可他们产的这种厚布料质量好，档次高，这种布料一直以来也是咱们玉茗魁布号的招牌产品。他们现在加价的自信源于啥呢，一是吃准了咱们不能断了这种货，一旦断了货那对咱们玉茗魁的经营和名号都将是不小的打击。二是他们应该已经跟满洲的上层沟通好了，只要咱们不认可他们的价格，从别家拿了货，那满洲管进出口贸易的就肯定会给咱们层层设卡，不让咱们顺利交易，到时候咱还是得乖乖地回来接受他们的价格。"

"他奶奶的，这小东洋还真是损啊。"陈锡三刚解释完，一旁基本不咋吱声的刘二壮气地骂了一声，许焕阳也是皱紧了眉头一脸凝重，在这一刻，他才真正明白了眼前的形势对玉茗魁来说是有多么艰难。

第五章 远航

九

抄送玉茗魁，刘永年

余等经过两日探查，基本了解井野工厂情况，现通报于你处，商询其中事宜。

井野工厂新任厂长井野次郎为前任次子，曾于哈尔滨关东军服役，其长兄为长春城外驻扎关东军旅团长井野太郎。本次涨价之事日方态度坚决，但接触后发现此事似乎并非由井野次郎一人决定，其背后应有关东军或满洲高层参与，望在长春城处对此调查。

另有，经过探查发现，井野厂主要生产货物为满洲畅销之各种厚料，初步估计占现阶段全额六成以上，此事应对我方有利。

现谈判陷入僵局，日方井野次郎声称如若我方另寻供货渠道，将会受到满洲上层阻拦，其亦仗此情势拒不讲价。

望你于长春城方面深入调查此事，求破局之法。

另，大掌柜吩咐，寻法以致日方降价为最优，另寻稳妥货源，打通上层渠道保证货运次之，如若两法均不可行，亦可通知我等，取消双方交易，断尾求存则可。

自打陈锡三他们走后，刘永年每天多数时间就是坐在堂屋中跟田瑞亭商议买卖上的事情，毕竟玉茗魁的摊子如此之大，除了布匹的生意之外还有许许多多其他的事宜需要人照应着，虽说布匹买卖

在玉茗魁的整体商业结构中占了不小的份额，但其他的买卖也不能不做。

此时，刘永年刚看过吴玉泽从日本大阪发来的电报，转手递给身边的田瑞亭，后者接过纸张看了半晌，了解了那边情况后不由得长长叹了口气。

"瑞亭，真就让咱俩猜着了，他们果然跟满洲上边已经通好了气儿，才对咱们下的手。"

刘永年面色凝重，沉声说道。

"人家这是布好了网子，直接给咱们兜了个全乎。"田瑞亭看完电报也是面色深沉，眼前的困局让他感觉到了前所未有的压力，接着他又说道："讲实话呀，干买卖这么多年，咱还是头一遭让人给逼到这个地步上，现在就连陈大掌柜都说出断尾求存的话，看来是真的很难办了。"

"瑞亭，我不这么想。"

田瑞亭听见这话，抬头看向刘永年，却发现眼前人虽是面色凝重，但眼神却坚定异常。

"瑞亭，我觉着不管咋说，这都是买卖上的事儿，只要是生意那就一定有办法解决，他又没拿大炮顶在玉茗魁的大门上，咱现在这时候可不能就泄了气。"刘永年说着话，从兜里掏出一个小铁盒子，自里头拿出两根卷烟，递给田瑞亭一根之后，划着火柴，给他和自己分别点上。

刘永年从很早起就有抽烟的习惯，但他的烟瘾不大，只在感到疲惫或是压力大的时候才抽一支缓解情绪，而眼下，他虽然跟田瑞亭说着坚定的话，但这一根烟却暴露了他真正的心理状态。

卷烟点上，刘永年一口竟嘬进去小半根，一口下去他的情绪稍微得到了缓和，只见他眯缝着一只眼睛跟同样吞云吐雾的田瑞亭说道：

"瑞亭，咱现在深入的情况还需要再了解一下，一会儿麻烦你去于厅长那一趟，让他帮忙调查调查满洲上层卡着咱们货这个事儿是不是有风声放出来，抽完这根烟我也出去一趟，我想起个人，对眼前的事儿可能会有帮助。"

一支烟的时间很快，刘永年和田瑞亭前后脚出了门。

田瑞亭去找于厅长暂且不谈，单说刘永年这边，他出门坐上了店里公务用的小轿车，只身一人往城北而去。

城北，积德泉酒行。

刘永年的小车停在了这间不大不小的店门前。

下了车，刘永年径直往店里走去，看到个小伙计出来迎接，直告诉他去通知王老板，就说玉茗魁的大掌柜刘永年来访。

要说在长春城乃至整个"满洲国"境内的商界，玉茗魁大掌柜这个名号走到哪都一定是响当当的。小伙计刚顺着后门的帘子钻进去没多久，一个爽朗的声音便从帘后传了出来：

"哎哟哟，刘老掌柜您有啥事儿派人招呼一声就行，咋还亲自来了呢。"

话音落下，后门的布帘子方才被掀开，只见一个五十岁上下，留着两撇山羊胡的精瘦老头儿走了出来，此人正是积德泉酒行的掌柜王玉堂。

看到刘永年，他赶忙拉着其手臂一阵客套寒暄，而后又吩咐小伙计去准备瓜果点心，热情非常地拉着刘永年就往后院去。

且说这王玉堂拉着刘永年，俩人一路打着哈哈来到后院堂屋，正好这边小伙计也备好了水果茶水，两人便坐下聊了起来。

"哎呀刘老掌柜，您要是不来我这两天都得登门去谢您呢，上回我那小儿子的事儿多亏了您跟于厅长打了招呼，不然这犊子玩意儿还不知道得在警察局里关到啥时候去呢。"说着话，王玉堂拱手对刘永年作了个揖。

"哎哟王老板，您这可真是太客气了。"刘永年见状赶忙摆手道，"我这也是举手之劳，况且您二公子干的也不是恶事，他看不惯日本人欺负咱，路见不平，这是侠义之举，王老板您也不要太过怪罪他了。"

"刘老掌柜，道理咱都明白，可这世道我那老二敢跟日本人炸刺儿，他这不是不要命了吗？你说我家那老大不听劝，说啥都要去当兵，现在跟着少帅撤到关里去了，俺们老两口身边就剩下这么一个了，他要是再出点儿事您说我可咋整。"

一说到这个，王玉堂眼圈顿时泛起了红，刘永年一看他这眼窝子浅的模样也不想再继续这个话题，他话锋一转，正色说道：

"王老板，我今天来是有点儿事想请教您，可这事儿有点不太好开口。"

听刘永年这话，王玉堂一抹眼角，大着嗓门儿说道："刘老掌柜有啥事儿您就直说，能办到的肯定不眨眼，办不到的我也一定想方设法帮忙，您救我儿子这么大的恩德，我老王绝不含糊。"

"王老板言重了。"刘永年见王玉堂的态度心下有了底，缓缓开口道，"王掌柜，我之前听您说过，您这酒行里的货有一些销往了日本，我这边最近也想研究一下相关的业务，您看您能方便给牵个线吗？"

刘永年此言一出，刚才还热情高涨的王玉堂顿时皱起了眉头。

他酒行里的货的确有一部分是从朝鲜一个经销商转手销往日本的，但这渠道的事儿可关乎着自己的身家性命，那是买卖的根本，刘永年上来就提这个，着实让王玉堂犯了难。

"刘老掌柜，我多句嘴啊，您问这个是要干啥？"琢磨了半晌，王玉堂犹犹豫豫地问道。

"王老板，您是供货商，做的是往外卖的生意，我是经销商，问这个，肯定是要进货的，您也是明白人，想必也是清楚的。"

都是老买卖人，王玉堂当然清楚刘永年问他这个是何用意，可他还是疑惑道："刘老掌柜，我说实话啊，不是我老王知恩不报，可这出货渠道是关乎我小店儿身家性命的事儿，再者说您玉茗魁也有渠道进到更好的货，为啥要上我这来问这个呢？"

料到王玉堂疑惑，刘永年便将日本供货商涨价的事儿说给他听，但一些细节他没有明说，只是将其中关键讲了一遍。

王玉堂一听说玉茗魁叫那日本供货商给逼成这样，同为中国商人的他也是气不打一处来，想想自己这些年也没少挨日本人的欺负，一时间也感同身受，朝地上啐了一口唾沫骂道："他奶奶的这帮东洋矮子一天成能扯犊子了，真是一点儿人事儿都不干啊。"

看到王玉堂的反应，刘永年接着说道："王老板您放心，我这边也不是为了抢您的生意，只是想和朝鲜那边儿接洽一下，联系几个朝鲜布厂，用这头压着日本的源头厂子，到时候谈起来咱手里也能攥个筹码。"

王玉堂听刘永年这样说，皱着的眉头稍微有些缓和，他沉思片刻后终于下定了决心，开口说道："既然刘老掌柜您这样说，我也绝对信得过您的人品，我这就给朝鲜那边拍电报过去帮忙穿这个线儿，等他们回了信儿我就知会您。"

跟王玉堂谈妥了朝鲜供货商的事宜，刘永年又坐着小轿车回到玉茗魁店中，他在后院堂屋刚坐下，之前去找于厅长帮忙打探满洲上层意思的田瑞亭也回到了店中。

田瑞亭一进屋就告诉刘永年，说于厅长之前并未听说此事，现

在正联系打探相关的消息呢。此外于厅长还说,既然能确认那日本工厂跟井野太郎之间的关系,那他们跟满洲上层之间有瓜葛也八九不离十,所以提醒刘永年他们一定要格外注意。

"我这边随时跟于厅长保持联系,有消息了第一时间就会知道。"田瑞亭坐下喝了口水,"您刚才上哪去了,有啥办法了没有?"

刘永年点了点头说道:"瑞亭你还记不记得城北那个,前几天家里小儿子跟日本人起了冲突的那个老板?"

"记得呀,积德泉的王玉堂老板嘛,提他干吗?"

"瑞亭你知不知道,他家那积德泉酒行出货最多是往哪边?"

"这个我知道,"田瑞亭说,"往朝鲜供货,他家的酒是咱满洲皇家酒嘛,在那边能卖高价,长春城里这些商家的信息咱不都有备份吗。"

说着话,田瑞亭一愣,好像突然想到什么,瞪大了眼睛开口说道:"您不会是想通过他从朝鲜那边拿货吧?"

"就是这样。"刘永年肯定道,"我刚才已经请他帮咱们联系朝鲜那边的供货厂子了,而且我也让王老板跟那头说了,咱们拿货量非常大,有长期合作的打算,估计这事儿能成。"

"这不太行啊。"田瑞亭皱眉道,"他们的货我清楚,最厚的布料子跟咱们的也差着些针数出去,虽然价格便宜很多,但是质量可不一样。而且满洲上层封锁咱们的事儿估计是跑不了了,咱们从朝鲜进货不也是换汤不换药,肯定会被拦住吗?"

"瑞亭,那朝鲜的供货工厂也是日本人办的呀。"刘永年说道,"再一个,咱从朝鲜进货的话不走海上,从陆路运输路程上近了些,而且直接过鸭绿江进满洲境内,盘查的关卡也少了一道。"

"这样就定下来往后走朝鲜的货了?"田瑞亭心里还是没底。

"那是不能的,瑞亭。"刘永年突然笑了起来,"日本的货咱们还是得走，联系朝鲜那边，是给自己留条后路，最重要的是，咱们拿着朝鲜这边的合作跟日本工厂谈判，他们现在不就是吃准了咱们不会换也换不到能做出来跟他们一样针数布料的供货商吗？少一些的厂家不就完事了吗？"

刘永年这话说得有些不清楚，田瑞亭听后打断道："您稍等啊，我捋一下，日本那边吃准咱们两点，一个是咱们走货换别的工厂会被海关卡住，换成朝鲜的日本工厂就不一定被卡；二是他们吃准了咱们不会在布料的针数上打折扣，所以还是会订他们的货，咱偏走出其不意的棋，是这个意思吧？"

"对，就是这样。"刘永年肯定道。

"那更不对了，"田瑞亭一皱眉，"咱们换成朝鲜的货，那针数一定会减少，这样的话市场能接受吗？"

一听田瑞亭问这个问题，刘永年有些无奈地说道："瑞亭，其实这个问题在日本工厂没出事儿的时候我就在想了。我先问你，日本厚布出现在市场上之前，大家眼里的好料子是啥样的？"

听刘永年这样问，田瑞亭略一思索说道："出现日本厚布之前，大家都觉得南方产的绸子好，那玩意儿当时卖得最贵。"

"对呀瑞亭。"刘永年接茬说道，"我再问你个问题，你说这日本厚布最畅销的地方是哪？"

这回田瑞亭没犹豫，开口直接说道："这个我可太清楚了，当然是咱满洲境内啊。"

"这不就结了吗。"刘永年认真地瞅着田瑞亭解释，"瑞亭，你仔细想想这个事儿，自古以来大家都认为是好料子的绸布，这几年突然在价格上就不如这外来的日本厚布了，可出了'满洲国'地界，日本厚布的销量就远不如咱传统的其他布类，也就是说日本厚布这东西也就是这几年在'满洲国'时兴，你说这是为啥呢？"

这一番话让田瑞亭陷入了沉思，过了好半晌他才试探地回了一句:"是因为在'满洲国'日本人势力大?"

这一句话差点儿让刘永年被茶水呛到,他没想到说到了这个地步,田瑞亭还是没转过来弯儿。

"瑞亭,他日本人势力再大也不能管咱老百姓穿啥料子啊。"刘永年放下茶杯,"日本厚布这几年在'满洲国'境内卖得好,核心的原因不就是它这东西宣传得好吗。"

"啊,确实。"这一下田瑞亭恍然大悟。

刘永年没管他此时震惊的表情,继续说道:"瑞亭,你想想,日本厚布,厚实、耐穿、笔挺、有型,这些宣传词儿不都是这些年的核心卖点吗?"

"嗯,我明白,您接着说。"

"布料零售的生意,我仔细分析过,买家主要的想法无外乎三种:一种是先看料子结不结实,再看穿身上舒不舒服,对于花纹样式啥的基本上也不那么挑剔,这类人以普通老百姓为主;第二种就是那些口袋里有些富余钱的人,他们会优先看穿身上是不是舒服,然后看花纹样式,对是不是结实耐穿不怎么在乎;第三种是那些真正的有钱人,他们根本不在乎料子结不结实,他们最在乎的是布料制成的衣服穿在身上是不是体面,是不是美观,这帮人连舒不舒服都不放在首位,只要穿着好看,哪怕不那么得劲儿,甚至板着身子他们都乐意。"

说到这,刘永年顿了顿,喝了口茶水又继续说道:"瑞亭,你再细想,以前咱们的日本厚布都卖给了谁,不还得是那些有钱的老爷太太们,稍微有点儿钱的顶多也就扯够做一身的料子就罢了。可那些正经有钱人看的是啥,是布料的花纹样式啊,如果咱能整出来同样好看的样式,只是照比以前少了些针数,穿起来反倒更舒服的料子,你说放到市场里头他们会不会买账?"

刘永年的这一通分析让田瑞亭大受震撼,他也是老买卖人了,但这么多年他始终用生意人的思维方式想事,以市场环境作为自己做生意的指南,只看环境动向,却并不深究造成发展趋势的内因,更是从没有像刘永年一样设身处地地分析消费人群。

"该说不说,您分析完,我想通了好多事,不光是眼前日本那边的问题,我感觉放在别的生意上也是一样。"田瑞亭一脸崇敬地看着刘永年说道,"我今天真的是跟您学到了许多呀。"

那天下午,刘永年和田瑞亭聊了好久,刘永年也将自己近几年来在生意上的一些新想法对田瑞亭分享了出来。

转眼到了第二天中午,王玉堂来到玉茗魁,带来了朝鲜供货商那边的回信,电报上说,朝鲜的工厂很感兴趣玉茗魁提出的合作意向,想要具体沟通一下合作的细节。

而刘永年这边得到对方确认后也不含糊,马上跟田瑞亭整理好了自己这边近期的布料相关销售数据,连同玉茗魁商行介绍一同让王玉堂给对方发了过去。

此间事毕,刘永年又给身处日本大阪的陈锡三去了一封电报,简单讲了一下自己这边的进展,随后又在电报里说明了下一步的计划。

刘永年针对日本工厂的后续计划并不复杂,首先他尽快取得朝鲜工厂这头的明确合作意向。待到这边定了,刘永年会再做一份玉茗魁布料产业下一季度销售计划出来,大体内容就是在下一季度中,玉茗魁的布料生意将逐步减少日本厚布的进货量,同时加大朝鲜工厂提供的,针数介于厚布与普通布之间的布料的市场投放量,以此一步步取代厚布的市场份额,预计在一个季度之后,玉茗魁就会完全取消厚布的经营,转而全力经营朝鲜布料。刘永年还会在真实销售数据的基础上做出未来半年内的销售预期,这个预期指向的自然是朝鲜布料的销售成绩远超厚布。

这些都做好后，由陈锡三跟井野次郎展开第二次谈判，并将上述成果展示给井野方，这样一来，以井野工厂现在的生产状况来看，一旦玉茗魁切断了与他们之间的厚布生意，他们生产的厚布必然会滞销，井野次郎就不得不面临巨大的亏损。

如此一来，主动权就会回到玉茗魁这边，至于井野次郎的态度，刘永年就没法估计了，如果井野次郎最终服了软，那一切好说，但若是他咬着牙硬挺，那大不了落个两败俱伤的局面，他井野工厂面临巨大亏损，玉茗魁也会因骤然换货而面临短期阵痛。不过相比之下还是玉茗魁这边亏得少些，毕竟随着时间的推移，市场终究会接受新的商品。

转眼，时间又过去了两天

刘永年和朝鲜工厂的接洽在王玉堂的帮助下进行得很顺利，那边的工厂已经发来明确的意向文书，刘永年这头也将这文书连同自己做的一系列方案和计划通过电报发给了远在大阪的陈锡三。

而陈锡三在接到这些材料和信息后再一次约见井野次郎，展开了新一轮谈判。

事情的发展比想象中顺利，眼瞅着陈锡三拿出来的一系列材料，井野次郎瞬间就没了之前的硬气，他的全部自信都来源于他肯定玉茗魁不敢随便换货，而他的哥哥井野太郎也联系好了满洲上层，会在口岸截住玉茗魁从其他厂家进来的货物。

而现在摆在井野次郎眼前的情况是，玉茗魁在下一阶段的销售计划中已经明确会逐渐削减厚布的销售份额，所以也就不存在不敢换货这件事，同时玉茗魁也在朝鲜找到了其他的供货工厂，人家给出的价格显然要低出许多。而且这个工厂的实际控制者也是日本人，这样一来就算井野太郎也不好对其他日本商人的正常贸易进行干涉。

井野次郎终究是军人出身，虽说在经营上有一些想法，但不论如何也还是斗不过玉茗魁的这帮老买卖人。

不论是刘永年还是陈锡三都没有想到，第二轮的谈判会进行得如此顺利，毕竟，井野次郎清楚地知道如果失去了跟玉茗魁的合作，他的井野布料加工厂会受到何种损失。所以他很快服了软，表示在价格上有足够的沟通空间，并且希望与玉茗魁尽快敲定下一步的具体合作。

这下陈锡三倒不着急了，他当即表示需要和店中商量后续的合作计划，让井野次郎多等几日无妨。陈锡三的这个说法不单单是回敬前几日井野次郎的傲慢态度，他也的确需要跟刘永年再具体沟通一下后续的合作事项。

大阪与长春城之间隔着茫茫大海，两边的通讯缓慢异常。陈锡三和刘永年针对和井野布料加工厂的后续合作事宜足足商量了五天才有了定论——

满洲玉茗魁商行与日本井野布料加工厂就后续贸易合作拟如下协定：

一、满洲玉茗魁商行后续于日本井野布料加工厂订购之布料，针数较以往厚布略减，具体减少针数数量由日本井野布料加工厂经技术评估后决定，但总针数不得低于常规布料。

二、满洲玉茗魁商行后续于日本井野布料加工厂订购布料之价格问题，传统厚布价格较之以往提高百分之十，以弥补日本井野布料加工厂出口税务之增加，减针厚布价格初拟较普通布料价格提高百分之二十，以兼顾出口税务及成本。

三、满洲玉茗魁商行后续于日本井野布料加工厂订购布料之关税问题，货物于日本国出口，关税由日本井野布料加工厂自理，货物于"满洲国"进口，关税由玉茗魁与井野工厂以八二比例分摊（玉

茗魁付八成，井野工厂付二成）。

四、满洲玉茗魁商行后续于日本井野布料加工厂订购布料之后续合作，下一季度，玉茗魁所订购布料以减针布匹为主，传统厚布考量日本井野布料加工厂之库存积压问题于每批货物中酌情增订，在下半年销售计划中，传统厚布之销售份额将逐步减少，基于实际销售情况另议停止销售时间。

又经过了两天的谈判，最终井野次郎同意了这份协定，并跟陈锡三拟定签署了后续的订购合同。放松下来的陈锡三心情大好，带着吴玉泽和许焕阳他俩在日本游山玩水了大半个月——当然，这大半个月的时间不是单纯为了享乐，他们得等着井野次郎的工厂将订单中的第一批减针布料加工出来。也就在这半个多月的时间里，许焕阳二人趁着跟随陈锡三出行的机会，悄悄用毒除掉了那个藤田秀夫要接应的大人物。根据在藤田秀夫那找到的资料，这个大人物是日本军部聘请的专门研究地质学的专家，这次前往满洲是要在原有勘探的基础上进一步摸清东北四省的矿产情况，好为接下来扩大开采规模做准备。

许焕阳两人本计划借着陈锡三的掩护，用一下午的时间找机会接近这位大人物，但踩点的时候他们发现不对。这边肯定是得到了藤田秀夫被干掉的消息，军部对这位地质学家的保护已经由暗转明，八个佩枪的军人跟随这位专家一同下榻酒店，他们寸步不离的保护让许焕阳两人一时找不到下手的时机。好在有老将坐镇，陈锡三了解情况后为许焕阳重新制订计划，让其用迷药先迷倒一个服务员，换上衣服后以检查房间备品的名义进到屋中择时下手。

这个计划在第二天实施，计划执行还算顺利。

自此，布料供货商的事件总算是得到了完美的解决，许焕阳两人也完成了"特殊"任务，一行人正式准备踏上回国的旅程。

第五章 远航

十

七月中，远行一个多月的陈锡三一行在经历了又一次漫长的海上漂泊后终于回到了熟悉的土地上。

由于航线与去时不同，去时十多天的航程，回来竟然开了近一个月，在海上绕了一大圈才终于回到青岛港。

去时心急切，归途意坦然。

轮船靠岸已是半夜，回到家国故土上的陈锡三意气风发，仿佛年轻了十岁，也没再拄着小棍儿，而是带领着吴玉泽、许焕阳和刘二壮如得胜归来的将军一般，昂首挺胸地走下了长长的舷梯。

而舷梯下头，田瑞亭早就等在那里，见到陈锡三等人归来，他甚至还学着身边的年轻人朝船上的方向不住地挥手。

接到了陈锡三等人，田瑞亭立马叫随行人员搬运行李上车，带众人上了小汽车，直奔城中的酒店。上车前，陈锡三对这批货物进行了安排，这次带回的布匹，因着"满铁"赵部长那边事情办妥，会在青岛直接上火车。火车一路向北，沿途各处玉茗魁的分号也已经接到消息，各自安排接货事宜。

青岛港口距离城中不算太远，小车开得也快，没到半个时辰，陈锡三他们便来到了入住的酒店。开好了房间让陈锡三和吴玉泽他们先行休息，田瑞亭又返回港口跟牛大宝一起处理接收货物的事宜。

此间种种细节不必一一列举,且说在青岛休息了两日,待货物接收工作全部处理妥当,陈锡三他们一行四人也调整好状态之后,众人便启程回了长春城。

抵达长春城,许焕阳和刘二壮自行离去找林四复命,陈锡三他们则回到玉茗魁店中,马不停蹄地开始宣传新品。

对于这一批减针布料,陈锡三也给各处分号定下了新的宣传章程——"减针布"这个名字不能用在商业宣传上,陈锡三和田瑞亭经过商议决定给这批布重新定名为"轻厚布"。在名字中就强调这种布料又轻又厚实的特点。此外,陈锡三还让人制作了一批宣传手册,随货物下发给各处分号,买布和进货的人络绎不绝,"轻厚布"的推出,给老百姓带来了巨大的实惠。

玉茗魁在此次源头工厂涨价的风波中平稳应对、大获全胜。

时间一晃而过,陈锡三和吴玉泽回国已经过去一月有余,陈锡三归来之后刘永年便托词说这一段时间操劳过度,需要居家休养,没再到过玉茗魁。而陈锡三也一直在店中忙碌着分销这批新式布料和茅台酒的事,一直也没去到刘永年府上。

"这种情况在以往简直不敢想象。"此话出自吴玉泽之口。

此时的他正和许焕阳坐在茶馆里吃着点心,许焕阳此番前来是帮林四给陈锡三带话,可一进玉茗魁就被吴玉泽拦住带了出来。许焕阳领了林四的命令,来找陈锡三送一封手书。可他这一趟下来算是白跑,到玉茗魁找陈锡三,却直接被吴玉泽给截住。

"打回来到现在这俩人都不太对劲,情况我都跟你说清楚了,而且陈大掌柜吩咐,往后林四爷那边的消息往来交在我这,对外就说你是我远房的表侄儿。"

一听吴玉泽这话,许焕阳皱起了眉头:"吴掌柜,我这一趟出来啥事也没办成，连陈掌柜的面儿也没见着，这回去我可咋交代呀？"

"有啥交代不了的？"吴玉泽将手里的茶杯放下，"回去告诉林四，就说我吴玉泽说的，往后让他有啥事先找我，他自己懂其中的道理。"

出了茶馆，吴玉泽拍了拍许焕阳的肩膀，叫了辆小车将其送走，便徒步向街对面的玉茗魁走去。

刚一进店，吴玉泽差点儿撞上往出走的陈锡三。

"哎，玉泽正好，你跟我走一趟。"

还没等吴玉泽开口，陈锡三拉着他便往外走。

"咋个事儿啊大掌柜？"陈锡三火急火燎的样子让吴玉泽一时摸不着头脑，但看他的神情也不像是有什么突发的恶性事件。

"咱俩去刘大掌柜那。"

说话间，陈锡三已经拉着吴玉泽走出了店门，门口早有伙计将斯蒂庞克牌小轿车准备好，引擎突突直响，就等两人上车后直冲出去。

"三哥，你这是唱的哪一出啊？"此时车上没有外人，吴玉泽便也不再拘束，"这一个多月你都没上老掌柜那去，今天是咋的了呢？"

"去肯定是有事儿，之前不去也有不去的道理。"陈锡三说话都没回头，眼睛一直看着窗外。

"我不跟你唠了。"吴玉泽见他这态度气得直撇嘴，"你们这帮人都一个味儿，成天打哑谜。"

说完话，吴玉泽也看向自己这边的窗外，嘴上虽然气愤，心里却只是感叹这小轿车真是好，看外头就跟看西洋景似的。

这俩人没沉默多大会儿，吴玉泽突然想起还有事未办，他从里怀兜掏出许焕阳给的那封信，递给还在发呆的陈锡三，正色道："三哥，说正经事儿，这是林四哥那边托许焕阳送来的信。"

陈锡三闻言这才回过头来，他一边拆着信封一边低声问道："往后联络的事儿都交代了吧？"

"那是肯定。"

得到答复后陈锡三点了点头，这才仔细阅读信上的内容：

锡三吾弟，近来安好。

自上次一别已有许多时日，余甚是想念，怎奈公务繁忙不能抽身，又因病体不便行走，故久未登门，万望见谅。

观如今之形势，满洲以来，东洋人势大而我国政府势微，再不复早年中日俄三国角力之局面。

我队伍虽心中之火不灭，抗日救国之念不绝，但时势不由人，发展举步维艰，无奈转于暗中，实非我等所愿，却不得不行此举。

贤弟与玉茗魁多年资助我方，愚兄与同志们心怀感念，却也担心如今形势下贤弟安危，故遣焕阳携此书前往，嘱托贤弟谨观时变，保全自身。此后你我双方沟通须万分小心，如有异动贤弟以自身安全为先，切不可贸然。

青春昭华不复，你我半生闯荡，性命早已不由己身，须知隐忍保全亦为家国之大义。

贤弟如需人手，可将许焕阳留于身边调遣，且日后你我联络于暗中进行。

其余无事，你我兄弟心意相通，行事自有把握。

愚兄林四

看完信，陈锡三长叹一口气。

他对于自己的安危其实不甚担忧，毕竟自己现在是"满洲国"有名的商业魁首，日本人再咋的也不敢明着动他。林四可不一样了，自打"满洲国"成立后，林四的大刀会就加入抗日游击队，跟日本人明刀明枪干了这么多年，他林四的名号早就被登记在册，日本人恨不能杀之而后快。

想到自己坐在小轿车中，而林四过着东躲西藏、朝不保夕的生活，陈锡三不由得叹气。

沉吟片刻，陈锡三将信件交给吴玉泽示意其观看。

吴玉泽接过来刚看完第一句就不禁发出声感叹："哎呀我说，你们年纪渐长咋都这德行了呢，你说你念过私塾也就得了，这林四现在咋也看上书，装起文化人儿了呗。"

陈锡三听吴玉泽调侃，也不禁微笑，他心里清楚，这段时间以来自己一直情绪不佳，吴玉泽是有意调节气氛。

"真不是我说。"见自己的话有效果，吴玉泽继续道，"这都啥时候了，一天又是英文又是日本话的都学不过来，这林四咋还整上这之乎者也的玩意儿来了？我这是知道，换了外人还得以为是哪个腐儒写的呢。"

"哎呀行了吴玉泽。"陈锡三笑着说道，"四哥这些年各处闯荡，当过流民也当过绺子，还进过大刀会，这几年听说还是不小的官，人家这不也是进步了吗？"说着话他又看向吴玉泽，"倒是你，打小儿就愣，现在也是掌柜了，人前人后的得有点儿体面。"

"装那玩意儿干啥？"吴玉泽对此言不以为然，"当时我都跟你说了我不当掌柜，你就让我像二爷那样闲云野鹤多好，整得现在这样绑个身子多累。"

这话陈锡三没接，他只是微笑，他心里清楚吴玉泽只是发发牢骚罢了，自打陈锡三当上大掌柜，以前的老掌柜们陆续退居二线，

如今牛大宝主掌对外跑商，田瑞亭专管本地总店经营，陈锡三居中调度，而各分号以及其他杂项事务就全都堆到了吴玉泽这个掌柜手里。虽说吴玉泽嘴上是一百个不愿意，但这些年来他将这些琐事打理得井井有条，足见其能力。

没过一会儿，这斯蒂庞克牌小轿车便来到了刘永年的大院前。

陈锡三和吴玉泽走下轿车，迈上三级台阶，轻叩门环，不消片刻便来了人打开两扇朱红大门，将二人迎了进去。

宅院不小，三进的院落，陈锡三和吴玉泽在二进院的堂屋里见到了刘永年。

虽只是一个多月没见，但此时的刘永年却仿佛比之前苍老许多。现在他正坐在主位，叼着烟斗，待陈、吴二人进屋方才抬起眼。

"今早你差人送信说要来，没想到这个时候才到。"刘永年吧嗒着烟斗，一边冲陈锡三说着话，嘴里吐出青烟，"咋的，店里这么多事儿要忙吗？"

虽然刘永年嘴上嗔怪，但二人都知道老掌柜的秉性，听了老掌柜的话，陈锡三便微笑着说道："老掌柜见谅，现下时局动荡，一天一个样，店里上上下下都得照顾着。"

"是啊老掌柜，这一个多月可给三哥忙活坏了。"吴玉泽也在一旁帮腔，"老掌柜您是不知道啊，现在日本人疯着呢。"

"这事儿还用你说？"刘永年白了吴玉泽一眼，"别看我老头子不出门，但这外边的事我是了如指掌，现在世道是一天一个样，日本人外头打仗不行，肯定回头跟窝子里找补，咱们做买卖的在人家眼里就是肥羊一样，肯定是过得不容易，这事儿我还能没数？"

这一番话说完，屋内三人均陷入了沉默。

第五章 远航

世道不稳，经营举步维艰，这种事情对于陈锡三和吴玉泽来说基本是常态，打从他们进到玉茗魁之后一直过的就是这样的日子，大清、民国、满洲，短短几十年间这朝代更迭得让人猝不及防。陈锡三对玉茗魁发展状态的印象也是：一直处在斗争中。

这次陈锡三从日本回来，越发感到时局下自己经营的无力，就像老掌柜说的那样，日本人在战场上吃了亏必然要在满洲找补回来，而玉茗魁作为现在满洲首屈一指的买卖，无疑要承受日本人最直接的掠夺。

时局艰难，玉茗魁艰难，陈锡三更难。

"我一直在等你。"刘永年放下烟斗，端着茶杯呷了一口茶水，悠悠地说道，

"你从日本回来后我一直在等你，本以为你会再晚一些来。"

"我知道您在等我，这一个多月我也始终在想要以何种面目来见您。"

说这句话，陈锡三始终低着头，没有看刘永年。

"你是我一手带出来的，更是我亲选的接班人，你的面目不需要自己准备，我看得清。"

"那如果我以后做了违背我们一直坚守的决定呢？"

陈锡三依旧没有抬头。

"现在的世道，你做不了决定，最多只能给自己周旋出一点选择的余地。"

刘永年始终盯着陈锡三，直到这句话说完，陈锡三才猛地抬头与其对视。

吴玉泽发现这会儿跟刚才不同，刘永年眼里满是坚定，而陈锡三却少见地表现出了彷徨。

"你有的选。"

刘永年开口。

陈锡三微不可察地自嘲一笑："我确实有的选，上选是带着玉茗魁和日本人干到底，下选是守着产业委曲求全。作为大掌柜我有的选，但作为一个中国人我一定想和那帮子日本人干到底，这么多年我有时就想，去他的不管了，我也出去投军，跟日本人明刀明枪地干一下子，去找林四，哪怕是死在战场上了，也好过天天受着日本人的气。"陈锡三越说越激动，言语至此更是红着眼圈抬头看向刘永年和吴玉泽，声音哽咽得几乎不受控制，"但我不能啊！我是大掌柜，我不能只为自己活着呀！"

陈锡三这话说得极其不利索，跟他往日的模样大相径庭，吴玉泽看得心里实在难受，还不等刘永年开口，便抢先说道："三哥，世道不行大家心里都明白，你是大家心里都认可的大掌柜，你决定的事俺们都听你的，你不用这么大压力。"

"这话说得好。"吴玉泽话音刚落，刘永年突然大声道，"你是玉茗魁的大掌柜，要带着大家伙儿过好日子，还要给东家交代不假，但是时局的变化不是你一个人左右得了的，做买卖讲究顺水推舟，逆不可为。现在也一样，把眼光放长远些，与其守着买卖跟世道死磕，倒不如守着人。"

"守着人？"

刘永年说完半晌，陈锡三都在反复念叨这句话。

"是守着人，人在，玉茗魁就在，说句到家话，哪怕是推车叫卖，只要人在，咱也终究是玉茗魁。"

话说到这，刘永年长叹一声继续道："人定胜天都是话本里的故事，顺势而为才是咱们能做到的最大保全。你要记住，总有新桃换旧符，世道总有变好的一天，哪怕哪一天我们不在了，但后辈子孙们也不会忘记我们曾经的坚守。"

第五章 远航

十一

一转眼，刘永年已经离开长春城半个月，他在那天与陈锡三和吴玉泽见面后就悄悄离开，只托伙计捎了一封书信给陈锡三，交代自己去北平颐养天年，无须挂念。

刘永年的离开在陈锡三意料之中，而他的悄悄离去也符合其一贯的风格。

1938年，日本在满洲地区推行《会社法》，这部针对商业的法律条文一改之前相对"温和"的做派，强行要求满洲境内所有企业、商号进行改制，变成如日本企业一般的株式会社股份制。

其实在"满洲国"成立之前，日本在我国东北的金融势力就很大，横滨正金银行、朝鲜银行等金融机构占领了很多重要的流通领域，日本也曾想将横滨正金银行扶持为东北地区的中央银行，但因诸多原因未能实现。九一八事变发生后，日本在占领沈阳、长春、齐齐哈尔等城市的同时，蚕食了"四行号"、辽宁省四行号联合发行准备库、中国银行、交通银行等金融机关及其所属机构，劫掠大量资产，作为成立"满洲中央银行"的经济基础。

"满洲中央银行"的建立是东北地区货币金融体系全盘殖民地化的开端。此后，"满洲中央银行"行使着国家银行的职能。站在

如今的视角来看,"满洲中央银行"成立后在构建有利于日本的金融体系、掠夺财富、垄断资本等恶行中都扮演着重要角色。

而到了1935年,"满洲央行"多年运作,日元和"满币"终于实现等价后,与朝鲜银行缔结了关于使用"国币"的业务协定,日本大藏省开始收回朝鲜银行券,并限制其发行,以扩大伪币的流通。为了防止因货币投机而引起的币值下降,"满洲政府"后来又颁布了《汇兑管理法》。

通过《汇兑管理法》,"满洲政府"对外国通货、金银等一系列交易和行为进行了限制或禁止,如第一条中所列举"外国通货或外国汇兑之取得或处分""以外国通货标示之证券、债权或债务之取得或处分"等。同时,第八条规定"在本法上现大洋、现小洋及其他之旧银通货视为外国通货",以防止资金外流。

这一系列规定的出台,给玉茗魁这样的本国商号带来了直接冲击——用陈锡三的原话说就是:"咱们的生意根本不是给自己做,因为钱的事儿都归他们说了算。"

对于这些管理规定,满洲当局给商人们的解释是:"排除'国币'之投机交易,并防止资本之逃避,而期'国币'流通之普及,生金银保有之确实,致使'国币'之安定愈益强化。"

没过多久,"满洲钱"终于和日元以一比一的比例连接。此后,"满洲国"对其他国家的汇价随日本同涨同落,汇兑受到日本的严重控制,终究形成了"日满经济一体化"的货币流通圈,和日本对满洲的投资、贸易等金融活动直接锁死。对玉茗魁和陈锡三来说,这意味着他们所有经营都必将和满洲、和日本直接挂靠,经济上已经被人卡住了脖子。

陈锡三现在想来,日本人早在1935年就已经开始准备——从一年前开始,日本在军事、外交、经济等各个方面都有备战的迹象,而其在东北的一系列行为都表现出榨取高额利润的目的。

首先，想到东北资源中最为日本战时经济所重用的就是铁、煤油和棉花，日本在"满洲国"实施的煤油专卖就是开端。其次，军队的增添、军备的完善，以及经济上的备战一直都是日本在满洲的发展重点。

满洲对于日本军事上的意义，究其根本有两方面——一是为日本供给战时所需重要物料；二是作为日本的军事根据地以掩护日本。为达到这两点目的，日本试图采用积极开发战时所需资源、以独占方式统辖全满洲重要企业、完成具有军事作用的交通建设三种方式，同时并进。

到了1936年，日本已明着研究"满洲国"的产业计划，重点加强对重工业、基础工业以及军需工业的建设，支撑这些计划的就是东北四省几乎无尽的资源。但是看起来还挺好，至少大多数人都以为日本人是来投资挣钱的，可现在来看，这一系列举措最终都是为了保障日本在发起战争之后能够快速建立军事工业企业，以补给前线。

对于日本人一直以来的所有行为，陈锡三保持和刘永年一致的观点——这帮玩意儿绝不会安好心。

秉持着这样的观念，陈锡三对于如今整个满洲的经济状态有自己的判断。日本对中国的觊觎之心由来已久，陈锡三其实很早就明白"满洲国"的建立便是其鲸吞蚕食中国的重要一步，日本人早晚得把手往关里伸。

而经过前期对金融市场的初步整顿，以及后期金融立法的逐步完善，日本在摆布"满洲国"的同时，一心确立其所谓"大东亚共荣体"。但要说还真是恶有恶报，日本人终究还是走上了玩火自焚的道路——他们陷入了战争的泥潭。

战争拖垮了日本，而早就将经济与日本紧密联系到一起的满洲一样逃不开，换句话说，满洲就是日本人早就给自己准备好的代罪羔羊，一旦总体战事不利，那么满洲首当其冲作为其崩溃的代偿。

从1936年开始，为了补充战争的巨大消耗，日本就已经将满洲经济纳入了准战时体制。尽管"满洲国"对老百姓始终标榜"独立"，日本人也对外宣称日满双方互为个体，但其实陈锡三这等层次的人心里都明白，日满双方实质上就是宗主国与殖民地关系，这也决定了"满洲国"的法律法规无法体现和维护这个"国家"的独立主权。因此，满洲后期所有体制中的一个最大特征就是对商人的大力剥削——抢钱必定抢做买卖的富户，这道理日本人心里一清二楚。

早在"满洲国"刚成立的时候，关东军司令部就定下基本方针，无论是战时还是平时，都要保障军需资源，实行统制经营，重点开发煤、铁等矿业，弥补日本资源的不足。到了现在，满洲的法令、管理的所有方向都明确在为战争服务。为了尽可能地扩充军事实力，1936年前后满洲颁布的金融法规的重点全都放在了筹集资金与保证军需生产上。后来更是变本加厉，日本垄断资本与"满洲政府"直接融合，军工产业成倍增长，而生活资料生产大幅度下降，管理方式也变得直接而粗暴——不服就一定做不了买卖，服从就还能艰难地讨口饭吃。

现在的日本人在中国土地上的行事风格显然照以往有了巨大转变。《会社法》颁布一个月，陈锡三联合了长春城里有头有脸的、和玉茗魁相熟的商行一百多家，坚决抵制《会社法》。长春城总共统计出大小中国商行、企业共计三百零八家，一个月时间下来实行改制的商家还不到二十家。这下惹恼了日本人，他们直接派出宪兵队，对坚决不进行改制的商行进行查抄，但凡有一点儿抵抗，上到老板下到学徒，包括家眷在内全部抓走关进宪兵队地牢，而到了这个地步等待他们的只有两个选择，要么上交大半家产，出去之后乖乖将商行改制，要么就坚决不改，最终一家老小被活活折磨致死。

这样的恶性事件一出，整个长春城商界为之震惊，许多商家迫于无奈也只能选择改制，玉茗魁也不例外，毕竟担着几百个家庭的身家性命，就算他陈锡三的骨头再硬，面对此等局面，也是无计可施。

陈锡三这个人绝不是个软骨头，尤其是在面对日本人时。他从当学徒开始就跟日本人对着干，一直到如今都五十多岁的人了，更不可能突然就转了性子，惧怕起这帮东洋人。

可陈锡三可以不惧自己的安危，但他不能不考虑东家的安全、玉茗魁全体伙计的安全，他多想和日本人扛到底，但他无论如何也不能将朱家人牵连其中，也不能让伙计们受任何牵连。

所以在这一天，陈锡三来朱家面见了朱润亭，陈锡三晓之以理，动之以情地与朱润亭道尽眼前局势之险峻，表明为了玉茗魁往后的经营，更是为了朱家的安全，这改制的事势在必行。而且放眼长春乃至东北境内的这些买卖人家，但凡是有了些规模的统统都逃不过日本人的辖制，更不必提玉茗魁这样遍布满洲全境的买卖，像悦来栈、裕昌元、东发合、鼎丰真这些商号，虽然心有不甘，却也只得迁就着眼下的形势，执行日本人的改制政策。

其实朱润亭心里也清楚，只要玉茗魁还想在"满洲国"经营下去，不论如何都得改制，只是他的心里始终还有最后一道坎迈不过去——玉茗魁若是改成了株式会社，他朱润亭往后如何面对父亲的在天之灵。

可形势逼人，眼下的局势根本没给朱润亭犹豫的机会，在陈锡三说出那句"罪在眼下，利在后人，这骂名我来背"后，朱润亭最终选择了妥协。

  这份妥协里，朱润亭保住了作为东家的最后尊严，同时他也在心里深深感谢陈锡三为玉茗魁和他朱家所做出的牺牲。

  1938年9月1日，玉茗魁百货商店正式改制为玉茗魁株式会社，由朱润亭出任理事长，陈锡三担任副理事长兼总经理，往下各大掌柜、管事职务按照之前级别进行重编。

  虽然改名换姓，但至少玉茗魁还在，希望还在。

  但当时的陈锡三和朱润亭绝想不到，绝望会来得如此之快。

十二

　　1941年12月7日，凌晨。日本飞机空袭了美国珍珠港，重创美国太平洋舰队，就此，一场被后世称为太平洋战争的大战拉开了帷幕。

　　自1941年开始与美国的战争打响后，日本在"满洲国"施行三大政策：金属献纳、粮谷出荷、国民储蓄。
　　这三大政策足以搜刮尽东北人民身上的每一块铁、每一粒粮、每一分钱，这是一种竭泽而渔的掠夺方式。日军在战争中所需要的34种军需原料物资，有24种是由"满洲国"提供。甚至后期兵力不足，日本就强行征集年轻人去镇压抗日分子，最终形成在财力、物力、人力方面极度依赖满洲的局面。
　　"依赖"这个词的背后有着许多深层次的含义，放在日本与满洲的关系上，则代表了堂而皇之的索取与肆无忌惮的掠夺。

　　1943年，这一年是玉茗魁百货商行改制为玉茗魁株式会社的第六个年头。就在这一年，日本与美国在海上的战争进入最胶着的阶段；就在这一年，丧心病狂且走投无路的日本人将长春城中不论大小的全部商行由株式会社强行改成"配给站"，各家商号仓库以及店面中的所有物资全都由军方统一查抄管理，其中绝大部分物资

以远低于成本的价格被政府"收购",运往前线以支持战争,而剩下的一点点残余则会以远超以往的高昂价格限量卖给城中百姓。

这个消息在军方付诸行动之前陈锡三便已经知晓,前来通知的正是已经退休的于厅长。

其实在这之前陈锡三便早有预感,也许是年岁到了,现在的陈锡三也能够如同刘永年一样,对局势有清晰的判断。当许久未见的老朋友带来这个消息后,陈锡三第一时间便做好了安排。

于厅长来的当晚,一共十辆卡车从玉茗魁在城中的大仓出发,在于厅长安排的掩护下,以警察厅的名义搪塞过沿途盘查的士兵向着城外开去。

十辆卡车是陈锡三在短时间内能够调配的最大数量,这些车上装载的,是玉茗魁在长春城仓库中储备的近九成货物,而目的地则是林四在城外给陈锡三提供的据点,这批货物在抵达之后会以最快的速度均分成两部分,其中一部分交由带走,以支持东北抗联(林四带领的游击队后并入东北抗联),而剩下的一半,则由随车队一同出城的吴玉泽带到地下黑市,以成本价卖给那些几乎被官方物价逼疯了的市民。

安排工作的时候,有感如今形势危急,许焕阳一改往日嬉笑的秉性,脸拉得老长,手一直攥着拳头,关节都有些发白。

吴玉泽也深感此间形势不利,但作为见过风浪的老人,他借着许焕阳的状态调节气氛:"许小子,咋怕成这样,这不像你的风格呀。"

话说完,见许焕阳只是瞥了他一眼,并没吭声,吴玉泽只觉没趣,便又说了一句:"还说什么林四的接班人呢,跟你讲,林四还没你大的时候就跟日本人明刀明枪地干了,也没见他这么紧张。"

这句话说完,屋里一干人皆笑了起来,吴玉泽说得没错,玉茗魁跟日本人斗了几十年，从来没怕过，而许多玉茗魁的老人也都与林四相熟，甚至不少人年轻时候都很羡慕林四聚啸山林，跟日本人猛干的劲头。

众人发笑后，心情也似乎平缓了些，纷纷散去忙自己的工作。

没人注意到，许焕阳此时依然站在原地，他紧咬着嘴唇，似乎强忍着什么巨大的痛苦，只是浑身颤抖间，一滴泪，还是从眼中滴落。

这一晚，陈锡三彻夜未眠，他能够预感到接下来自己将要遭受什么，但此刻他的心里却异常坚定。站在院里，吹着晚风，陈锡三感受到了前所未有的安宁。

第二日清晨，随着一阵整齐却聒噪的军靴踏地声，玉茗魁迎来了一群不速之客——两队约莫着有二十人的宪兵在一个穿着和服的日本老头儿的带领下，驱散了本就没有几个的顾客，随后便径直闯入玉茗魁的后院。

此时，陈锡三正端坐在后院的老槐树下，他仿佛提前预知了这群日本人的到来。

看到陈锡三坐在树下的样子，那领头的日本老头儿一愣，他上下打量了椅子上的老人半天，才眯缝着眼睛缓缓开口道：

"我是临时征调特使，想必您就是玉茗魁的经理陈锡三先生吧。"

"正是。"一夜没睡的陈锡三状态不是很好，也没心情搭理这个什么劳什子特使，所以他眼都没抬，这一声答应仿佛从鼻孔里哼出来一般。

那特使也没在意，只是继续用慢悠悠的语速讲道："陈先生，我正式通知您，玉茗魁配给站现在由我暂时接管，宪兵队会清点仓库中的所有货物，陈先生有什么疑问吗？"

"没有，仓库就堂屋在后头，你们自便。"这边特使话音刚落，陈锡三的话马上就接了过来。

　　陈锡三的这个态度显然出乎特使的预料，可他也没犹豫，冲着身后一挥手，那两队宪兵留下两人，剩下的一起朝着仓库而去。

　　可没过一会儿，就见一个宪兵匆匆跑到特使身边，叽里呱啦用日语一阵汇报，而等他说完，那特使猛的"八嘎"一声，勃然大怒道："为什么？为什么你们的仓库里只剩下一个角落堆着货物，还是一些布料和肥皂，你们的粮食去哪了？为什么仓库是空的？"

　　"货，都卖掉了。"陈锡三这时才抬起头，看向那特使的眼神中尽是戏谑，"仓库就摆在那里，随你们搜查，啊对了，除了仓库，玉茗魁十间铺面也在，你们查就是了。"

　　见陈锡三如此，这日本特使也明白了眼前这个人是在愚弄他。他站在原地咬牙切齿半晌，才从牙缝里挤出一句："陈锡三，我希望你记住今天你做的事情，不要后悔。"

　　"哦？"陈锡三看到这个日本特使气急败坏的神情，嘴角咧出一丝笑意，"事情是昨天做的，不过今天的事情我一定会记住，并且永远都不会忘记。"

　　言说至此，这日本特使也不再逗留，冷哼一声便带着一众宪兵转身离去。

　　送走这群瘟神，陈锡三仿佛脱力一般瘫坐在椅子上，此时，面对围在身边被宪兵们用枪威吓的一众伙计，再想想身后空荡荡的仓库，陈锡三只感觉一阵巨大的无力感向自己汹涌袭来。

　　就只能这样了吗？

　　还有没有办法挽回局面？

　　陈锡三坐在椅子上半晌没有动弹，脑子里却有无数个声音在质问，昏昏沉沉中，陈锡三想起了初入玉茗魁那晚自己做的梦。

此时他仿佛又一次置身于那片黑暗当中，却见刘永年从黑暗中缓缓走来，指着他的鼻子，用记忆里根本不属于他的声音尖锐地说道："陈锡三，你在想什么，你看看如今的玉茗魁在你手中变成了什么样子？"

梦魇中的陈锡三想要辩解，但他无论如何也张不开口，竭尽全力却也只能嗫嚅着，发不出任何声音。

陈锡三的梦魇没有持续多久，就在他拼尽全力想要说些什么的时候，一个苍老又熟悉的声音将他从困顿中惊醒。

睁开眼，陈锡三发现自己不知何时竟躺在了床上，再定睛一看，唤醒自己的正是东家朱润亭。

"啊，东家。"陈锡三一见是朱润亭，挣扎着想要起身，但随即便被按回了床上。

"事情我都听说了，陈大掌柜，你做得对，我要谢谢你，没让玉茗魁沦为那帮日本人打中国人的后援。"朱润亭眼圈泛红，但语气坚定地说道。

陈锡三的眼圈里瞬间就噙满了泪水，"陈大掌柜"这个称呼自己有许多年没有再听过，如今被东家这样叫，再看看周遭物是人非，陈锡三心中百感交集，无声的泪水顺着脸颊不住滑落，而朱润亭见陈锡三如此，含在眼眶中的泪水再也忍不住，也跟着垂落下来。

1943 年 6 月的这个上午，就在玉茗魁后院的一间小屋中，两个头发已经花白的老人，一个躺在床上，一个坐在榻边，相顾无言，只有止不住的泪水仿佛在诉说着这两个老人、这一家店铺、抑或是这个时代的悲哀。

但人的泪水终究是有尽头的，半晌，陈锡三挣扎着从床上坐起，用袖口抹了抹脸,眼神又恢复到往常的坚定。

"东家,不打紧的。"陈锡三的声音还有些颤抖,但他的语气却无比真切,"咱这店还在,咱们还有希望。"

"不了。"

陈锡三的话还没有说完,朱润亭便出声打断道:"我已经决定了,低价抛掉玉茗魁的股份,带着家里人回昌黎。挺长时间之前我就想好了,但一直没说,眼下情况发展到了这个地步,我也实在没办法了。"

朱润亭这话说的声音不大,但听在陈锡三的耳朵中却如同晴天霹雳,刚刚缓过神的他霎时间眼前一黑,靠坐在床边几乎晕厥。

又过了好半晌,陈锡三才缓过劲儿来,他看着眼前的朱润亭,寻思了良久,只问出一句:"东家,想好了吗?"

朱润亭没有作声,只是皱着眉缓缓地点了点头。

而得到肯定答复的陈锡三也将到了嘴边的话又咽了回去,其实就算话说出口,也定然都是些无用之言,眼下这个情况谁不明白,逃离才是最好的选择。

而除此之外,朱润亭此番前来还带来了另一个噩耗——

"林四没了。"

朱润亭这句话说完,陈锡三一时没反应过来,他瞪着眼睛呆立好半天,才长大了嘴巴磕磕巴巴地问了一句:

"东家,你说的是我兄弟林四?他,他咋了?"

朱润亭长叹一声,缓缓开口道:"之前日本人满城盘查的时候,抗联的一个联络点被查了出来,这帮子日本人没有当场清缴,而是设了个套,几十个宪兵埋伏着,趁着林四过来的时候直接冲了进去。林四自知腿上有伤,跑不了,就留下来打掩护,让许焕阳他们这些年轻人从侧面翻墙跑了出去。"

"然后呢?"陈锡三早没了往日的礼节克制,用力抓着朱润亭

342

的手腕，急切地问道。

"许焕阳带来的消息是，他翻出院墙后跑出去没有多远，就听到那铺子里手雷炸了的一声响。"朱润亭越说声音越小，眼睛里已全是泪水，声音哽咽得难以继续。

听到这里的陈锡三已然猜到林四的结果如何，他再也无力抓着朱润亭，瘫软地靠坐在床边，喃喃地说道："宪兵是要他们活口的，那就不会用手雷这东西，而且四哥早先跟我通信时说过，他随身两把枪，一颗雷，如到万不得已就用手雷尽量多拉上几个鬼子给自己垫背。"

"他早已经有了觉悟。"

"是。"陈锡三仿佛全然没了力气，只是勉强从牙缝里挤出一个字来。

"他用命换了更多人活着的机会，这事不会就这么算了，会有人给他报仇的。"

"我报不了四哥的仇了。"陈锡三别过脸去，似乎想要掩藏控制不住的泪水。

见他这样，朱润亭心里难受得紧，长叹一声缓缓开口道："我们都不年轻了，很多事情我们做不了，但一定有人能做到。"

此言一出，陈锡三又慢慢将头转过来，他的泪水早已泛滥，在脸上的皱纹沟壑间辗转盘桓，久久不能滴落。

如今的世道，不容许人在悲伤中过久沉沦，那天，陈锡三用"再帮朱家做最后一笔买卖"的名义，将朱润亭抛售股票的事情揽到了自己身上，之后他却没有做出任何行动，只是闭门在家。三天之后他将一个大布兜子带给朱润亭，并转告他事已办妥，这布兜子里便是卖了股份后换的钱财。

朱润亭当着陈锡三的面将布兜子打开，只见里边堆着成捆的现

钞和几根金条，甚至还有些金银首饰混在其中。看到这些财物，朱润亭有些吃惊，他本来想着现在的形势下，玉茗魁的股份换不了几个钱，但眼下这布兜子的价值却远超预期，对此朱润亭心中疑惑不解，思量片刻，他打量着陈锡三开口问道："你跟我讲实话，这些钱财果真都是那些股票换的吗？"

面对质疑，陈锡三轻轻皱起了眉头，转而却又咧着嘴一声轻笑，"东家，我做买卖有多大本事，您心里还没数吗？"

1943年7月，朱润亭带领朱家上下二十多口人低调离开东北，中间辗转将近一个月才回到老家昌黎。

8月，玉茗魁店铺被日本宪兵队全面接管，原来的店员一部分遣散回家，大多数则被强行扣下协助"经营"。

陈锡三和店里的一众老掌柜也没被遣散，而是以协同管理的名义扣在了店里甚至不许回家。面对这样的情况，这一帮老买卖人自然是不能同意，但随后，那个带队接管店面的日本宪兵队中佐联队长就带来了一个让他们几乎陷入绝望的消息——

"宪兵队已经派人将各位掌柜的家人'保护'起来，各位无须担心，好好为政府工作，才能够早日和家人团聚。"

听到这个矮胖的日本军官说出这种话，陈锡三和店中的掌柜们心下骇然，他们所说的"保护"自然不是字面上的意思，实则是看押。

玉茗魁如今的形势——仓中无货、店面被接管、家人被威胁，甚至就连股份到底把在谁的手里大家都不清楚，这样的局面让早被改叫经理的一众老掌柜陷入深深的绝望之中。

可在这个时候，陈锡三这位总经理却突然做出了一个让人意料之外且看似无用的决定——在玉茗魁完全成为日本军方管控之下的配给站中，将各级员工的职称恢复成掌柜、管事、伙计的称谓。

这条命令一出，其实并没有在任何一方的心里掀起波澜，在日本人看来，不管你的职称如何，这玉茗魁都已经板上钉钉成了给军方供给、转运物资的配给站；而在玉茗魁的底层员工看来，都已经这个形势了，自己是被称呼为店员还是伙计那又有什么分别。要说对这条命令稍微能够理解的就是各级的掌柜与管事，在玉茗魁工作多年，他们经历了这个传奇商行一步步被逼迫至此的过程，所以他们更能明白陈锡三将职称改回到原样的初衷——给玉茗魁上上下下保留住最后一份属于自己的尊严。

随着时间的推移，玉茗魁配给站已经正式投入运营一个月，这期间陈锡三和最上头的掌柜们对店铺里的事宜基本没管，更是没有参与进去的打算。原因也简单，如今玉茗魁的全部经营分为两个部分，最大头负责给日本前线供给物资，而一小部分则留着面对市民，将打仗用不上或是不那么重要的生活用品以高得离谱的价格，限量卖给城中的市民。

这两方面的经营工作这些老掌柜根本不想参与进去——参与了干吗？把自己家的物资提供给日本人，然后再让他们仗着这个打自己的同胞吗？

而面对掌柜们的不合作，日本人那边也没啥表示，他们留下掌柜们根本也没想着让他们管理，他们在接管的第一时间就已经安排好人进了店，来管理诸多经营事宜。

这样一来，陈锡三和掌柜们也是难得清闲，每日在后院里谈天说地，虽说酒这东西现在被列为高级别的管控物资，但这帮人想要搞一点，问题也不是很大，所以偶尔这些老头儿还能借此消减一下心中的苦闷。

这天傍晚，陈锡三和其他掌柜吃了晚饭，刚回到自己的屋中便察觉到些不对，自己出门前放在桌上茶盘里的杯子有一只被移动了位置，显然是有人来过。这下陈锡三警觉起来，手扶着房门往屋里上下左右仔仔细细地观瞧了一番，在确定屋中已经无人之后才缓步走到桌前。

来到桌前，陈锡三见那个被动过的茶杯现在被放在桌子一角，其下压着一张纸条。陈锡三不敢怠慢，也没贸然用手接触，而是拿自己挂着的小短棍儿一扒拉，将那茶杯推开，露出下边的纸条。

茶杯一挪开，陈锡三瞬间松了一口气，只见纸条上用红色颜料赫然写着一个"四"字，而这简单的汉字被写得歪歪扭扭，陈锡三一眼便认出这是林四来信儿了。

陈锡三的泪水差点儿又一次不受控制，这笔迹做不得假，而这信估计也是之前就写好要送来，后被耽搁，才在今日得见。

陈锡三也没忙着拿信，而是回头关上房门，这才坐回到桌边拿起信纸读了起来。

锡三兄弟，久未通信，近来可好？

此间日本对我方的压迫越来越强，被逼无奈，待明日最后一次接头后我便会转移，具体位置不便细说，但仍距长春城不远，若需联系，早年城北路口之老树可被重新启用。

另，前日我方派人进城执行任务，但任务失败，有人员伤亡，部分人现已出城，现城中有伤员两名，无行动之能，藏于一暂时安全之所，但此非长久之计，还望兄弟帮忙想个办法，将此二人送出城外，走北门，至老树处自然有人接应。

二人藏身地点附于信纸背后，情势危急，还请兄弟尽力相帮，以免夜长梦多。

愚兄万分感激。

看了信上的内容，陈锡三皱起了眉头，信件应该是林四在被宪兵围捕就义之前写好的，显然他就是在最后的那一次接头时中了日本人的埋伏，可眼下没有时间给陈锡三伤感，信中林四所托营救两位伤员之事刻不容缓。可眼下，陈锡三自己都被日本人盯着，行动必然是阻碍重重，此事虽势在必行，但还需多加考量。

这一晚，陈锡三直到月上三竿方才入睡，不单单是因为要盘算转运伤员之事，辗转反侧间，他有种预感，此事之后，可能会有大变故发生。

十三

转过天来，晌午刚过，陈锡三便出了玉茗魁的店门，奔着林四给他留的藏伤员的地址而去。虽然现在陈锡三和其他老掌柜被强行留在玉茗魁中，但他们的行动基本不受限制，只是不让回家而已，毕竟对外的说法是留他们协助经营，那么在城中走动自是避免不了。

所以陈锡三出门没有受到什么阻拦，玉茗魁门口站岗的宪兵只是问了一下他的去向，而陈锡三此去的地点是城北一家药铺，所以也就顺嘴编了一句是要到城北的朋友那拿药。

出门顺利，陈锡三七拐八拐地来到城北这间药铺，小店门面不大，走进去只见一个长胡须，与自己年龄相仿的老者坐在柜台后头，此人手里捧着一本线装书，正看得津津有味，全然没察觉陈锡三的到来。

"老兄，您这生意做得真是清闲，来人了竟也不管。"陈锡三进了门，开口打趣道。

"嗐，你看那一墙的药柜，要是能从里头翻出来半两药渣我都算你厉害。"老人听到陈锡三说话，放下手里的线装书，指着前面的药柜子说道，"这帮日本人也真是啥都往自己那划拉，这药他们拿走了能用明白吗，就知道抢！"

说着话，这老人上下打量了陈锡三一眼，随后又问道："老兄你来我这抓药还是看病？瞧病的话我能给你诊诊脉，抓药的话你就得另想办法了。"

"哦，我来此是受朋友所托跟您询问个事儿。"陈锡三回道。

一听这个，那老人的神色明显一变，警觉地眯缝着眼瞅着陈锡三说道："不知道你是受谁所托，来问什么事儿啊？"

"哦，是四哥让我来的，来问两个病号的事儿。"

陈锡三说的这句话是林四早先就定好的，就写在信纸背面地址的底下。

那老人见陈锡三说出这句话，立马收起了脸上戒备的神情，起身来到陈锡三面前，一边往门外打量一边对陈锡三说道："是玉茗魁的陈大掌柜吧？你随我来后院，咱们细说。"

老人引路，陈锡三跟随，两人从药铺后门转到院中，而老人却没有停下，继续带着陈锡三往里屋走，中间老人还嘱咐后院中一个伙计模样的年轻人去前面铺子看店，来人问就说自己不在，而后就带着陈锡三进了后屋。

进到后屋，那老人引着陈锡三径直走进北边卧房，进到屋中，陈锡三发现这屋里没有炕，靠墙摆着的是一张华贵非常的架子床，只是应该许久没人住过，上面雕刻繁复的花纹中积满了灰尘，俨然一副破败之相。

就在陈锡三打量这个雕花架子床的空当儿，那老人俯身钻到床底下，哗啦一声拉开一条铁链，只听得吱吱嘎嘎两声沉闷的机关声响起，老人掀开了床脚处摆放的供桌盖子，向陈锡三比了个手势，说道：

"陈掌柜，咱顺着暗道下去，两位伤员就在里头。"

陈锡三现在可真是体会到了刘永年常说的"人老不以筋骨为能",这说是个暗道,数了数满打满算也就二十多级台阶,可走下来陈锡三竟累得扶了墙。说到底这台阶设计得也邪性,其陡峭程度甚至让陈锡三回忆起了小时候家里后山上残破的古代长城——这台阶每一级的高度比之有过之而无不及。

且说陈锡三下到暗道中往前走了五米不到,一拐弯就看见一个大地窖那么大规模的空间,地上摆了两张床,这两位受困人员就藏于此处。

"他俩受的是枪伤,这个没醒的被一枪打中了肚子,还好是从侧肋条的位置斜着擦进去的子弹,是个不太大的贯穿伤,不然当场就得没命;而这个被一枪打在了大腿上,失血实在太多,伤口也有感染溃烂的迹象。好在我这有适用的药,经过这几个月的休养,已经好的差不多了。"

带路的老人皱着眉接着冲陈锡三说道:"陈大掌柜,眼下城外那边接应的人都已经安排好了,可城中实在是没人有能力将他们送出去,实在无法才让您跟着冒这个险。"

"老兄您言重了。"陈锡三摆手说道,"我与林四二人打小便相识,是过命的交情,咱们之间也不必说这些客气话,再说了都是中国人,此事我义不容辞。"

陈锡三将自己头天晚上的盘算计划讲与老人听后,便离开药铺,临走时老人还从后屋给他包了两包补气的药,用以伪装此间来访过程。

次日,陈锡三早上起来便吩咐所有掌柜到后院堂屋开会,自玉茗魁被迫成为配给站之后,掌柜们早已没了往日的忙碌,大家正为今日的议题争论不休时,陈锡三迈着沉重的步伐缓缓地走进了堂屋,手里还提了一只箱子。有人连忙接过箱子,拉了把椅子,示意陈锡三落座，却见大掌柜向他点了一下头后，并没有坐下，反而站在堂屋的中央，用非常郑重且凝重的目光看向每一个人。

"各位掌柜都在玉茗魁工作了几十年，也都是我的好兄弟，玉茗魁能发展到今天，全都仰仗各位的辛勤付出和努力，但是现在时局动荡，日本人占领了我们的家园，山河破碎、民不聊生、买卖歇业，如果我们一直在东北死守，可能连活的机会都没有了。"

听到陈锡三这么说，大家面面相觑，每个人都露出落寞的表情。

陈锡三继续说道："我现在有个想法，想跟大家说一下，我马上要去办一件事，但是非常危险，不知道还能不能回来。我想在走之前，把这些年的积蓄留给大家，以应付未来的时局，不管什么情况，大家也有点活命钱。我自己随身带上一些，如果这次侥幸无事，我可能去天津寻求发展，等那边一切稳定了，我给大家来信儿，还愿意跟着我陈锡三一起干的，就来天津跟我会合。"

"啊？大掌柜，你要去天津啊？"

"那边有啥好营生吗？"

"你走了，嫂子和孩子们怎么办？"

大家纷纷表达着自己的疑问。

陈锡三非常坚定地说："对，去天津，必须离开长春城，离开日本人的势力范围。现在到处都在打仗，缺衣少药，我们做了这么多年的买卖，又有那么多的货源，就这么耗在这儿岂不是太可惜了？枉费大家几十年的心血和东家的一番苦心，去天津再开一家玉茗魁，以我们大家的能力，相信很快就会闻名天津的。我有个老乡在天津，他邀请我一起开药厂，过去以后，我也要考察一下药厂。至于夫人和孩子们，这一路前途未卜，我就先不带他们了，麻烦各位多关照一下。"

听了陈锡三的话，大家刚刚还落寞的心，好像忽然燃起了希望，个个眼睛里都闪着光。

"大掌柜，您去吧，等安顿好了来信儿。"

"我们相信您，到了天津，咱还是一条好汉。"

"嫂子和孩子们您就交给我们吧，我们一定帮您照看好。"

陈锡三听大家这样说，缓缓打开了箱子，只见整箱子都是金条，这可是这兵荒马乱中的硬通货。

"听我说，时间紧迫，我就不跟大家说其他了，这是我这些年积攒下来的，我拿走两成，作为到了天津以后的经费。我走以后，吴玉泽，你按人头把它平均分给大家，这是救命钱，大家一定要保管好。"

说完，陈锡三又最后看了看这满屋子的老伙计，大家也都眼含热泪，依依不舍地看着陈锡三……

门口，伙计早已套上两辆马车等着陈锡三，五个年轻力壮，平日里干活儿也信得过的伙计赶着那两辆马车从后院门出发，直奔城北药铺而去。陈锡三的计划其实并不复杂，他带人从玉茗魁赶着空车到城北药铺，药铺那边则将两个受困人员藏在大号药箱子底下的隔层里，之后陈锡三再以给城外宪兵队送药的名义出城。

为此，陈锡三前一天从药铺回来后，根据之前运送货物的经验伪造了一份宪兵队的运输凭证，药铺那头也拿出了之前偷偷藏起来的最后一批药材，只为掩护两个伤员顺利出城。

其实这个计划在陈锡三看来是非常拙劣的，就算自己蒙混出了城，这趟送货的事也必然被日本人察觉，只要他们一核对运送记录就肯定会发现端倪，到时候自己肯定也不好脱身，可眼下别无他法。

在城中的一切行动都很顺利，而在两辆大车即将出城的时候，不出意料地被宪兵拦住去路，在看到陈锡三出示的运输凭证，又听说运送的是最紧缺的药品时，那些宪兵也没多管什么，只是简单开箱瞅了一眼便放两辆车离去。

到了城外老树那里，陈锡三命五个伙计将两口大箱子直接卸在了树下，而后便让他们赶着空车回到城中。

这一行的顺利程度超出陈锡三的预料，但他内心的不安却越来越强烈，他也清楚，日本人的报复也许马上就会到来。

事实也的确如此，那五个伙计下午回到城中，晚上两队日本宪兵就闯进了玉茗魁的大门。带队的不是别人，正是早年跟陈锡三有过接触的那个日本特使。

走之前，陈锡三老早就做好了安排，玉茗魁是他和那些老掌柜这一辈子的精神支柱，他绝不会眼看着如同自己孩子般的企业陪着这可笑的"满洲国"一起走向灭亡，所以陈锡三用了将近一年的时间，将玉茗魁的大量产业通过各种手段折现，现在的玉茗魁就是一间空壳，任凭这帮日本人行径如何疯狂都不会造成太大的伤害。

日本人的搜查没有持续太久，那个带头的特使拿一个空壳玉茗魁没有办法，无奈也只能对坐在椅子上一直看着他发笑的吴玉泽撂下几句狠话，便带队离去。走前他留了两个士兵带枪守在门口，不许任何人进出。

这晚的月不是很亮，天也不算阴，仅有的一片薄云轻飘飘地遮住了月的光辉。

长春城外，一辆汽车在夜色中疾行，陈锡三坐在后排，他身旁坐着于厅长。

"于大哥，我就这么走了，日本人不会对玉茗魁下手吧？"

"察觉他们肯定是会察觉的，但是等他们反应过来估计也得明天早上了，玉茗魁现在一没钱，二没货，你怕他们干啥？家里人那边你放心，你的家人被日本宪兵看着，我已经安排人过去把他们救出来了，安顿在一个安全的地方。"

"啊！"陈锡三听到于厅长说把家人救出来了，内心既感激又

意外，他没想到于大哥的反应速度这么快。

"先出长春城，再出'满洲国'。"于厅长斩钉截铁地说道，"老弟，如果我不送你出来，过了明天早上，日本人肯定会对你下黑手，就咱这岁数，经不起两下就得给折腾死，而且救你和你家里人出来的过程中咱不仅伪造了提审函，估计还得干掉两个日本宪兵，这事儿追究起来都得掉脑袋，所以我也必须得走了。"

于厅长顿了顿，又继续讲道："要我说，这日本人气数也快到头了。吴玉泽提前跟我通过气了，是他让我来救你的，之前没敢跟你说，他知道你的脾气，怕你知道了不肯跟我走。你放心，吴玉泽会留在这，他在这守着老家，等你在外头把这买卖继续干下去。"

话说完，于厅长沉吟片刻，又开口道："放眼往外看，日本人在各处战场上都陷入了被动，打得费劲着呢，要不然在咱这边也不会这么玩命地压榨，咱们现在只是短期出去避一避，他奶奶的！早晚有一天这东北还得被咱中国抢回来，到时候咱再回来，风风光光地回来！"

话音一落，于厅长的眼睛里竟泛起了水雾，颤着声音继续说道："说实话，我最不想走，我这人恋着家呢，可如今没办法呀，咱必须得走了，咱这么大岁数了，按说也活够本了，可咱还有家里人呢，不能让他们也折在这，后辈儿才是希望啊。"

于厅长这一番话情真意切，陈锡三听完也明白，自己这番不得不走。

他呼吸有些急促，胸口剧烈起伏，缓了好半天，才最终从牙缝里挤出一个字——"走！"

就这样，陈锡三跟于厅长一道连夜赶路，离开了长春城，之后他二人又悄悄从陆路转向水路，一直来到青岛港，在陈锡三朋友的安排下，最终在天津落脚。

自此，一家充满传奇色彩的百货商行在东北的历史舞台上暂时沉寂了，但这家商行的大掌柜陈锡三，却从未停止书写玉茗魁的故事。

　　留守在玉茗魁的掌柜们，依然在卯时开工，但黎明仿佛来得更早了。

　　时间一步不停地向前飞奔，而在长春城以外的地方，故事还在继续。

番　外

1949 年 9 月。

北京。

什刹海边上的一间小院中。

一个头发花白的老人躺在葡萄架下的摇椅上享受着傍晚温柔的霞光，一旁的孩子手里捧着一块西瓜，吵闹着让老人继续讲上次没有讲完的故事。

"上回说到哪来着？"

老人眯缝着眼，仔细想了想，才缓缓说道："对了，讲到那朱家变卖股份，想要离开长春城。"

"对呀对呀，爷爷您上次就讲到这里。"孩子一听到这个便兴奋起来，"后来呢爷爷，后来咋样啦？"

"后来呀，呵呵，那个时候世道乱着呢，人人自危的当口儿，大家都变卖家产想着往外逃，哪还有人会买这不值钱的股份呢？

"可是，这世上的事啥都不是绝对，就偏偏有这么一个脑子不好使的人，为了一份恩情，为了一份承诺，还为了完成最后一笔买卖，拿出了自己几乎全部的家当把这股份全都给买了去，这才让朱家安心离去。"

"那后来呢，爷爷？"

"后来呀，后来你就记事儿了，就不需要我讲了。"老人抚摸着孩子的后脑勺，宠溺地说道。

听了这话，孩子有些不解，眨巴着懵懂的大眼睛寻思了半天也没想明白这故事咋就跟自己扯上了关系，半晌之后又问道：
"爷爷，那再后来呢？"
"再后来？"
"再后来的故事就得看你们的咯。"
说着话，老人抬起眼看向远处晴朗的天空。
泛红的天边，正有一行大雁飞向南方。

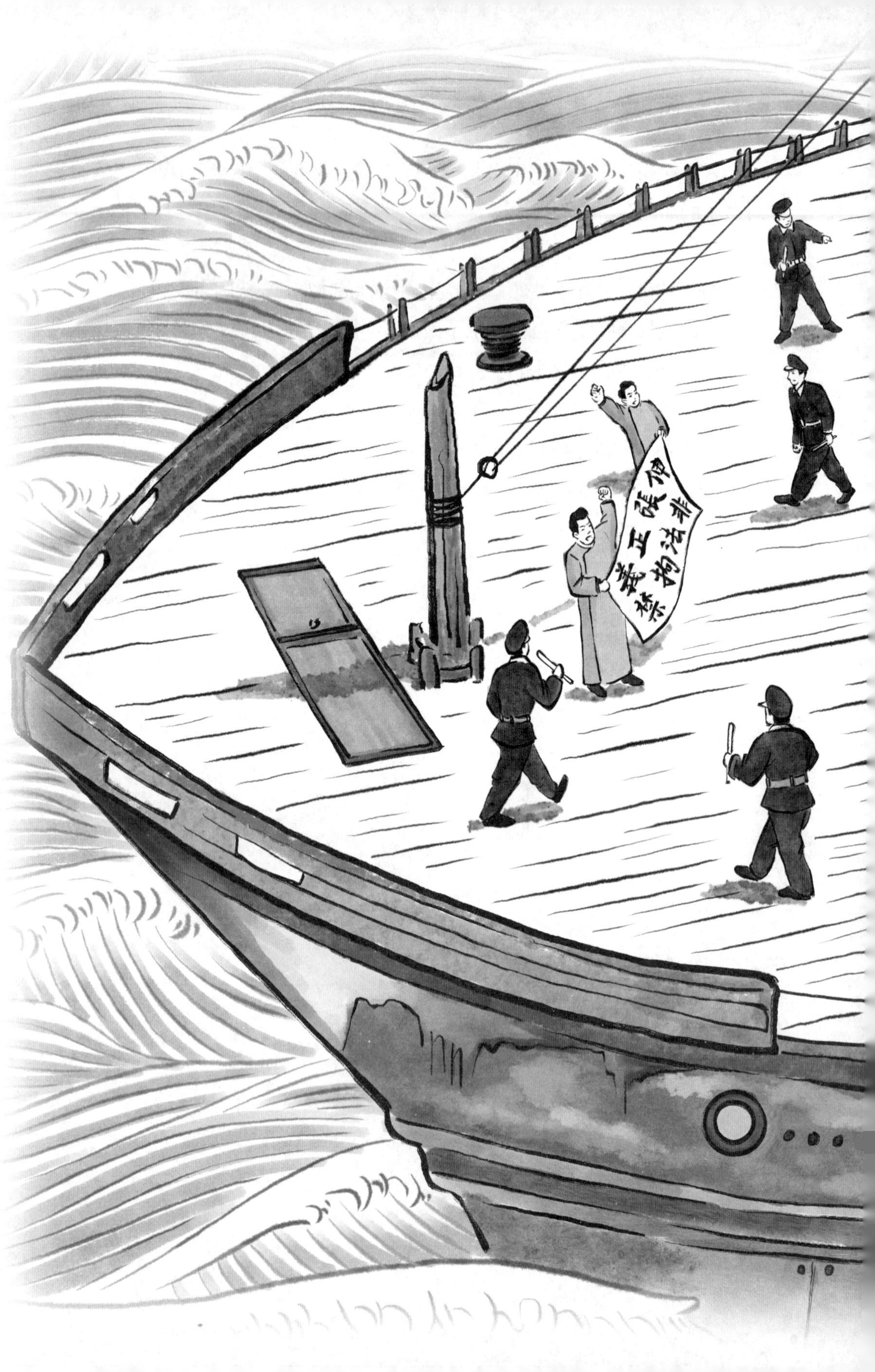
伸張正義
非法拘禁

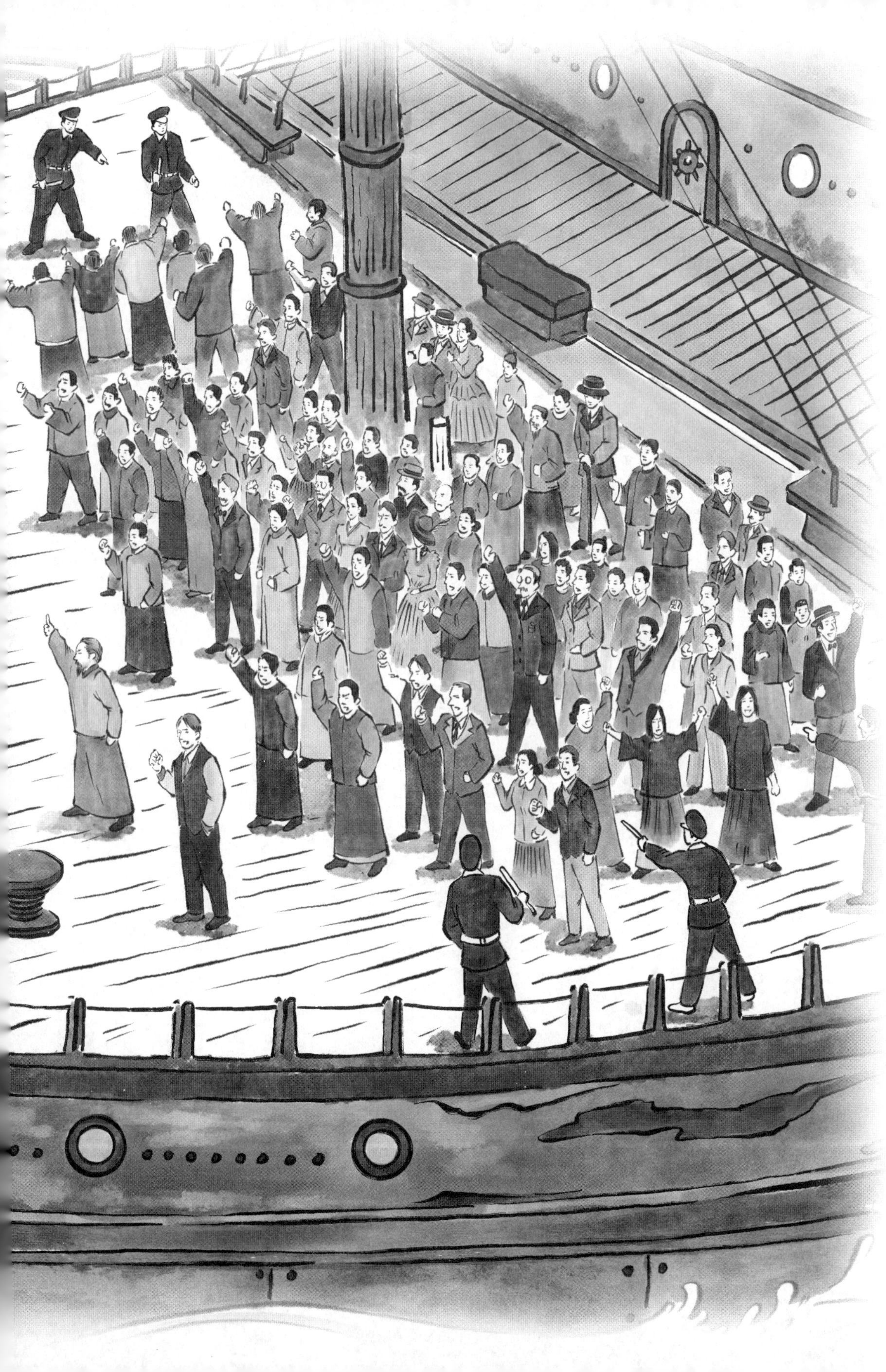

玉茗魁

后 记

《玉茗魁》文献引用及"三亲"采访列表

依托历史，将那些被岁月尘封的往事重新唤醒。在创作《玉茗魁》的过程中，我深刻体会到了历史的厚重与宝贵。在深入探索与梳理这些历史资料时，我深刻领悟到这些弥足珍贵的历史片段，不仅承载着过去的智慧与经验，更不应被时光的洪流所掩埋。

这些文献和"三亲"（即一个事件、物体及时期的亲历、亲见、亲闻人员）采访记录，为创作提供了丰富的素材和深刻的见解，使得小说的人物更加鲜活，情节更加真实可信。它们不仅是历史的见证，更是文化传承的宝贵财富。将这些珍贵的资料附于小说之后，是为了让更多的读者能够接触这段历史，感受那个时代的风貌。

一、期刊文献

[1] 江站.伪满时期日本在东北的奴化教育研究[J].兰台世界，2023（12）：139—143.

[2] 李佳星.伪满"总理大臣"官邸史话[J].吉林人大，2023（11）：52.

[3] 宋从越，秦嗣权.伪满"政策"移民与伪满洲国人口的变化[J].阴山学刊，2023（05）：53—63.

[4] 姚乃鼎.伪满时期北票煤矿劳工的管理制度[J].黑河学院学报，2023（08）：156—159.

[5] 黄萃，虞文俊.战争与宣传：伪满新闻出版战时体制的生成及其批判[J].传媒论坛，2023（14）：63—67.

[6] 李奇，马晓民，郭新亮.伪满中央银行的由来及评价[J].吉林金融研究，2023（07）：74—78.

[7] 江沛，王希.自保、爱国、屈从：一个伪满"合作者"的心态探微[J].日本侵华南京大屠杀研究，2023（02）：32—40+140.

[8] 杨秀云.民众·典礼·鬼魂：伪满洲国政治仪式研究[J].日本侵华南京大屠杀研究，2023（01）：42—49+140—141.

[9] 李雨桐.伪满时期中国东北钢铁工业发展浅析[J].吉林广播电视大学学报，2023（02）：145—147.

[10] 李之吉，杨靓靓.长春伪满时期警察厅历史建筑利用因素讨论[J].石材，2023（02）：130—132.

[11] 关靖华，孙瑜.伪满初期日本对中国东北电业权益的争夺——兼论"满洲电业株式会社"成立始末[J].北方论丛，2023（01）：133—142.

[12] 郭梦思.日本帝国战时经济之试验场——试析伪满"产业

开发五年计划"始末[J].军事历史研究,2022(05):84—95.

[13] 刘经纬,崔捷明.伪满时期日本对中国东北的文化殖民探析[J].佳木斯大学社会科学学报,2022(01):138—141+146.

[14] 刘经纬,黄逸萱.伪满时期日本在中国东北的奴化教育制度及其危害[J].齐齐哈尔大学学报(哲学社会科学版),2021(11):25—28.

[15] 吴娟.伪满时期日本在中国东北地区的"皇国观"教育和文化统治[J].黑龙江史志,2021(10):20—25.

二、学位论文

[1] 李岩.伪满洲国文学中的"家国"想象[D].泉州:华侨大学,2022.

[2] 刘明昊.伪满时期日本对东北盐业资源掠夺研究[D].哈尔滨:哈尔滨师范大学,2022.

[3] 卓越.伪满时期"日系"文人对侵略行为的美化书写[D].哈尔滨:哈尔滨师范大学,2022.

[4] 齐天雅.城市修补视角下长春市历史街区商业空间活力优化策略研究[D].青岛:青岛理工大学,2021.

[5] 张瑞.《大北新报》与伪满洲国殖民统治[D].长春:吉林大学,2014.

三、图书文献

[1] CULVER A A.Glorify the Empire: Japanese Avant—Garde Propaganda in Manchukuo(伪满洲国的宣传)[M].University of British Columbia Press, 2013.

［2］吉林省图书馆特藏部.伪满洲国史料［M］.北京：全国图书馆文献缩微复制中心，2002.

［3］矫正中.吉林百年工商人物［M］.长春：吉林人民出版社出版，2004.

［4］吉林省地方志编纂委员会.吉林省志·商业志［M］.长春：吉林人民出版社，1996.

［5］长春市地方志编纂委员会.长春市志·商业志［M］.长春：吉林文史出版社，1995.

四、"三亲"人员

［1］吴玉泽，曾任玉茗魁站堂掌柜。

［2］于祺元，曾任《长春市志》主编，幼年在玉茗魁和玉茗栈生活过一段时间。

［3］陈铁华，玉茗魁第三代传人。

商海风云际会

扫码见证

配套有声书
回顾动荡时代传奇故事

图文资讯
见证北国春城的历史变迁

深度文章
讲述老字号的磨难与成长

故事集锦
梦回商业繁荣的黄金年代

- 商海传奇往事
- 春城创业荣光
- 玉茗魁发展史
- 民国商战传奇